De cendre et d'os

Du même auteur
chez le même éditeur

Cœurs solitaires
Les Étrangers dans la maison
Scalpel
Off Minor
Les Années perdues
Lumière froide
Preuve vivante
Proie facile
Eau dormante
Derniers sacrements
Now's the Time
Couleur franche
De chair et de sang
Bleu noir (anthologie établie par J. Harvey)
Demain ce seront des hommes (anthologie présentée par J. Harvey)

Pour Graham,
ami fidèle et conseiller avisé
depuis plus de vingt ans

Toutes les notes sont du traducteur.

« C'est pas la peine de me rappeler une fois de plus
Combien il est facile de briser un os. »

Billy Bragg, *Valentine's Day is Over*

« Quand approche la quarantaine, le sol commence à se faire dur sous vos pas.

Il durcit de plus en plus jusqu'au jour où il s'ouvre pour vous recevoir. »

Thomas McGuane, *L'Ange de personne*

Quand la première fut morte, il n'eut plus le choix.

L'amie de la fille – sa sœur, ou bien cela faisait-il partie de la même comédie ? – était debout dans un coin de la pièce, un bras devant la poitrine.

Il avait envie de savoir ce qu'elle avait vu, mais il s'en doutait déjà. Il le lisait dans ses yeux. Dans ce filet d'urine qui lui coulait le long de la cuisse.

– Oh, mon Dieu ! avait-il dit.

Puis, une voix :

– Je m'en occupe.

Et quand il regarda de nouveau, elle n'était plus là.

L'une et l'autre avaient disparu.

1

Maddy Birch avait bel et bien dépassé le cap de la trentaine. Et même celui de la quarantaine. S'écartant du miroir, elle regarda d'un sale œil les rides qui commençaient à se dessiner aux coins de sa bouche, de ses yeux ; le gris qui s'insinuait dans ses cheveux par ailleurs bruns, presque châtains. À son prochain anniversaire, elle fêterait ses quarante-quatre ans. Inspectrice à la SO7, la brigade de répression du crime organisé, elle avait quelques centaines de livres à la banque, et un appartement dont elle n'avait pas fini de payer les traites, situé dans cette partie de Upper Holloway que les agents immobiliers du nord de Londres se permettaient de rebaptiser Highgate Borders. Le bilan était maigre pour une femme qui avait passé la moitié de sa vie dans la police. Les rides mises à part.

Tirant énergiquement ses cheveux en arrière, elle les noua à l'aide d'un bandeau écarlate qu'elle avait sorti de sa poche. Elle recula d'un pas, jeta un coup d'œil à ses chaussures montantes, au devant de son jean, ferma les attaches en Velcro de son gilet pare-balles, tira une dernière fois sur sa queue de cheval, et regagna la salle principale.

Le personnel concerné était si nombreux que le briefing avait dû se tenir dans la salle de réunion d'une école désaffectée, sous la direction du commissaire principal George Mallory. Pour s'adresser à ses troupes, il était monté sur la petite estrade où, depuis l'époque victorienne, les directeurs de l'école encourageaient vivement des générations de jeunes enfants à labourer le champ du savoir, plutôt que les champs voisins de Green Lanes et Finsbury Park.

Des espaliers éraflés, recouverts d'une couche de poussière grise, étaient encore fixés aux murs. Deux tableaux de conférence tout neufs, récemment couverts d'inscriptions et de schémas aux couleurs vives, encadraient un écran, vide pour le moment. Des policiers de la brigade d'intervention armée, la SO19, étaient debout, la tête baissée, par groupes de trois ou quatre, ou assis à des tables posées sur tréteaux, parlant peu, en compagnie des nouveaux collègues de Maddy Birch au Crime organisé. Cela faisait trois semaines et deux jours qu'elle avait intégré sa nouvelle brigade.

Se glissant près de Maddy, Paul Draper désigna d'un geste la montre à son poignet. Dans dix minutes, il serait cinq heures et demie.

– L'attente. Bon sang, y a rien de pire.

Maddy hocha la tête.

Draper était un jeune inspecteur adjoint venu de Manchester un mois plus tôt, marié et père de famille à même pas vingt-cinq ans. Maddy et lui avaient pris leur service à Haddon le même jour.

– Mais qu'est-ce qu'on fout là, au lieu de foncer ?

Maddy approuva d'un nouveau signe de tête.

La salle de réunion empestait la transpiration, l'after-shave, et l'huile qui adhérait aux armes récemment nettoyées, des Browning 9 mm, des Glock semi-automatiques, des carabines Heckler & Koch. Bien qu'elle eût suivi le stage de tir à Lippetts Hill, Maddy elle-même, comme la moitié environ des policiers présents, n'était pas armée.

– Et tout ça pour un seul type, fit Draper.

Cette fois, Maddy ne se donna même pas la peine d'acquiescer. Elle sentait la peur suinter du corps de Draper, elle la lisait dans ses yeux.

Depuis l'endroit où il se trouvait, près de la porte, le commissaire principal jeta un coup d'œil à la salle, puis il parla à Maurice Repton, son adjoint.

Repton sourit et consulta sa montre.

– Très bien, messieurs, dit-il. Et mesdames. On va coincer ce salopard.

Dehors, le jour commençait à peine à se lever.

Dans le Ford Transit, Maddy se retrouva assise en face de Draper, leurs genoux se touchant presque. À sa droite se trouvait un policier de la SO19, dont la moustache rousse frisottait au-dessus d'une bouche rougeâtre ; à chaque fois qu'elle tournait la tête, elle sentait son regard la suivre. Lorsque la camionnette franchit trop vite un dos d'âne, il fut projeté contre Maddy, et elle sentit, l'espace d'un instant, qu'il posait la main sur sa cuisse.

– Pardon, fit-il avec un sourire.

Maddy regarda droit devant elle, puis, fermant les yeux pendant plusieurs minutes, elle se concentra pour se représenter l'image de leur cible, telle que l'écran la leur avait montrée. James William Grant. Né à Hainault, dans l'Essex, le 20 octobre 1952. Il n'était plus qu'à une semaine, donc, de son cinquante-deuxième anniversaire. Elle était obsédée par les anniversaires.

Vol à main armée, blanchiment d'argent, trafic de drogue, extorsion de fonds, complot pour meurtre, plus d'une douzaine d'arrestations et une seule inculpation : cela faisait des années qu'ils avaient Grant dans le collimateur. Écoutes téléphoniques, surveillance, décorticage méticuleux de tous ses montages financiers, ici comme à l'étranger. Plus ils s'approchaient de lui, plus la probabilité était grande qu'il se doute de quelque chose et se réfugie dans un pays où les lois sur l'extradition le rendraient virtuellement intouchable.

– Il est temps qu'on se débarrasse de ce client-là, avait conclu Mallory à la fin de son exposé. Plus que temps.

Cinq ans plus tôt, un associé de Grant, qui avait eu l'ambition de vendre à son compte une cargaison de cocaïne colombienne opportunément égarée entre Amsterdam et la côte du Sussex, avait été criblé de balles à un feu rouge en plein Londres, vers le milieu de Pentonville Road, à l'heure de pointe. À l'issue d'un procès de sept semaines qui avait coûté trois quarts d'un million de livres, l'un des lieutenants de Grant avait finalement été reconnu coupable de l'assassinat, tandis que Grant lui-même s'en était tiré sans être inquiété.

– Qu'est-ce que tu en penses ? demanda Paul Draper, se penchant en avant. Tu crois qu'il sera là ? Grant ?

Maddy haussa les épaules.

– Y a intérêt à ce qu'il soit là, bordel ! fit le policier de la SO19, posant la main sur sa carabine automatique un peu comme il l'avait posée plus tôt sur la cuisse de Maddy. Ça va redorer notre blason, de déquiller un salopard comme lui. (Il sourit.) Tout ce que j'espère, c'est qu'il va pas se déballonner et sortir les mains derrière la tête comme un foireux.

Lorsque le Transit vira à gauche, quittant Liverpool Road, un policier, vers le fond de la camionnette, se mit à fredonner un air sans queue ni tête ; tous se tournèrent aussitôt vers lui, et il cessa aussi subitement qu'il avait commencé. Maddy sentit la transpiration s'amasser au creux de ses paumes.

– On devrait pas tarder à arriver, dit Draper sans s'adresser à qui que ce soit en particulier. Forcément.

Consciente que l'homme assis près d'elle la détaillait plus ouvertement, Maddy pivota pour lui faire face.

– Quoi ? fit-elle. Qu'est-ce qu'il y a ?

L'homme détourna les yeux.

Une fois, à Lincoln, son ancienne affectation, après une opération réussie, Maddy et un collègue qui l'avait reluquée toute la soirée s'étaient brièvement retrouvés sous un porche, plaqués l'un contre l'autre, le temps d'échanger quelques caresses. La main du type sur son sein, sa main à elle sur sa braguette. Bon sang, qu'est-ce qui avait bien pu lui remettre cette anecdote en mémoire en cet instant précis ?

– On approche, annonça le chauffeur par-dessus son épaule.

L'un des deux côtés de la rue, nommée York Way, était laissé à l'abandon, à moitié caché par des murs noircis et des grillages. En face, de vieux entrepôts et de petites usines étaient peu à peu réhabilités et convertis en lofts. Parkings souterrains, gardiennage assuré vingt-quatre heures sur vingt-quatre. Et de là – comme c'était pratique ! –, il suffisait de dix minutes de marche à pied pour trouver des prostituées de quinze ans aux jambes et aux bras couverts de plaies purulentes.

De l'extérieur, le bâtiment ne semblait guère changé. Un grand portail en bois, fermé par une chaîne et deux cadenas, dont la peinture cloquait et s'écaillait. De petites fenêtres aux vitres couvertes de toiles d'araignées et protégées par des barreaux métalliques. Au cours du briefing, Maddy avait appris que l'intérieur de la bâtisse avait déjà été démoli, et que la rénovation était bien avancée. Une lumière luisait faiblement derrière l'une des fenêtres de l'étage supérieur.

À droite et à gauche de Maddy, des policiers armés, en combinaison noire, le mot POLICE ressortant en lettres blanches sur le devant de leur gilet, prenaient position en silence.

Elle n'avait plus une goutte de sueur au creux des paumes, à présent, et sa gorge était sèche.

– Espèce de salaud ! s'esclaffa Vicki.

– Quoi ?

– Tu sais bien.

– Non. Quoi ?

Méfiante, Vicki s'approcha du lit où Grant était étendu, le drap de coton repoussé sous la taille. Pour un homme de son âge, pensa-t-elle (et ce n'était pas la première fois), il était en pleine forme. Svelte. Fringant. Il prenait de l'exercice. Et quand il lui avait saisi le poignet, à l'instant, ses doigts s'étaient refermés sur elle comme un étau.

– Viens ici une minute, dit-il. Allez, viens. (Un sourire se faufila sur ses lèvres.) Tu ne crains quand même pas que je remette le couvert ? Si peu de temps après la première fois ? À mon âge.

Il mentait, bien sûr, Vicki le savait bien, mais elle lui obéit. Elle était debout devant lui, en T-shirt blanc moulant et string argenté, le T-shirt s'arrêtant bien au-dessus de l'anneau de platine qu'elle portait au nombril. Que pouvait-il vouloir d'autre, de toute façon ?

Le jour où elle l'avait rencontré, environ un mois plus tôt, Vicki travaillait au salon de l'auto de Birmingham, guère plus vêtue qu'en ce moment, à vrai dire. On la payait deux cents livres par jour pour attirer l'attention des clients sur les vertus d'une voiture à moteur diesel 3,2 litres à injection directe, équipée d'une clim' et d'un intérieur tout cuir.

Il avait pratiquement acheté le véhicule avec Vicki en prime, et plus tard il l'avait sautée sur la banquette arrière, sur une aire de repos de l'A6.

– C'est pour baptiser la sellerie, avait-il dit avec un clin d'œil, en fourrant deux billets de cinquante livres dans le décolleté de sa robe.

Froissant les deux billets en boule, Vicki les lui avait jetés au visage. Après cela, il avait eu un peu plus d'égards pour elle.

– J'ai un appart à Londres, avait-il dit. Tu ne veux pas venir habiter chez moi pour un bout ?

– Pour un bout de quoi ?

La première fois qu'il l'avait vue nue, il en était resté bouche bée : il avait eu des maîtresses plus belles que Vicki, mais aucune ne possédait des fesses aussi rondes, aussi fermes, aussi haut perchées.

– Nom de Dieu ! fit-il

– Quoi ?

– Tu as un cul sublime.

Elle s'esclaffa.

– N'imagine surtout pas que tu vas en croquer.

– C'est ce qu'on verra, avait dit Grant.

Les doigts reposant en douceur juste au-dessous des hanches de Vicki, il avait délicatement embrassé le creux de ses reins.

– Dans la comptine, dit-il, qui donc a enfoncé son pouce et retiré une prune ? Le petit Jack Horner ? Ou le petit Tommy Tucker ?

Après quoi il l'avait prise à plat ventre sur le parquet ciré. Quand elle s'était relevée, elle avait des bleus aux genoux, et ses seins sentaient l'huile de lin.

– Will, arrête ! disait-elle à présent, secouant son bras pour se libérer de son emprise. Pas maintenant. Il faut que j'aille pisser.

– Qu'est-ce qui t'empêche de le faire ici ? demanda Grant en désignant son torse.

– Sur toi, tu veux dire ?

– Pourquoi pas ? Ça ne serait pas la première fois.

– Tu es répugnant.

– J'ai fait bien pire. (Il tendit le bras pour la retenir, mais elle s'échappa.) Ne tarde pas trop.

Se calant contre son oreiller, il regarda Vicki s'éloigner.

On pouvait accéder au bâtiment par une cour située à l'arrière. Un escalier qui passait devant trois balcons menait au dernier étage. Le loft où vivait Grant possédait une porte d'entrée à double battant, et une sortie de secours, à l'autre extrémité, donnant sur une échelle d'incendie.

Suivie de près par Draper, Maddy contourna un angle pour entrer dans la cour et se plaqua contre le mur. Des policiers en armes, prêts à faire feu, étaient postés aux quatre coins, tandis que d'autres se précipitaient vers le premier et le deuxième balcons. Maddy attendait le signal pour passer à l'action. Quand il arriva, quelques instants plus tard, elle fonça vers l'escalier.

Les murs étaient en brique nue, les meubles peu nombreux et de bon goût. Changeant de position, Grant se servit un nouveau verre de vin. Comme le CD de Dusty Springfield était resté dans le lecteur, il actionna la télécommande de la chaîne.

– Pourquoi tu écoutes ces vieilleries ? demanda Vicki depuis l'autre bout de la pièce.

– C'est la plus grande chanteuse blanche de soul music qui ait jamais existé, dit Grant.

– Ça commence à dater, répliqua Vicki en s'approchant de lui.

Grant sourit.

– Comme moi, c'est ça ?

– Si tu veux.

Un genou sur le lit, elle passa les doigts dans les poils grisonnants de la poitrine de Grant. Levant un bras, il l'attira à lui et l'embrassa.

En haut de l'escalier, Maddy attendit, reprenant son souffle. Draper était resté sur le palier précédent. Rien n'obstruait la vue sur la porte d'entrée du loft. Mallory apparut à la hauteur de Draper, puis il continua de monter. Il y avait des armes partout.

– Alors, on court après une parcelle de gloire? murmura le commissaire principal dans l'oreille de Maddy.

– Non, patron.

Il sourit, et Maddy capta dans son haleine un mélange d'ail et de pastille de menthe.

– Vous jouez les seconds couteaux, cette fois, Birch. Vous êtes là pour ramasser les restes.

– D'accord, patron.

– Vous et votre copain Draper. Vous attendez à l'étage du dessous. Juste en cas de besoin.

Mallory poursuivit son chemin en direction de la porte, Repton sur ses talons. Dans leur sillage, deux policiers armés de masses de mineur.

Dans l'appartement, avec la stéréo à plein volume, les pulsations de la musique faisaient vibrer l'atmosphère : piano, cordes, cor, et puis la voix. Reconnaissable entre toutes.

À califourchon sur Grant, Vicki tendit le bras et lui caressa le visage. Grant, les yeux fermés, se cambra et trouva sous ses doigts les mamelons de Vicki.

La voix de Dusty descendit vers les graves, remonta en flèche, et repartit en piqué.

Au premier coup de masse, Grant bascula Vicki sur le côté et bondit du lit, une main raflant un pantalon de toile sur le plancher, l'autre saisissant une arme près de la tête de la jeune femme.

La porte du loft se fendit et céda vers l'intérieur de la pièce, arrachée de ses gonds.

La peur inonda le visage de Vicki, et elle se mit à hurler.

Quand il se détourna, Grant tenait fermement son automatique entre ses doigts.

Depuis le palier de l'étage inférieur, Maddy entendit de la musique, des cris, des pieds nus courant sur le plancher, des portes qui claquaient.

– Merde, qu'est-ce qui se passe ? fit Draper.

– Bouge de là ! dit Maddy, le poussant de côté. Vite.

En position sur le balcon d'en face, l'un des tireurs d'élite eut Grant dans sa ligne de mire pendant quelques secondes, un tir facile à travers une vitre tandis que l'homme se précipitait dans l'escalier de secours, mais sans l'ordre de faire feu, l'occasion passa, et Grant disparut de son champ de vision.

– Par ici ! fit Maddy, ouvrant la porte d'un coup de pied et se courbant en deux.

Draper la suivit, virant vers la gauche.

Maddy sentait le sang courir par à-coups dans ses artères, son cœur battre follement contre ses côtes. La pièce dans laquelle ils se trouvaient s'étendait sur toute la longueur du bâtiment. Aux endroits stratégiques, des étais métalliques étaient placés du plancher au plafond. On avait ôté certaines lattes du parquet pour les remplacer. Des matériaux de construction étaient empilés contre le mur du fond. Le travail commencé avait été abandonné. Une lumière pauvre filtrait à travers les vitres maculées de graisse et de poussière.

Maddy actionna l'interrupteur, à sa gauche, mais sans résultat.

Dans l'escalier, les éclats de voix, pressants, de policiers qui dévalaient les marches ; d'autres cris, estompés, provenant de la cour, dehors.

– Viens, fit Draper. On les rejoint.

Maddy avait presque franchi la porte quand elle s'arrêta net, alertée par un bruit ténu. Elle rentra vivement dans la pièce alors que Grant ouvrait en douceur la porte du fond et en franchissait le seuil. Torse nu, pieds nus, il tenait son automatique le long de sa jambe.

Maddy sentit sa voix, irrémédiablement, se coincer dans sa gorge.

– Police ! hurla Draper. Posez votre arme par terre, tout de suite !

Plus tard, elle se demanda si Grant avait vraiment souri en levant son pistolet pour tirer.

Draper s'effondra en arrière dans l'embrasure de la porte, se tenant le cou. Instinctivement, Maddy se tourna vers lui, et au même moment, Grant s'élança en avant, sautant dans un trou du plancher pour atteindre l'étage inférieur. Après un infime instant d'hésitation, elle se précipita à sa poursuite ; quand elle prit appui sur ses deux bras, les jambes pendant au-dessus du vide dans un trou large d'un mètre, les lattes de parquet cédèrent de part et d'autre et elle tomba.

Grant s'était mal reçu, se tordant la cheville, et il tâtonnait autour de lui, se déplaçant comme un crabe sur le plancher, à la recherche de l'arme qui lui avait échappé des mains. Un Beretta 9 mm, gisant à présent contre le mur. Alors qu'il se relevait et se dirigeait à cloche-pied vers son automatique, Maddy se jeta sur lui, l'agrippant d'une main par la cheville. Grant s'étala, les bras battant l'air, et sa main heurta la poignée carrée du Beretta, qui glissa en tournant sur lui-même, se retrouvant hors d'atteinte.

– Salope !

Il lança un coup de pied à Maddy, qui recula en trébuchant.

– Sale pétasse !

Grant était debout, à présent, et il s'avançait vers elle. Il ne souriait plus, cette fois.

Maddy perçut un mouvement derrière elle, puis elle entendit la détonation d'une arme qui faisait feu tout près de son oreille. Une première fois, puis une seconde. Sous ses yeux, Grant glissa en arrière, puis s'affala sur ses genoux, le visage presque entièrement masqué par un flot de sang.

– Comme dans le manuel, dit Mallory à voix basse. À la tête et au cœur.

Maddy avait la peau glacée ; elle tremblait.

– C'était vous ou lui, bien sûr. Ça ne m'a pas laissé le choix.

Maddy sentit une régurgitation soudaine se coincer au fond de sa gorge. Son regard se fixa sur le pistolet de Grant, qui était encore à plusieurs mètres de lui sur le plancher.

Le commissaire principal se pencha sur le corps.

– Il faut appeler une ambulance, il me semble. Encore que ça ne servira à rien. Il se vide de son sang.

Quand Mallory se releva, une deuxième arme, un Derringer calibre .22, se trouvait tout près de la jambe de Grant, celle dont le pied était tourné vers l'intérieur. Le pistolet était si petit qu'on pouvait le cacher dans un poing fermé. Parfois, on repère ce genre de détail, parfois non. Par la suite, Maddy eut beau se remémorer la scène de nombreuses fois, elle n'eut jamais la certitude d'avoir vu l'arme dans la main de Grant.

– Il le portait dans une poche spéciale de son pantalon, expliqua Mallory sur le ton de la conversation. Au creux des reins. (Il haussa les épaules.) Il y aura une enquête de routine. (La main qu'il avait posée sur l'épaule de Maddy était légère, elle n'exerçait pratiquement aucune pression.) Vous ferez un bon témoin, je le sais.

Les deux portes étaient gardées par des hommes de la brigade d'intervention. Leurs armes étaient pointées vers le plancher.

2

Maddy attendait dehors, debout sur le trottoir pavé, et en passant devant elle les automobilistes levaient le pied, pour la regarder d'un air ahuri à travers leurs vitres embuées. La pluie qui tombait en fines stries ininterrompues couvrait la chaussée d'un lustre sombre. Maddy ne fumait pas, elle n'avait jamais vraiment fumé, mais elle semblait avoir une cigarette à la main.

Sans qu'elle l'eût entendu s'approcher, Mallory fut soudain près d'elle.

– Ça va ?

– Oui, je crois.

– Vous tenez le coup, c'est bien, c'est bien.

Écartant les doigts, Maddy regarda sa cigarette tomber par terre.

– Vous viendrez boire un verre avec nous. Plus tard. On va arroser ça gentiment.

– Je ne sais pas.

– On compte sur vous. (La main de Mallory lui frôla le bras.) Pas besoin de rester longtemps. Vous n'aurez qu'à vous montrer. C'est tout.

Maddy le regarda fixement, ne sachant que répondre. Mallory avait des cheveux gris acier, collés à son crâne par la pluie.

– C'est d'accord, alors.

Après un bref sourire, il fit demi-tour et s'éloigna.

Derrière eux, les constatations et les opérations de nettoyage se poursuivaient. La maîtresse de Grant était assise à l'arrière d'une voiture de police, en compagnie d'un inspecteur. Elle avait sur les épaules un manteau qu'on lui avait prêté, entre les mains un quart rempli de thé chaud sortant d'une thermos. Une ambulance attendait ; elle emmènerait le corps de Grant à la morgue dès que les examens préliminaires seraient terminés. Paul Draper se trouvait dans un service de réanimation au centre hospitalier universitaire, entre la vie et la mort.

On va arroser ça, pensa Maddy...

Le club était situé dans Gray's Inn Road, de l'autre côté de King's Cross. La salle de réception du premier étage leur était réservée. Un bouclier portant les armoiries de saint David était accroché au mur, au-dessus d'un bar tout en longueur. À tour de rôle, Van Morrison et Rod Stewart braillaient d'une voix râpeuse dans les haut-parleurs disposés à chaque bout de la pièce, et c'est à peine s'ils se faisaient entendre à cause du vacarme ambiant. Il y avait quarante à cinquante personnes, qui allaient pouvoir, pendant encore une heure environ, picoler gratuitement.

On avait recouvert deux des tables de billard, et elles étaient déjà encombrées de verres vides, petits et grands. À la troisième table, Maurice Repton passait inlassablement de la craie sur sa queue de billard en regardant jouer son adversaire, un jeune inspecteur adjoint pakistanais. Celui-ci empocha la dernière boule rouge et aligna la rose. Voyant Maddy jeter un regard dans sa direction, Repton la salua d'un signe de tête.

– Je vous offre un verre ?

L'homme de la SO19 à la moustache rousse, celui du Ford Transit, était près d'elle, souriant, plein d'espoir.

– Je croyais que la patron avait déposé sa carte au bar.

– Oui, c'est vrai. C'est idiot, ma proposition. C'était pour dire quelque chose.

Souhaitant qu'il s'en aille, Maddy ne réagit pas.

– Graeme Loftus, fit-il en lui tendant la main.

– Maddy Birch.

Loftus fit un signe au barman et poussa sa chope vide vers lui.

– Et vous ?

Maddy secoua la tête.

– Vous étiez en première ligne, paraît-il.

– On peut le dire, oui.

– Un sacré coup de bol !

– Vous trouvez ?

Loftus souleva sa chope remplie à nouveau, renversant un peu de bière sur le dos de sa main.

– Là où on était, on n'a rien vu du tout.

– Demandez à Paul Draper où il aurait préféré être, fit Maddy. Demandez à sa femme.

– Paul... ? Ah, oui, Paul. Le pauvre gars. Il s'accroche toujours, hein ?

– Aux dernières nouvelles.

– Écoutez, fit Loftus, quand on en aura terminé, ici, ça vous dirait de...

– Non, dit Maddy.

– Bon, comme vous voudrez.

Il y avait une certaine sècheresse dans la voix de Loftus. Se détournant, il se fraya un chemin dans la cohue.

George Mallory, qui se tenait un peu à l'écart, semblait se chauffer les cordes vocales pour faire un discours. Sa voix, de temps à autre, perçait la cacophonie ambiante.

À chaque fois que Maddy fermait les yeux, elle voyait la tête de Grant exploser comme une rose ensanglantée. Elle se dirigea vers l'escalier.

Repton sortait des toilettes, il remontait la fermeture à glissière de sa braguette.

– Vous ne partez pas déjà ?

– Non, mentit-elle.

– Bien. Venez boire un verre avec moi. (Lui prenant le coude, il la ramena vers le bar.) Qu'est-ce que vous prendrez ?

– Un tonic, ce sera parfait.

– Un gin-tonic pour madame, lança Repton. Un scotch pour moi.

Maddy se garda bien de protester.

Environ de cinq ans plus jeune que Mallory, menu, Repton portait un costume gris aux rayures discrètes, une cravate bleu nuit ornée d'une fleur de lys argentée. Ses ongles semblaient avoir été taillés et polis. Un homme soigné de sa personne. C'était bien l'expression qui convenait ? C'est sans doute ce qu'on disait autrefois des gens comme lui.

Repton vida son whisky d'une seule lampée.

– Voilà, fit-il, c'était ma contribution personnelle à l'amitié entre les races : laisser un de nos frères à la peau basanée me flanquer une raclée au billard, 87 points à 13. (Il adressa un clin d'œil à Maddy.) L'orgueil ! C'est le régime Atkins de l'âme. Et vous ? Pas de séquelles après les événements de ce matin, à ce que je vois. Selon l'expression consacrée, vous vous portez toujours comme un charme, à peu de chose près.

Maddy avait délibérément choisi une jupe longue en velours côtelé vert qui finissait bien au-dessous du genou, un haut ample en coton couleur de porridge froid, un collant bronze, et des chaussures à talons plats.

– J'ai une tête à faire peur, dit-elle.

– Ce n'est pas ce que semblait penser le jeune Loftus. Il a presque joui dans son pantalon rien qu'en vous regardant.

Le rouge monta aux joues de Maddy.

– Excusez-moi, fit Repton. J'espère que je ne vous ai pas choquée. Vous n'allez pas me traîner devant une de ces satanées commissions ? Pour harcèlement sexuel ? (Nouveau clin d'œil.) Entre nous, ce genre de motif, c'est une vraie connerie, non ? Quand on y réfléchit bien.

– J'ai entendu pire, patron.

– Je suis heureux de l'apprendre.

Maddy but une gorgée de son gin-tonic.

– Oh, oh ! fit Repton, la poussant du coude. On va avoir droit au discours de George. (Il serra de bon cœur le bras de Maddy.) Il sera mentionné dans les dépêches d'agence, je parie.

Maddy s'éclipsa dès qu'elle le put, usant du vieux stratagème : « J'ai besoin d'aller aux toilettes », et prit son manteau dans la pile, au rez-de-chaussée. En marchant vite, elle eut tôt fait d'atteindre la station de métro de King's Cross, où elle prit la Northern Line jusqu'à Archway. De là, elle pouvait rentrer chez elle à pied en dix minutes ou même moins.

Quand elle avait quitté Lincoln pour son transfert à Londres, trois ans plus tôt, elle s'était d'abord installée dans un foyer. Elle y passait son temps à ôter de la baignoire les cheveux des autres femmes ; à écouter le récit de leurs exploits, dans les couloirs, le samedi soir quand elles étaient allées draguer ; à nettoyer derrière elles quand elles avaient vomi dans le lavabo, à leur passer de l'eau fraîche sur le visage quand elles étaient dans un piteux état, à les entendre raconter leurs malheurs. Elle était devenue la tatie idéale de toutes les autres pensionnaires.

Dès que cela fut possible, elle quitta le foyer, loua une chambre et se mit à chercher quelque chose à acheter, un petit appartement dans ses moyens. Elle avait eu la chance d'en trouver un au bon moment, alors que les prix étaient sur le point de grimper et que des familles avec de jeunes enfants commençaient à coloniser ce qui avait été autrefois le quartier des mères célibataires vivant de l'aide sociale, des migrants économiques, des ouvriers qui se partageaient une chambre à trois et des vieux crabes qui étaient là depuis si longtemps qu'ils se souvenaient du Blitz de 1940.

Comparé à ce qu'elle avait eu à Lincoln – un duplex dans un immeuble neuf, desservi par le bus depuis le centre-ville – ce n'était pas grand-chose. Trois pièces et une salle de bains en rez-de-chaussée, avec une cuisine grande comme un placard ; des portes-fenêtres donnant sur un bout de jardin qu'elle partageait avec les gens du premier étage. Le propriétaire précédent devait avoir une vraie passion pour la peinture rouge ; quand Maddy se levait le matin, la couleur vibrait derrière ses yeux.

Petit à petit, lorsqu'elle n'était pas trop éreintée après son service, elle avait repeint l'appartement pour qu'il soit davantage à son goût. Deux couches de fond dans la chambre et le salon, puis un vert pâle discret pour terminer. Pour faire la même chose dans la cuisine, il aurait fallu qu'elle démonte toutes les étagères, et il y en avait vraiment trop. Elle se contenta de recouvrir le plus de surface possible avec des cartes postales et de vieilles photos : une reproduction aux couleurs criardes des tournesols de Van Gogh, le village près de Louth où ses parents vivaient autrefois.

En rentrant, ce soir, elle jeta son manteau sur le lit, se débarrassa de ses chaussures d'une ruade, et passa dans le salon, zappant d'une chaîne à l'autre avant de finalement éteindre la télé. Elle avait manqué les infos.

Elle se dit qu'elle allait se faire du thé.

En attendant que l'eau se mette à bouillir, elle appela l'hôpital où on avait emmené Paul Draper.

– Vous êtes de la famille ?

– Une collègue. J'étais avec lui quand...

– Je regrette. Nous ne pouvons donner de renseignements qu'aux parents proches.

Mais qu'est-ce que ça peut bien vouloir dire ? se demanda Maddy. Qu'il est encore en plein milieu d'une opération glandilleuse ? Qu'il est déjà mort ?

Elle remporta son thé dans le salon et, sans allumer la lumière, elle s'assit, les jambes repliées sous elle, sur le canapé qu'elle avait acheté dans une salle des ventes près du métro Angel.

L'expression du visage de Graeme Loftus lui revint en mémoire, la colère à peine voilée dans sa voix quand elle avait refusé son invitation ; les doigts de Maurice Repton lui pressant vivement le bras, avec insistance. Existait-il une seule situation, pensa-t-elle, où les hommes, la plupart des hommes, ne se sentaient pas le droit de tâter le terrain, de faire du baratin, de se frotter contre vous comme un chien à la recherche d'une femelle en chaleur ?

Fatiguée, elle ferma les yeux, et aussitôt elle revit Grant dans l'entrepôt aménagé, bondissant sur ses pieds.

Sale pétasse !

Alors qu'il s'avance vers elle, ses mains... que font ses mains ?... la gauche est tendue vers elle, les doigts écartés, la droite... où est la droite ?... est-ce qu'elle s'abaisse, pour disparaître derrière son dos, saisir quelque chose peut-être... ?

L'automatique que tient Mallory tire deux fois, avec un intervalle infime entre les coups de feu, et quand elle rouvre les yeux, Grant a cessé de vivre.

L'arme sur le plancher. Un Derringer, pas plus grand qu'une main d'homme : un pistolet qu'on ne voyait, autrefois, que dans les westerns des dimanches après-midi pluvieux, quand il surgissait de la manche d'un joueur à la petite semaine surpris en train de tricher avec un jeu de cartes biseautées.

Parfois, on repère ce genre de détail, parfois non.

Maddy frissonna.

Son thé était froid.

Reposant sa tasse, elle jeta un regard vers les portes-fenêtres et, l'espace d'un instant, derrière le reflet de son propre visage, quelque chose bougea.

Maddy se figea.

Deux secondes, peut-être quatre, pas plus. Se levant prestement, elle tourna la clé dans la serrure, repoussa les deux verrous, et sortit dans le jardin. La pelouse était parsemée de feuilles tombées du poirier stérile planté chez les voisins. Les plates-bandes latérales étaient garnies de quelques arbustes et de fleurs fanées. Au fond du jardin, la masse sombre d'un lilas de Chine, entremêlé de houx, s'élevait jusqu'à hauteur d'homme. Il y avait juste assez de vent pour en agiter les feuilles lancéolées.

Maddy se tint parfaitement immobile.

À part les bruits de la ville qui s'agitaient autour d'elle, rien ne bougeait.

Son cœur ralentit, retrouvant son rythme normal.

Ce n'était donc que ça, quelque chose que le vent avait fait bouger.

De retour à l'intérieur, elle verrouilla la porte, tira les rideaux, et alla se coucher avec mille précautions.

3

Le bureau du directeur général des brigades spéciales se trouvait au septième étage. Comme un certain nombre d'autres unités, la SO7 dépendait de lui. Au-dessus de lui, disait la légende, il n'y avait guère que Dieu et tous ses anges. Maddy espérait qu'ils seraient de son côté.

Dans l'antichambre, elle donna son nom au fonctionnaire de service et déclina son invitation à s'asseoir. Quand le type la détailla des pieds à la tête, elle fit semblant de ne pas s'en apercevoir. Elle avait passé dix minutes, ce matin, à cirer les bottines noires qu'elle portait avec son tailleur pantalon bleu marine, acheté un an et demi plus tôt chez M&S et qui commençait à montrer quelques signes de fatigue.

Un signal sonore retentit sur le bureau du réceptionniste.

– Vous pouvez passer à côté.

Maddy frappa à la porte, respira à fond, et entra. Visage mince, portant lunettes, un crâne qui se dégarnissait avec élégance, le directeur général Harkin lui sourit de derrière son bureau. Il était en bras de chemise, poignets retournés, la cravate impeccablement nouée et ornée d'une pince. Moins âgé qu'un certain nombre de ses subalternes, Mallory y compris, il n'avait que quelques années de plus que Maddy elle-même.

– Inspecteur Birch. Maddy. Vous préférez vous asseoir ou rester debout ?

– Rester debout, monsieur le directeur, si cela ne vous dérange pas.

– Bien sûr que non, si cela vous convient. Je suis sûr que cet entretien ne prendra pas longtemps.

Pas un souffle d'air ne circulait dans la pièce, mais l'atmosphère n'était pas déplaisante. Il y flottait une vague odeur d'antiseptique et de fleurs. Des toiles anonymes sur les murs. Une carafe d'eau et des verres sur une étroite table latérale. Le décor rappelait à Maddy la salle d'attente de l'aéroport de Gatwick, la seule fois de sa vie où elle avait eu droit à une place en classe affaires avec un billet économique.

Harkin tapota des paperasses sur son bureau.

– Il n'y a pas longtemps que vous êtes dans la brigade.

– Non, monsieur.

– Vous vous adaptez bien ?

– Oui, monsieur, il me semble.

– À propos d'hier, fit-il. Le premier point que je tiens à souligner sans aucune ambiguïté, c'est que la façon dont vous vous êtes comportée est remarquable. Absolument remarquable. (Harkin sourit jusqu'aux oreilles, comme si le compliment s'adressait à lui-même.) Tout ce que l'on m'a raconté, et le rapport du commissaire principal – ma foi, vous l'avez entendu vous-même hier soir, chanter vos louanges avec force détails –, tout cela, donc, met en lumière un travail bien fait. De l'initiative. Du sang-froid. Du cran. Par-dessus tout, du cran. S'attaquer à un homme armé... Je ne serais pas étonné que cela vous vaille une citation.

– Merci, monsieur le directeur.

– Cela ne pourra vous faire que du bien dans la perspective d'une promotion. Que du bien. Vous avez passé le concours d'inspecteur principal, il me semble ?

– Deux fois, monsieur.

– Hmmm. Enfin, les qualités finissent toujours par être reconnues. Tôt ou tard. Les qualités comme les vôtres. Sur le terrain. (Harkin toussa contre le dos de sa main.) Il y aura une enquête, bien sûr. Un décès par balles. Menée par des collègues d'une autre unité. C'est la procédure habituelle.

– Oui, monsieur le directeur, je comprends.

– Et vous n'avez pas d'inquiétudes, je suppose ?

– D'inquiétudes, monsieur le directeur ?

– En ce qui concerne cette enquête. La chronologie des événements, et le reste.

– Monsieur ?

– Il n'y a pas de doute, dans votre esprit, sur la façon dont les choses se sont passées ?

Maddy sentit la transpiration lui picoter le creux des aisselles.

– Non, monsieur le directeur.

Harkin hocha la tête et jeta un regard vers la fenêtre comme si quelque chose, à l'extérieur, avait soudain mobilisé son attention.

– Les actions du commissaire principal Mallory, d'après vous, étaient adaptées à la situation ?

– Oui, monsieur le directeur.

– Bien. Excellent.

Une fois qu'elle eut repéré le léger tic qui agitait l'œil gauche du directeur général, Maddy eut du mal à le quitter du regard ; elle préféra fixer le plancher.

– En ce qui vous concerne, personnellement..., dit Harkin. Les incidents de ce genre, avec mort violente, il faut parfois un certain temps pour que l'esprit les digère.

– Oui, monsieur, je n'en doute pas.

– Si vous pensez que nous pouvons vous aider en ce sens, d'une façon ou d'une autre... En vous accordant quelques jours de congé, peut-être... En vous permettant d'en parler à un spécialiste de ces problèmes, un professionnel...

– Un psychiatre, monsieur ?

– Quelque chose de ce genre.

– Je ne crois pas que ce sera nécessaire. Franchement. Je vais bien.

– Oui, oui. Je vous crois. (Harkin réarrangea quelques papiers sur son bureau.) En ce cas, si nous avons fait le tour de la question...

– Pour l'inspecteur adjoint Draper, monsieur le directeur, je me demandais s'il y avait du nouveau ?

– Ah. (Harkin ôta ses lunettes et se pinça l'arête du nez entre le pouce et l'index.) C'est un drame, ce qui est arrivé à l'inspecteur adjoint Draper. Un vrai drame.

L'une des premières choses qu'avait faites Paul Draper, alors que Maddy et lui bavardaient, leur premier jour à la brigade, ce fut de lui montrer une photo de sa femme et de son gamin. Alice et Ben. En vacances quelque part dans le Nord-Ouest. À Blackpool. Ou Morecambe. La mer à peine visible à l'horizon. Alice en maillot de bain deux-pièces, pas exactement un bikini, sa silhouette n'ayant pas encore retrouvé ses formes d'autrefois, tenait sur son genou le petit Ben en grenouillère. La lumière obligeait Alice à plisser un peu les paupières, mais elle souriait malgré tout, et elle avait le teint pâle, comme si elle n'était pas habituée au soleil.

– Il faut que tu viennes nous voir, avait dit Paul. On achètera des plats à emporter, on les mangera chez nous. Alice sera ravie d'avoir de la visite.

Maddy n'y était jamais allée.

À présent, elle était inconfortablement assise sur le bord d'une chaise. En face d'elle, Alice, effondrée sur le canapé, nourrissait le bébé qui tétait en geignant. Sur la table basse, des tasses de thé à peine tiède. Des biscuits, des morceaux de biscotte. Il y avait eu des photographes, devant la porte, une poignée ; un reporter, acharné, de la feuille de chou locale, une quelconque *Gazette* ou *Dépêche*.

– Alice...

Au son de la voix de Maddy, les larmes apparurent de nouveau sur le visage d'Alice Draper. Comment pourrait-elle ne pas pleurer ? pensa Maddy. Vingt-trois ans, mère d'un nourrisson de six ou sept mois tout au plus, et maintenant, ceci...

Maddy se força à se lever de sa chaise. À travers les rideaux entrouverts, elle voyait l'immeuble d'en face, identique à celui où elle se trouvait ; un empilement de balcons tous encombrés de bacs à fleurs, de bicyclettes en train de rouiller, de linge qui gigotait sur les cordes, agité par le vent de cette fin d'après-midi. Le soir tombait déjà.

– Il est pas mal, notre appart, avait dit Draper. Pas mal du tout. C'est un ancien logement social, sinon il aurait été au-dessus de nos moyens. Mais ça va. Tu verras quand tu viendras.

Il ressemblait un peu à ce guitariste, s'était dit Maddy, celui qui jouait autrefois avec Morrissey.

Alice avait à peine parlé. Avant qu'on ne se décide à le déclarer mort, son jeune mari n'avait rien dit du tout. Les fleurs envoyées par le préfet de police de Londres se trouvaient encore près de l'évier, où elles attendaient qu'on les mette dans un vase. Je vais m'en occuper avant de partir, pensa Maddy. Je vais laver ces tasses, préparer une nouvelle théière. Voir si j'arrive à convaincre Alice de manger quelque chose, un sandwich au moins.

Pendant que Maddy attendait que l'eau du thé se mette à bouillir, Alice alluma le poste pour regarder le journal télévisé.

– Alice, fit Maddy, vous êtes sûre que c'est une bonne idée ?

Sur l'écran aux couleurs artificiellement éclatantes, le visage de Paul Draper apparut quelques instants, puis s'évanouit.

– Alice...

Assis derrière une rangée de microphones, le directeur général de la police avait l'air sombre, mais déterminé.

– D'après toutes les informations qui me sont parvenues, il ne fait aucun doute à mes yeux que l'opération a été préparée avec beaucoup de soin et de professionnalisme, et exécutée avec un haut niveau de compétence qui fait honneur à tous les officiers qui y ont pris part. En ce qui concerne le décès tragique d'un jeune inspecteur adjoint...

Sans consulter Alice, Maddy se pencha en avant pour éteindre le téléviseur.

Ben se tortillait sur les genoux de sa mère ; il pleurnichait contre sa poitrine.

– Alice, Alice, je crois que vous le tenez trop serré. Vous voulez que je le prenne une minute ? Voilà. C'est ça. Le temps que vous buviez votre thé.

Le bébé posa sur Maddy ses grands yeux pâles au regard étonné, et elle sentit une émotion soudaine lui tordre les tripes. Quand Alice souleva la tasse, celle-ci lui glissa entre les doigts, renversant du thé sur la table et le plancher.

– Ce n'est pas grave, fit Maddy. Je nettoierai.

Alice se tourna vers elle, la regardant sans la voir.

– Paul, fit-elle. Paul, Paul...

– La pauvre fille. (Vanessa Taylor déchira un morceau de chapatti et s'en servit pour saucer ce qu'il restait de son poulet massala.) Quel genre de vie va-t-elle avoir, à présent ?

Cela faisait bien un an, maintenant, que Maddy et Vanessa se rencontraient chaque semaine ou presque, quand leurs services le permettaient, pour boire un verre ou deux et manger un curry. Le temps de tailler une bonne bavette et d'échanger des ragots. Et de râler un bon coup, parfois. Contre le statut des policiers. Les salaires. Et cette foule de rumeurs malveillantes, censément démenties une bonne fois pour toutes, mais qui couraient encore dans le commissariat, sur celles qu'on soupçonnait d'être lesbiennes ou de coucher avec tous les collègues de sexe masculin.

À vingt-neuf ans, Vanessa était non seulement plus jeune que Maddy, mais aussi plus petite et plus large. Elle avait une silhouette qui ne passait pas inaperçue, et se souciait peu du regard des autres. Avant d'entrer dans la police, elle s'était essayée à d'autres métiers. Elle avait été secrétaire, puis infirmière, mais pas longtemps. Une infirmière, disait-elle, ce n'était qu'une femme de chambre affublée d'un titre ronflant. Dans ce boulot, on voyait plus de sang et de pisse que dans les pubs de Kentish Town, où elle était actuellement en poste. Cela faisait trois ans qu'elle était agent de police en tenue, et elle n'était pas certaine de vouloir le rester.

Maddy avait fait sa connaissance lors d'un stage de formation, peu de temps après s'être installée à Londres : « Intégrer le travail de la police dans la communauté ethnique ». Vanessa avait examiné des pieds à la tête le travailleur social pakistanais qui dirigeait la séance de travail de l'après-midi. « Ça me déplairait pas de m'intégrer avec un type comme lui », avait-elle glissé à Maddy avec un clin d'œil. « Si l'occasion se présentait. » Au cours de la conversation, elles avaient découvert que Vanessa n'habitait qu'à quelques rues de chez Maddy, dans Upper Holloway.

Ce soir, reluquant l'un des serveurs à chaque fois qu'il passait près de leur table, Vanessa rappela à Maddy leur première rencontre et lui demanda si elle avait déjà, tu sais, été avec un Indien, un Pakistanais...

Maddy répondit qu'elle ne pensait pas que cela lui soit arrivé.

– J'ai couché avec un type, une fois..., dit Vanessa, baissant la voix alors qu'elle se penchait en avant. Un infirmier stagiaire, à l'hôpital. Il avait des yeux immenses.

– Les yeux, seulement ?

– Arrête ! (Vanessa rit.) Il était beau comme un dieu, il avait une peau superbe.

– Et maintenant, tu vas me dire que tu te l'es tapé dans la réserve, entre les bandages et les bassins hygiéniques.

– Mieux que ça. Au dernier étage, sur l'un des lits inoccupés. Dans un service momentanément fermé à cause des compressions de personnel.

Elle avait le rouge aux joues, mais c'était sans doute à cause du curry.

– Qu'est-ce qui s'est passé ? demanda Maddy.

– Comment ça, qu'est-ce qui s'est passé ? (Vanessa rit de nouveau, plus fort que la première fois.) Ça ne t'est plus arrivé depuis si longtemps que tu as oublié ? Je peux te faire un dessin, si tu veux.

– Non, pas ça, imbécile. Je veux dire, qu'est-ce qu'il est devenu, ce type ?

– Oh, lui. Je ne sais pas. Le semaine suivante, on l'a envoyé au service obstétrique. C'était un bon coup, remarque. Je le mettrais sans hésiter dans mon Top Ten personnel. (Elle sourit.) Et toi ? Les dix meilleurs coups de toute ta vie ?

Maddy jeta un coup d'œil prudent alentour, prête à se sentir embarrassée.

– Ne plaisante pas. Il faudrait que je racle le fond de ma mémoire pour en retrouver cinq ou six.

– Tu veux rire.

– Tu devrais essayer de te marier avant vingt et un ans. Ça change ta façon de voir les choses, je t'assure.

Vanessa posa son couteau et sa fourchette en croix dans son assiette.

– Non ? Tu ne t'es quand même pas mariée si jeune ?

– Tu crois ?

– Comment se fait-il que tu ne me l'aies jamais dit ?

– Je ne sais pas. Je n'aime pas trop en parler, je suppose.

– Alors, c'était qui ? Dis-moi ça, au moins. Il s'appelait comment ?

– Terry, il s'appelait Terry. Ça te va ? Satisfaite ? C'était un type plus âgé que moi, un peu plus vieux, j'étais encore une gamine, je vivais encore chez mes parents, et quand je l'ai connu, j'ai cru que c'était un cadeau du ciel. Maintenant, parlons d'autre chose, tu veux bien ?

– D'accord.

Vanessa haussa les épaules et commanda deux autres bouteilles de Kingfisher. Ce n'était pas la peine d'insister, elle le voyait bien. Sinon, après le dîner, elle devrait aller toute seule au pub pour la soirée karaoké.

– Je n'arrête pas de penser, fit Maddy quelques instants plus tard, à ce pauvre môme, le fils de Paul Draper, qui va grandir sans son papa.

– Elle trouvera quelqu'un d'autre, non ? Si elle se débrouille bien. Le gamin ne se souviendra pas de son père.

Maddy secoua la tête.

– Tu crois que c'est vraiment si simple que ça ?

– Oui. Si tu veux que ce le soit.

– Parfois, je me demande, fit Maddy, si tu sais seulement que tu es née.

– Lâche-moi ! dit Vanessa en riant. Et passe plutôt ce machin aux aubergines, si tu n'en as plus besoin.

Peu après minuit, les deux femmes émergèrent du tapage et du clinquant d'une soirée prolongée et partirent, bras dessus bras dessous, dans Holloway Road. Vanessa avait persuadé Maddy de chanter avec elle *Dancing Queen*, et le duo avait bien fonctionné jusqu'aux deux tiers de la chanson, quand Maddy avait perdu le fil et s'était arrêtée brusquement.

– Qu'est-ce qui t'a pris ? demanda Vanessa. Ça marchait bien.

– Je ne sais pas. Je suppose que j'ai dû me rendre compte, tout à coup, que je chantais devant tout le monde. Et que j'avais l'air d'une conne.

– Allez, viens, dit Vanessa. Je vais t'accompagner jusqu'au bout de ta rue.

– Tu es sûre ? Ce n'est pas la peine.

– Si, ça va me faire du bien. Grâce à la marche à pied, je vais éliminer une bonne partie de la bière que j'ai bue. Y a rien de pire que de se sentir ballonnée, le matin, au réveil. (Vanessa s'esclaffa.) À part ne pas se réveiller du tout.

– C'est pas drôle, Nessa.

– Pardon. (Vanessa pressa le bras de Maddy.) Ça t'a vraiment secouée, hein ? Ce qui t'est arrivé.

– Hier soir, quand je suis rentrée chez moi, que je me suis préparée pour aller me coucher, j'ai vu quelques taches de mascara, ici, près de mon œil. Sauf que ce n'était pas du mascara. C'était du sang.

Vanessa ne dit rien avant qu'elles n'eussent atteint l'angle de la rue de Maddy.

– Prends bien soin de toi..., fit-elle en pressant de nouveau le bras de Maddy. Essaie de dormir, hein ? Tâche de ne pas trop y repenser. Et appelle-moi demain.

– D'accord, fit Maddy. Si je peux. Et fais bien attention à toi aussi.

Pendant un moment, Maddy suivit Vanessa des yeux tandis que celle-ci s'éloignait en pressant le pas, puis elle se retourna pour rentrer chez elle. Ses chaussures à talons plats cliquetaient sur le trottoir. Çà et là, des lumières luisaient faiblement derrière des rideaux tirés ou des stores baissés. Bien évidemment, elle avait été marquée par ce qu'il lui était arrivé. Grant, Draper. Ça n'avait rien de surprenant. Mais, maintenant, il y avait autre chose en plus. Sa clé se coinça un instant dans la serrure, avant de tourner. Elle se rendait compte qu'elle n'aurait jamais dû dire à Vanessa qu'elle avait été mariée, elle n'aurait pas dû lui parler de Terry, déterrer tous ces souvenirs, et se mettre à repenser à lui après tout ce temps. Terry. Rien que des abdos et des promesses. Elle se permit un sourire triste. La dernière fois qu'elle avait eu de ses nouvelles, il vivait dans le nord du Pays de Galles. Avec sa seconde femme. Et bonne chance à eux deux.

Maddy vida un fond de jus d'orange dans un verre qu'elle emporta dans le salon. Non, ça ne pouvait pas être Terry, qu'elle avait vu ce soir, rôder dans un bar du nord de Londres en milieu de semaine, les yeux fixés sur elle, au dernier rang dans la foule. C'est en voyant son visage qu'elle s'était arrêtée net, au milieu du refrain. Alors que tout le monde applaudissait, riait. *Dancing Queen.* C'était seulement quelqu'un qui lui ressemblait vaguement, sans plus.

Les rideaux étaient soigneusement tirés devant les portes-fenêtres donnant sur le jardin, masquant la nuit. Le verre était froid dans sa main. Maddy resta assise là sans bouger, jusqu'à ce que ses jambes commencent à s'engourdir, usant de toute sa volonté pour que ses yeux se ferment, son esprit se calme.

4

Au début, Elder s'était demandé s'il s'habituerait un jour au climat de cette partie de la Cornouailles. En général, tel un môme prédélinquant de cinq ans tout au plus, ce fichu climat était incapable de se concentrer plus de cinq minutes à la fois sans se disperser. Le soleil était suivi de violentes averses pratiquement horizontales, puis il brillait de nouveau, et pendant tous ces bouleversements, soleil et pluie, le vent, quasi inévitable, soufflait en permanence. « Ça vous fouette le sang », disaient les autochtones – quand ils daignaient ouvrir la bouche – si Elder se plaignait.

Puis, par une fin d'après-midi des derniers jours d'octobre, alors que la nuit tombait, il prit conscience que pendant trois jours pleins le brouillard venu de l'Atlantique, mêlé à la brume qui voilait les collines, ne s'était pas dissipé un seul instant, noyant tout sous un gris immuable que traversait une pluie violente, implacable et incessante. Et il n'y avait guère prêté attention.

Assis dans le coin le plus reculé de la cuisine, à la lueur d'une ampoule nue, il avait lu sans interruption – du Priestley, en ce moment, une édition défraîchie des *Bons Compagnons* –, se levant de temps à autre pour faire du thé ou allumer la radio, afin d'entendre une autre voix que la sienne. Parfois, délaissant Priestley, il fermait les yeux et écoutait l'une des rares cassettes qu'il possédait, celle d'un quatuor à cordes, par exemple, qu'il avait trouvée à la salle des ventes du village voisin – pas si voisin que ça, d'ailleurs, puisqu'il lui fallait, pour s'y rendre, faire trois bons kilomètres à travers champs en franchissant des haies grâce à des échaliers.

Il avait changé d'adresse deux fois depuis le début de l'été, lorsque le propriétaire de la maison qu'il louait depuis près de deux ans avait décidé de vendre celle-ci. Tout d'abord, et brièvement, il avait pris un appartement au troisième étage d'une maison victorienne à Penzance, avec vue sur le port et le Mont St Michael. L'expérience ne fut guère concluante. Bien que petite et méritant à peine le nom de ville, Penzance rappelait encore trop à Elder celles qu'il avait choisi de laisser derrière lui : Lincoln, Leeds, Mansfield, Nottingham. Après cela, il avait de nouveau traversé la péninsule pour s'installer là où il se trouvait à présent : une ancienne maisonnette d'ouvrier agricole, entre la lande et la mer.

Le rez-de-chaussée était chauffé par un fourneau à mazout, qui fournissait de l'eau chaude quand l'envie lui en prenait, et sur lequel Elder avait peu à peu réappris à cuisiner. Rien de spectaculaire : des civets, des ragoûts, des pâtes, du poisson. À quoi bon vivre si près de la mer si on ne mangeait pas de poisson ? Maquereau, rouget, cardine, bar, limande sole, parfois du requin. Son préféré, le maquereau, était aussi, heureusement, de très loin le moins cher de tous.

Dans la pièce où dormait Elder, la pierre des murs était à nu, à part un pan sur lequel on avait flanqué du plâtre en couche irrégulière. Une seconde pièce, plus petite, contenait des vêtements qu'à présent il portait rarement, des cartons et des sacs, et divers vestiges d'une vie qu'il préférait oublier. À une époque indéterminée, on avait ajouté une salle de bains à l'arrière de la maison. Le siège des toilettes vacillait dangereusement dès qu'on le touchait, les scellements et la tuyauterie ayant été achetés à bas prix chez un revendeur de matériel d'occasion. Quant à la baignoire, sous les gros robinets démodés, le fond en était marqué par plusieurs générations de taches rougeâtres superposées.

Non loin de là, au bout d'un sentier étroit, se trouvait la ferme aujourd'hui déserte et délabrée à laquelle la maisonnette appartenait autrefois – fenêtres occultées par de la toile à sac, loquets grossiers et gros cadenas aux portes. Selon un ragot qu'Elder avait vaguement entendu, une querelle familiale avait opposé le père et le fils. Les fermiers voisins faisaient paître leurs bêtes sur leurs terres, en versant une participation. À part quelques promeneurs solitaires, Elder ne voyait pratiquement pas âme qui vive d'une semaine à l'autre.

Ce qui lui convenait parfaitement.

Cela faisait trois ans, maintenant, que son union avec Joanne avait implosé et qu'il avait quitté la police de Nottingham, pour partir la queue entre les jambes le plus loin possible vers l'ouest. Et plus d'un an que sa fille Katherine avait été enlevée par Adam Keach [1]. Séquestrée, violée, et presque tuée. Katherine, seize ans.

1. Voir *De chair et de sang*, même collection.

Ce qui lui est arrivé, Frank, c'est ta faute. C'est toi qui as failli la tuer. Toi. Pas lui.

Les propres paroles de Joanne.

Parce que tu n'as pas pu t'empêcher de te mêler de cette affaire, il a fallu que tu interviennes. Tu t'es toujours cru plus malin que les autres, voilà pourquoi.

Bien sûr, il faisait des cauchemars.

Mais jamais aussi terribles que ceux de Katherine.

Tu t'en remettras, Frank. Tu finiras par digérer tout ça, tu trouveras un moyen. Mais Katherine, elle ne s'en relèvera jamais.

Au printemps, avant le procès, elle était venue le voir, Katherine. Ils avaient parlé, ils s'étaient promenés, ils s'étaient assis devant une bouteille de vin. Pendant la nuit, Elder avait été réveillé par les hurlements de sa fille.

– Ces cauchemars, avait-elle dit, ils vont cesser, n'est-ce pas ? Avec le temps.

– Oui, avait répondu Elder. Je suis sûr qu'ils disparaîtront.

Il avait menti.

Voulant la protéger, il avait menti.

À présent, Katherine refusait de lui parler, elle coupait la communication dès qu'elle entendait sa voix. Elle avait changé le numéro de son portable. Elle ne lui écrivait pas, elle refusait de lui écrire.

C'est ta faute, Frank...

Oui, bien sûr, en un sens, c'était vrai.

Adam Keach avait tué une autre jeune fille, Emma Harrison, quelques semaines seulement avant d'enlever Katherine. Elder était de retour à la Division des crimes majeurs, à ce moment-là, en tant que consultant civil attaché à l'enquête. Déclaré apte à être jugé, Keach, dans l'espoir d'une condamnation plus clémente, avait plaidé coupable, au grand soulagement d'Elder. Cela épargnait à Katherine l'obligation de venir à la barre pour témoigner, et de répondre aux questions de l'avocat de la défense.

Pour le chef d'inculpation d'enlèvement et de sévices sexuels, la condamnation prononcée par le juge fut de dix ans d'emprisonnement. Pour le meurtre d'Emma Harrison, perpétuité.

– La perpétuité, ça ne veut plus vraiment dire la prison à vie, n'est-ce pas ? avait demandé Katherine. Plus maintenant.

C'était à peu de chose près la dernière conversation qu'ils avaient eue.

La police de Nottingham avait recontacté Elder depuis, pour une autre affaire dans laquelle son expérience et ses compétences pouvaient se révéler utiles.

– Après Keach, avait répondu Elder, j'aurais pensé que vous aviez reçu de ma part toute l'aide dont vous pouviez avoir besoin.

– Ne soyez pas aussi dur avec vous-même, Frank, avait répondu le divisionnaire. C'est vous qui l'avez coincé. Qui l'avez arrêté. Et votre fille vous doit la vie.

Elder était resté poli, mais ferme. La retraite lui convenait très bien.

– Vous allez devenir fou, dans ce trou perdu, Frank. Vous finirez par vous faire sauter le caisson.

Elder l'avait remercié de son soutien moral et raccroché le téléphone.

La journée avait commencé avec une brume légère barrant les collines, puis une pluie fine qui semblait à peine humidifier le sol. À midi, le ciel était clair et lumineux ; seuls quelques nuages d'un blanc sale traînaient vers l'ouest. Elder fourra son livre dans une poche de sa veste imperméable, une pomme et un morceau de fromage dans l'autre, et se mit en route vers le sentier côtier de River Cove, juste avant Towednack Head. Pendant une bonne demi-heure, il resta assis sur un rocher en face de Seal Island, grignotant son fromage et sa pomme, tour à tour lisant quelques pages de son livre et regardant les vagues déferler puis battre en retraite. D'habitude, Elder voyait des phoques étendus sur les rochers ou nageant près de la rive, leurs têtes rondes disparaissant tout à coup lorsqu'ils plongeaient pour attraper des poissons, mais il n'y en avait pas aujourd'hui.

Sur le chemin du retour, il remarqua que la fougère qui faisait face à la lande avait pris une teinte brune, presque rouille, parsemée çà et là du jaune des ajoncs en fleurs. L'automne touchait à sa fin, et la nuit tombait de plus en plus tôt.

Il avait à peine eu le temps d'ôter sa veste et de délacer ses chaussures de marche quand le téléphone le fit sursauter.

– Allô ?

– Frank ?

– Oui.

– C'est Joanne.

Il le savait déjà : on ne vit pas une vingtaine d'années avec une femme sans reconnaître la moindre intonation, la moindre inflexion de sa voix, même sa façon d'aspirer l'air avant de parler, le poids de ses silences.

– Qu'est-ce qui ne va pas ? demanda Elder.

– Faut-il que quelque chose n'aille pas pour que je t'appelle ?

– Probablement.

Cette respiration, là, parce qu'elle tourne la tête. Pour tirer sur sa cigarette, boire une gorgée de vin ?

– C'est Katherine, dit Joanne.

Bien sûr. Elder sentit une poussée d'adrénaline accélérer son pouls.

– Que lui arrive-t-il ? fit Elder.

– C'est difficile.

– Dis-moi.

Nouveau silence. Plus long que le premier.

– Je m'inquiète. Je m'inquiète pour elle. À cause de la façon dont elle se comporte, ces derniers temps.

– La façon dont elle se comporte ? Comment ça ? Qu'est-ce que tu veux dire ?

– Oh, elle sort tard le soir, elle se soûle. Elle ne rentre pas avant trois ou quatre heures du matin. Ou elle ne rentre pas du tout.

– Tu lui as parlé ?

– Frank, elle a dix-sept ans...

– Je sais quel âge elle a.

– Si je lui fais la moindre réflexion, elle me dit de m'occuper de mes affaires.

– Et Martyn ?

– Martyn n'a rien à voir avec ça.

Elder soupira.

– Elle ne veut plus me parler, tu le sais.

– C'est ta fille, Frank.

Comme s'il l'avait oublié.

– Quand elle ne rentre pas, dit Elder, sais-tu où elle va ?

– Elle voit quelqu'un, ça je le sais. Je crois que, parfois, elle passe la nuit là-bas.

– Tu crois ?

– Frank, je ne suis vraiment sûre de rien.

Il soupira de nouveau.

– Très bien, je vais venir. Demain. Ou après-demain. Je prendrai le train.

– Merci, Frank.

C'est ta fille.

Il reposa le combiné, s'approcha de la fenêtre, et regarda dehors. La brume se mêlait aux rameaux de plus en plus sombres de la haie. La nuit tombait. Des images de ce qu'Adam Keach avait fait subir à Katherine s'immisçaient aux confins de son esprit, et il luttait de toutes ses forces pour les chasser.

Quand elle a avait sept ans, peut-être huit, l'une des dernières fois où elle l'avait laissé l'accompagner à l'école, jusqu'à la porte de l'établissement – ce devait être à Londres, à Shepherd's Bush, elle portait le cardigan vert de l'école, une jupe plissée grise, un collant vert, des chaussures noires qu'il avait cirées la veille, son sac de classe à la main –, il avait baissé la tête vers elle et elle avait levé le bras – *Ne m'embrasse pas maintenant !* – et couru vers ses camarades. L'excluant de son existence.

Elle ne rentre pas avant trois ou quatre heures du matin. Ou elle ne rentre pas du tout.

Dix-sept ans.

Stupide, il se sentait stupide, à rester planté là. Inutile. Et vieux.

La bouteille de Jameson's était dans le placard.

Cela ne changerait rien, il le savait, mais qu'était-il censé faire d'autre ?

5

L'enquête officielle sur le décès par balles de William Grant et de Paul Draper fut ouverte moins de deux semaines après les événements. La commission d'examen des plaintes contre la police, qui traitait systématiquement ce genre de problème, demanda au commissaire principal Trevor Ashley, de la police du Hertfordshire, de mener l'investigation. Pour le seconder, Ashley choisit une inspectrice divisionnaire nouvellement promue, Linda Mills. Le mariage de la carpe et du lapin. Ashley portait des vestes en tweed aux couleurs ternes, munies aux coudes de renforts en cuir, et s'exprimait délibérément avec une certaine lenteur, d'une voix dont les intonations provinciales ne cadraient pas avec ses origines, sa ville natale se trouvant à moins de quarante minutes en voiture du nord de Londres. Mills avait la silhouette élancée, énergique, d'une femme qui commençait sa journée par une douche revigorante et quinze à vingt longueurs de piscine sur un rythme soutenu.

Assistés par trois autres officiers de police et deux civils, Ashley et Mills se virent attribuer, en guise de base, un baraquement préfabriqué installé sur le parking, ainsi que deux salles d'interrogatoire dans le bâtiment principal. L'un des premiers officiers convoqués pour être questionnés fut Maddy elle-même.

Prenant son temps, le commissaire principal lui fit passer en revue sa déposition, étape par étape, point par point, Mills l'observant attentivement, sans agressivité, prenant soigneusement des notes de temps à autre. Maddy portait toujours le même tailleur : celui des mariages, des interrogatoires et des enterrements.

– Depuis que vous avez fait cette déposition..., dit Ashley. C'était quand ? Le matin qui a suivi les événements ?... Il ne vous est pas revenu en mémoire des éléments supplémentaires ? Des précisions que vous aimeriez ajouter ?

– Non, monsieur le commissaire principal. Je ne pense pas.

– Parfois, vous savez, à la réflexion...

– Merci, monsieur, mais non.

– Bien, bien.

Après un regard à son adjointe, Ashley se carra dans son fauteuil.

Linda Mills aussi prit son temps.

– Si j'ai bien compris, l'inspecteur adjoint Draper et vous-même étiez parmi les premiers officiers à arriver à la porte de l'appartement de Grant ?

– Oui, chef.

– Et c'était délibéré ?

– Excusez-moi, je ne...

– Cela faisait partie du plan présenté lors du briefing auquel Draper et vous...

– Non. Pas exactement.

– C'était dû à quoi, alors ? À un accident ? Au hasard ?

– Oui, chef.

– Lequel des deux ?

Maddy hésita.

– Au hasard, je suppose.

L'inspectrice divisionnaire jeta un coup d'œil aux papiers étalés devant elle.

– Pas entièrement.

– Pardon, je ne vois pas très bien...

– D'après votre déposition, c'est le commissaire principal Mallory qui vous a donné l'ordre de redescendre d'un étage.

– Oui. Oui, c'est exact.

Mills la regarda droit dans les yeux.

– Pourquoi, à votre avis, a-t-il fait ça ?

Maddy prit son temps ; elle commençait à avoir des bourdonnements dans la tête.

– Je crois qu'il s'inquiétait pour notre sécurité.

– Et c'était la seule raison ?

– Il voulait, je pense, que nous empêchions une fuite éventuelle.

– Alors même que vous n'étiez pas armés ?

– Il y avait des officiers armés dans l'escalier. Partout.

– Qui avaient l'ordre de tirer en cas de besoin ?

– Je le suppose, oui.

– Et pourtant, le moment venu, c'est le commissaire principal Mallory qui a fait usage de son arme ?

Maddy hésita un bref instant, sans savoir pourquoi.

– Oui, chef.

– Et la raison pour laquelle le commissaire principal Mallory s'est servi de son arme au moment où il l'a fait ?

– Comme je l'ai dit dans ma déposition...

– La raison était...

– Dans ma déposition, c'est...

– La raison, inspecteur ?

– Mon collègue avait déjà été abattu. Grant avait tiré sur lui.

– Et le commissaire principal le savait ?

– Je suppose que oui.

Mills soupira et s'appuya contre son dossier. Bien que la température ne fût pas particulièrement élevée dans la pièce, Maddy sentait une rigole de sueur descendre lentement le long de sa colonne vertébrale. Ses mains étaient collées aux flancs du fauteuil. Le commissaire principal Ashley fit glisser vers elle un de ses documents, le présentant sous l'angle approprié.

– D'après ce croquis, l'arme dont s'était servi Grant pour tirer sur l'inspecteur adjoint Draper se trouvait hors de sa portée, en cet endroit précis, quand le commissaire principal Mallory est entré dans la pièce.

– Oui. C'est exact. Mais il avait une autre arme.

– Grant était muni d'un second pistolet ?

– Oui.

– Vous voulez parler du Derringer calibre .22 ?

– Oui, chef.

– Et où portait-il cette arme de secours ?

Maddy balbutia.

– Je ne sais pas. Je veux dire, je n'en suis pas sûre.

– Mais vous l'avez bien vue ? Cette deuxième arme ?

Bon sang ! Pourquoi était-ce si difficile ?

– Pas tout de suite, non.

– Comment expliquez-vous ça ?

– À la façon dont il la portait, elle n'était pas visible. Elle était cachée.

– Mais je croyais qu'il venait de sauter du lit, qu'il était nu, intervint Mills pour prendre le relais. Ou presque nu.

– Il avait un pantalon.

– Un pantalon ?
– Oui.
– Seulement un pantalon ?
– Oui.
– Alors, où était l'arme ?

À présent, Maddy sentait la transpiration perler aussi sous ses bras.

– Je ne sais pas. Dans la ceinture, sans doute. Dans le dos. Dans l'une des poches. Je regrette, je ne sais vraiment pas.

Mills et Ashley échangèrent un regard.

– Donc, pour que les choses soient claires, dit Ashley, vous avez bien vu Grant saisir sa deuxième arme ?
– Je l'ai vu baisser le bras, oui.
– Baisser le bras ?
– Oui.
– Pour s'emparer du Derringer ?
– Je le suppose, oui.
– Et vous vous êtes sentie menacée ?
– Évidemment.
– Par Grant ?
– Oui.
– Parce que vous avez vu l'arme dans sa main ?
– Je venais de le voir abattre mon collègue Draper. J'ai pensé qu'il me tuerait aussi s'il le pouvait.
– Donc, l'intervention du commissaire principal Mallory était entièrement justifiée ? De votre point de vue ?
– Oui.
– Malgré tout..., fit Mills d'une voix plus cassante qu'auparavant, à aucun moment vous n'avez vu l'arme dans la main de Grant ?
– Je l'ai vue sur le plancher, près de lui, quand il s'est écroulé.

Linda Mills ferma les yeux. Trevor Ashley sourit.

– Bien, fit Ashley. Ce sera tout, je pense. Pour le moment. Merci, inspecteur, de votre collaboration.

Maddy sentit la tête lui tourner un peu quand elle se leva de son siège.

– À votre place, dit Mills, j'éviterais de parler de cet interrogatoire avec les collègues. Il est très probable que nous aurons besoin de vous reconvoquer.

Lorsqu'elle eut franchi la porte, Maddy sentit l'odeur de sa propre transpiration monter d'elle par vagues.

Dans le couloir du rez-de-chaussée, elle fut interceptée par un Maurice Repton aux cheveux impeccablement peignés, et qui exhalait une vague odeur d'eau de Cologne.

– Alors, comment ça s'est passé, là-haut ? demanda Repton. L'interrogatoire. Matraques en caoutchouc et poucettes ?

Maddy parvint à sourire.

– Non, patron, rien de tel.

– Pas de pièges ?

– Non, patron, pas vraiment.

– Pas de questions gênantes ? Au sujet des coups de feu ?

Maddy secoua la tête.

– Elle vous en a fait baver, non ?

– Patron ?

– Cette Linda Mills. C'est toujours sur les femmes qu'elle s'acharne le plus.

– Ça n'a pas été trop méchant, patron.

– Quand elle raflera le poste d'Ashley, le pauvre bougre en sera encore à imaginer que *retraite* n'est qu'un mot de huit lettres pour *Des chiffres et des lettres*. Elle sera directrice adjointe de la police en dix ans. Avec un couplet sur la discrimination positive, sa photo dans la presse. (Repton fit un petit pas en arrière, affichant un sourire sardonique.) Si seulement elle avait un peu de sang nègre, elle y serait déjà, à la direction de la police.

Lorsque Maddy atteignit la porte principale, elle resta cinq bonnes minutes sans bouger, à inspirer tout l'air frais que ses poumons pouvaient contenir.

6

Si peu de temps après la fin de l'été, les prémices de l'hiver avaient toujours sur Maddy Birch un effet déprimant : retarder les pendules d'une heure bousculait son équilibre hormonal de la même façon que le faisaient ses règles, l'expédiant sous sa couette où elle se pelotonnait avec une bouillotte sur le ventre après avoir avalé un Nurofen.

Quand elle se hâtait, comme ce soir, de rentrer chez elle à la nuit nouvellement tombée, le vent s'engouffrant dans le dédale de rues séparant Holloway Road de Hornsey Rise, même l'écharpe nouée autour de son cou et coincée sous son manteau ne parvenait pas à arrêter le froid. Si elle en avait eu les moyens, elle aurait laissé le chauffage allumé toute la journée dans son appartement. Elle aurait fait n'importe quoi pour ne pas avoir à retrouver, une fois sa porte ouverte, le même rez-de-chaussée glacial où stagnait toujours, à présent que novembre approchait, une persistante odeur de moisi.

D'habitude, la première chose qu'elle faisait, avant même d'ôter son manteau, c'était de gratter une allumette pour allumer le chauffage à gaz installé dans la cheminée. Ensuite, elle remplissait la bouilloire électrique, se préparait une tasse de thé pour se réchauffer les mains. S'il faisait vraiment froid, un toast beurré. Dans quel état serait-elle en février ? Elle n'osait même pas y penser.

– Ce n'est pas possible que ce soit pire ici que là d'où tu viens, avait dit une fois Vanessa alors que Maddy se plaignait. Dans ton foutu Lincolnshire ! Le vent qui souffle là-haut, il arrive tout droit de Sibérie. Par les nuits d'hiver, on entend hurler les loups.

Ce soir-là, cependant, Maddy avait d'autres préoccupations que le vent d'hiver : l'inspecteur divisionnaire Repton qui l'avait attendue pour lui demander comment s'était passé son entretien avec le comité d'investigation, ses remarques sexistes et racistes, sincères ou parodiques, ne parvenant pas à masquer son inquiétude ; le commissaire principal lui demandant : *Donc, pour que les choses soient claires, vous avez bien vu Grant saisir sa deuxième arme ?* – d'un ton suffisamment désinvolte pour donner l'impression, pratiquement, que cette question venait de lui traverser l'esprit. *Il est très probable que nous aurons besoin de vous reconvoquer.*

Maddy poussa l'étroit portillon et sortit ses clés de son sac ; quelqu'un s'était servi de son petit carré de jardin comme d'un dépotoir pour se débarrasser d'un reste de frites et de petits pois spongieux.

Quand elle entra dans l'appartement, entre le moment où elle repoussa la porte derrière elle et celui où elle alluma la lumière, Maddy se figea sur place, une vague d'air froid courant comme une décharge électrique à l'arrière de ses bras et de ses jambes. L'espace d'un instant, son cœur sembla s'arrêter.

Les portes de la salle de bains et du salon, donnant toutes les deux sur l'entrée, étaient grandes ouvertes, alors qu'à cette période de l'année Maddy les laissait toujours fermées.

– Y a quelqu'un ?

Sa voix avait une tonalité bizarre, étrangement frêle.

Elle avait le temps de ressortir, reverrouiller la porte, mais ensuite ?

Maddy préféra foncer dans le salon, allumant la lumière au passage.

Rien ne bougeait, rien ne remuait.

Chambre, salle de bains, cuisine : même chose.

La respiration de Maddy s'apaisa, l'adrénaline cessa de circuler dans ses veines. Les rares objets de valeur qu'elle possédait étaient toujours à leur place. Il y avait un verre sur l'égouttoir, un verre qu'elle utilisait très rarement. Le loquet placé en haut des portes-fenêtres n'était pas mis, et quand Maddy en abaissa la poignée courbe, il s'ouvrit de lui-même, n'étant pas bloqué par le verrouillage de sécurité. À l'extérieur, elle décela sur les portes-fenêtres des marques circulaires qu'elle ne se rappelait pas avoir vues auparavant.

Un picotement lui parcourut l'épiderme le long des bras.

Après avoir soigneusement refermé les fenêtres, elle examina de nouveau chaque pièce dans ses moindres détails. Sa montre affichait huit heures dix, et elle devait retrouver Vanessa à neuf heures. Le téléphone en main, Maddy allait appeler pour se décommander quand elle changea d'avis.

Leur restaurant indien préféré, dans Kentish Town Road, avait été entièrement rénové, les murs débarrassés de leur revêtement en papier velouté, et se donnait à présent un air hyperbranché au point de ressembler à une cantine de luxe, avec éclairage tamisé et serviettes de table lavande en coton d'Égypte. Leur nouveau rendez-vous, dans l'hinterland situé entre Tufnell Park et Archway, convenait mieux à leurs goûts : un endroit banal, sans luxe inutile, très correct jusqu'à l'heure de fermeture des pubs, lorsque l'atmosphère devenait électrique et tumultueuse, et que les poppadoms avaient tendance à voler comme des frisbees dans l'atmosphère surchauffée.

– On ne t'a rien volé, c'est ça? dit Vanessa. Rien n'a disparu?

Maddy secoua la tête.

– Mais on avait manipulé des objets, tu dis? On les avait changés de place?

– Un ou deux. Il me semble. Je ne sais pas trop.

– Et les portes donnant sur le jardin, il n'est pas possible que tu aies oublié de les verrouiller?

– Non.

– Tu en es sûre?

– Oui. Non. Je veux dire, je fais toujours attention à ce genre de détail. Mais, non, je n'en jurerais pas, non.

Vanessa pencha la tête sur le côté.

– Tu n'es pas en train de me faire une crise, au moins? De flipper pour rien?

– C'est facile, pour toi, dit Maddy, de te payer ma tête.

– Non, je ne me moque pas de toi, affirma Vanessa. Tiens, prends un peu de mon poulet tikka. Ça te remontera le moral.

– Ce n'est pas drôle. (Maddy fut elle-même surprise par sa véhémence.) Ça ne ressemble pas du tout à un canular sans conséquence.

– Alors, dépose une main courante, dit Vanessa.

– Ça ne servirait à rien.

– Pourquoi?

– Parce que le collègue qui prendrait ma déposition aurait exactement la même réaction que toi.

– Excuse-moi.

– Ce n'est pas grave. (Se forçant à sourire, Maddy prit quand même un peu du poulet tikka de Vanessa.) C'est seulement que je n'avais pas besoin de ça en ce moment, avec cette histoire d'enquête interne. Ils m'ont cuisinée cet après-midi.

– Ça s'est passé comment ?

– Comme si j'étais au banc des accusés pour un délit que j'ignorais avoir commis.

– Les salauds.

– Ils ne font que leur boulot, je suppose.

– Mais c'est terminé, maintenant, non ?

Maddy secoua la tête.

– Il est plus que probable qu'ils vont avoir envie de m'interroger une deuxième fois.

Les deux femmes en étaient au café (instantané, très probablement, mais accompagné de petits chocolats) quand Maddy ajouta :

– L'autre soir, au karaoké, tu te souviens ? Quand j'ai déraillé en plein milieu de la chanson. Il y a quelque chose que je ne t'ai pas dit.

Vanessa cessa de remuer ses deux sucres.

– Je t'écoute.

– J'ai cru voir quelqu'un que je connaissais.

– Dans le pub ?

– Oui. Assis près du fond de la salle. Il me regardait.

– Qui ?

– Terry, mon ex-mari.

– Et c'était bien lui ?

– Non, je ne pense pas. Quelqu'un qui lui ressemblait, c'est tout. Pour autant que je sache, Terry est au nord du Pays de Galles, et bon débarras.

Vanessa sourit.

– Tu n'as pas pu lui pardonner, alors ?

– Lui pardonner quoi ?

– Qu'est-ce que j'en sais ? La dernière fois que je t'ai posé des questions sur lui, tu as failli m'agresser.

– Excuse-moi.

Vanessa haussa les épaules.

– C'est tes affaires, pas les miennes.

– Ce n'est pas ça, c'est seulement que... tu sais...

– Tu ne vas pas me dire que tu es encore amoureuse de lui, quand même ?

– Bon sang, non !

– Alors, c'est quoi, le grand mystère ?

– Il n'y a pas de mystère.
– Seulement, tu n'as pas envie de te confier à ta meilleure amie, c'est tout.
Maddy s'esclaffa.
– Tu ne lâches jamais le morceau, toi, hein ?
– En général, non.
– D'accord, mais je vais avoir besoin de boire un verre.
– Ici, ou au pub ?
– Au pub.
Vanessa se retourna pour faire signe au serveur, qui, adossé au mur, composait un texto sur son portable, de leur apporter l'addition.

Dehors, il faisait nuit. Dans la rue, passaient de rares piétons, quelques voitures, un bus de temps à autre. Le pub était calme – une télé au-dessus du bar, une table de billard, une clientèle surtout composée d'habitués. Les deux femmes emportèrent leurs consommations vers un coin paisible près de la fenêtre. Quand Maddy commença à raconter son histoire, celle-ci lui parut bien banale, bien ordinaire.

Lorsque Maddy l'avait rencontré, Terry travaillait au bout de la rue où elle habitait avec ses parents. Il était maçon, plâtrier plus exactement, et la plupart des maisons de ce quartier de Stevenage étaient en cours de rénovation. Maddy s'était aussitôt amourachée de lui. Il avait un certain culot, Terry, mais il n'était pas grossier comme certains. Bien bâti, il était tout à son avantage quand il travaillait torse nu, Maddy l'avait remarqué. De belles mains, vu le métier qu'il exerçait, pas trop rugueuses.

Après une semaine d'allusions et de sous-entendus, Terry s'était décidé. Il l'avait invitée à boire un verre le vendredi soir suivant, et Maddy avait pensé : oui, pourquoi pas ? Elle travaillait à Londres, à ce moment-là, réceptionniste à Capital Radio. Tous les jours, elle prenait le train qui l'emmenait à King's Cross, puis le métro jusqu'à Leicester Square, sur la Piccadilly Line. C'était excitant, au début, toute cette agitation, ce bruit.

Ils étaient allés en vacances ensemble, ce premier été, à Majorque, et Terry l'avait demandée en mariage, pas à genoux mais presque, se roulant dans le sable devant leur hôtel, où ils venaient passer six jours en demi-pension. Maddy avait cru que Terry s'était déclaré sous l'effet de l'alcool, que le lendemain il essaierait de faire passer ça pour une sorte de plaisanterie, mais il était on ne peut plus sérieux. Trois mois plus tard, ils étaient devant la mairie, Maddy portant un joli petit tailleur de chez Next, des chaussures neuves qui la mettaient à la torture, et sa mère affichait une moue à faire tourner une casserole de lait. Quels qu'aient pu être les espoirs qu'elle plaçait en son futur gendre, de toute évidence Terry était loin de les combler.

Elle eut ces fortes paroles : « Fais bien attention, ma fille, il va te mettre enceinte avant Noël, et elle sera où, ton indépendance, à ce moment-là ? Qu'est-ce qu'il en restera, de ta bon Dieu de vie ? »

Cela n'était pas arrivé, en fait, mais ce n'était pas faute d'avoir essayé.

Maddy avait pensé que le problème pouvait venir de Terry, mais il se révéla qu'elle était seule en cause. Terry avait déjà un môme, un fils de quatre ans, qui vivait à Milton Keynes avec sa mère, une coiffeuse à temps partiel prénommée Bethan. Maddy l'apprit tout à fait par hasard.

En fin de compte, alors qu'elle le croyait sur un chantier à Northampton, Terry se trouvait dans un trois pièces à Milton Keynes avec Bethan et le gamin, à jouer aux sept familles.

– Ça te regarde, peut-être ? fit Terry quand Maddy lui demanda des comptes.

Maddy exigea qu'il choisisse, elle ou Bethan, et commença à faire sa valise.

– Mais pourquoi tu m'as épousée, bon sang ? voulut savoir Maddy.

– J'en sais foutre rien !

Quand elle lui annonça qu'elle voulait divorcer, il dit qu'il n'avait rien contre.

Ce soir-là, lorsqu'elle rentra de son travail, il avait quitté la maison. Elle n'avait été mariée guère plus de deux ans, et, rétrospectivement, elle s'étonna que cela ait tenu si longtemps.

– C'est à cette époque-là que tu es entrée dans la police ? demanda Vanessa alors que Maddy tendait la main pour prendre son verre.

– J'en avais assez, je voulais partir ailleurs. Quand je pense à la tête de ma mère, à chaque fois que je rentrais, ce mélange de pitié et de je-te-l'avais-bien-dit ! (Elle rit.) On était allés à Lincoln deux ou trois fois, quand on passait les vacances à Skegness, une petite balade en voiture pour voir la cathédrale et flâner dans les environs. (Maddy s'esclaffa de nouveau.) Au moins, ce n'était pas Stevenage.

– Qu'est-ce qui t'a fait quitter Lincoln pour t'installer ici, dans la capitale ?

– J'en ai eu assez encore une fois, je suppose.

– Et maintenant, il y a cette histoire autour de la mort de Grant, et puis l'enquête. C'est tout ça qui te stresse. Pas étonnant que tu aies des visions.

– Merci, docteur.

– J'ai été infirmière, ne l'oublie pas.

– Je ne l'oublie pas.

– Je sais ce que tu devrais faire, dit Vanessa. J'ai la solution idéale pour toi.

– Retourner dans le Lincolnshire ?

– Rien d'aussi radical. Mets-toi plutôt au yoga.

– Moi ? Au yoga ? Tu plaisantes ?

– Et pourquoi ?

– Tu me vois assise en tailleur, comme un bouddha en collant, dans une salle pleine de courants d'air ?

– Ce n'est pas comme ça du tout. Ce que tu me décris là, ce serait plutôt de la méditation. Le yoga, c'est génial. Ça t'aide à te détendre. Et comme exercice, c'est excellent. (Elle sourit.) Regarde moi.

– Je ne sais pas trop.

– Vas-y. Il y a un nouveau cours qui vient de s'ouvrir. Là où je vais, au foyer municipal de Crouch Hill. Initiation au yoga. Fais un essai.

– Je vais voir. Je ne te promets rien, remarque.

– D'accord. Maintenant, finis ton verre, et je te raccompagne. Je vérifierai qu'il n'y a pas de croquemitaine sous ton lit.

Le premier soir où elle assista au cours, Maddy faillit renoncer pendant l'échauffement. Toutes ces femmes – il n'y avait que des femmes – qui venaient à tour de rôle se placer debout sur une jambe, le dos au mur, pour lever le plus haut possible l'autre jambe tendue devant elles que leur partenaire tenait par la cheville. Une ou deux d'entre elles parvinrent même à poser le pied sur l'épaule de leur coéquipière, alors que Maddy ne soulevait pas la jambe à plus de quarante-cinq degrés pendant quelques secondes.

Et la suite ne semblait pas devoir être plus facile. Atteindre la position requise était déjà assez pénible – *le chien tête baissée*, ou *la posture de l'enfant* – mais la tenir était encore plus dur. Maddy avait pleinement conscience que ses muscles s'étiraient, que ses bras et ses jambes tremblaient, le professeur se penchant sur elle de temps en temps pour rectifier sa position en douceur mais avec fermeté.

– C'est ça, Maddy. Écarte encore les bras. Un peu plus. Encore un peu.

Quand ce fut terminé, elle rentra chez elle en clopinant, prit un bain chaud, et se jura bien qu'on ne l'y prendrait plus. Mais elle y retourna. Le mercredi suivant, et puis celui de la semaine d'après, et l'autre encore. À ce moment-là, les exercices avaient même cessé de lui faire mal.

7

Miracle des miracles, sa correspondance entra en gare de Nottingham avec un retard de vingt minutes seulement. Tout en conduisant, le jeune chauffeur de taxi lui fit aimablement un brin de conversation, s'excusant du détour qu'imposaient les travaux du tramway le long de Canal Street et de Maid Marian Way.

– Ils testent la résistance des rails, vous voyez ? Ils posent les voies, ils les démontent, ils en remettent d'autres. Pourtant, les trams qu'ils font circuler dessus, ils dépassent pas les huit kilomètres-heure, et encore. La ligne est censée ouvrir l'année prochaine. C'est bien ce qu'ils ont déjà dit l'année dernière à cette époque, non ?

La maison se trouvait dans le Parc, une vaste résidence privée s'étalant de manière anarchique, près du château. Des hôtels particuliers de l'époque victorienne, construits à l'origine pour ceux qui avaient tiré profit des exploitations minières et des manufactures, du travail et de la sueur des autres. À présent, elles appartenaient à des avocats et à des P.D.G. retraités, et aux nouveaux héros de l'informatique et de l'Internet.

Martyn Miles avait fait fortune dans le domaine de la mode féminine et grâce à une chaîne de salons de coiffure et de beauté. C'est dans l'un deux que travaillait Joanne, la femme d'Elder, quand sa liaison avec Martyn avait commencé.

Miles avait acheté, près de la limite nord de la résidence, un bout de terrain récupéré sur les courts de tennis d'un bourgeois quelconque, puis il avait chargé un ami architecte de concevoir quelque chose de moderne et discret tout à la fois, une façade incurvée en béton inspirée de celle du musée Guggenheim à New York dessinée par Frank Lloyd Wright. À l'intérieur, l'accent était mis sur l'espace et la lumière. Tout était organisé autour d'un salon d'une hauteur de plafond double de la normale, séparé par une paroi en verre du patio pavé et du jardin.

Quand Elder et Joanne s'étaient séparés, Martyn avait installé cette dernière chez lui. Depuis, leur union avait été chaotique. D'après les derniers échos parvenus aux oreilles d'Elder, Martyn, qui avait quitté Joanne en lui laissant, magnanime, les clés de la maison, avait changé d'avis pour rentrer au bercail. Mais la situation pouvait avoir évolué une fois de plus.

La Land Rover Freelander de Joanne était garée devant la porte. Aucune trace de la voiture que Martyn pouvait utiliser en ce moment, mais il était bien là, allongé sur le canapé, les jambes croisées au niveau des chevilles, sa chemise de lin bleu pâle assortie au gris bleu des murs.

– Salut, Frank. (Il fit lentement pivoter ses jambes et sourit. Un verre d'un alcool incolore mélangé à du soda était posé sur le plancher à portée de sa main.) Je montais la garde en attendant votre arrivée.

Elder ne dit rien. Un jazz aigrelet, anonyme, était diffusé en sourdine par des haut-parleurs invisibles.

Joanne était debout près de la baie vitrée. Elle fumait une cigarette.

En ouvrant la porte à Elder, elle avait tourné la tête pour éviter le baiser qu'il tentait, maladroitement, de poser sur sa joue.

– Je te sers quelque chose à boire, Frank ? proposa-t-elle.

Il secoua la tête.

Joanne portait une robe métallique gris argent qui frissonnait à chacun de ses pas. Son maquillage, aussi soigné fût-il, ne parvenait pas à masquer les taches sombres qui marquaient son visage sous les yeux.

– C'est une bonne chose que vous soyez venu, Frank, dit Martyn. Une bonne chose. Pour régler ce problème avant que cela n'aille trop loin.

Trop loin, se demanda Elder, c'est-à-dire, jusqu'où ?

– Depuis quelques semaines, dit Martyn, Katherine est incontrôlable. Elle fait n'importe quoi.

– N'exagère pas, fit Joanne.

– Vous n'avez pas idée, Frank..., poursuivit Martyn, ignorant Joanne. Vous ne pouvez pas savoir, vivant comme vous le faites dans un trou perdu. Mais elle n'en fait qu'à sa tête, elle sort à n'importe quelle heure. À dix-sept ans, je sais, Frank, c'est déjà une femme, mais quand même. Elle est rentrée soûle un certain nombre de fois, empestant je ne sais quoi, alors qu'un pauvre bougre de chauffeur de taxi attendait devant la porte pour être payé. J'ai essayé de lui parler, mais elle refuse de m'écouter. Et puis, de toute façon, vous pourriez penser que ce n'est pas mon rôle.

– Le seul résultat, dit Joanne, c'est que tu finis par te mettre en colère.

– Parfois, elle ferait perdre patience même à un saint.

– Si c'est toi qui le dis !

– Bon, très bien. (Martyn leva les deux mains, l'air résigné.) Je vais sortir prendre un verre, et vous laisser discuter de tout ça entre vous. J'ai été ravi de vous revoir, Frank.

Elder hocha la tête.

En sifflotant, Martyn Miles remit ses mocassins, enfila son somptueux manteau de cuir noir, et quitta la pièce. Ni Elder ni Joanne ne prononcèrent un seul mot avant d'entendre la porte d'entrée se refermer.

– Assieds-toi, Frank. Tu es sûr que tu ne veux rien ? Je vais me servir à boire.

– D'accord. Je prendrais bien un petit scotch.

– Je vais voir ce qu'il reste.

– Donne-moi n'importe quoi.

Joanne se servit un grand verre de vin blanc, et elle apporta à Elder une dose plus que confortable d'un vieux malt.

– Elle n'est pas là, alors ? dit Elder. Katherine ?

– Elle est rentrée il y a une heure, elle s'est changée, puis elle est ressortie.

– Elle savait que j'allais venir ?

– Je le lui ai dit.

– Et tu ne sais pas où elle est allée ?

Joanne secoua la tête.

Elder but une gorgée de whisky.

– Tu m'as dit qu'elle voyait quelqu'un.

– Rob Summers.

– Un garçon qu'elle a connu au lycée, ou... ?

– Ce n'est plus un ado, Frank. Il a une bonne vingtaine d'années, peut-être plus.

– Tu l'as rencontré.

– Pas exactement rencontré.

– Et entre eux, c'est du sérieux ?

– Si ça l'était, je ne m'inquiéterais pas autant. Pour autant que je sache, c'est plutôt une liaison occasionnelle. Qui dépend uniquement du bon vouloir de ce Rob Summers. Quand Katherine n'est pas avec lui, elle fricote avec la racaille. Des punks, des gothiques et Dieu sait quoi. Le genre qu'on voit traîner autour de la place de l'ancien marché.

– Bon sang ! fit Elder.

– Je me fais du souci à son sujet, Frank. Tu sais, avec la drogue et tout le reste.

– Elle a la tête bien plantée sur les épaules.

– Tu crois ça ?

Elder se leva et fit les cent pas d'un mur à l'autre.

– Cette psychiatre qu'elle voyait...

– Psychothérapeute.

– Tu ne lui as pas parlé, je suppose ?

– Il y a déjà plusieurs mois que Katherine ne vas plus chez elle.

Elder s'arrêta tout près de l'endroit où Joanne était assise.

– Quel gâchis ! fit-il. C'est une catastrophe.

Levant le bras vers lui, Joanne prit la main d'Elder, et pendant un instant, jusqu'à ce qu'il s'écarte, elle posa la tête contre sa peau.

Elder passa la nuit dans l'un des petits hôtels de Mansfield Road, jeta un coup d'œil au petit déjeuner, et préféra se rendre au centre-ville d'un pas vif pour y boire un café assis sur un tabouret, calé contre la vitrine du Caffè Nero, scrutant la une d'un journal qu'un client avait laissé là.

La place de l'ancien marché avait subi un petit toilettage depuis la dernière fois où Elder l'avait vue. On avait aménagé les pelouses qui s'étendaient jusqu'au marché aux bestiaux et remplacé certains des vieux bancs. Katherine était assise entre deux hommes d'âge indéterminé, dépenaillés, barbus, aux cheveux en broussaille, une cannette de bière bon marché entre les mains. Il n'était pas encore dix heures du matin.

Une fille portant un haut bordé de perles et un jean moulant, le visage orné d'anneaux et de clous, était assise par terre en tailleur.

Un troisième homme, cheveux blonds noués en queue de cheval, vêtu d'un jean et d'un sweat-shirt crasseux des Stone Roses, se tenait debout, un pied posé sur le bord du banc. Il observa Elder tandis que ce dernier s'approchait.

Elder s'arrêta à quelques mètres de distance.

– Kate...

Ne levant pas les yeux, Katherine continua, soigneusement, de se rouler une cigarette.

– Katherine, il faut qu'on parle.

– Fous le camp, dit l'un des types assis sur le banc.

Katherine porta à sa bouche la cigarette roulée et lécha le bord du papier. Arrachant quelques brins de tabac rebelles, elle sortit de sa poche un briquet jetable et alluma sa cigarette, aspirant la fumée dans les poumons. Après une bouffée supplémentaire, elle la passa à l'homme assis à sa gauche.

– Katherine..., répéta Elder, d'une voix plus forte qui trahissait son impatience.

– Laisse-moi tranquille.

– Je ne peux pas.

Elder fit un pas de plus et le type à la queue de cheval ôta son pied du banc pour lui barrer la route.

– C'est un poulet, dit l'un des hommes du banc. Un enfoiré de flic.

– Plus maintenant, fit Katherine.

– C'est qui, alors ?

– Mon père. Il s'imagine qu'il est mon père.

– Katherine...

– Elle veut pas te parler, dit l'homme à la queue de cheval. T'as pas compris ?

– Écartez-vous, fit Elder.

L'homme sourit et ne bougea pas d'un pouce.

– T'as qu'à me pousser.

Les bras contre le corps, poings serrés, Elder eut envie de frapper de toutes ses forces ce visage au sourire méprisant. Se maîtrisant, après un dernier regard à Katherine, il tourna les talons et s'éloigna sous leurs quolibets.

Mais bordel de merde, pensa Elder tandis qu'il traversait South Parade pour rejoindre Wheeler Gate, qu'est-ce que je suis venu foutre ici ? À quoi ça rime, tout ce cirque ? Une perte de temps d'un bout à l'autre. Il était à deux pas de la gare quand il s'arrêta net et fit demi-tour.

Pendant les deux heures qui suivirent, il patienta sous des porches de magasins, sur les marches en pierre de l'hôtel de ville, échangea des propos décousus avec le marchand de journaux posté près de l'angle de King Street et Long Row. Il acheta un sandwich et un café à emporter au comptoir du Prêt-à-Manger, et but lentement son café à travers l'opercule du couvercle.

À la façon dont Katherine était assise, à présent, les bras serrés sur sa poitrine alors qu'elle ne portait qu'un pull léger, il se dit qu'elle devait avoir froid. Peut-être devrait-il lui acheter un café, un thé bien chaud, un potage... Mais il n'en fit rien, continuant à la surveiller et à attendre, sachant bien qu'elle ne souhaitait pas sa présence dans les parages, mais incapable malgré tout de s'arracher de là.

Il se rappela Katherine petite fille, une jeune enfant aux yeux noyés de larmes hurlant de toutes ses forces « Je te déteste ! », puis, l'instant d'après, le laissant la prendre dans ses bras et couvrir de baisers le sommet de son crâne, ses cheveux tout chauds.

Alors que les cloches sonnaient le quart, un homme traversa la place en direction de l'endroit où Katherine était assise.

Son instinct prenant le relais, Elder sentit des picotements parcourir ses poignets et le dos de ses mains.

L'homme n'était pas très grand, un mètre soixante-dix environ, plutôt frêle. Il portait une veste en jean, une chemise à carreaux, des baskets. Ses cheveux blonds pendaient devant ses yeux. Il parla à plusieurs membres du petit groupe rassemblé autour du banc, reculant d'un pas ou deux pour s'adresser au type à la queue de cheval, qui s'était éloigné un peu plus tôt et venait de les rejoindre. Quant à Katherine, il ne prêtait pas attention à elle, mais Elder avait vu qu'elle s'était animée à son approche, redressant son dos, passant ses doigts dans la masse de ses cheveux en désordre.

Cinq minutes s'écoulèrent, peut-être plus, et comme s'il remarquait tout à coup la présence de Katherine, il lui offrit une cigarette et l'alluma à l'aide de la sienne. Encore quelques minutes, et Katherine, debout près du nouveau venu, à présent, avait avec lui une conversation plutôt animée. Trois autobus passèrent, lentement, en convoi, les masquant temporairement au regard d'Elder, et quand il les vit de nouveau, ils se dirigeaient vers les fontaines, traversant l'esplanade. L'homme posa le bras sur les épaules de Katherine alors qu'ils passaient devant l'un des lions de pierre gardant l'hôtel de ville, avant de tourner à droite dans Exchange Arcade.

Elder les repéra de nouveau quand ils en ressortirent.

Au bas de Victoria Street, l'homme tenta de lui prendre la main, mais Katherine se déroba. Ils descendirent Hockley côte à côte, sans se toucher. Cafés, bars, salons de coiffure, boutiques de vêtements rétro, restaurants indiens. Quittant Goose Gate, ils s'enfoncèrent dans Gedling. Tandis qu'ils attendaient une brèche dans la circulation pour traverser Carlton Road, il posa son bras sur les épaules de Katherine, qui ne fit rien pour lui résister.

À présent, ils se trouvaient à Sneinton, de courtes rangées de ruelles étroites, où s'alignaient des maisons mitoyennes, adossées les unes aux autres, portes d'entrée de couleurs vives et stores à motifs pour certaines, fenêtres aux carreaux cassés et rideaux de fortune pour d'autres. La maison devant laquelle ils s'arrêtèrent se situait vers le milieu de la rue. Sur la façade, une affiche défraîchie contre la guerre en Afghanistan côtoyait un graffiti plus récent, proclamant « Criminel de guerre ! » en lettres énormes au-dessus d'un portrait de George W. Bush.

Un chat, roux et blanc avec le bout de la queue tout blanc, sauta sur le rebord de la fenêtre et se frotta la tête contre le bras de Katherine tandis qu'elle attendait que l'homme déverrouille la porte. Courant entre leurs jambes, l'animal les suivit dans la maison et la porte se referma derrière eux. Alors que ce n'était pas encore le milieu de la journée, il aperçut Katherine un moment, debout derrière la fenêtre du rez-de-chaussée, avant qu'elle ne ferme les rideaux. L'avait-elle vu, ou pas ? Il n'aurait su le dire.

8

Il resta là pendant cinq minutes, dix, quinze. *Mon père. Il s'imagine qu'il est mon père.* Il était encore temps de rebrousser chemin. Mais Elder préféra traverser la rue et, ne voyant pas de sonnette, frappa à la porte.

Quand celle-ci s'ouvrit, la musique qui en jaillit, tonitruante, rapide et rythmée, ne ressemblait à rien de ce qu'il connaissait.

– Oui ?

– Rob Sommers ?

– Ça dépend.

– De quoi ?

Summers sourit. Les carreaux de sa chemise étaient pour la plupart des nuances de vert et de gris ; ses yeux, d'un bleu délavé.

– Vous êtes de la police, c'est ça ? dit Summers. Vous n'avez rien à vendre, vous ne faites pas de prosélytisme. Donc, vous devez être de la police.

– Pas exactement.

Comprenant soudain, Summers sourit fugitivement, les muscles de ses épaules se détendirent, et il se plaqua contre le mur.

– Katie..., dit-il d'une voix un peu chantante. Ton père est là.

Au bout d'un moment, Katherine apparut à l'autre bout du vestibule, attendit le temps qu'il lui fallut pour reconnaître le visage de son père, puis lui tourna le dos.

– Je crois que vous feriez mieux d'entrer, fit Summers.

La pièce était petite et mal éclairée, un canapé court et deux fauteuils désassortis occupant une bonne partie de l'espace. De chaque côté de la cheminée vide, des étagères étaient remplies de livres, de vidéos et de DVD, empilés dans tous les sens. Des magazines et d'autres livres s'entassaient à même le plancher. Dans un angle se trouvait un petit téléviseur flanqué d'un magnétoscope, lui-même surmonté d'un lecteur de DVD. D'autres étagères couvraient le mur du fond, remplies de ce qui devait représenter plusieurs centaines de vinyles alignés sous les différents éléments de la chaîne stéréo, et d'une profusion de CD au-dessus.

Une odeur de marijuana, discrète mais douceâtre, flottait dans l'air.

Summers s'installa dans l'un des fauteuils et fit signe à Elder de l'imiter. La pulsation de la basse diffusée par les haut-parleurs était répétitive et lancinante.

– Je peux vous offrir à boire ? proposa Summers. Un café, autre chose ?

– Vous pensez que vous pourriez baisser la musique un petit peu ?

– Bien sûr.

Summers manipula la télécommande posée sur le bras de son fauteuil.

– Je veux parler à Katherine, dit Elder.

– C'est à elle de décider.

– Je viens de loin.

– De Cornouailles, c'est ça ?

– Oui..., répondit Elder, surpris que Summers soit au courant, que Katherine ait jugé bon de l'en informer.

– C'est votre choix, non ?

– Écoutez. (Elder se pencha en avant.) Vous voyez bien dans quel état elle est.

– Dans quel état ?

– Vous voyez ce que je veux dire.

– Je n'en suis pas sûr.

– Ces gens, sur la place...

– Qu'est-ce que vous leur reprochez ?

Elder secoua la tête.

– Ils veillent sur elle, dit Summers. Laissez-la tranquille.

– Et vous ?

Summers s'extirpa de son fauteuil.

– Je reviens dans une minute, d'accord ? Je vais voir ce qu'elle en dit.

Resté seul dans la pièce, Elder regarda autour de lui. Des disques des groupes White Stripes et Four Tet. *The People's Music*. La poétesse Diane di Prima. Ginsberg. Dylan. *Drop City* de T. C. Boyle.

Neil Young. Plusieurs exemplaires de la même plaquette vert pâle sur une pile de magazines. *Cicatrice : Poèmes de Rob Summers.* Elder prit celui du dessus et le feuilleta.

un fermoir qui claque
le tranchant d'une lame
des fils brillants
des ailes vermillon

la sueur serpente
lentement et sûrement
une corde violette
autour de ton cou

un bandeau sur les yeux
je fais le dos rond
prêt à subir soudain
une lueur aveuglante

– Vous lisez de la poésie ? demanda Summers en rentrant dans la pièce.

Elder laissa la plaquette, refermée, tomber sur ses genoux.

– Non, pas vraiment.

Summers se rassit.

– Vous écrivez beaucoup ? demanda Elder.

– Beaucoup ? (Summers sourit.) Je ne saurais pas vous dire. Mais, oui, j'écris dès que je le peux. De la poésie, surtout. Une nouvelle de temps en temps.

– Et vous arrivez à en vivre ?

– J'aimerais bien.

– Qu'est-ce que vous faites, à part ça ?

Summers sourit de nouveau. Il souriait beaucoup.

– J'enseigne. Qu'est-ce que je pourrais faire d'autre ? J'ai un cours à l'université. Enseignement pour adultes. Des petites choses par-ci, par-là.

– J'ai vraiment besoin de parler à Katherine, dit Elder. Et puis je m'en irai.

– Elle sait que vous êtes ici. C'est à elle de décider.

– Si vous lui demandiez..., fit Elder.

Souriant toujours, Summers secoua la tête.

– Ce n'est pas comme ça que ça marche.

– Rob..., dit Katherine depuis le seuil de la pièce. Je suis d'accord.

Depuis combien de temps était-elle là ? Elder n'aurait su le dire.

– Tu veux que je reste ? lui demanda Summers.

– Non, ça ira.

Son visage était blafard, la fatigue ombrait ses yeux.

Summers toucha légèrement Katherine en passant près d'elle.

Elder attendait que sa fille vienne s'asseoir, mais elle préféra s'approcher de la fenêtre, et elle écarta les rideaux, juste assez pour regarder dehors. La musique s'arrêta, et on entendit des voix, étouffées et indistinctes, à travers le mur mitoyen. Dans la cuisine, Summers lavait la vaisselle et la rangeait.

– Je te demande de m'excuser, dit Elder.

– De quoi ?

Il dut tendre l'oreille pour distinguer ses paroles.

– De tout ce que j'ai pu faire qui t'a contrariée à ce point. Qui t'a mise en colère.

Quand Katherine se tourna pour le regarder, il y avait sur ses joues des larmes qu'il n'avait pas vues venir.

– Je ne sais pas ce que tu attends de moi, dit Elder. Ce que tu attends que je fasse.

– Rien.

– Tu te fais du mal, tu dois t'en rendre compte.

Lentement, Katherine secoua la tête.

– Tu m'as sauvé la vie. Tu m'as arrachée à Keach. Après tout ce qu'il m'a fait subir. Il allait me tuer et tu m'as sauvée.

– Oui.

– Et maintenant tu regrettes de l'avoir fait.

– C'est ridicule.

– Vraiment ?

– Oui.

– Tu n'aimes pas que je sois comme ça.

Elder prit son temps avant de répondre.

– Non. Non, évidemment.

– Tu voudrais que je sois comme avant.

– Oui.

Elle fit glisser ses mains sur son visage.

– Papa, je ne serai jamais plus comme avant.

Combien de temps resta-t-il assis là ? Il n'était pas sûr de le savoir. Summers ne réapparut pas. Katherine quitta la pièce et puis revint, et l'instant d'après Elder se retrouva debout près d'elle à la porte.

– Tu feras bien attention à toi, dit-il.

– Oui, bien sûr.

Alors qu'un sourire s'estompait dans ses yeux, elle parut jeune de nouveau, jeune et infiniment vieille. Tu as dix-sept ans, avait-il envie de lui dire. Dix-sept ans. Que vas-tu faire de ta vie ?

– Et si... si j'ai besoin de te joindre ?

– Appelle-moi chez Maman.

– Pas ici ?

– Au revoir, Papa.

Brièvement, elle l'embrassa sur la joue. La main de Katherine toucha la sienne. Rentrant dans la maison, elle referma la porte. Cinq secondes plus tard, peut-être six, les rideaux occultaient de nouveau la fenêtre. Complètement.

Après Plymouth, le train ralentit l'allure, s'arrêtant toutes les vingt minutes environ dans telle ou telle petite ville. D'innombrables fois, Elder prit son livre pour le reposer peu après. Quand il regardait par la fenêtre la nuit noire qui défilait de l'autre côté, il ne voyait que son propre visage qui lui rendait son regard. Six mignonnettes de scotch s'alignaient, vides, sur la table devant lui : lentement, systématiquement, il avait lavé sa plaie à l'alcool, il avait pansé son impuissance et sa culpabilité. Aurait-il dû rester ? D'un revers de la main, il balaya les bouteilles miniatures, qui rebondirent sur la banquette vide avant de rouler sur le sol. Les rares passagers encore présents dans le wagon grimacèrent et se firent aussi petits que possible.

Lorsque le train, enfin, entra en gare de Penzance, il ne restait plus qu'une douzaine de personnes à bord. Depuis le quai, il entendait la mer, les vagues qui claquaient contre la digue en béton.

Le chauffeur de taxi renâcla quand Elder lui donna son adresse.

– Ça va vous coûter chérot. Je risque de trouer mon pot d'échappement en descendant ce chemin de terre. Ça m'est déjà arrivé.

Préférant l'ignorer, Elder se laissa choir sur la banquette.

Au petit matin, il le savait, il aurait la tête comme un punching-ball qui a pris trop de coups. La maisonnette était une coquille noyée d'ombre. Il donna au chauffeur cinq livres de plus pour le dérangement et le regarda s'éloigner, les feux arrière luisant rouge entre les contours noirs du mur de pierre et des buissons de bruyère qui bordaient le chemin, jusqu'au moment où ils ne furent plus visibles du tout. Une fois rentré dans la maison, il but un verre d'eau, avala deux aspirines, et alla se coucher.

La pluie, qui frappait violemment les vitres, le réveilla à trois heures du matin. À cinq heures, il était assis dans la cuisine, au rez-de-chaussée, et feuilletait un numéro vieux d'une semaine du *Cornouaillais* en buvant du thé. Quand, beaucoup plus tard, il finit par mettre le pied dehors, une lumière pourpre meurtrissait déjà la crête de la lande et il ne vit rien d'autre que le visage de Katherine.

Mais au bout d'une heure la pluie s'était arrêtée, et l'air était frais. Bientôt, il irait se promener, sans doute en suivant Tinner's Way, vers Mulva Quoit, le château de Chun et au-delà, pour donner aux brumes qui lui noyaient le cerveau une chance de se dissiper. Ensuite, il prendrait sans doute la voiture pour se rendre en ville, passer un peu de temps à la salle de gym. Acheter des provisions, aller à la bibliothèque, se renseigner, peut-être, sur ce stage de menuiserie auquel il avait l'intention de s'inscrire. Reprendre le cours de son existence habituelle. Si loin de tout, on pouvait presque oublier que le reste du monde existait.

La famille. Les amis. Les responsabilités.

9

Le cadavre de Maddy Birch fut découvert près de Crouch Hill, au bas d'un sentier escarpé qui descendait le remblai d'une voie ferrée désaffectée. Une femme qui promenait son chien, tôt le matin, aperçut entre les feuilles une tache de couleur chair. Son appel à police secours fut jugé prioritaire, et une voiture arriva quelques minutes plus tard, par le chemin étroit qui passait devant le terrain de jeux et la garderie pour rejoindre le foyer municipal à l'autre bout.

Le corps était tombé, à moins qu'on l'eût jeté, une douzaine de mètres en contrebas du talus boueux, dans un enchevêtrement de fougères et de ronciers.

Les premiers policiers arrivés sur place demandèrent des renforts et commencèrent à faire refluer le petit attroupement de badauds qui se formait déjà. Bientôt, la zone serait circonscrite, protégée par un cordon de sécurité mis en place par les services de la police scientifique, et le corps abrité par un auvent jusqu'à ce que le médecin légiste ait terminé ses constatations préliminaires. On allait faire des croquis, examiner scrupuleusement les lieux, prendre de nombreux polaroïds, noter des mesures, l'opération tout entière étant filmée en vidéo.

Les deux premiers officiers de la SCD1, la brigade criminelle, arrivèrent vingt minutes plus tard. Lee Furness et Paul Denison, tous deux inspecteurs adjoints, s'identifièrent et parlèrent brièvement aux officiers en tenue avant d'enfiler des vêtements de protection. Veillant à ne pas effacer le moindre indice que pourrait découvrir sur le sentier la police scientifique et technique, ils dévalèrent la pente à travers la bruyère vingt mètres plus loin.

Perdant l'équilibre à mi-chemin, Furness lâcha un juron lorsque la boue noire tacha la jambe de sa combinaison.

Denison arriva en bas le premier.

– Bon Dieu ! fit-il, se signant machinalement.

Les yeux de la morte étaient ouverts, et il aurait préféré qu'ils fussent fermés. À vingt-sept ans, Denison, cheveux bouclés et visage rond, était le plus jeune de l'équipe, et d'un an plein le cadet de Furness.

La peau de la victime avait la couleur d'un mastic desséché, sauf aux endroits où elle était tailladée et arrachée.

Soucieux de ne pas contaminer les lieux, Furness, portant une paire de gants en latex, arracha une culotte en coton des ronces où elle était prise et la laissa tomber au fond d'un sac à mise sous scellés dont il referma soigneusement le haut.

Quand les deux hommes relevèrent la tête, leur supérieur, Mike Ramsden, venait d'arriver. Du haut du remblai, il regardait le bas de la pente. Grand, solidement charpenté, large d'épaules, vêtu d'un blouson de cuir éraflé et d'un pantalon kaki, il incarnait l'archétype de l'inspecteur de police, tel que la télévision l'avait imposé au public.

– Le patron est là ? lança Ramsden.

– Pas encore, répondit Denison.

– L'équipe scientifique ?

– Elle est en route.

– Ça vous laisse le temps d'élucider l'affaire à vous deux, les gars, dit Ramsden. C'est le moment de vous faire un nom. Seulement, faites gaffe de ne pas tout piétiner.

Son haleine flottait, immobile et clairement visible, dans l'air du matin.

Karen Shields, promue divisionnaire quelque douze mois plus tôt, était en route pour Hendon et une réunion hebdomadaire de la Criminelle de Londres-Ouest quand l'appel lui parvint. Tout en avalant de trop grandes quantités de café instantané, et sans trop d'acrimonie, elle devait en collaboration avec d'autres officiers supérieurs passer en revue les diverses enquêtes en cours, mettre toutes les informations en commun, établir des priorités.

Le meurtre d'un commerçant afghan de Stroud Green, agressé par une bande de jeunes armés de lames et de barres de fer, roué de coups et laissé pour mort, s'enlisait dans un bourbier de dénégations, d'alibis bidon et de mensonges éhontés. Deux mômes de quatorze ans, dont on avait la certitude qu'ils étaient coupables d'avoir sciemment brûlé une vieille dame après s'être introduits chez elle par effraction, avaient été arrêtés puis relâchés à contrecœur par manque de preuves. La semaine précédente, on avait découvert une famille de Wembley, une mère et ses trois enfants de moins de dix ans, massacrée à coups de gourdin, deux des enfants dans leur lit, le troisième dans l'escalier, et la mère achevée dans le jardin où elle tentait d'appeler au secours. Le père s'était pendu dans le terrain de jeux pour enfants du parc local, au sommet d'une cage à poules peinte de couleurs vives.

Et puis il y avait ces agressions contre de jeunes Noirs : des enquêtes entreprises avec la DCC4, Violences et crimes racistes. Un homme tué d'un coup de feu alors qu'il buvait un café à la terrasse d'un petit établissement de Camden Town ; un autre – règlement de comptes, peut-être – abattu alors qu'il montait l'escalier de la gare de Willesden Green ; un troisième, dix-sept ans à peine, poignardé devant le bowling de Finsbury Park. Et ça n'arrêtait pas.

Karen connaissait les statistiques : en Angleterre et au Pays de Galles, le nombre de meurtres commis pendant l'année écoulée constituait un nouveau record, celui des décès par balles ayant augmenté de trente-deux pour cent. Le taux de criminalité le plus élevé, toutes catégories confondues, était détenu par le Nottinghamshire, encore que pour le pourcentage par tête d'habitant de crimes avec violence, Londres gardait la première place, les victimes les plus fréquentes étant des hommes de moins de vingt-six ans. Les agressions par armes à feu mises à part, les plus fortes augmentations concernaient les violences moins habituelles, le harcèlement et le viol. Et en dépit de la multiplication des armes à feu dans les rues, l'instrument le plus utilisé pour commettre un meurtre restait de loin une forme ou une autre d'outil tranchant : couteau, coupe-coupe, rasoir, pelle affûtée.

C'est à cela que Karen pensait alors que, ayant fait demi-tour, elle se débattait pour repartir dans l'autre sens, dans la circulation de l'heure de pointe : des hommes en costume, seuls dans leur voiture, conduisant d'une main en fumant cigarette sur cigarette tandis que, contrevenant à la loi, ils aboyaient dans leur téléphone portable ; de jeunes mères branchées conduisant leurs enfants à l'école en 4 × 4.

– Mais quand vas-tu enfin te ranger, ma petite ? lui avait demandé sa grand-mère la dernière fois qu'elle était retournée au pays. Il serait temps que tu aies des enfants.

Au pays, c'était à Spanish Town, en Jamaïque, où la progéniture de ses sœurs et de ses cousines grouillait autour d'elle, pareille à une accusation.

– Ma petite, tu ne rajeunis pas.

Comme si, à quelques mois de son trente-neuvième anniversaire, elle avait besoin qu'on le lui rappelle.

À Crouch End Broadway, Karen déboîta largement pour doubler une voiture qui hésitait à un passage pour piétons, se glissa dans la file de gauche, et monta la côte en accélérant. Incongru, un totem géant planté devant le terrain de jeux signalait l'entrée du chemin, et Karen ralentit, roulant au pas, pour se garer derrière la Sierra de Mike Ramsden.

Un rapide coup d'œil au rétroviseur, une main passée dans ses cheveux ébouriffés coupés court; à vrai dire, son rouge à lèvres aurait bénéficié d'une petite retouche, mais pour le moment, il faudrait qu'il fasse l'affaire. Karen portait un tailleur-pantalon marron foncé et des bottines à talon plein qui lui permettaient de dépasser le mètre quatre-vingts. Enfin, le mètre soixante-quinze. C'était son look : Je-vous-conseille-de-me-foutre-la-paix, ainsi qu'elle aimait à se le répéter.

Ôtant les mains de ses poches, Ramsden vint à sa rencontre. En contrebas, elle vit l'équipe scientifique, déjà au travail, qui masquait le corps à la vue du public.

– Qu'est-ce qu'on sait? demanda Karen.

Ramsden toussa contre le dos de sa main.

– C'est une femme, de race blanche, entre trente-cinq et quarante-cinq ans, multiples blessures à l'arme blanche; morte depuis un certain temps. Assassinée hier soir, je dirais.

– Le médecin légiste n'est pas encore arrivé?

– Coincé dans la circulation.

– Donnez-moi des détails. (Karen s'approcha du bord et regarda le bas de la pente.) C'est ici que ça s'est passé?

– À mon avis, on l'a agressée quelque part sur ce chemin, et puis on l'a poussée.

Karen sonda du regard la zone, située sur leur gauche, qui était à présent isolée par un cordon de sécurité, la pente boueuse et escarpée.

– D'après ces marques qu'on peut voir, dit Ramsden, et aussi l'angle du corps... (Il haussa les épaules.) Peut-être qu'il l'a achevée en bas, qui sait?

– On a trouvé ses papiers?

– Pas encore.

– Personne n'a déclaré la disparition d'une femme ayant le même signalement?

– Il est encore trop tôt.

Karen soupira et tapota la poche de sa veste, dans l'espoir d'y trouver une pastille de menthe. Depuis qu'elle avait arrêté de fumer, au premier de l'an, elle pratiquait le suicide dentaire.

– On a une idée de ce qu'elle faisait par ici ?

Ramsden lui apprit que jusqu'à maintenant ils avaient trouvé un soutien-gorge de sport gris et un débardeur assorti, le débardeur souillé par de la boue et ce qui était presque certainement du sang. Un pantalon de jogging gris traînait non loin de là. On avait découvert une chaussure de course Puma bleue et blanche près du corps, la seconde parmi les arbres de l'autre côté de l'ancienne voie ferrée, où on l'avait dans doute lancée.

– Elle était partie courir, dit Karen. Il est probable qu'elle habitait près d'ici.

Au début de l'année, pendant qu'elle courait à Hackney, à l'est de Londres, une femme avait été agressée et tuée. À coups de couteau. L'enquête n'était pas close.

Karen balaya du regard les immeubles qui s'étalaient en contrebas. Au bout du chemin, elle le savait, un sentier descendait vers une rue en arc de cercle bordée de demeures victoriennes et une autre cité de logements sociaux à un seul étage, de l'autre côté de Hornsey Road. Avant d'être nommée à la SCD1, elle avait enquêté ici même sur une disparition, celle d'un petit garçon de trois ans dont on avait remarqué l'absence à la garderie, et qu'on avait retrouvé quarante-huit heures plus tard, sain et sauf mais frigorifié, endormi dans une cabane de jardin.

– Qui a découvert le corps ?

Ramsden désigna une femme d'une trentaine d'années en ciré jaune, qui bavardait avec deux autres femmes du même âge. Elles fumaient toutes une cigarette.

– Qui l'a interrogée ?

– Furness et Denison.

– Allez l'interroger de nouveau.

– Mais...

– Une nouvelle fois, Mike. Faites-le vous-même. Je vais descendre jeter un coup d'œil.

Sa combinaison protectrice était rangée dans le coffre de sa voiture. Une fois changée, elle descendit la pente avec prudence, afin de ne pas se rendre ridicule en glissant dans la boue. L'inspecteur principal responsable de la brigade scientifique et technique était un officier avec lequel elle avait déjà travaillé.

Sous l'abri de toile, Karen se pencha sur le cadavre. Certaines entailles paraissaient superficielles ; d'autres, jugea-t-elle, étaient profondes. Elle remarqua des ecchymoses sur le cou et le visage, une autre meurtrissure – provoquée par un coup de pied ? – au-dessus du bassin, du côté gauche. Un nuage de gouttelettes de sang séché mouchetait l'intérieur de la cuisse, et une trace argentée et cristalline serpentait sur la courbe de son ventre.

Une agression sexuelle ?

Tant que l'autopsie n'était pas faite, il n'était pas possible de le savoir avec certitude.

Ressortant de l'abri de toile, Karen se mit à marcher en rond, lentement, tâchant de reconstituer les événements, en prenant tout son temps.

Ramsden vint la rejoindre, après avoir fait un long détour pour ne pas affronter la pente du remblai.

– La dame au ciré jaune, fit-il. Elle n'a rien dit de plus que la première fois.

Sortant un chewing-gum de sa poche de poitrine, il le déballa et le mit dans sa bouche.

Karen tendit la main.

– Désolé, dit Ramsden. C'était mon dernier.

Elle ne savait pas si elle devait le croire.

– Elle a reconnu la victime ? demanda Karen.

– Pas d'après ce qu'elle en a vu.

– Faites-lui voir l'un des polaroïds. Si elles fréquentent toutes les deux cet endroit, il y a de bonnes chances qu'elle l'ait déjà vue.

Mais à présent Denison leur criait quelque chose depuis le haut du talus. Son visage d'enfant de chœur était radieux, et il brandissait un sac de sport dans sa main gantée.

– Il a le cul bordé de nouilles, celui-là, dit Ramsden entre ses dents. S'il tombait dans la merde, il se relèverait avec un billet de cinq livres collé sous sa godasse.

Ils regagnèrent le haut du talus.

– Je l'ai trouvé là-bas, fit Denison en montrant le bout du chemin. Au foyer municipal. On l'avait caché sous les marches, près de la porte.

– Vous avez fait l'inventaire du contenu ? demanda Karen.

Denison secoua la tête.

– J'ai juste jeté un coup d'œil à l'intérieur. Un sweat-shirt. Une serviette. Des chaussettes.

– Alors, rien ne prouve que ce soit le sien, fit Ramsden.

– Voyons ça..., dit Karen, plongeant dans le sac une main gantée.

Le portefeuille, carré, de couleur sombre, le cuir assoupli par l'usage, était bien rangé dans une poche intérieure. Karen l'en sortit et le laissa tomber dans son autre main.

– Oh, merde..., fit-elle à voix basse. Merde, merde, merde.

– Quoi ? dit Ramsden.

Karen tendit vers lui la carte de police avec sa petite photo carrée : Maddy Birch, inspectrice, PJ.

– Elle fait partie de la maison.

10

La salle où se tenait la conférence de presse était pleine à craquer. Caméras de télévision, magnétophones, quelques calepins à spirale d'un autre temps, stylos-billes prêts à prendre des notes. Sur l'estrade, un technicien effectuait une vérification de dernière minute des micros. Le bruit ambiant montait et baissait tour à tour. Au premier rang, un officier de police chargé des relations avec la presse échangeait quelques mots avec un reporter de Sky News. À moins d'une attaque terroriste ou d'un scandale impliquant une célébrité, le créneau horaire assurait une couverture totale sur toutes les chaînes hertziennes, ainsi que sur celles du câble et des satellites. BBC Radio allait retransmettre la conférence en direct pendant son journal de 17 heures. D'un côté de la scène, un rideau frémit, une porte s'ouvrit et, le visage grave, ils firent leur entrée.

Sur l'estrade, les gradés d'un certain âge étaient représentés en nombre. Le directeur général Harkin s'installa au centre de la table, avec à sa droite le commissaire principal chargé de diriger la Criminelle de Londres-Ouest. Assise à la dernière place sur la gauche, Karen Shields était la seule femme, le seul visage noir parmi tous ces Blancs à l'air grave vêtus de costumes sombres.

Ceux qui avaient insinué que Karen aurait pu être mieux employée à faire autre chose ailleurs avaient vu leurs objections écartées d'un revers de main : les Relations publiques aimaient la montrer le plus souvent possible devant les caméras.

En ce qui concernait l'enquête, pendant l'absence de Karen, Lee Furness avait pour tâche d'assurer la liaison avec l'équipe scientifique et de superviser les investigations sur le plan local, alors que Mike Ramsden était parti dans le nord du pays pour interroger la mère de Maddy Birch. Alan Sheridan, son chef de service, sondait la base de données des délinquants sexuels, à la recherche d'archives informatisées relatant des faits de même nature. Seul Paul Denison était temporairement au chômage technique : il se tournait les pouces dans le parking, en attendant Karen, pendant que celle-ci était coincée, contre son gré, derrière un micro.

Son crâne chauve luisant un peu sous l'éclairage, le directeur général commença ainsi son communiqué :

– Nous sommes tous attristés et traumatisés par le décès tragique et absurde de notre collègue.

Ne consultant que rarement ses notes, il présenta Maddy Birch comme une inspectrice dévouée et pleine de ressources, qui avait fait preuve tout récemment d'une bravoure extrême en affrontant un dangereux criminel armé alors qu'elle-même ne portait aucune arme.

– Tous les membres de la police de Londres, conclut-il, sont farouchement déterminés à amener le plus tôt possible devant la justice le ou les assassins de Maddy.

Une rafale de flashes se déclencha.

Brièvement, Harkin donna quelques détails sur les circonstances du décès de Maddy, puis il assura l'assistance que les officiers de la brigade chargés de l'enquête pourraient demander le soutien, si nécessaire, des autres brigades, et utiliser les ressources du bureau national des renseignements sur les affaires criminelles. Karen, finalement, fut présentée comme l'un de ces officiers qui géraient, pour reprendre les termes de Harkin, l'évolution des recherches minute par minute, qui traînaient le boulet de la réalité quotidienne. Personne, et Karen moins que quiconque, ne l'avait averti qu'en raison de ses connotations esclavagistes, cette expression risquait de paraître politiquement incorrecte.

Harkin avait à peine fini de parler que la première question fusa : était-il vrai que Maddy Birch avait subi des violences sexuelles avant son décès ?

– Tant que l'autopsie n'aura pas été effectuée par le médecin légiste du ministère de l'Intérieur, répliqua Harkin, pareille hypothèse n'est que pure spéculation.

À coup sûr, cette réponse allait multiplier par dix de telles spéculations.

De nombreuses questions suivirent, concernant la nature exacte de l'agression, et la plupart d'entre elles furent esquivées, à moins que leurs auteurs ne fussent invités à se reporter au communiqué préliminaire.

– Étant donné la similitude des circonstances, demanda le reporter de CNN, la police pense-t-elle qu'il y a un lien entre ce meurtre et celui de cette femme assassinée pendant qu'elle faisait son jogging, en février, à Hackney ?

On s'y attendait, à celle-là.

– Vous pouvez être sûr, répondit Harkin, qu'une communication aussi étroite que possible sera établie avec l'équipe qui mène l'enquête à Hackney.

Il pensait bel et bien, par conséquent, qu'il existait un lien entre les deux affaires ?

– Comme je vous le disais, nous explorons cette piste au même titre que plusieurs autres.

– Jusqu'à présent, personne n'a été inculpé du meurtre de Victoria Park, c'est exact ?

C'était exact.

– Et les trois hommes arrêtés dans le cadre de l'enquête sur ce meurtre ont tous été relâchés ?

Effectivement.

Harkin soupira.

– Si nous pouvions concentrer notre attention sur le décès tragique de l'inspectrice Maddy Birch...

Mais le spécialiste des affaires criminelles au *Guardian* s'était déjà levé.

– Le directeur général a fait allusion à l'opération à laquelle l'inspectrice Maddy Birch a participé, et qui s'est soldée par le décès de l'un de ses collègues et la mort de William Grant sous les balles de la police. Je me demandais... Pourrait-il nous dire où en est l'enquête menée sur ces deux événements par la police du Hertfordshire ?

– J'ai bien peur de ne pas saisir la pertinence de cette question.

– Mais l'enquête se poursuit ?

– Vous avez ma réponse.

Le visage de Harkin semblait sculpté dans le granit.

– Il me semble, dit le responsable des relations publiques, s'il n'y a pas d'autres questions...

– J'en ai une pour l'inspectrice divisionnaire Shields. (Les regards se tournèrent vers le correspondant de la BBC chargé des affaires intérieures.) Dans votre esprit, vous qui êtes à la fois femme et officier de police, cette affaire a-t-elle une résonance particulière ?

Merde ! se dit Karen.

Vingt objectifs se braquèrent sur elle.

– Dans mon esprit d'officier de police, répondit Karen, toutes les affaires de cette gravité, particulièrement celles où des collègues ont trouvé la mort, ont une résonance équivalente.

Au bout de l'estrade, le responsable des relations publiques, ne se tenant plus de joie, faillit en pisser dans son froc.

– Messieurs..., dit le directeur adjoint Harkin, se levant de sa chaise,... Mesdames, je vous remercie de votre attention.

Voyant dans le rétroviseur Karen Shields traverser le parking pour rejoindre sa voiture, Denison tourna la clé de contact.

– Comment ça s'est passé, M'dame ?

Karen fit claquer la portière.

– Arrêtez de m'appeler « M'dame » et conduisez cette saloperie de voiture.

Ça ne s'est pas passé trop bien, alors, pensa Denison.

Karen boucla sa ceinture et regarda droit devant elle. De Hendon jusqu'à Kentish Town, il fallait compter une demi-heure s'ils avaient de la chance, trois quarts d'heure sinon.

Le supérieur de Vanessa les attendait à la réception.

– L'agent Taylor est dans mon bureau. Vous pouvez vous y installer pour lui parler.

– Merci.

Vanessa bondit sur ses pieds quand la porte s'ouvrit. Elle portait son uniforme, le bouton du haut de sa tunique tenant le col bien fermé contre son cou ; une odeur de transpiration, discrète mais reconnaissable, flottait dans la pièce.

Maladroitement, Vanessa tendit la main et puis, avant que Karen ne s'en saisisse, la laissa retomber contre son flanc.

S'asseyant, Karen présenta Denison et s'identifia.

– Maddy Birch, dit Karen. Vous la connaissiez. Vous avez des informations à nous donner, je crois.

– Oui. Dès que j'ai appris ce qui s'était passé – excusez-moi, j'ai encore du mal à le croire –, dès que j'ai appris la nouvelle, je suis venue trouver mon inspecteur et j'ai demandé à entrer en contact.

Karen hocha la tête.

– J'aimerais enregistrer cette conversation. Je suppose que vous n'y verrez pas d'objection ?

– Non, bien sûr.

Denison posa le magnétophone de poche entre elles sur le bureau et le mit en route.

– Bon, allons-y. C'est quand vous voudrez.

Vanessa leur expliqua que Maddy craignait de plus en plus d'être surveillée et suivie, qu'elle avait l'impression qu'on s'était introduit chez elle.

– Elle n'a rien signalé de tout cela ?

– Non.

– Vous savez pourquoi ?

Vanessa se tortilla un peu sur son siège.

– Ce n'est pas comme si elle avait des preuves. Elle avait peur, il me semble, qu'on refuse de la croire. Que les gens pensent qu'elle s'imaginait des choses.

– Et vous ? Qu'est-ce que vous en pensiez ?

– Est-ce que je la croyais ?

– C'est ça.

– Au début, non. Pour être franche, non. À cause de l'affaire Grant. La mort de ce jeune inspecteur adjoint, ça l'avait vraiment secouée. Ça se voyait. Après un choc pareil, j'ai pensé que c'était peut-être sa façon à elle de réagir. Un problème nerveux, vous comprenez. Mais après, quand elle m'a dit que quelqu'un avait forcé sa porte, alors là, oui, je l'ai crue.

– Et elle n'avait pas la moindre idée de qui pouvait bien être cette personne, à supposer qu'il n'y en ait pas eu plusieurs ?

– Non, pas vraiment.

– Vous n'en semblez pas sûre.

Vanessa se tripota les cheveux.

– Eh bien, il y a eu cette soirée où nous étions au pub, et Maddy a cru voir quelqu'un qu'elle connaissait. Son ex.

– Son ex-mari, amant, ou quoi ?

– Mari. Terry.

– Et comment a-t-elle réagi ?

– D'abord, elle ne m'a rien dit, pas un mot. Mais c'était facile de voir, oui, qu'elle était surprise. À l'idée qu'elle l'avait vu.

– Ils n'avaient pas gardé le contact ?

– Non. Pas du tout. Pas depuis un bon moment, du moins. Il avait déménagé. Pour aller dans le nord du Pays de Galles, m'a-t-elle dit, je crois.

– Et quand elle a réagi, en le voyant, elle vous a seulement paru surprise ?

Vanessa prit son temps, pour mettre de l'ordre dans ses idées.

– Non. Je crois qu'il y avait plus que de la surprise. C'était un peu comme si elle avait peur, vous voyez ?

Des tasses de thé attendaient, intactes, sur un plateau métallique. Avec des sachets de sucre et des cuillères en plastique. Pour la première fois depuis qu'elle était entrée dans la pièce, Karen remarqua le bourdonnement sourd du chauffage central en fond sonore. Mike Ramsden était parti dans le Lincolnshire pour parler à la mère de Maddy. Où habitait-elle ? À Louth ? Le nom de famille, Birch, elle s'en souvenait. Maddy avait dû reprendre son nom de jeune fille après le divorce.

– Quand elle vous a raconté qu'on s'était introduit chez elle, elle n'a pas dit qu'elle pensait que l'intrus, ce pouvait être lui ? Terry ?

– Non. Et à ce moment-là, elle commençait à dire que ce n'était sans doute pas lui qu'elle avait vu au pub, seulement quelqu'un qui lui ressemblait, sans plus.

– Qui lui ressemblait assez pour qu'elle ait peur ?

– Oui. Oui, je suppose.

Karen sentait ses terminaisons nerveuses se hérisser, un scénario commencer à se dessiner dans son esprit, et elle dut se contrôler pour ne pas le laisser prendre trop de liberté et faire la course en tête.

– Ce fameux soir, après le pub, vous n'avez remarqué personne traînant dans les parages, se comportant de façon bizarre ? Quelqu'un qui aurait pu être cet homme du pub ?

– Non. J'ai pensé souvent à ce détail, mais non.

Vanessa semblait en deuil, au bord des larmes.

– Tenez. (Karen ouvrit deux sachets de sucre et les vida dans l'une des tasses de thé.) Buvez une gorgée de ça.

– Je suis obligée ?

Vanessa parvint à sourire en dépit de tout le reste.

– Mon Dieu, non. (Se penchant en avant, Karen éteignit le magnétophone.) Où se trouve le pub le plus proche ?

– Au bout de la rue.

– Combien de temps vous faudra-t-il pour ôter cet uniforme ?

Empochant le magnétophone, Karen se leva.

– Paul, appelez le bureau, demandez à quelqu'un d'éplucher le dossier de Maddy Birch. Son nom de femme mariée pourrait bien s'y trouver quelque part, et il m'a échappé. Et voyez si vous pouvez joindre Mike, dites-lui de m'appeler.

Karen commanda une vodka-orange pour Vanessa, un Coca avec de la glace et du citron pour elle-même, et un Schweppes pour Denison.

– Paul n'a pas encore l'âge réglementaire pour boire de l'alcool, de toute façon, dit-elle.

Denison rougit.

Quand Vanessa lui demanda où en était l'enquête, Karen haussa les épaules et secoua la tête.

– Posez-moi la question dans deux ou trois jours.

Le téléviseur, au-dessus du bar, passait une rediffusion d'un match de football quelconque ; en tout cas, ce n'était pas une retransmission en direct. À l'autre bout de la salle, plusieurs machines aux couleurs criardes se surpassaient pour produire les sons électroniques les plus crispants. La plupart des tables étaient occupées par des buveurs solitaires, qui faisaient durer leur pinte de la marque de blonde en promotion cette semaine.

– Vous l'aimiez bien, n'est-ce pas ? Maddy.

– Elle était géniale. Elle me faisait rire, vous savez. Mais ce n'était pas une tête de linotte, comme certaines. Elle était pleine de bon sens. Et directe, aussi. Chez elle, il n'y avait pas une once d'hypocrisie, vous voyez ce que je veux dire ? Elle disait ce qu'elle pensait. Elle... (Le visage de Vanessa se décomposa et elle fouilla son sac à la recherche d'un mouchoir en papier.) Elle était minée par toute cette histoire, vous savez ? C'est pour ça... (Elle aspira une goulée d'air puis plaqua ses mains sur sa bouche.)... C'est pour ça que je lui ai suggéré de se mettre au yoga. Je pensais que ça pourrait l'aider, la déstresser un peu. (À présent, Vanessa ne parvenait plus à retenir ses larmes.) Ce foutu foyer municipal. Si je n'avais rien dit, elle n'y serait jamais allée. Elle n'y aurait jamais mis les pieds. Et elle serait encore en vie, merde !

Karen se pencha un peu plus vers la jeune femme et lui entoura les épaules de son bras.

Denison avait l'air encore plus gêné que d'habitude.

– Vanessa, écoutez-moi, fit Karen. Si Maddy ne se trompait pas, si quelqu'un la suivait dans l'intention de lui faire du mal, cela aurait fini par arriver de toute façon. Et s'il s'agit d'autre chose, du résultat d'un pur hasard, alors il n'y a rien que vous ou moi aurions pu faire pour y changer quoi que ce soit. D'accord ?

– Oui. Oui, vous devez avoir raison.

Vanessa se moucha bruyamment.

– Tenez, dit Karen, finissez votre verre.

À cet instant précis le portable de Karen se mit à sonner, et elle sortit dans la rue.

La voix de Mike Ramsden était indistincte.

– La réception est pourrie, ou c'est vous qui chuchotez ?

– La réception est pourrie.

– Écoutez, Mike. Je veux savoir le nom de l'ex-mari de Maddy Birch. Et son adresse, si vous pouvez vous la procurer. Et tout autre détail le concernant. Comment cela se passait entre eux deux. Menaces. Animosité. N'importe quoi. Entendu ?

– Je vais faire ce que je peux.

– Très bien. Dès que vous avez un nom, rappelez-moi.

Karen coupa la communication.

Dans le vestibule de la petite maison mitoyenne, à Louth, Mike Ramsden remit son portable dans sa poche et regarda un moment la photo, encadrée et accrochée au mur, d'une jeune Maddy Birch à son défilé de promotion. Derrière lui, dans le salon, il y avait d'autres photos, un album plein à craquer, ouvert sur la table basse près du fauteuil de Carol Birch. Pendant presque une heure, Ramsden était resté assis face à elle, tenant en équilibre dans sa paume une soucoupe surmontée d'une tasse vide, à faire semblant de l'écouter.

– Je ne suis venue m'installer ici que pour me rapprocher de ma fille, et c'est ce moment-là qu'elle a choisi pour partir à Londres.

Ramsden soupira et retourna dans la pièce.

– Et sur le plan sentimental ? demandait Karen à Vanessa. Jolie comme elle l'était, encore jeune, elle devait bien avoir quelqu'un dans sa vie ?

– Je ne crois pas. Personne en particulier. Je veux dire, quand on sortait, il y avait toujours des types pour la draguer, la baratiner, mais ça n'avait pas l'air de l'intéresser. Non, c'était plutôt que, s'il devait y avoir quelque chose, elle voulait que ce ne soit pas une rencontre sans lendemain, vous savez ?

Karen savait ; elle ne le savait que trop bien.

– Donc, elle n'avait personne ?

– Oh, il y avait peut-être quelqu'un, ce couvreur qu'elle avait rencontré.

– Un couvreur ?

– Oui, vous savez. (Vanessa fit un geste vague vers le plafond.) Un de ces types qui sont toujours grimpés sur des échafaudages, qui braillent tout le temps, qui remplacent les tuiles. Il s'appelait Steve. Steve Kennet.

– Ça remonte à combien de temps ?
– Quelques mois, peut-être plus.
– Et c'était sérieux, entre eux ?
– Pas vraiment.
– Vous savez où il habite, ce Steve ?
Vanessa secoua la tête.
– Quelque part du côté d'Archway.
Karen nota le nom ; si cela devait se révéler nécessaire, il ne devrait pas être trop compliqué de retrouver cet homme.
Moins de dix minutes plus tard, Ramsden la rappela.
– Il s'appelle Patrick. Terence Patrick. J'ai une adresse à Prestatyn : 15 Cité Bellevue.
– Son adresse actuelle ?
– Je n'en suis pas sûr.
– Ce ne devrait pas être trop difficile à vérifier. Écoutez, Mike, si je ne vous recontacte pas dans l'heure qui vient, je veux qu'on se retrouve là-bas, à Prestatyn, demain matin. À huit heures. Huit heures et demie. Je prendrai le premier avion du matin pour Liverpool ou Manchester et je ferai le reste du chemin en voiture.
– Et comment suis-je censé me rendre là-bas depuis le fin fond de ce foutu Lincolnshire ?
– Partez de bonne heure.
Karen pressa la touche « Raccrocher » et regarda sa montre. Il fallait qu'elle retourne au bureau, qu'elle passe quelques coups de téléphone. Elle se dit qu'ils avaient obtenu de Vanessa Taylor tout ce qu'elle était capable de leur apprendre pour le moment. Ils pourraient toujours lui reparler plus tard. Elle pensait à Terry Patrick, à la probabilité qu'il eût appris le décès de son ex-femme. S'il avait entendu la nouvelle, et quand, et de quelle façon il avait réagi. S'il n'avait pas déjà été au courant.
En songeant à la mère de Maddy, elle tenta d'imaginer de quelle façon on pouvait ne serait-ce que commencer à accepter un drame pareil. À supposer que cela fût possible. Les enfants étaient censés enterrer leurs parents, non ?

11

L'inconnu qui avait donné à cette rue le nom de Cité Bellevue possédait soit un sens de l'humour fortement teinté d'ironie, soit une grande échelle. Ce n'était même plus une cité ouvrière, seulement un alignement de maisons jumelles des années soixante-dix, chacune dotée de son propre garage, construit à droite ou à gauche. Le crépi granité de la façade du numéro 15, autrefois blanc, était à présent d'un jaunâtre genre crème tournée. Des planches et divers éléments d'échafaudage jonchaient la courette de devant. La porte du garage était entrouverte.

Karen passa lentement devant la maison au volant de la voiture qu'elle avait louée à l'aéroport, enclencha la marche arrière pour effectuer un demi-tour en trois manœuvres, et se gara quelques numéros plus loin. La Ford Sierra de Mike Ramsden, qui présentait tous les stigmates d'un long parcours sur des routes de campagne sous une pluie battante, était arrêtée un peu plus loin contre le trottoir d'en face. Derrière son volant, Ramsden faisait un petit somme.

Karen sortit de la voiture, portant aujourd'hui une sorte de vert délavé, une erreur sans doute. Elle mit une pastille à la menthe dans sa bouche et remonta le col de sa veste. La pluie, réduite à un crachin régulier, tombait grise d'un ciel gris.

Avec sa clé, elle tapota la vitre de la Sierra. Ramsden se réveilla instantanément. Sur le siège passager, près de lui, plusieurs gobelets de café munis de couvercles entouraient un carton vide du Burger King. Une brique de jus d'orange était posée sur le plancher.

– Je croyais que vous aviez dit huit heures ? fit-il en baissant la vitre. Huit heures et demie.

– C'est ça.

Ramsden consulta sa montre et grogna. Il était bientôt huit heures vingt.

– À quelle heure êtes-vous arrivé ici ? demanda Karen.

– Vers sept heures.

Karen fit un signe de tête en direction de la maison.

– Il s'est passé quelque chose ?

– À deux reprises, Patrick est entré dans son garage et il en est ressorti, pour farfouiller dans sa camionnette. La deuxième fois, il portait sa salopette blanche. Il va bientôt partir au travail, c'est sûr.

– Il y a quelqu'un d'autre à la maison ?

– Un visage à la fenêtre. Sa femme, sa petite amie, quelqu'un.

– Bon, fit Karen, allons nous présenter.

La femme qui vint leur ouvrir était replète, plutôt petite, avec une bouche de fumeuse et des cheveux mi-longs d'un jaune paille. Sous un haut pâle en coton, ses seins semblaient mener une vie bien à eux.

– Madame Patrick... ?

Son regard fit un aller-retour d'un visage à l'autre.

– Excusez-moi, j'ai bien peur de ne pas avoir le temps...

Mais Karen brandissait sa carte.

– Nous sommes officiers de police, dit-elle.

La femme regarda, derrière eux, la rue vide.

– Terry, lança-t-elle par-dessus son épaule. (Puis, reculant dans le vestibule :) Vous feriez mieux d'entrer.

Le chauffage central donnait à plein. Une radio fonctionnait dans une autre pièce, diffusant la voix enjôleuse d'un DJ en rut qui avait du mal à se retenir. Patrick apparut à l'autre bout du vestibule. Ses cheveux blonds, presque roux, avaient besoin d'un coup de peigne. Des taches de plâtre séché et d'anciennes gouttes de peinture collaient à sa salopette et à ses chaussures de chantier. Cinquante ans, pensa Karen, au bas mot. À peu près aussi grand qu'elle. Il était de ces hommes qui deviennent filiformes avec l'âge, au lieu de prendre du poids.

– Alors, c'est à quel sujet ?

Mais elle lut dans ses yeux qu'il s'en doutait déjà.

– C'est à propos de Maddy, c'est ça ?

– Juste quelques questions, répondit Karen. Simple routine, en fait.

– Entrez, entrez, fit-il. (Puis :) Tina, mets de l'eau à chauffer, tu veux bien ?

Le soupir était bien rodé, machinal.

– Thé ?

– Vous n'auriez pas du café, par hasard ? demanda Karen.

– Instantané, seulement.

– Ça ira très bien, fit Karen.

– La même chose pour vous deux, alors ?

Ramsden hocha la tête.

– Comme vous voudrez.

Le salon était sombre et surchargé de meubles. Quelle que fût la pièce où la radio fonctionnait, ce n'était pas celle-ci. La cuisine, probablement. Karen put tout juste reconnaître *Didn't I Blow Your Mind This Time* [1], par les Deltonics. Ça ne datait pas d'hier.

– Asseyez-vous, dit Patrick.

Karen s'assit à un bout d'un canapé qui avait connu des jours meilleurs, Ramsden sur une chaise à dossier droit près de la fenêtre. Patrick s'installa dans ce qui était manifestement son fauteuil, en cuir plissé, face à un téléviseur à écran large.

– Cela a dû vous faire un choc, dit Karen, ce qui s'est passé.

– Bien sûr que ça m'a fait un choc, bon sang ! On aurait dit qu'ils parlaient que de ça, à la télé. Au début, j'arrivais pas à le croire. (Il eut un petit ricanement triste, entre grognement et sarcasme.) C'est bien ce que les gens disent, non ? Quand il se passe quelque chose. J'arrivais pas à le croire. Mais c'est vrai. Quand quelqu'un, enfin, se fait tuer – dans un accident, n'importe quoi –, vous ne vous attendez jamais à ce que ce soit une personne que vous connaissez, vous voyez.

Se calant contre le dossier, il leva les pieds pour les poser sur une table basse en bois qui semblait avoir été mise là à cet effet. Pour que ses chaussures de chantier ne salissent pas la moquette à longues mèches.

– La pauvre fille, mourir comme ça..., dit-il. Elle était partie faire son jogging, c'est ça ? Ce qu'ils ont dit à la télé. (Il secoua la tête.) À Londres. Tard le soir. Dans je ne sais quel parc. On aurait pu croire qu'elle se serait méfiée.

Le café et le thé arrivèrent sur un plateau métallique, avec le sucre encore dans son paquet, et une seule cuillère.

– Merci, Tina chérie.

Les mains de Patrick, pensa Karen tandis qu'elle le regardait dissoudre deux sucres dans son thé, étaient larges au niveau des phalanges, la peau incrustée par endroits de traces de peinture.

---

1. Je ne t'en ai pas mis plein la vue, cette fois ?

– Maddy, fit Karen. Quand l'avez-vous vue pour la dernière fois ?

Patrick eut aussitôt un petit sourire en coin, et Karen, pour la première fois, se rendit compte qu'il avait pu être séduisant, quinze ou vingt ans plus tôt.

– Je me suis posé la question, vous pensez bien. Tina m'a demandé la même chose. En 86, ce devait être. Au moment du divorce. Un an après que ça ait commencé, comment dire, à mal tourner. (Il gratta un petit rond de peinture sur la jambe de sa salopette et l'expédia d'une pichenette dans la cheminée vide.) Ça fait dix-sept ans.

Sa femme était toujours dans l'encadrement de la porte, les yeux fixés sur lui, le visage indéchiffrable.

– Vous ne l'avez pas revue depuis tout ce temps ? demanda Karen.

– Pas une seule fois.

– Mais vous aviez gardé le contact ?

– Pas vraiment, non. Ses parents, ils ont toujours été plutôt corrects, ils m'envoyaient une carte à Noël, ce genre de chose. Du moins, jusqu'à ce que le père de Maddy meure. Ça doit remonter à quatre ou cinq ans, maintenant. Peut-être plus.

– Et vous n'avez pas revu Maddy, ni communiqué avec elle, rien ?

– C'est ce que je viens de vous dire, non ?

– Dis-leur, Terry, fit sa femme. Bon sang, mais dis-leur donc.

Retournant dans le vestibule, elle referma la porte derrière elle, lentement mais fermement.

Patrick prit sa tasse de thé, la garda entre ses mains un moment avant de boire, puis la reposa.

– Il y a sept ou huit ans...

– C'est sept ou c'est huit ?

– Sept, sept. Tina et moi, on traversait une mauvaise passe. Ça arrive. La situation se déglingue, on ne sait plus comment arranger le coup. (Il regarda Ramsden, comme pour obtenir une confirmation de sa part.) J'ai quitté la maison un certain temps, je vivais chez un copain. Au bout d'un moment, j'ai repris contact avec Maddy. Enfin, j'ai essayé. Je sais pas pourquoi, je crois que j'ai eu cette idée idiote qu'on pourrait peut-être recommencer à vivre ensemble. C'est sa mère qui m'a donné son adresse et le reste. Je lui ai téléphoné, et c'était comme si je parlais à cette saloperie d'horloge parlante. Elle voulait rien entendre, vous comprenez ? Je lui ai écrit plusieurs fois, après ça, pour lui demander, vous savez, si on pourrait se revoir ? C'était idiot, en fait. Complètement idiot. Elle a jamais répondu, bien sûr, pas un seul mot. (Levant la tête, il eut un petit sourire amer.) Tina et moi, on a remis de l'ordre dans notre vie de couple. (Il haussa les épaules.) C'est peut-être pas parfait, mais qu'est-ce qui l'est, je vous le demande ?

La radio, déjà indistincte, fut noyée par le bruit d'un aspirateur, qui cognait contre les plinthes du vestibule.

– Et tout ça, c'était il y a sept ans, dit Karen.

Patrick hocha la tête.

– Et vous n'avez jamais plus eu aucun contact avec elle depuis ?

Un signe de dénégation.

– Rien. Vous ne lui avez pas parlé ? Vous ne l'avez même pas vue de loin ?

– Non, je vous l'ai dit.

– Et en octobre, alors ?

– Pardon ?

– En octobre de cette année.

Patrick se pencha en avant, puis se carra contre son dossier, regarda en direction de la porte. L'aspirateur s'arrêta, redémarra. Karen l'observait : ses mains, les doigts écartés, pressaient avec force le haut de ses cuisses. Quand il parla de nouveau, ce fut d'une voix étranglée, délibérément basse.

– C'était un accident, vous comprenez ? Non. Une coïncidence. C'est ça, une coïncidence. J'étais descendu là-bas pour un chantier. À Londres. Vous savez, c'est bien payé, mieux que par ici, et on peut toujours dormir une nuit ou deux dans le camion. Bref, ce soir-là, après le boulot, eh bien, on est sortis boire quelques bières, juste nous trois, moi et deux autres types, un pub après l'autre, et puis d'un seul coup, elle était là devant moi, Maddy, elle et une autre fille, sur une estrade en train de chanter je sais plus quelle connerie de chanson. (Patrick passa le dos de sa main sur ses lèvres avant de poursuivre.) J'arrivais pas à le croire. Je restais planté là, à la regarder. « Qu'est-ce qui se passe ? » m'a demandé un des copains. « T'aimerais bien te la faire, hein ? » J'ai bien failli lui mettre mon poing dans la gueule, vous savez. Mais au lieu de ça, je lui ai tourné le dos et je suis parti. J'avais hâte de sortir de là. J'ai marché pendant des kilomètres, j'en suis sûr. Des kilomètres. Me demandez pas pourquoi. (Nouveau regard vers la porte.) J'ai pas envie qu'elle l'apprenne.

Karen attendit, les yeux rivés sur lui, et elle vit que ses joues empourprées par la colère mettaient longtemps à reprendre leur coloration habituelle.

– Pourquoi n'êtes-vous pas resté, pour aller lui parler, la saluer ?

– J'en sais rien.

– Après toutes les tentatives que vous aviez faites auparavant...

– Je sais, je sais. C'est seulement... Je sais pas, que je m'y attendais pas, je suppose. Le choc. C'est lamentable, non ? Et maintenant... (Il regarda Karen en face.) Vous savez pas qui c'est ? Qui l'a tuée ?

– Pas encore, fit Karen. Pas de façon formelle.

Patrick avait des yeux gris-vert, et il ne cillait pratiquement pas sous le regard de Karen.

– Le fumier, dit Patrick. La pendaison, c'est pas assez pour un salopard pareil.

– Où étiez-vous il y a deux soirs ? demanda Karen, à peu près sur le même ton que si elle réclamait une seconde tasse de café.

Patrick cligna des yeux.

– Ici, pourquoi ? (Puis :) Ah, oui, bien sûr. Je suppose que vous êtes obligée de me poser la question.

– Ici à la maison avec votre femme ? dit Karen.

– Plus ou moins. J'ai fini le boulot vers quatre heures et demie, cinq heures. Un nouveau chantier à l'autre bout de la ville, j'y suis depuis deux semaines maintenant, je fais les plâtres, je donne un coup de main. Bref, j'ai quitté le chantier, je suis passé au pari mutuel, une bière vite fait au pub d'en face, et je suis arrivé ici pas plus tard que sept heures. J'ai cassé la croûte, regardé un peu la télé. Me demandez pas ce que j'ai vu. Je me suis couché de bonne heure. Tina, elle aime lire un moment au lit, mais pas moi. J'ai dû m'endormir avant onze heures, ça m'étonnerait pas.

– À part votre femme..., dit Ramsden, prenant la parole pour la première fois,... il y a des gens qui pourraient confirmer tout ça ?

– Oui, je crois. Le patron du pari mutuel, c'est sûr, un ou deux types au pub.

– Vous pouvez nous donner des détails ?

– Oui, évidemment.

Dix minutes plus tard, ils étaient de nouveau dans la rue, devant la voiture de Mike Ramsden, celui-ci fumant pour une fois une cigarette, Karen se tenant suffisamment près pour inhaler la fumée.

– Qu'en pensez-vous ? demanda-t-il.

– Quand il a commencé à parler de Maddy, de la façon dont elle a fait la sourde oreille alors qu'il essayait de reprendre contact, on voyait les veines saillir sur ses poignets.

Ramsden hocha la tête.

– Vous croyez qu'il dit la vérité ?

– Par moments.

– Vous voulez que je fasse des vérifications auprès de certaines personnes dont il a donné les noms ?

– Oui, faites-le. Je crois que je vais attendre qu'il parte au travail pour échanger quelques mots avec sa femme.

– Elle ne paraît pas enchantée que son mari ait revu Maddy, non ?

– Peut-être qu'elle a de bonnes raisons.

– Si ma femme pensait que j'en pince pour quelqu'un d'autre, elle m'aiderait à faire mes valises, et elle me donnerait sa bénédiction.

Karen s'esclaffa.

– Mike, il y a des exceptions à tout.

– Il m'a frappée une fois, dit Tina. Il y a quelques années. Pour quelle raison, je m'en souviens même pas. Rien d'important, probablement, mais je me rappelle que c'est arrivé. Vlan ! En plein sur la joue. Quelque chose entre un coup et une claque. C'est devenu tout noir, vous savez. Noir, et puis violet, et puis jaune.

– Qu'avez-vous fait ? demanda Karen.

Les deux femmes étaient assises à une petite table, dans la cuisine, devant une nouvelle tasse de Nescafé. Karen savait qu'il y avait une raison, en plus du goût, pour laquelle elle ne devrait rien boire qui soit fabriqué par Nestlé, quelque chose qui concernait les enfants d'Afrique, des bébés, mais elle ne parvenait pas à se rappeler exactement de quoi il retournait.

Secouant son paquet de cigarettes, Tina en fit sortir une et prit sur la table un briquet jetable.

– J'ai attendu, voilà. J'ai attendu le moment où je faisais mon repassage. Oh, pas quand le fer était brûlant, non, seulement, vous savez, à bonne température. Je lui ai posé le fer sur le dos de la main, pendant qu'il était assis juste à l'endroit où vous êtes, à lire le journal. Il a gueulé comme un putois, une horreur. Sa main s'est mise à enfler, on aurait dit une demi-livre de saucisse ; il a pas pu bosser pendant une semaine. Si tu poses encore la main sur moi, je lui ai dit, la prochaine fois je me sers du couteau à pain pendant que tu dors.

– Il n'a pas essayé de s'excuser?

Tina s'esclaffa.

– Pensez-vous, il était trop occupé à pleurer sur ses malheurs. *Et pourquoi t'as fait ça, bon Dieu?* qu'il me répétait, encore et encore.

– Il a un fichu caractère, cela dit.

– Avec moi, ça fait deux.

– Il nous a dit que vous aviez eu une période difficile, tous les deux, il y a quelques années, que vous aviez failli vous séparer.

– Bon sang! C'était un vrai confessionnal, dans le salon, tout à l'heure. Un genre de séance de thérapie.

Karen sourit.

– Peut-être.

– Il voyait une autre femme, c'est ça. Une salope qu'il avait rencontrée je ne sais où. Lamentable. Je lui ai dit que si c'était ça qu'il voulait, il pouvait foutre le camp et surtout pas se gêner. Il a pas tardé à revenir la queue entre les jambes, vous savez. En me suppliant de le reprendre.

– Ce que vous avez fait.

Levant la main, Tina écarta ses cheveux de son visage.

– Regardez-moi, on ne risque pas vraiment de me prendre pour Miss Pays de Galles, n'est-ce pas? Je suis qu'un petit tas avec un gros cul et une cervelle de piaf. On apprend à se contenter de ce qu'on peut avoir. Et puis, il est pas si mauvais, il gagne bien sa vie la plupart du temps, et il est pas radin, comme certains. (Elle tira énergiquement sur sa cigarette.) On peut trouver pire, croyez-moi. Bien pire. Je le sais.

Karen but une gorgée de café tiède alors qu'en fond sonore la radio diffusait *Rocket Man.*

– Ooh, j'adore cette chanson! fit Tina, tendant le bras vers le transistor. Ça vous dérange si je monte le son?

Karen avait toujours pensé qu'écouter Elton John, c'était comme tirer un coup vite fait dans le noir – plutôt pas mal jusqu'au moment où on allumait la lumière.

– Où étiez-vous, demanda Karen, quand il a appris pour son ex-femme, ce qu'il lui était arrivé?

– On regardait les infos ensemble, vous voyez? On regardait que d'un œil, en fait. Et tout à coup, voilà Terry qui pousse un cri parce qu'il vient d'entendre son nom, et puis on voit une photo d'elle sur l'écran. Et quelqu'un dit qu'elle a été assassinée. Terry, il s'est figé sur place. Comme assommé. Comme si il arrivait pas à y croire. Il m'a fallu un temps fou pour arriver à lui arracher un mot. Ça l'a vraiment secoué, vous savez. (Tina éteignit sa cigarette.) Cette histoire, elle m'a passé l'envie de sortir seule le soir, même par ici. Il y a toujours un salopard, quelque part, qui vous attend.

Elle baissa le son de la radio.

– Il lui a écrit, vous savez. À Maddy. Et pas qu'une fois. Je suis pas censée le savoir. Mais j'ai trouvé une de ses lettres dans la poche de sa veste. Je l'ai ouverte à la vapeur. Y avait tout un baratin comme quoi c'était elle l'amour de sa vie, et tout ça. J'ai brûlé la lettre, bien sûr. Je l'ai déchirée en petits morceaux et j'y ai mis le feu. Je lui en ai jamais parlé, ce crétin a dû croire qu'il l'avait postée.

Tina alluma une nouvelle cigarette.

– C'était peut-être vrai, vous savez ? Qu'elle était l'amour de sa vie. Y avait au moins un homme qui pensait ça d'elle, en tout cas.

12

Elder avait fini son J. B. Priestley et il était revenu à Patrick O'Brian. Chaque matin, il écoutait sur Radio Cornouailles les bulletins de le gendarmerie maritime, transmis par les phares de St Ives, Gwennap Head, et Bass Point. Un jour de tempête, revenant d'une randonnée à travers champs, il avait trouvé un animal mort dans une cour de ferme par ailleurs désertée le long du sentier. Ses pattes saillaient, raides, de part et d'autre de son ventre distendu, une feuille de plastique claquant au vent autour de sa tête. Quand il ressortit au crépuscule, l'animal avait disparu, ne laissant qu'une trace dans la boue à l'endroit où on l'avait traîné.

Depuis son retour de Nottingham, Elder avait appelé Joanne de façon assez régulière, demandant à chaque fois à parler à Katherine ; tous les deux ou trois jours, au début, puis moins souvent. Parfois, sa fille était là ; parfois non. *Elle semble s'être calmée*, lui assurait Joanne. *Elle reste davantage à la maison. Elle parle même de retourner à la fac, de finir son premier cycle scientifique.* Elle en parlait peut-être, mais pas à son père, en tout cas.

Elder envoya à Katherine une lettre dont il rédigea soigneusement le brouillon au préalable, pour tenter de lui expliquer comment il vivait cette situation, et ce qu'il pensait d'elle. Il n'espérait pas de réponse. Cependant, il ouvrait quand même chaque jour sa boîte à lettres, et ressentait toujours un petit pincement au cœur, chagrin et déception mêlés. Il envisagea de retourner à Nottingham pour la voir, mais en y réfléchissant, il comprit que cela ne ferait qu'envenimer leurs relations. Katherine s'était peut-être calmée, mais pas lui.

Comme les vents venus de l'Atlantique cinglaient la côte de plus en plus furieusement, Elder commanda une nouvelle provision de bûches et les empila dans l'appentis, contre le flanc de la maisonnette.

Il en fendit quelques-unes pour avoir du petit bois. La bouteille de Jameson's, dans la cuisine, voyait son niveau baisser un peu plus chaque soir, lentement mais régulièrement.

Et puis, le premier décembre, un lundi, il ouvrit un journal vieux de trois jours et lut les nouvelles : au nord de Londres, près d'une voie ferrée désaffectée, on avait découvert le corps d'une femme officier de police, violée et laissée pour morte. Dès qu'il vit son nom, Elder sut qui elle était.

Cela remontait à seize ans. Elder était alors en poste à Lincoln, à la PJ, bien installé dans la carrière à même pas quarante ans. La fameuse quarantaine. Katherine avait tout juste deux ans et courait déjà partout. Elle était assez agile pour se glisser, la nuit, dans le lit de ses parents, entre Joanne et lui. Il avait repéré Maddy au commissariat, échangeant quelques mots avec elle à l'occasion, la saluant d'un signe de tête à la cantine. Cela avait suffi pour qu'il remarque la couleur de ses yeux – de la même teinte que ceux de Joanne – et le fait qu'elle ne portait pas d'alliance. Elle devait approcher de la trentaine, supposa-t-il, à moins qu'elle n'ait été plus jeune encore.

Un soir, tard, après le pot d'adieu d'un collègue affecté à la circulation qu'ils ne connaissaient pas vraiment, ils buttèrent l'un contre l'autre, bousculés par la foule qui se pressait au bar, la main de Maddy s'appuyant un instant sur l'avant-bras d'Elder tandis qu'elle rétablissait son équilibre – et la seconde fois ce ne fut sûrement pas par hasard. Quand Elder lui avait adressé ce qu'il croyait être un sourire engageant, Maddy avait détourné les yeux. Lequel des deux s'était arrangé pour qu'ils partent en même temps, il n'aurait su le dire avec certitude ; peut-être ni l'un ni l'autre, peut-être tous les deux. Les pavés de la rue étaient humides et glissants, la rue elle-même étroite et escarpée. Cela lui parut tout naturel de lui tendre la main, de lui offrir un appui pour lui éviter une chute. Au-dessus de leurs têtes et derrière eux, des projecteurs mettaient en valeur la façade ouest de la cathédrale, les murs du château juste en face. Du bout des doigts, Elder caressa la joue de Maddy, sa nuque. L'embrasure de porte dans laquelle ils se réfugièrent, trébuchant presque, était à peine assez profonde pour les contenir tous les deux. La bouche d'Elder trouva celle de Maddy, la bouche de Maddy trouva celle d'Elder. Elle prononça son nom. Déboutonnant maladroitement la veste de Maddy, il posa la main sur son sein. Elle s'escrima sur sa braguette, renonça, et se contenta de lui agripper la verge à travers le pantalon. La chair de son cou était chaude et douce et quand il l'embrassa, là, dans le vallon entre le muscle et l'os, elle gémit et resserra son étreinte, et il jouit, debout contre elle, il jouit dans sa main.

Oh, bon sang !

Elle l'embrassa près de la commissure des lèvres, et au bout d'un moment, quand elle s'écarta de lui, la lumière de la rue permit à Elder de voir un sourire triste sur son visage.

– Je suis désolé, dit-il.

– Il ne faut pas. (Elle posa un doigt sur les lèvres d'Elder. Puis :) Viens, on va marcher un peu.

Et elle passa son bras dans celui d'Elder.

Au bas de la côte, ils partirent chacun de leur côté. Elle regagna à pied le petit appartement qu'elle venait d'acheter, et Elder prit un taxi pour rentrer chez lui, où sa femme et la petite sans aucun doute dormaient déjà, parvenant à elles deux, il ne savait comment, à occuper la majeure partie du lit.

Le chauffage central s'était éteint automatiquement. Encore vêtu de son manteau, il était assis dans la cuisine, un verre de scotch entre les mains, se remémorant le plus lentement possible ce qui s'était passé, ces instants qui étaient déjà incertains, à moitié imaginés.

Ni Maddy ni lui n'en reparlèrent ; il ne se passa rien de plus.

Ce fut la seule fois, pendant toutes ces années où il fut marié à Joanne, qu'Elder commit un écart de conduite.

Pourtant, il se surprenait, de temps à autre, à se remémorer cette scène, les images surgissant de nulle part, un kaléidoscope de sensations, la douceur de sa peau, la chaleur de son haleine.

Et maintenant, elle était morte.

Il relut l'article du journal.

Maddy s'était rendue à un cours de yoga ce soir-là, et elle en était repartie seule. On supposait qu'elle avait été agressée peu après son départ. Pour l'instant, la police n'avait pas reconstitué avec certitude la chronologie des événements. Ce qui était sûr, c'est qu'à un certain moment après la fin de son cours de yoga, une fois qu'elle se fut changée et qu'elle eut quitté le foyer municipal, Maddy Birch avait été agressée, probablement violée, battue, lardée de coups de couteau, et laissée pour morte.

Elder savait que Robert Framlingham était actuellement affecté à la commission de réexamen des affaires criminelles, à Trenchard House. Quelques mois plus tôt, Framlingham l'avait appelé, dans l'espoir de le convaincre de se joindre à son équipe d'inspecteurs retraités de fraîche date auxquels on faisait appel de plus en plus souvent pour reprendre à zéro d'anciennes affaires toujours pas élucidées ou des enquêtes récentes qui n'avaient pas abouti. Comme il l'avait fait précédemment lors des manœuvres d'approche de la police de Nottingham, Elder avait décliné son offre, poliment mais avec fermeté.

La voix de Framlingham, comme toujours, était riche et profonde, ce qui contrastait avec le bonhomme lui-même, qui était mince comme un fil et suffisamment grand pour qu'Elder se démanche le cou quand ils se rencontraient.

– Frank, tu as changé d'avis, je parie.

– Je crains que non, fit Elder.

Framlingham eut un petit rire.

– Si c'est pour m'emprunter de l'argent... ?

– Ne t'inquiète pas, il ne s'agit pas de ça.

– Alors, je t'écoute.

– Cette inspectrice assassinée à Crouch Hill, Maddy Birch...

– Simple curiosité de ta part ?

– Pas vraiment. Je la connaissais. Je veux dire, on a travaillé ensemble. Il y a un bail. Dans le Lincolnshire.

– Une affaire personnelle, donc ?

– Si tu veux.

– Qu'est-ce que tu veux savoir, Frank ? Je veux dire, exactement ?

– Je ne pourrais pas te le dire. Je me demandais seulement à qui on a confié l'enquête, et s'il y avait du nouveau.

– Ce n'est pas ma partie, Frank. Pas encore. Mais si l'affaire se retrouve dans une impasse, on ne tardera pas à faire appel à nous.

– Il n'y a personne à qui je pourrais en parler, enfin, officieusement ?

Framlingham sembla hésiter.

– Redonne-moi ton numéro, Frank, je te rappelle.

Quand il le fit, Frank sortait les cendres du poêle à bois, avant de le rallumer pour la soirée. Il ne faisait pas encore nuit, la lumière vers la mer était frangée de rouge tirant sur le rose. La température semblait avoir baissé de cinq degrés.

– J'ai parlé au responsable de la Criminelle, dit Framlingham. Je lui ai expliqué la situation. Il m'a donné le nom de l'un de ses inspecteurs divisionnaires. Une femme, en fait. Shields. Karen Shields. Tu vois qui c'est ?

– Aucune idée.
– Elle a été bombardée à ce grade il y a un an environ. Il a suffi que quelques voix entonnent un air connu, celui de la discrimination positive, tu sais comment ça se passe.
– Tu veux dire, parce que c'est une femme ?
– Parce qu'elle est noire.
– Je vois.
– Ça ne te pose pas de problème, Frank ?
– Bon sang, non.
– Bien.
– Du moment qu'elle fait bien son boulot.
– Elle le fait bien.
– Tu crois que ça ne la dérangerait pas que je l'appelle ?
– Tu peux toujours essayer. Dis-lui que tu m'en as touché deux mots avant, si tu crois que ça peut t'aider. Si elle pense que tu pourrais avoir des renseignements utiles à lui communiquer, sur le passé de la victime, ce genre de chose, elle acceptera peut-être de te parler.
– C'était il y a longtemps, Robert.
– Enfin, tu verras bien. Je te donne quand même son numéro au bureau.
Elder trouva un stylo et inscrivit le numéro sur le dos de sa main.
– Et, Frank...
– Oui ?
– Tu sais ce que je vais te dire, n'est-ce pas ? Si jamais tu changes d'avis...
– Merci pour le numéro, Robert, fit Elder.

Karen sentait que la solution, irrémédiablement, leur échappait. Ce que Vanessa leur avait dit des craintes de Maddy d'être surveillée les incitait fortement à penser que son agresseur était quelqu'un qui la connaissait, et qui la connaissait bien. Et Terry Patrick semblait être le suspect idéal. Mais les alibis de Patrick pour la soirée en question s'étaient révélés quasiment parfaits. À part Tina, cinq autres témoins étaient prêts à jurer qu'il était au Pays de Galles et non à Londres.
L'impasse. Cherchons autre chose.
Jusqu'à présent, la police scientifique et technique ne leur avait rien donné, ou presque. Pas de fragments de peau qui seraient restés sous les ongles de Maddy si elle avait tenté de repousser son agresseur, pas de salive, pas de sperme ; la trace laissée en travers de son corps

n'était en fait, après analyse, pas autre chose que ce à quoi elle ressemblait : l'indice du passage d'un escargot. Les traces de sang étaient d'un seul type, celui de Maddy. Tout portait à croire qu'elle avait été violée, il y avait très certainement eu pénétration. Un préservatif avait été vraisemblablement utilisé, bien qu'on n'en eût pas retrouvé sur les lieux du meurtre ni aux alentours. Les traces de pas, les empreintes laissées par des chaussures, étaient trop brouillées, trop incomplètes pour être utilisables. Il n'y avait aucune trace, non plus, d'un quelconque objet ayant pu servir d'arme.

On avait interrogé toutes les autres élèves du cours de yoga auquel assistait Maddy ; celle-ci avait bavardé avec deux d'entre elles avant la séance, avec quelques autres quand ce fut terminé, sans rien leur dire d'important. Elle avait été parmi les dernières à partir. La cafétéria du foyer municipal avait fermé à sept heures, alors qu'il y avait encore dans les murs une poignée d'autres personnes, qui avaient toutes été retrouvées et interrogées. Un porte-à-porte systématique avait permis de recueillir les déclarations des occupants des habitations entourant le foyer ; enfin, on avait lancé des appels à témoins incitant à se faire connaître toute personne qui aurait pu emprunter le sentier pour promener son chien ou l'ancienne voie ferrée comme raccourci.

Le gardien du foyer se rappelait avoir vu quelqu'un, très probablement Maddy, emprunter le sentier vers Crouch Hill, c'est-à-dire dans la direction opposée à celle qu'elle aurait prise pour rentrer directement chez elle. Cela dit, de Crouch Hill elle aurait pu rejoindre très vite Broadway et ses nombreux bars, cafés et restaurants, où elle avait peut-être prévu de retrouver quelqu'un ou encore de dîner ou de prendre un verre seule. Sauf qu'aucun membre du personnel de ces bars ne se rappelait avoir servi Maddy ce soir-là.

Donc, avait-elle été agressée presque aussitôt après avoir quitté le foyer – ce qui était risqué, d'autres personnes se trouvant sans doute encore dans les parages, et susceptibles d'entendre ce qui se passait –, ou bien était-elle effectivement allée jusqu'à Broadway pour revenir plus tard sur ses pas ? Et son assassin était-il un homme, dont l'identité restait à découvrir, qui la traquait depuis un certain temps, qui l'attendait, quelque part dans l'ombre, en attendant de pouvoir tenter sa chance ? Ou s'agissait-il d'un acte commis au hasard, la malchance ayant voulu que Maddy se trouve au mauvais endroit au mauvais moment ?

Il y avait trop de questions encore sans réponse.

– Téléphone, patron..., fit l'un des assistants, interrompant le cours de ses pensées. Pour vous.

– Qui est-ce ?

– Un certain Frank Elder. Il a déjà appelé plusieurs fois. C'est au sujet de Maddy Birch, apparemment.

Karen soupira. Il était déjà sept heures passées. Le personnel faisait des heures supplémentaires. Ce dont elle avait envie, c'était de rentrer chez elle, ouvrir une bouteille de rouge, et boire le premier verre pendant qu'elle trempait dans un bain chaud.

– D'accord.

Karen se percha sur le bout du bureau, un pied posé sur une chaise. À l'autre bout de la salle, elle vit Lee Furness faire lentement défiler une liste de noms sur l'écran de son ordinateur.

– Allô ? Inspecteur divisionnaire Shields à l'appareil.

– Frank Elder.

– J'ai cru comprendre que vous aviez des informations au sujet de Maddy Birch.

– Pas exactement des informations.

– Quoi, alors ?

– J'ai travaillé avec elle. Maddy. Dans le Lincolnshire.

– Il y a combien de temps ?

Un silence.

– En 87, 88.

– Et vous étiez quoi ? Intimes ? Proches ?

– Proches, je ne sais pas trop. Pas vraiment. On travaillait ensemble, c'est tout. Je me demandais simplement où en était l'enquête. Si vous aviez du nouveau.

– Où en est l'enquête ? Vous vous croyez où ? À la télé ? Dans *Appel à témoins* ?

– Excusez-moi, on m'a donné votre nom...

– Écoutez, vous feriez peut-être mieux de vous adresser au service des relations avec la presse. Si vous voulez bien patienter, je vais transférer votre appel.

– Non, ce n'est pas la peine. Ça n'a pas d'importance. Excusez-moi de vous avoir fait perdre votre temps.

Karen entendit un déclic. On avait raccroché.

Elle n'avait vraiment pas besoin de ça : un vieux crabe qui ne savait pas quoi faire de son temps libre.

13

– C'est épouvantable, avait dit Linda Mills en apprenant la mort de Maddy.

– Atroce, renchérit Trevor Ashley.

– Maintenant, ce ne sera plus possible de l'interroger à nouveau.

Ashley lui lança un regard sévère, mais il s'abstint de tout commentaire.

Les choses avançaient lentement. C'était la deuxième semaine de décembre, huit semaines après l'ouverture de l'enquête sur la fusillade ayant entraîné la mort de Grant. Et cela faisait trois semaines, environ, que le corps de Maddy Birch avait été découvert près de Crouch Hill.

En dépit de la franche hostilité de la plupart des officiers de police interrogés, l'enquête était restée, obstinément, sur les rails. Linda, frustrée de ne constater aucun progrès, devenait de plus en plus ombrageuse et irascible à mesure que son supérieur se montrait affable et bienveillant. Mais ils avaient beau fouiller, questionner, reconstituer les événements, presque deux mois après les faits ils n'avaient aucune preuve qu'une faute ait été commise. Donc, pas de réprimandes, pas de poursuites.

Que ce Grant eût été un criminel d'envergure ne faisait aucun doute, pas plus que son intention de fuir le pays dans les plus brefs délais, ni l'hypothèse selon laquelle il ait été armé. Quant à la logistique de l'opération de police proprement dite, elle laissait à désirer, et le rapport final serait assorti en annexe d'une recommandation à revoir les procédures de planification. À la base, malgré tout, les faits parlaient d'eux-mêmes : Grant avait blessé mortellement un officier de police, et si Mallory n'avait pas agi comme il l'avait fait, tout portait à croire qu'il en aurait tué un autre.

Point final.

Résumez-moi ça, mettez les points sur les « i » et les barres aux « t », signez au bas de la page et circulez.

L'honneur sera satisfait et on aura veillé à ce que justice fût faite.

Au moment de rendre leurs conclusions, quels que fussent les doutes qui subsisteraient encore dans l'esprit de Linda Mills, celle-ci serait bien contente de se débarrasser de la poussière londonienne qui lui collait aux semelles. Ashley l'avait bien prévenue de ce qui l'attendait, il lui avait expliqué qu'elle se sentirait isolée, assiégée, considérée comme une ennemie, et il avait eu raison. Cette expérience, cependant, faisait partie de celles que Linda Mills désirait connaître, une ligne qu'elle voulait ajouter à son profil, pour étoffer son C.V.

– Je vous dois à tous deux mes sincères remerciements, leur dit le directeur général dans son bureau. Pour une tâche délicate accomplie avec professionnalisme.

– Je vous dois un dîner improvisé..., dit un peu plus tard Ashley, souriant jusqu'aux oreilles, à Linda Mills. Cocktail de crevettes, steak frites, forêt-noire au dessert, le grand jeu.

– Vous me devez, rétorqua Linda, bien plus que ça.

Le lendemain du jour où le rapport final fut apporté à l'imprimeur, la veille de celui où un exemplaire relié fut remis au directeur général, Linda était assise sur l'escalier bas devant le baraquement préfabriqué qui était resté leur base temporaire, fumant la cigarette qu'elle se promettait depuis longtemps.

Elle avait à peine entendu Mallory traverser le parking de sa démarche légère. Levant les yeux au dernier moment, elle avait laissé tomber sa cigarette d'un air coupable, comme une élève de troisième surprise derrière le légendaire hangar à vélos.

– Ne vous en faites pas, fit Mallory. Je saurai garder votre secret.

Se levant, Linda écrasa du pied le mégot incandescent.

– Nous sommes tous coupables de quelque chose, de grave ou d'anodin, dit Mallory. Sinon, nous ne serions pas humains. (Son sourire s'attarda dans son regard.) Tenez..., fit-il en sortant un paquet de Benson & Hedges de la poche de son blazer. (Blazer bleu, pantalon marron.) Prenez une des miennes.

– Non, merci, monsieur le commissaire.

Mallory haussa les épaules et sortit un briquet.

– J'espérais bien tomber sur vous par hasard..., dit-il, la fumée dérivant vers le visage de Linda.

– Monsieur ?

– Avant que vous ne fermiez la boutique pour retourner à Hatfield.

– Hertford, monsieur. C'est à Hertford, en fait.

– Hertford, Hatfield, Hitchin... C'est la même chose. Un petit bourg minable où on a du mal à trouver un pot de chambre quand on a envie de pisser. Trafic de drogue bas de gamme et une poignée d'infractions à l'ordre public le samedi soir, on ne peut pas espérer plus.

Linda eut un hochement de tête qui n'engageait à rien.

– C'est toujours un souci, dit Mallory, quand on laisse quelqu'un de chez vous sortir de sa boîte, on ne sait jamais de quel côté il va rebondir. C'est un risque, ça. C'est comme d'allumer un feu d'artifice en plein milieu du feu de joie un 5 novembre [1]. Il peut arriver n'importe quoi. (De façon presque imperceptible, il s'approcha d'elle.) Quelqu'un pourrait même se brûler.

Pendant une ou deux secondes, peut-être plus, le regard de Mallory transperça Linda Mills, et puis, avec un sourire retors, il recula d'un pas.

– Mais en ce qui vous concerne, ajouta-t-il, tout porte à croire qu'il n'y a pas de soucis à se faire. Vous faites tout dans les règles. Dès que vous avez allumé la mèche, vous vous tenez prudemment à l'écart.

– Vous avez vu le rapport, fit Linda d'un air de défi.

– Avec des locaux comme les vôtres, difficile de garder un document secret.

– Mais vous l'avez vu. Ou une copie, au moins.

– Vous croyez ?

Linda en était sûre. Il l'avait lu, il l'avait savouré, et cela l'avait soulagé de toute forme de stress. Il était lavé de tout soupçon, en Times New Roman et double interligne. Avec la signature de Linda Mills au bas du document.

– Vous pensez peut-être, reprit Mallory, que je vous dois une fière chandelle.

– Absolument pas, monsieur le commissaire. Nous avons fait notre travail, et puis c'est tout. Exactement comme vous l'avez dit. Et je n'étais que l'officier subalterne, après tout.

1. En Grande-Bretagne, date à laquelle on fête la *Guy Fawkes Night*, prétexte à feux d'artifice et feux de joie sur lesquels on brûle une effigie de Guy Fawkes, principal conjuré de la Conspiration des poudres (1605).

– Subalterne, peut-être, mais la plus acharnée à découvrir la vérité. Vous avez fait passer un sale quart d'heure à Maddy Birch, à ce qu'on m'a dit. Vous l'avez acculée dans les cordes, puisque je ne suis plus à une métaphore près. Malgré tout, ce n'est jamais agréable de se faire épingler par un imbécile, et vous êtes tout sauf une imbécile.

Un clin d'œil, un sourire, et il tourna les talons, laissant Linda se demander s'il n'y avait pas un élément crucial qui leur aurait échappé.

– Quel culot, ce type-là, commenta Ashley quand elle lui raconta la scène. Ça ne lui suffit pas d'avoir une longueur d'avance, il faut qu'il vous le fasse bien sentir.

– Pourquoi me dire ça à moi, d'abord ? Pourquoi pas à vous ? C'est à vous que l'enquête a été confiée.

Ashley s'esclaffa.

– De son point de vue, ça ne vaut pas la peine de se lever le matin pour faire marcher un vieux crabe comme moi. Mais vous... Vous êtes vive, intelligente, en pleine ascension. Une femme, en plus. S'il entrevoit une occasion de vous intimider, il ne s'en privera pas.

– Je ne comprends pas quel bénéfice il espère en tirer.

– Pour le moment ? À part le fait de regonfler son ego ? Le pouvoir. Un moyen de faire pression à un moment ou un autre dans l'avenir. Qui sait ?

Linda scruta le visage de son supérieur.

– Vous pensez qu'il avait quelque chose à se reprocher et qu'on l'a laissé s'en tirer à bon compte ? C'est ça ?

Ashley haussa les épaules.

– Pour cette fois, franchement, je n'en sais rien. Mais je suis resté longtemps en poste à Londres, avant de choisir une vie plus calme. Les flics comme Mallory, ceux de la vieille école, cela fait des années qu'ils se permettent des choses en toute impunité. Des choses graves, ou alors sans conséquence, mais la plupart du temps, c'est simplement pour prouver que ça leur est possible. C'est ce qui les excite.

Pensant de nouveau à la façon dont Mallory s'était matérialisé presque en silence à côté d'elle, à son sourire narquois et méprisant, Linda frissonna, comme si quelqu'un s'était approché du bord de sa tombe.

14

Cela le rongeait, comme un ver qui se serait infiltré sous sa peau. Où qu'il aille, quoi qu'il fasse. Les tâches répétitives avec lesquelles il avait étayé son existence depuis qu'il s'était installé en Cornouailles ne semblaient plus lui suffire. Chaque jour, il se faisait un devoir d'écouter la radio, de passer les journaux au crible à la recherche d'éléments nouveaux.

À la page 2 du *Telegraph*, à la mi-décembre, un article attira son regard : une enquête concernant le décès de deux personnes lors d'une opération de police menée environ neuf semaines plus tôt. L'auteur du papier, qui prétendait s'être procuré grâce à une fuite une copie du rapport final, prédisait une issue favorable à l'enquête officielle menée par le commissaire principal Trevor Ashley et des officiers de la police du Hertfordshire.

À côté de l'article, sur une largeur de deux colonnes, figurait une photo prise devant l'Old Bailey [1], montrant le commissaire principal George Mallory, souriant, et son adjoint, Maurice Repton, qui se tenait plusieurs pas derrière lui, presque chassé hors du cadre. À l'époque des faits, nous rappelait la légende du cliché, le second de Mallory avait été prompt à attester le professionnalisme avec lequel l'opération avait été montée puis exécutée. Un paragraphe supplémentaire évoquait la mort tragique de l'inspecteur adjoint Paul Draper, un petit portrait en buste le montrant invraisemblablement jeune. *Sans la présence d'esprit et la détermination du commissaire principal Mallory, d'autres vies auraient pu être perdues.* Pas un mot sur la jeune veuve de Draper ni sur son enfant.

1. La cour d'assises de Londres.

Deux pages plus loin, un paragraphe isolé en bas de page mentionnait que l'enquête sur l'assassinat de l'inspectrice Maddy Birch suivait son cours et qu'aucune arrestation n'avait encore été effectuée.

Ne te mêle pas de ça, Frank, se dit-il. Laisse courir.

Après une nuit agitée de plus, il se réveilla de bonne heure, fit du café, descendit jusqu'au sentier côtier pour s'éclaircir les idées, appela Robert Framlingham et prit le train pour Londres.

La foule des voyageurs se pressait dans la gare de Paddington. Par-dessus l'agitation et le brouhaha habituels, les gémissements sucrés de voix mal amplifiées leur souhaitaient à tous un joyeux Noël. Alors qu'Elder traversait le parvis de la gare, un vendeur de journaux au profit des SDF, avec des guirlandes dans les cheveux et deux branches de gui nouées de façon extravagante de chaque côté de la tête telle une paire de cornes, se précipita vers lui comme pour l'embrasser de ses lèvres fardées.

Le quai du métro était dangereusement encombré – il y avait des retards sur les lignes District, Circle et Bakerloo –, et quand le premier train arriva, Elder eut toutes les peines du monde à monter à bord. À Oxford Circus, il dut faire la queue pendant cinq minutes pour sortir de la station.

En plein jour, les flocons de neige et les rennes stylisés suspendus au-dessus de la rue paraissaient laids, incomplets. Sous un aspect à la fois luxueux et tapageur, les vitrines regorgeaient d'exhortations à acheter leurs produits, et Elder, qui détestait tout ce cirque autour de Noël, qui le détestait dans ses moindres détails, se sentit néanmoins coupable de ne pas avoir acheté de cadeau pour Katherine, de ne pas y avoir seulement songé ; de n'avoir, en fait, de cadeau pour personne.

Le restaurant se trouvait dans l'une des rues étroites qui relient Regent Street à Great Portland Street. C'était le rendez-vous, surtout, des grossistes en articles d'habillement, dont les vitrines étaient parsemées de neige factice. Sur la porte de l'établissement, un panonceau souhaita à Elder un joyeux Noël en italien. L'intérieur de la salle était décoré de guirlandes rouges et vertes qui dessinaient joyeusement des boucles le long des murs.

Framlingham était déjà installé à une table, dans un angle, et il piochait dans un antipasto de thon et de fagiolini. Il portait un costume en tweed dont la couleur évoquait pour Elder celle de la bruyère après la pluie, une chemise crème et une cravate moutarde.

Extirpant sa grande carcasse de son siège, le commissaire divisionnaire tendit la main.

– Frank, ça fait combien de temps ?

– Sept ans ? Huit ?

– Et depuis l'époque où toi et moi étions la terreur de tous les durs et tous les malfrats de Shepherd's Bush ?

Elder sourit.

– Treize ans, quelque chose comme ça.

Un serveur prit son manteau et tira sa chaise.

Quand Elder s'était installé à Londres avec Joanne pour la première fois, Robert Framlingham avait été son supérieur direct. À présent, après un ou deux succès de haute volée à la tête de la commission de réexamen des affaires criminelles, Framlingham jouissait d'un prestige grandissant. Il possédait à Chiswick une maison qu'il avait eu la bonne idée d'acheter en prévision de la flambée des prix, et un cottage dans le Dorset. La voile était sa passion.

Il avait une épouse qu'Elder n'avait rencontrée qu'une fois ou deux ; trois enfants, le plus jeune encore à l'université, les autres lancés dans la vie active et remboursant, sans aucun doute, leur prêt étudiant.

– Toi et Joanne..., dit Framlingham quand ils furent installés,... j'ai été navré d'apprendre que ça n'a pas marché.

Elder haussa les épaules.

– Tu continues à la voir ?

– Pas souvent.

– Et ta fille... Katherine, c'est ça ?... Frank, c'est abominable, ce qu'il lui est arrivé. Il n'y a rien de pire. (Détachant un morceau de son pain, il sauça son assiette.) Elle reprend le dessus ?

– Je n'en suis pas sûr.

– Et toi ?

Elder ne répondit pas.

Framlingham se pencha vers lui.

– Toutes ces concessions aux valeurs de la civilisation et au sens moral, c'est bien joli, mais dans des affaires comme celle-là, si on me laissait faire, je ferais goûter au salopard en question une bonne dose de son propre traitement, et puis je l'enverrais faire le grand saut au bout d'une bonne corde.

Le serveur, une branche de houx fixée à son gilet rouge, était réapparu, souriant, à leur table. Un peu d'huile coulait entre les doigts de Framlingham.

– Le foie de veau est très bien, Frank. Avec de la sauge et du beurre, c'est simple et c'est bon.

Elder hocha la tête, parcourut rapidement le menu des yeux, et se décida pour des côtelettes d'agneau avec du romarin, des pommes de terre sautées et des épinards.

– Tu prendras du vin, Frank ? Du rouge ou du blanc ?

– Du rouge.

Framlingham commanda une bouteille de Da Luca Primitivo et de l'eau minérale, et pendant une dizaine de minutes ils se permirent d'échanger des potins sur des collègues à demi oubliés. Un peu de sang, barrant l'assiette d'un filet rose, s'échappait du foie de veau de Framlingham.

– Ce que je ne peux pas m'empêcher de me demander, Frank, à propos de cette enquête en cours, Maddy Birch, pourquoi est-ce que ça a autant d'importance ? Pour toi, je veux dire ?

– Je te l'ai dit, on a travaillé ensemble.

– Allons, Frank, il n'y a pas que ça, sûrement.

Elder secoua la tête.

– Je la connaissais, je l'aimais bien. C'est tout.

Framlingham remplit les verres.

– Il y a plus de quinze ans. À l'époque où Katherine est née ? Un peu après ? Tu la sautais, Frank, il n'y a pas de mal à ça. Dans des périodes pareilles, ce sont des choses qui arrivent. Tu devais te sentir un peu piégé, ce n'est pas étonnant. Tu as regardé autour de toi, et elle était là. Jeune, disponible sans doute.

– Ce n'était pas comme ça.

Framlingham s'esclaffa.

– Bon sang, Frank, épargne-nous la leçon de morale. On est tous passés par là. Avec un peu de chance, on a même pu s'envoyer en l'air, discrètement, ni vu ni connu.

Elder mordit dans un morceau d'agneau. Il l'avait demandé bien cuit, et bien cuit il était.

– Avoue-le, Frank, tu te l'es faite. Une fois, deux fois, une cinquantaine de fois, peu importe.

– Non.

Framlingham lut sur son visage qu'il ne mentait pas.

– C'est encore plus grave, alors. Tu n'as pas couché avec elle, Frank. Tu en as simplement eu envie. Elle te plaisait, et très probablement, tu lui plaisais. Mais pour une raison ou une autre, tu l'as laissée s'ancrer dans ta mémoire. C'était à elle que tu pensais quand tu sautais ta femme ou quand tu te branlais sous la douche.

Elder saisit la bouteille et remplit son verre.

– Elle est morte, et je veux savoir pourquoi. Je veux que son assassin soit arrêté. C'est tellement répréhensible ?

– Non, ce n'est pas répréhensible. En aucune façon. Mais ça ne s'arrête pas là, cependant. Ce que tu veux, cela va plus loin que ce que tu viens de me dire.

– Comment ça ?

Framlingham sourit.

– Allons, Frank, tu n'as pas fait tout ce chemin pour un déjeuner assez moyen et la possibilité de poser quelques questions et d'obtenir peut-être une ou deux réponses. Tu n'as peut-être pas envie de signer pour retravailler à plein temps, mais ça ne t'ennuierait pas de mettre la main à la pâte sur cette affaire-là. J'ai raison ?

– Il me semble bien.

– Alors, c'est oui ?

– D'accord. C'est oui.

Framlingham joignit les mains devant lui.

– Cette enquête, la Criminelle lui a consacré le maximum. Heures supplémentaires, renforts en personnel spécialisé, le grand jeu. Maddy Birch, c'était quelqu'un de chez nous, après tout. Et puis, comme le temps passait sans qu'on avance d'un pouce, on a réduit les moyens. Tu sais comment ça se passe. Normalement, à l'heure qu'il est, les gens de mon service devraient prendre le relais, pour réexaminer toute l'affaire. En reprenant tout à zéro si nécessaire.

– Et ce n'est pas ce qui va se passer.

Framlingham reposa son verre.

– Il faut qu'on regarde bien où on met les pieds, Frank, sur ce coup-là, avec Shields aux commandes.

– Je ne comprends pas.

– Voyons, Frank. C'est une femme, et elle est noire. Si jamais on nous voyait la mettre sur la touche...

– C'est ridicule.

– Question de politique, Frank, c'est de cela qu'il s'agit. Une affaire de perception. C'est la seule chose qui importe. Je doute fort qu'elle ait elle-même recours à l'argument racial, Shields, mais il y a d'autres personnes qui le feraient. (Framlingham soupira.) C'est un bourbier, Frank. Un vrai marécage. D'un côté, nous mettons en application sur tous les fronts nos mesures de lutte contre le racisme, allant pratiquement jusqu'à ramasser les minorités ethniques sur les trottoirs pour les supplier d'endosser l'uniforme, et en même temps, nous dépensons un demi-million de livres pour apporter la preuve qu'un membre de l'Association des officiers de police noirs a truqué ses notes de frais. C'est un défi à la raison.

Soulevant la bouteille, il versa ce qu'il restait de vin.

– On trouvera, Frank. Il faudra encore un peu de patience, c'est tout.

Elder se carra contre le dossier de sa chaise.

Jetant un coup d'œil à l'addition que le serveur avait discrètement posée sur la table, Framlingham sortit l'une de ses cartes de crédit et la posa par-dessus.

– Rentre chez toi, Frank, détends-toi. C'est bientôt Noël. Je te rappellerai.

15

Karen Shields commença sa journée à cinq heures trente-cinq avec un mal de gorge, une migraine, et deux comprimés de paracétamol. Exactement ce qu'il me fallait, pensa-t-elle : attraper la crève le matin même où je dois expliquer à mon supérieur comment il est possible qu'au bout de bientôt quatre semaines, non seulement aucune arrestation n'ait été effectuée, mais le seul suspect sérieux qu'on ait pu trouver se soit révélé blanc comme neige. Elle voyait déjà la tête que ferait son patron en lui tendant un Kleenex pour son rhume et en la priant de garder ses distances.

Non seulement Terry, l'ex-mari de Maddy, n'était plus un suspect valable, mais tout lien éventuel avec le meurtre de Hackney semblait à présent plus ténu que jamais. Une seconde agression, pas fatale mais comparable, avait été commise sur une femme qui faisait son jogging dans un parc à moins de trois kilomètres du premier incident. Pour ces deux crimes, on avait arrêté deux hommes qui étaient interrogés en ce moment même. Aucun rapprochement avec le meurtre de Maddy n'avait encore été établi.

Dans la cuisine, Karen fit du café dans une cafetière italienne et glissa du pain dans le toaster. Toutes les personnes qui avaient, d'une façon ou d'une autre, été proches de Maddy Birch ces dernières années, depuis un cousin qui vivait à Esher jusqu'au couvreur avec qui, au gré des circonstances, elle était sortie pendant quatre mois, avaient été interrogées, dans certains cas à deux reprises. Et, quand cela s'était révélé nécessaire, on avait vérifié leurs alibis.

– S'il y a une chose qu'on peut dire à son sujet..., avait fait remarquer Mike Ramsden, le second de Karen,... c'est qu'elle avait un goût certain pour les types qui travaillent de leurs mains.

– Elle devait aimer qu'on la brutalise, avait ajouté Lee Furness.

L'expression qu'il lut sur le visage de Karen, qui se rappelait dans quel état on avait retrouvé Maddy, lui fit l'effet d'une gifle.

Une possibilité, cependant, lui hantait l'esprit : celle que le tueur ait été un homme avec lequel Maddy aurait eu une liaison, et dont ils ignoraient encore l'identité.

Karen était retournée voir Vanessa, l'amie de Maddy, la sondant dans l'espoir qu'elle se rappelle une allusion oubliée, une remarque faite en passant. Elle avait parlé à d'autres officiers avec qui Maddy avait pu échanger des confidences. Sans résultat. On avait examiné chaque centimètre carré de l'endroit où elle avait vécu, noté le moindre nom, vérifié chaque numéro de téléphone.

Rien. Personne.

Karen étala du beurre sur son pain grillé.

Pouvait-il y avoir eu quelqu'un malgré tout ?

Quelqu'un qui, comme Maddy le redoutait, s'était mis à la suivre, à l'épier, à s'introduire, discrètement, dans la tranquillité de son appartement.

Davantage de renseignements, voilà ce dont Karen avait besoin, et elle ne voyait pas d'où ceux-ci pourraient venir. Si Maddy avait eu un ordinateur portable, ou même une adresse e-mail, ils auraient pu découvrir son passage sur elle ne savait quel site qui aurait levé le voile sur quelque prédilection secrète – transvestisme, ondinisme, latex... Il n'était pas impossible que Furness ait eu raison, que Maddy ait aimé ajouter à sa vie sexuelle un élément de douleur physique, de perte de contrôle, un peu de brutalité...

Dehors, il faisait encore nuit, les voitures circulant à vitesse régulière dans Essex Road roulaient en codes. Encore une demi-heure avant que la circulation ne commence à s'engorger, vers Canonbury au nord, vers Angel au sud.

Le couvreur, Kennet, quand ils l'avaient interrogé, avait été la politesse même, respectueux dans ses manières malgré ses mains calleuses. Pendant toute la période où il avait fréquenté Maddy, il ne pensait pas qu'ils se soient vus plus d'une ou deux fois par semaine.

– Vous savez comment c'est, avait-il dit à Karen avec un sourire plein de franchise. Le travail en équipe, les heures supplémentaires...

Pouvait-elle l'imaginer... ? Elle faisait ce métier depuis assez longtemps pour imaginer n'importe qui faisant n'importe quoi.

Elle avait laissé le café trop longtemps sur la cuisinière, et il avait un léger goût de brûlé. Ouvrant le frigo, elle sortit de la confiture pour sa deuxième tranche de pain grillé. Elle devrait peut-être se mettre à manger du porridge le matin ? Des céréales diététiques ? Commencer à se goinfrer de vitamines et de ces graines dont on parlait dans tous ces articles qu'elle lisait. Graines de lin ? De sésame ?

Si Maddy ne s'était pas trompée, si un homme l'avait réellement suivie, Karen se rendait bien compte que ce n'était pas forcément quelqu'un qu'elle connaissait. Il pouvait s'agir d'un type avec qui elle était entrée en contact par hasard, et qui avait fait une fixation sur elle. Merde, ça pouvait être n'importe qui. L'examen des listes de délinquants sexuels se poursuivait, mais tant que le labo n'aurait pas transmis d'élément concret permettant de restreindre le champ des recherches, il ne fallait pas se faire d'illusions. Même cas de figure avec les archives centralisées de l'ordinateur HOLMES II [1]. Karen n'espérait rien de ce côté-là non plus.

Six heures du matin. Elle alluma la radio pour écouter les infos. Encore un soldat américain mort dans une embuscade en Irak, d'autres enfants palestiniens tués. Alors qu'il ne restait que six jours pour faire les achats de Noël, les commerçants, prudemment optimistes, prévoyaient une année record. Karen avait acheté des cadeaux pour sa proche famille en Jamaïque, les avait emballés, mais pas encore apportés à la poste. Ils arriveraient en retard, une fois de plus. Les premières cartes de Noël qu'elle avait reçues étaient posées sur l'étagère, près de la stéréo, pas encore ouvertes. L'an dernier, elle était parvenue à signer les siennes et à les envoyer juste avant le nouvel an.

Viens passer Noël avec nous, disaient son frère qui habitait à West Bromwich et sa petite sœur qui vivait à Stockwell. *Les enfants seraient tellement contents de te voir*, lui écrivait son autre sœur de Southend.

Karen n'était pas sûre de pouvoir supporter à si haute dose la dinde de Noël, les cris, et le bonheur apparent. Vidant le fond de la cafetière, elle emporta sa tasse dans la chambre pour finir de s'habiller.

---

1. HOLMES : *Home Office Large Major Enquiry System*, grand système d'investigation informatisé du ministère de l'Intérieur britannique.

16

Songeant à la saison, et se souvenant de Katherine assise en plein vent sur un banc du centre-ville, Elder lui acheta une écharpe en laine double épaisseur, assez longue pour qu'elle puisse l'enrouler autour de son cou plus d'une fois avant de la coincer sous son manteau. La première fois qu'elle était venue lui rendre visite en Cornouailles, il y avait presque deux ans, il lui avait montré *Le nid d'aigle*, la maison où avait vécu le peintre Patrick Heron, et qui dominait l'endroit où habitait Elder à ce moment-là. C'est pourquoi il acheta pour elle une mince plaquette, où étaient reproduites les toiles que Heron avait peintes d'après les arbustes et les fleurs de son jardin entouré d'un muret de granit. Il y ajouta une boîte de chocolats noirs belges et, à la dernière minute, une paire de gants bleus en polaire. Il emballa le tout et l'expédia au tarif prioritaire à Nottingham, avec une carte.

Quelques jours plus tard, non sans hésitation, il acheta une carte pour Joanne, quelque chose de simple et de sobre, y inscrivit *Joyeux Noël, affectueusement, Frank*, cacheta l'enveloppe et la glissa dans une boîte déjà pleine à craquer.

Et ce fut tout.

Il avait des cousins quelque part, et quand il avait vécu à Londres puis à Nottingham, ils avaient échangé des vœux à Noël et aussi, de façon sporadique, à l'occasion d'anniversaires, mais depuis qu'il s'était installé en Cornouailles, le contact était rompu.

Au lieu d'une dinde, il commanda un gigot d'agneau de premier choix au boucher de Fore Street. Et comme il avait grandi à l'époque où les commerces restaient fermés plusieurs jours pendant la période des congés, il fit des provisions de légumes, de lait et de pain. Pendant quelques minutes, il tourna autour d'un pudding de

Noël, avant de se décider pour un paquet de tartelettes aux fruits secs et une brique de crème épaisse.

Le dernier week-end avant Noël, il prit sa voiture pour se rendre dans l'intérieur des terres et il vit l'équipe de Plymouth Argyle surclasser celle de Nottingham County par trois buts à un. Cela faisait des années qu'il ne s'était pas rendu dans un stade pour assister à un match. Celui-ci se déroula sous une alternance de soleil aveuglant et de pluie battante, les joueurs de County, vaillants et motivés mais sans stratégie ni suite dans les idées, courant dans tous les sens comme des poulets décapités.

Le jour de Noël, Elder mit son gigot à cuire à feu doux dans le four et partit faire une longue marche qui allait l'emmener presque jusqu'à la côte opposée, à un endroit d'où il verrait fort bien le Mont St Michael, avant de rebrousser chemin. En dépit des prévisions annonçant de fortes pluies et des vents violents, il fut récompensé par un ciel dégagé et une seule averse. À son retour, il savoura un long bain, un verre de whisky, et un agneau dont la viande se détachait de l'os presque toute seule.

La carte de Joanne, aussi succincte et fonctionnelle que la sienne, était posée sur l'étagère de la cuisine, entre un gros bocal de condiment et une bouteille de sauce au vinaigre et aux épices. Bien qu'il se fût juré, sans succès, de ne pas guetter l'arrivée de la fourgonnette du facteur, et qu'il eût tenté de se convaincre, du mieux possible, que selon toute probabilité elle ne lui enverrait rien, l'absence d'une enveloppe libellée de la main de Katherine, d'une carte signée de son nom, assombrissait de plus en plus chacune de ses journées.

Pour Elder comme pour Karen Shields, le nouvel an commença tôt, par un lundi gris. Le 29 décembre, au nord de la capitale, dans les locaux du quartier général de la Criminelle de Londres-Ouest.

Quand Karen arriva, Elder était dans la salle, avec un homme de haute taille en Barbour et pantalon sergé en qui elle reconnut Robert Framlingham, le responsable de la commission de réexamen des affaires criminelles.

– Karen, dit Framlingham en lui tendant la main, je suis ravi de vous rencontrer enfin.

Voilà donc de quelle façon l'affaire allait être traitée. Elle était étonnée qu'il leur eût fallu tout ce temps pour prendre les choses en main.

Les présentations faites, elle serra la main d'Elder ; sa poignée de main était sèche et solide et ne s'attarda pas plus que celle de Karen.

– L'affaire Maddy Birch, dit Framlingham. J'ai demandé à Frank d'y jeter un coup d'œil, pour voir s'il pourrait nous aider.

Elder portait un costume sombre qui avait connu des jours meilleurs, une chemise bleu pâle et une cravate inoffensive, des chaussures qui, bien que récemment cirées, étaient aussi crevassées que le tour de ses yeux. Karen se demanda d'où lui venait cette cicatrice sur son visage.

– Vous me mettez sur la touche, dit Karen.

– Absolument pas, répliqua Framlingham. Ce n'est pas du tout comme ça que nous travaillons.

– Vraiment ?

– Non. Frank va se joindre à vous et à votre équipe, prendre connaissance des progrès de l'enquête jusqu'à maintenant...

– Me donner des conseils.

– En aucune façon. Ce que Frank fera, en collaboration pleine et entière avec vous, c'est de tenter de déceler des points précis à partir desquels l'enquête pourrait déboucher sur de nouvelles pistes.

– Mais cela restera mon enquête ?

– C'est à vous qu'elle est confiée.

– J'en conserve la responsabilité ?

– Absolument.

Foutaises, pensa Karen. Du baratin.

– Frank ici présent a connu Maddy Birch, reprit Framlingham. Il a travaillé avec elle à Lincoln.

Karen regarda Elder, dont le visage resta impénétrable.

– Eh bien, dit Framlingham avec entrain, le plus tôt Frank et vous commencerez à parler de l'affaire et mieux cela vaudra.

Après avoir brandi un verre imaginaire, il s'en alla.

– Vous voulez prendre un café ? proposa Karen. Que l'on parle de tout ça ?

– Ce que j'aimerais faire, répondit Elder, c'est prendre connaissance du dossier, lire le rapport du médecin légiste. Me familiariser avec ce qui a déjà été fait. Écouter les enregistrements des interrogatoires. Et puis, j'aimerais me rendre en voiture jusqu'à l'endroit où elle a été tuée. Examiner les lieux. Ensuite, on pourra en parler.

Karen l'examina entre ses paupières mi-closes.

– Comme vous voudrez.

– Je suis désolé, fit Elder.
– Non, vous ne l'êtes pas.

Le responsable du service, c'était l'inspecteur Sheridan : jovial, plutôt corpulent, ne s'étant jamais débarrassé de son accent de Stoke-on-Trent qui refleurissait quand il avait passé le samedi au Britannia Stadium avec les supporters de l'équipe locale, lorsque Stoke City jouait à domicile.

– Appelez-moi Sherry, tout le monde le fait.

Elder expliqua ce dont il avait besoin et se retrouva installé à un bureau d'angle avec un lecteur de cassettes muni d'un casque, un ordinateur bruyant mais en état de fonctionner, et tout l'espace vital dont il avait besoin – jusqu'à ce que les dossiers commencent à arriver.

Se concentrant du mieux qu'il put pour s'isoler des variations du bruit ambiant, Elder lut des documents, écouta des enregistrements, lut de nouveau, ne s'arrêtant que lorsque sa vue commença à se brouiller et qu'il ressentit les prémices d'une migraine.

Vers la fin de la matinée, le second de Karen, Mike Ramsden, vint le voir et se présenta. Les deux hommes se découvrirent quelques connaissances communes parmi les membres de la police de Londres.

– Ça vous dirait, de manger un morceau à la cantine ? proposa Ramsden.

– Un peu plus tard dans la semaine, certainement, répondit Elder. Mais pour l'instant, j'aimerais mieux continuer.

Lançant à Elder un regard signifiant clairement : c'est comme vous voulez, Ramsden repartit. L'art de se faire des amis et d'influencer les gens, pensa Elder; c'est la deuxième fois aujourd'hui. Vers seize heures trente, il se rendit compte qu'il avait lu à l'écran la même page trois fois de suite, sans en avoir retenu plus de cinq ou six mots.

Lorsqu'il avait été question qu'il vienne à Londres, Elder s'était surtout préoccupé de savoir où il résiderait et ce que cela lui coûterait – mais Framlingham lui avait assuré qu'il prendrait des dispositions, et, à son arrivée, il lui avait remis un téléphone portable et deux jeux de clés : celles d'une Vauxhall marron plus toute neuve, et celles d'un appartement situé dans un petit immeuble vers le haut de Hendon Lane, près du métro Finchley Central.

La voiture roulait mieux que ne le laissait supposer son apparence extérieure ; l'appartement, probablement entretenu pour procurer un abri sûr aux bénéficiaires du plan de protection des témoins, était bien équipé, nettoyé de fraîche date, et totalement anonyme. Cuisine, salon, salle de bains, chambre. Un transistor dans la cuisine ; un téléviseur et un magnétoscope dans le salon. Toutes fenêtres fermées, on parvenait presque à éliminer le bruit de la circulation sur la North Circular Road toute proche. Il y avait du beurre et un demi-litre de lait dans le frigo, un pain de mie tranché encore dans son emballage, des biscuits, un bocal de café instantané, un paquet de thé en sachets et de la confiture de fraises.

Passant devant la station de métro, Elder poursuivit sa route dans Ballards Lane et acheta un solide morceau de cheddar, un paquet de bacon, des œufs, des oranges et des bananes, une bouteille de Jameson's et du café moulu très foncé du Nicaragua. Pas tout dans la même boutique.

Quand elle était venue passer quelques jours avec lui en Cornouailles, Katherine l'avait taquiné sur le fait que, après n'avoir rien bu d'autre que du thé pendant des années, il était devenu un véritable snob en matière de café. Ma foi, avait-il répliqué, il y a des façons d'être snob qui sont bien pires que celle-là.

De retour à l'appartement, il mit deux cuillerées de café dans un pot de porcelaine blanche et versa dessus de l'eau frémissante. En attendant qu'il infuse, il brisa le sceau de la bouteille de Jameson's et s'en versa un petit verre. Lorsqu'il avait étudié le dossier, il avait compris pourquoi l'ex-mari de Maddy, Terry Patrick, avait presque irrésistiblement fait figure de suspect, et la colère, la déception de Karen Shields se lisaient entre les lignes. Non seulement Patrick semblait taillé sur mesure, mais il restait encore, après toutes ces heures d'efforts divers, leur seul suspect valable.

Lors d'une comparaison croisée de la base de données des délinquants sexuels et du fichier national des archives criminelles, l'ordinateur avait pointé une vingtaine de noms, dont trois seulement n'avaient pas encore été examinés et éliminés. Elder se demanda combien, parmi les autres, méritaient un deuxième examen.

Quant à l'élément scientifique, il ne se rappelait pas avoir travaillé sur beaucoup d'affaires où les indices étaient aussi maigres. Pas de sang, sinon celui de la victime. Pas de cheveux, pas de fragments de peau. C'était difficile à croire : au point même que cela devrait valoir la peine de persuader les spécialistes du labo de reprendre leurs recherches, de réexaminer les vêtements et le corps.

Et il avait envie de parler à... comment s'appelait-elle ? Écartant son verre, il feuilleta ses notes. À Vanessa Taylor. La meilleure amie de Maddy. Et peut-être à ce type, aussi. Le couvreur. Kensit? Kendrick? Kennet. Quand on écoutait la cassette de son interrogatoire, il paraissait tellement raisonnable, parlant des nombreuses fois où Maddy l'avait décommandé au dernier moment, ces soirs où elle avait dû assurer des heures supplémentaires imprévues. Comme un banlieusard qui aurait trouvé le temps d'apprendre, on ne savait où, l'art de parler aux dames et de négocier sa part d'espace vital. Elder se débarrassa des écouteurs. Peut-être Kennet n'avait-il jamais vraiment accordé d'importance à leur liaison, pas suffisamment pour prendre cette histoire trop à cœur. Il se pouvait même que ce soit un brave type. Il en restait encore quelques-uns.

S'étirant, Elder s'approcha de la fenêtre. Les feux arrière des voitures scintillaient puis se voilaient tandis qu'elles s'éloignaient, en une lente procession, vers Finchley Lane, le Great North Way, et l'autoroute M1. Des hommes et des femmes, des hommes surtout, se hâtaient de rentrer chez eux en sortant de la station de métro, le dos courbé, la tête baissée pour affronter le vent. Çà et là s'ouvraient des parapluies. Quelques gouttes s'écrasaient sur les vitres. Il aurait fallu qu'il appelle Joanne pour lui dire où il se trouvait, lui donner son numéro en cas de besoin. Besoin de quoi?

Papa, je ne serai jamais plus comme avant.

Sur un coup de tête, il téléphona d'abord à Maureen Prior.

Dans le Nottinghamshire, Maureen et lui avaient travaillé en étroite collaboration pendant trois ans, jusqu'au moment où Elder avait pris sa retraite, et puis de nouveau l'année dernière quand Katherine avait été enlevée. En tant qu'officier de police, Maureen était efficace et perspicace, son jugement équitable mais inflexible. Au travail, elle détestait les imbéciles, les opportunistes, et tous les gens qui bafouaient les règles. Mais en tant que personne, en tant que femme, Maureen était quelqu'un dont Elder ignorait presque tout. Elle n'avait jamais rien divulgué de sa vie privée, et toutes les conjectures auxquelles d'habitude donnaient lieu les femmes officiers s'étaient tout simplement, en ce qui la concernait, évaporées. Elder savait où Maureen habitait, et rien de plus; elle ne l'avait jamais invité à franchir sa porte.

– Je croyais que tu avais laissé tout ce cirque derrière toi..., lui dit Maureen quand il lui résuma ce qu'il faisait à Londres.

– C'était encore vrai il n'y a pas si longtemps.

– Mais cette affaire-là n'était pas comme les autres?

– Quelque chose comme ça.

– J'aimerais être sûre que tu ferais la même chose pour moi, Frank, si les circonstances étaient identiques.

– C'est-à-dire ?

– Seller ton cheval blanc et accourir au galop depuis le fin fond de la Cornouailles.

– Tu te paies ma tête, Maureen.

Elle gloussa doucement.

– J'espère que ça ne te posera pas de problème, Frank. De travailler avec une femme.

– Je devrais en avoir ?

– Ça dépend.

– J'ai travaillé avec toi.

Maureen rit de nouveau, plus franchement cette fois.

– C'était facile, Frank. C'est à peine si tu me considérais comme une femme.

Joanne, quand il l'eut au bout du fil, lui parut taciturne, distraite, l'esprit ailleurs.

– Comment va Katherine ?

– Oh, tu sais, ça n'a pas beaucoup changé.

– Elle n'est pas là, je suppose ?

Il entendait des voix, étouffées, Joanne couvrant mal, supposa-t-il, le micro du combiné.

– Non, Frank, je regrette, elle n'est pas là.

Ce qui, vu les circonstances, signifiait sans doute qu'elle y était bien. Joanne cherchait à gagner les faveurs de sa fille. Elder n'insista pas.

Ils échangèrent quelques mots au sujet de Noël, des projets de Joanne pour le nouvel an, et ce fut tout. Dès que la conversation fut terminée, Elder, soudain affamé, se prépara des œufs au bacon, des tranches de pain blanc beurrées et pliées en deux, et une nouvelle cafetière. Allumant la radio, il fit le tour des stations préréglées : un grommellement dans les graves, à hauteur d'une paire de bottes, dont le présentateur annonçait qu'il provenait du grand, du regretté Johnny Cash ; quelque chose de languissamment classique ; un homme au léger accent écossais expliquant les complexités du budget de l'Union européenne ; un commentaire enfiévré du match Coventry-West Ham ; un jaillissement de sons violents, agressifs, comme si on démolissait le contenu d'une cuisine à l'ancienne autour de quelqu'un jouant de la guitare électrique – c'était ça, le *thrash metal* sur lequel il avait lu un article quelque part ?

Optant pour le concert classique, il replia ses jambes sur le canapé. L'assassin de Maddy : le connaissait-elle, ou avait-elle été agressée par surprise ? Ouvrant l'enveloppe, il regarda les photos des blessures. Brutales, profondes. Brutales, et pourtant celui qui les avait infligées avait conservé une certain degré de retenue, de calme ; suffisamment pour ne pas laisser d'indices apparents, pour avoir fait preuve de méticulosité. Une colère maîtrisée : maîtrise et colère.

Un professionnel, alors ?

Elder ferma les yeux.

L'armée ? Les services spéciaux ?

Bercé par la musique, il s'assoupit.

Avec tout ce café, pensa-t-il quand il fut réveillé un quart d'heure plus tard par la voix du présentateur et des applaudissements sonores, comment pourrais-je m'endormir ?

Il essaya de regarder la télévision. Sur une chaîne, un groupe disparate d'hommes et de femmes rampaient, laborieusement, dans la jungle ; sur la suivante, les mêmes personnes, ou d'autres qui leur ressemblaient étonnamment, étaient assises sur des canapés, sans rien faire, sans rien dire. C'était si facile d'éteindre le récepteur.

La circulation s'était fluidifiée. Depuis sa fenêtre, tout en haut de l'immeuble, il voyait nettement la lueur étrange, délavée, que la ville projetait vers le ciel, une fausse, immuable nuit américaine. En Cornouailles, le ciel devait être presque noir, piqueté d'étoiles, Cassiopée, Pégase, la Grande Ourse.

Elder imagina Maddy marchant – courant ? – dans un décor nocturne qu'il n'avait pas encore vu, sinon en photo. Le mouvement des branches agitées par le vent. Des renards suivant une piste à travers les jardins, derrière les maisons. Le cri, surnaturel, des chats en chaleur. Des nuages passant devant la lune.

Quelque chose qui se déplace dans les fourrés d'arbustes et de broussailles, au bas de la pente, près de l'ancienne voie ferrée.

Une voix.

L'a-t-il appelée ? Par son nom ? Maddy ?

S'efforçant d'imaginer son visage alors qu'elle se tournait vers l'origine du bruit, Elder ne put que revoir ses yeux verts que mettait en valeur l'éclairage de la cathédrale, sa bouche s'étirant en un sourire puis se joignant à la sienne pour un baiser.

Tu n'as pas couché avec elle, Frank. Tu en as simplement eu envie... Mais pour une raison ou une autre, tu l'as laissée s'ancrer dans ta mémoire.

Détachant la cordelette du crochet autour duquel elle était enroulée, Elder baissa le store. Un dernier petit whisky avant d'aller au lit. Les draps froids et peu accueillants. Après le petit somme qu'il venait de faire, il pensait qu'il aurait du mal à trouver le sommeil, mais ce ne fut pas le cas. Il lui suffit de changer trois ou quatre fois de position, et quand il retrouva sa lucidité, il s'étirait pour finir de se réveiller, et les aiguilles de sa montre indiquaient six heures.

17

Ombrée d'une couleur pâle sur la carte, l'étroite langue de terrain classée comme espace vert s'étirait d'ouest en est en travers de la page 29 du plan de Londres, depuis Highgate jusqu'à Stroud Green et au-delà. Quand on examinait la carte, le meilleur moyen d'accéder au secteur qui l'intéressait ne sautait pas aux yeux. Elder quitta la rue principale pour s'engager dans une rue adjacente en arc de cercle, et il se gara entre une benne pleine à ras bord et une Nissan abandonnée depuis longtemps, au moteur à moitié démonté et aux vitres brisées. De là, suivant un panneau indicateur, il emprunta un étroit passage entre deux rangées de maisons, laissant derrière lui un frigo mis au rebut et un caddy de supermarché en pièces, pour se retrouver sur un sentier conduisant à un bâtiment en bois construit sur deux niveaux, et qui devait être, supposa-t-il, le foyer municipal.

S'élargissant, le sentier menait vers une garderie sur la droite, un terrain de mini-foot et un centre de loisirs un peu plus loin ; une barrière, brisée en plusieurs endroits, le séparait du talus, envahi de broussailles, qui descendait en pente raide vers le chemin boueux, en contrebas.

Elder resta un moment immobile, éliminant du mieux possible le bruit de fond ténu des discordes matinales provenant des appartements proches, les échos de la circulation montant de part et d'autre. À une vingtaine de mètres de lui, un merle femelle piétina des feuilles sèches puis s'envola avec un cri strident pour se poser dans les arbres, au loin. Le ciel était d'un bleu limpide, obscurci çà et là par des nuages gris. Elder voyait sa propre haleine, gris pâle, suspendue dans le vide.

Elle était passée là, Maddy ; elle s'était arrêtée un moment, alertée par un bruit.

Ou bien, fatiguée de courir, avait-elle fait une pause, se penchant en avant, les mains sur les hanches, pour reprendre son souffle ?

Elder pivota lentement sur lui-même, effectuant un tour complet ; jusqu'à quelle distance pouvait-on s'approcher de quelqu'un, même de nuit, sans être vu ni entendu ?

Dans sa tête, il vit une ombre sortir en silence de l'obscurité.

Pourquoi Maddy n'avait-elle pas couru ? Et si elle l'avait fait, pourquoi, athlétique comme elle l'était, n'avait-elle pas échappé à son agresseur ?

Parce qu'elle le connaissait, sûrement.

Elle était tout contre lui. L'haleine de Maddy sur son visage. En riant, ils avaient quitté l'embrasure de la porte, trébuchant sur les pavés de la rue. Avait-elle pris sa main, ou bien glissé son bras sous le sien ?

Prudemment, Elder descendit le talus vers l'ancienne voie ferrée, tandis qu'au-dessus de lui, sifflant joyeusement, un homme emmenait vers la garderie un bambin emmitouflé dans sa poussette. Marchant d'un pas vif, une femme apparut avec son chien et puis, tout aussi brusquement, disparut. D'après les rapports qu'il avait vus, les diagrammes, Maddy avait été agressée sur le chemin, puis on l'avait poussée, ou elle était tombée, les derniers coups, fatals, ayant été sans doute donnés à l'endroit où il se trouvait en ce moment.

Selon toute probabilité, son assassin avait continué à la poignarder alors qu'elle était déjà morte. Aucune arme n'avait été trouvée. Se rappelant la gravité et l'ampleur des blessures, Elder vit le tueur essuyer l'excès de sang dans l'herbe, sur le sol.

Combien de temps cela lui avait-il pris ?

Combien de temps ?

Il lui en avait fallu davantage, sans doute, pour effacer toutes les traces révélatrices que pour commettre le crime lui-même.

Et combien de temps s'était-il écoulé avant qu'une autre personne vienne, s'arrête, peut-être, croyant avoir entendu quelque chose, regarde en contrebas et, ne voyant rien, poursuive son chemin ?

Et le meurtrier ? De quel côté était-il parti ?

Vers l'est, le sentier passait au pied de Crouch Hill et continuait, pratiquement, jusqu'à Finsbury Park, avec une myriade de chemins adjacents d'accès facile de part et d'autre. Vers l'ouest, il s'élargissait jusqu'à Shepherd's Hill, tout près de la route principale partant vers le nord en direction de l'autoroute. Une voiture garée au bon endroit. Circulation fluide. À minuit, l'assassin de Maddy avait pu se glisser tranquillement dans son lit, après avoir abandonné son cadavre aux éléments, aux renards et aux rongeurs, aux insectes et aux corbeaux.

Elder revit les photos de son visage prises post-mortem, et puis les plaies, ouvertes, pas totalement comblées par les caillots de sang, sur son torse et l'intérieur de ses bras.

Regagnant le haut du talus, Elder releva son col pour se protéger contre la fraîcheur du vent. Il y avait de la boue collée à ses semelles, à ses revers de pantalon.

De retour dans la rue où il avait garé l'Astra, il vit deux gamins de treize ans qui envisageaient de la soulager de son autoradio. Voyant Elder s'approcher, ils crachèrent par terre d'un air songeur et s'éloignèrent, les mains dans les poches, d'un pas nonchalant.

Quand elle n'était pas en service, Vanessa portait une jupe en jean et un collant de laine noire, des bottines en cuir rouge, une veste en jean par-dessus un pull violet à col roulé qui semblait avoir rétréci au lavage. Ses cheveux bruns et bouclés encadraient son visage ; son fard à lèvres, appliqué depuis peu, était d'un rouge très vif.

Le café où Vanessa avait suggéré qu'ils se rencontrent se trouvait tout près du commissariat de Holmes Road. La plupart des tables étaient prises. Le brouhaha des conversations, les jets de vapeur sporadiques du percolateur étaient soulignés par une musique d'ambiance, du Moyen-Orient, pensa Elder, provenant d'un radiocassette posé sur le comptoir.

Elder s'approcha de l'endroit où Vanessa était assise et se présenta à elle.

– Vous n'avez pas eu de mal à me repérer dans la foule ? dit-elle avec un sourire.

La plupart des autres clients étaient entourés de jeunes enfants braillards, ou alors ils avaient largement dépassé l'âge du départ en retraite.

Dès qu'Elder se fut assis, le serveur apparut près de lui. Il lui commanda un express et un verre d'eau. Vanessa piochait dans une part de gâteau collant couleur paille en buvant ce qui ressemblait à du Coca.

– Alors, comment je vous appelle ?

– Frank ?

– Pas de grade, ni rien ?

– Plus maintenant.

Vanessa l'examina d'un œil critique.

– Et ils vous ont arraché à votre retraite pour que vous leur donniez un coup de main ?

– Quelque chose comme ça.

– Du moment que ce salaud finit par se faire coincer...

– Oui.

– Bon, qu'est-ce que je peux faire pour vous aider ?

Sa pâtisserie n'était pas tout à fait terminée, mais Vanessa écarta son assiette avec des airs de martyr.

– J'ai un peu connu Maddy à Lincoln, commença Elder. Mais c'était il y a longtemps. Vous pouvez sûrement, mieux que personne, me donner une idée du genre de femme qu'elle était.

– Par quoi voulez-vous que je commence ?

– Par ce que vous voudrez.

Pendant un bon quart d'heure, Vanessa parla et Elder l'écouta, l'encourageant de temps à autre, mais se contentant, dans l'ensemble, de prêter l'oreille et de boire son café à petites gorgées.

– Donnez-moi des détails sur ce Kennet, dit Elder quand elle eut fini. Il semblerait que Maddy soit sortie avec lui pendant pas mal de temps.

– Je ne sais pas s'il y a grand-chose à ajouter. Je l'ai rencontré plusieurs fois, il avait l'air plutôt sympa. Beau gosse, on ne peut pas lui enlever ça. Un peu insolent, peut-être. (Elle sourit.) Pas méchamment, comme certains.

– Il plaisait bien à Maddy, malgré tout ?

– Oui, je suppose. Sinon, elle ne serait jamais allée avec lui. (Tendant le bras, Vanessa éperonna un bout de gâteau jusque-là épargné.) Pour être franche, je crois que c'était pour le sexe autant que pour le reste. Je ne veux pas dire que c'était si extraordinaire que ça avec lui, à en croire Maddy, en tout cas ; ce n'était pas le tremblement de terre comme pour Meg Ryan, dans ce film... Mais, bon, il y avait un temps fou qu'elle ne connaissait plus personne, et je suppose... (Vanessa rit.) Je suppose que ça devait changer un peu sa vie. Lui donner le sentiment d'être bien dans sa peau, vous savez ?

Elder se dit qu'il savait peut-être.

– Et puis, d'après ce que vous dites, ça a fini par tourner court ?

– C'est une façon d'exprimer les choses.

Il y avait un large sourire sur le visage de Vanessa.

– Vous savez comment Kennet a réagi à leur séparation ?

– Plutôt bien, à ce que j'en sais. Il ne lui a pas fait de scène, ni rien. (Vanessa haussa les épaules.) Je ne crois pas que ça leur ait fendu le cœur ni à l'un ni à l'autre, pas vraiment. Ce n'était pas tout à fait le grand amour, vous voyez ce que je veux dire ?

Elder fit signe au serveur de lui apporter un autre café.

– Et ces craintes qu'avait Maddy, d'être surveillée, espionnée. Vous pensez qu'elles étaient justifiées ?

Vanessa sourit.

– Ou bien, est-ce qu'elle était parano comme nous tous ?

– Si vous voulez.

– Non, je ne crois pas qu'elle se racontait des histoires. Pas Maddy. Je veux dire, ça prenait peut-être des proportions exagérées dans sa tête, mais il y avait bien quelque chose derrière tout ça, j'en suis sûre.

– D'après ce que vous avez déclaré, tout a commencé à peu près au même moment que la fusillade chez Grant.

– Plus ou moins, oui. Je crois que ça coïncide.

– Cet officier qui a été tué, Draper...

– Paul, oui.

– Maddy était présente quand il a été abattu, dans la même pièce...

– Elle était debout juste à côté de lui, aussi près que je le suis de vous en ce moment.

Vanessa se pencha sur la table, comme pour illustrer son propos.

– Ça a dû la secouer salement.

– Oh, oui, c'était facile à voir. La femme de Paul et son petit garçon, elle était catastrophée pour eux, aussi. Elle est allée les voir plusieurs fois.

– Et elle n'en a pas beaucoup reparlé, par la suite ? Ça ne semblait pas la miner constamment ?

– Non. Pas vraiment, non. Bien qu'elle ait encore abordé le sujet, ce devait être la dernière fois qu'on s'est vues, la dernière fois qu'on est sorties ensemble, du moins. Elle m'a parlé de l'enquête, vous savez, sur la fusillade.

– Que vous a-t-elle dit exactement ?

– Seulement qu'ils lui avaient fait passer un sale quart d'heure, paraît-il. Les questions qu'ils lui ont posées, vous savez. Maddy pensait qu'ils allaient devoir l'interroger une deuxième fois.

Elder nota dans un coin de sa mémoire qu'il lui faudrait vérifier si cela avait été fait. Il allait devoir lire le compte rendu de l'enquête, en tout cas, et peut-être parler aux officiers qui l'avaient menée.

Son expresso arriva. Le serveur sourit à Vanessa, lui dit quelques mots.

Elder se cala contre le dossier de sa chaise et desserra sa cravate.

– Le soir où Maddy a été tuée, vous pensez qu'elle pouvait avoir rendez-vous avec quelqu'un ?

Vanessa mâchouillait une mèche de cheveux qui s'était frayé un chemin dans le coin de sa bouche.

– Je ne sais pas qui ça aurait pu être. Et puis, pourquoi à un endroit pareil ?

– Peut-être parce que c'était pratique. Et aussi, quel qu'ait été l'homme en question, parce qu'ils ne voulaient pas être vus ensemble.

– Un homme marié, vous voulez dire ?

– Oui, ou bien quelqu'un avec qui elle travaillait.

– Non, fit Vanessa, c'est impensable.

– Et pourquoi donc ?

– À la simple idée de mélanger les deux, le travail et la vie privée, elle se mettait toujours en colère. Bon sang ! Plus d'une fois, elle m'a passé un savon à cause de ça. Les coucheries au boulot, ça se termine toujours mal, disait-elle. Bien sûr... (Elle regardait Elder, à présent)... dans quelle mesure elle se basait sur son expérience personnelle, je n'en ai aucune idée. Mais elle avait parfaitement raison de toute façon. (Vanessa gratifia Elder d'un sourire salace.) C'est la catastrophe assurée, à tous les coups. Et puis, si ça avait été sérieux entre eux, elle aurait dit quelque chose. Une petite allusion, au moins. Elle n'aurait pas gardé ça pour elle.

– Elle semble avoir été plutôt discrète en ce qui concerne son ex-mari.

– C'est différent, quand même, non ?

– Vraiment ?

– Oui. Vous savez, les maris, les épouses, on essaie de faire comme s'ils n'avaient jamais existé. (Vanessa regarda sa montre.) Il faut que j'y aille.

– Très bien. (Elder repoussa sa chaise alors que Vanessa se levait.) S'il y a d'autres détails qui vous reviennent en mémoire...

– Je vous appellerai, dit Vanessa.

Il lui fallut trois tentatives pour se souvenir du numéro de son portable, puis Vanessa le nota. Lorsqu'elle fut dans la rue, elle le regarda une dernière fois à travers la vitre, cheveux bruns et lèvres rouges, un sourire fugace, et puis elle disparut.

Elder resta assis encore quelques instants, à mettre de l'ordre dans ses pensées, avant de reprendre le chemin de la station de métro.

18

Karen Shields n'était pas vraiment ravie. Ce matin, en partant à la recherche d'une petite cuillère égarée, elle avait découvert une tache d'humidité, grosse comme deux assiettes, sur le mur entre la cuisinière et l'évier. Un genre de gris moucheté, plus ou moins foncé par endroits, avec des cloques qui gonflaient le plâtre, comme une infection des poumons. Et puis, quand elle avait agrémenté son café d'une giclée de lait, celui-ci, au lieu de se dissoudre, avait flotté à la surface sous forme de gouttelettes à l'odeur âcre. Et comme pour couronner le tout, un inconnu, à l'aide d'une pièce de monnaie ou d'une clé, avait rayé d'une ligne sinusoïdale la peinture de sa voiture, du côté du trottoir contre lequel elle était garée, juste devant chez elle. Et tout ça avant huit heures.

Et puisqu'il était dit que la journée était mal partie, quand elle fut convoquée dans le bureau d'un supérieur, moins d'un quart d'heure après son arrivée, il fallut que ce soit justement chez le directeur général – qui la fit patienter cinq minutes de plus dans l'antichambre. Karen resta plantée là, debout dans son tailleur pantalon bleu noir, le bout de ses bottines lui pinçant un peu les orteils, le frottement du cuir commençant à irriter l'une de ses chevilles. Si jamais elle parvenait à se libérer pendant une heure, elle avait repéré une paire de bottes Camper rouges qu'elle brûlait d'essayer, et tant pis pour la dépense.

– Karen. Excellent, excellent. (Quand Harkin finit par la faire entrer, il était dans l'une de ses très crispantes humeurs affables, tout en sourires et en lieux communs.) Je voulais simplement m'informer, voyez-vous, savoir comment cela se passait.

La condescendance était un autre vocable pour définir son attitude. Elle préférait le voir en colère ; elle trouvait plus facile, alors, de réagir à ce qu'il disait.

– Entre Elder et vous, il n'y a pas de problèmes ?

Karen défit le bouton du milieu de sa veste, puis la reboutonna.

– Pas de frictions ?

Karen pensa qu'elle ferait mieux de dire quelque chose.

– Non, monsieur le directeur. Aucune.

– Vous êtes sûre ? Parce que si...

– Pour dire la vérité, monsieur le directeur, nous avons à peine remarqué sa présence.

– Il se fait discret, pour commencer, je suppose. C'est une preuve de tact.

– Oui, monsieur le directeur.

– Parce que s'il avait la moindre velléité d'indépendance, je compte sur vous pour m'en informer. Il faudrait l'étouffer dans l'œuf avant que cela ne se développe.

Les bons conseils de l'Oncle Harkin, se dit Karen.

– Entendu, monsieur le directeur. Bien que je sois persuadée que cela ne sera pas nécessaire.

Elle se voyait très bien entrer en courant dans le bureau du directeur général, comme une petite morveuse, du genre de celles qui n'arrêtent pas de cafter. *M'sieu, M'sieu, Billy Bang, y m'a piqué ma trousse. M'sieu, M'sieu, Frank Elder, y m'a piqué mon enquête criminelle.* Ce n'était même pas la peine d'y songer. S'il y avait des problèmes à régler, elle les réglerait elle-même.

Mike Ramsden était assis à son bureau, sa chaise en équilibre sur les pieds de derrière, et il se nettoyait les ongles avec un trombone qu'il avait déplié.

– Il est dans les parages ? demanda Karen.

– Qui ça ? fit Ramsden.

– Mike, ne faites pas l'imbécile. Je ne suis pas d'humeur.

Vous est-il déjà arrivé de l'être ? pensa Ramsden.

– Bon, d'accord, dit-il. Il a téléphoné, il a laissé un message. Il veut qu'on se réunisse tous cet après-midi.

– À quelle heure, cet après-midi ?

Ramsden haussa les épaules.

– Il n'a pas précisé.

Karen lâcha un juron et regarda le plafond. Qu'est-ce qu'il s'imaginait, Elder ? Qu'elle allait traîner à se tourner les pouces en attendant qu'il condescende à les honorer de sa compagnie ?

– Mais où sont passés Furness et Denison, bon sang ? demanda-t-elle.

– Ils sont partis à la recherche d'un type figurant sur la dernière liste de suspects possibles crachée par l'ordinateur. Quelque part à Ealing. Un pauvre type qui vit dans un foyer. Du temps perdu, si vous voulez mon avis.

– L'un des derniers ? Il en reste combien d'autres ?

Ramsden se pencha juste assez pour rafler une feuille de papier.

– Plus que deux. Un à Cricklewood, l'autre à Dalston.

– Très bien. (Elle lui lança les clés de la voiture.) C'est vous qui conduisez. On commence par Cricklewood.

Changer à Camden, prendre la direction d'Edgware, descendre à Belsize Park et continuer à pied. Pour se rendre à l'hôpital, il fallait monter jusqu'en haut de la côte, redescendre de l'autre côté, et suivre jusqu'au bout une allée mal pavée. Elder se rappelait tous ces détails sans être capable de dire précisément à quel moment il était déjà venu ici, ni pourquoi. Ce quartier de Londres, ce n'était pas son secteur, après tout.

Le pub au coin de la rue annonçait déjà sa soirée spéciale réveillon. On pouvait encore réserver, mais il ne restait que quelques places.

À l'intérieur de l'hôpital, les couloirs étaient larges, les plafonds bas, les murs ornés d'affiches mettant les visiteurs en garde contre les dangers du tabac et de l'obésité et de fresques figuratives aux couleurs vives, réalisées par les enfants de l'école primaire voisine.

Le médecin légiste était congrûment cadavérique, avec des doigts longs et fins et des lunettes à double foyer perchées au bout de son nez. Elder se demanda, et pas pour la première fois, si nous choisissions nos professions ou bien si c'étaient elles, gravées dans nos gènes, qui nous choisissaient.

– C'est Maddy Birch qui vous intéresse ?

Il s'exprimait avec cet accent écossais précis, cultivé, qu'Elder associait toujours, peut-être à tort, à la ville d'Édimbourg.

– Effectivement.

– Vous savez que le corps a été rendu à la famille pour les obsèques ?

Elder hocha la tête.

– Comme je vous l'ai dit au téléphone, je reprends l'enquête depuis le début. Je pensais que si vous pouviez m'accorder quelques minutes de votre temps...

– Allez-y.

– Vous n'avez trouvé nulle part de traces de l'agresseur. Pas de cheveux, pas de fragments de peau, pas de salive ni de sang. Rien du tout. C'est exact ?

– Absolument.

– Les constatations de ce genre sont-elles courantes ?

– Qu'entendez-vous par courantes ?

– D'après votre expérience, disons.

– D'après mon expérience, c'est étonnant. Inattendu.

– Et cela vous inspire-t-il certaines réflexions ? Concernant l'agresseur, je veux dire.

– À part le fait qu'il était méticuleux, scrupuleusement prudent ?

– Oui, à part cela.

Au-dessus de leurs têtes, l'un des néons se mit à grésiller. Une odeur de produits chimiques, à peine masquée par l'usage de détergents, baignait toute la pièce.

– Tout ce que je pourrais vous dire serait pure conjecture. Et en l'espèce, ce genre d'hypothèse est bien davantage votre domaine que le mien.

– Ne vous gênez pas pour conjecturer comme bon vous semble.

– Très bien. Cela pourrait indiquer qu'il s'agit de quelqu'un qui, par instinct ou par formation, est extrêmement méthodique. Qui, bien que capable de violentes colères, possède malgré tout une maîtrise de soi peu commune.

– Vous pensez au viol, à la nature des blessures ?

– Effectivement.

– Le viol lui-même, il a eu lieu alors que la victime était encore vivante ?

– Je n'ai aucune raison d'en douter. Tous les signes de rapport non consenti étaient présents : contusions, déchirures. Pas de sperme, évidemment. Vraisemblablement, un préservatif a été utilisé.

– Et l'arme qui l'a tuée ?

– Jetons juste un coup d'œil. (Il sortit d'un tiroir une série de photos.) Certaines des blessures, ici au bras, par exemple, sont des entailles. La lame se déplaçait parallèlement à l'épiderme. Elles sont très longues, vous voyez, mais pas tellement profondes. Regardez la fin du sillon, ici, qui indique l'angle du coup, frappé de haut.

– Il est grand, alors ? L'assassin ? Plus grand qu'elle ?

– C'est possible. Mais pas du tout certain. Elle était peut-être en train de tomber, ou en appui sur les genoux, il pouvait être debout devant elle. Il y a tout un éventail de possibilités, je le crains.

– Et ces blessures-ci ? demanda Elder, en désignant le torse.

– La lame a frappé à angle droit. Ce sont des blessures complètement différentes, presque certainement fatales. Profondes toutes les deux. Et voyez, ici, où l'ouverture de la plaie est plus large que la lame, le couteau a été manipulé d'avant en arrière avant d'être retiré.

– Et que pouvez-vous dire du couteau lui-même ?

– La lame n'avait qu'un seul tranchant, on peut le voir à cette encoche carrée à la base de la blessure, ici. Pour permettre un tel degré de pénétration, la pointe est très certainement effilée. Je dirais qu'elle mesure au minimum vingt centimètres de long, et deux bons centimètres de large à l'endroit le plus évasé.

– Un couteau de boucher ?

– Ce genre de chose.

Elder examina les photos. Colère extrême et maîtrise de soi. La capacité de passer d'un état à l'autre. La facilité serait peut-être un meilleur terme. Il parla encore une dizaine de minutes avec le médecin légiste, sans qu'aucun élément nouveau ne surgisse.

– Bonne chance, monsieur Elder.

Quand il lui dit au revoir, le médecin légiste lui serra la main entre des doigts lisses et froids comme de la porcelaine.

En redescendant la côte, Elder s'arrêta devant une boutique, parmi plusieurs autres, qui vendait des objets d'occasion au profit d'une œuvre de charité, et il jeta un coup d'œil au contenu de deux caisses remplies de livres. Tom Clancy. Jeffrey Archer. Plusieurs femmes prénommées Maeve. Tant pis ! Il avait encore une bonne centaines de pages à lire de son Patrick O'Brian.

19

Il y avait au mur une photo de Maddy Birch, le regard braqué vers l'objectif, sans l'ombre d'un sourire ; récente, supposa Elder, elle n'aurait pas aimé ces rides sur son visage, et les quelques cheveux gris qu'on voyait çà et là.

Ni Karen Shields ni Mike Ramsden n'étaient présents. Le message laissé par Karen était vague, ils reviendraient peut-être, ou peut-être pas.

Une carte détaillée montrait l'endroit où le corps de Maddy était tombé, où ses vêtements, ses objets personnels avaient été découverts. Elder se remémora le moment où il s'était lui-même trouvé à ce même endroit, ce matin, le calme relatif au milieu de tout le bruit et l'agitation de ce quartier déshérité ; de nouveau, il imagina le même décor sous l'aspect qu'il avait pu avoir cette nuit-là, ce soir-là, plutôt, Maddy attendant, passant son sac de sport d'une épaule à l'autre, jetant encore une fois un coup d'œil à sa montre, aux aiguilles phosphorescentes dans la demi-obscurité.

Elder regarda de nouveau les photographies, les polaroïds pris sur les lieux du crime. Les bras de Maddy étaient nus. Pas de montre.

L'inspecteur Sheridan était barricadé derrière plusieurs centaines de mégaoctets de données informatiques.

– Sherry, dit Elder, je peux vous déranger une minute ?

Sheridan cliqua sur le bouton « Enregistrer », ôta ses lunettes et cligna des yeux.

– Je vous écoute.

– La montre. La montre de Maddy. Est-ce qu'elle en portait une ce soir-là ? Vous le savez ?

Sheridan secoua la tête.

– Rien de tel dans la liste pour autant que je m'en souvienne. Je peux vérifier, mais non, j'en suis pratiquement certain.

– Combien connaissez-vous d'officiers de police, demanda Elder, qui ne portent pas de montre ?

– Ça ne veut pas dire qu'elle en portait une quand elle n'était pas de service.

– Dans ce cas, elle l'aurait laissée chez elle. Les objets qui se trouvaient dans son appartement, où sont-ils maintenant ?

– Autant que je sache, tout a été emballé et envoyé à sa mère.

– Mais il doit bien exister un inventaire ?

Sheridan désigna l'ordinateur d'un signe de tête.

– Quelque part, là-dedans.

– Vous pourriez vérifier ce détail pour moi, s'il vous plaît ? Et peut-être faire passer le message qu'il faudrait demander confirmation à la mère de Maddy ?

– Ce sera fait.

– Oh, autre chose, Sherry. La liste des arrestations effectuées par Maddy. De tous les types qui ont fait de la taule et en sont ressortis récemment. Vous avez déjà examiné la question, je suppose ?

Sheridan hocha la tête.

– C'est l'une des premières vérifications que nous avons faites. Au débotté, comme ça, je ne saurais pas vous dire jusqu'à quelle date on est remontés. Je peux vous fournir une liste.

– Merci. Et assurez-vous que vous avez pensé, aussi, aux arrestations qu'elle a pu effectuer à Lincoln. Quelqu'un, peut-être, qu'elle aurait envoyé à l'ombre pour un bon moment, et qui pourrait avoir la rancune tenace, de bonnes raisons de lui en vouloir.

– D'accord.

– Merci, Sherry.

Elder posa la main, brièvement, sur son épaule. Si on n'entrait pas dans les bonnes grâces du chef de service, Elder le savait, on se condamnait dès le premier jour à pousser un rocher jusqu'au sommet de la côte.

Steve Kennet était à quinze mètres du sol, à cheval sur une poutre d'une de ces maisons jumelles de la fin de l'époque victorienne qui, dans Dartmouth Park, atteignaient des prix d'un million deux cent cinquante mille livres, voire d'un million et demi. Levant la tête, Elder hurla, couvrant les distorsions du petit transistor pendu à l'échafaudage. Après un bref dialogue de sourds, Kennet descendit, plutôt allégrement, en s'essuyant les mains sur un bout de serviette accroché à sa ceinture.

– Comment ça se présente ? demanda Elder, désignant le toit d'un mouvement de tête.

Le sourire de Kennet était franc et naturel.

– On aurait dû finir bien avant Noël. C'est le temps qui nous a retardés. Deux types avec qui je travaille ont déjà commencé un autre chantier vers Highgate Hill. Un bâtiment de l'ancien hôpital. On le transforme en appartements.

– Ça ne vous ennuie pas si je vous pose quelques questions sur Maddy ?

– Vous n'avez encore arrêté personne ?

– Pas encore.

Kennet se racla la gorge pour se débarrasser de toute la poussière avalée, puis il cracha avec adresse dans le caniveau.

– Allez-y.

Avant de s'asseoir sur le muret devant la maison, Kennet sortit une mince blague à tabac de la poche arrière de son jean, un carnet de papier à cigarette de la poche de poitrine de sa chemise à carreaux. Des traînées de poussière et de crasse barraient son visage et le dos de ses mains.

Elder s'assit à côté de lui.

Sur le trottoir d'en face passa une jeune fille au pair en charge d'un môme dans une poussette. Elle parlait avec animation dans un téléphone portable, dans une langue qu'Elder ne comprit pas.

Méthodiquement, Kennet commença à se rouler une cigarette.

– Maddy, vous l'avez connue comment ?

– De la façon habituelle, dans un pub. Sur Holloway Road. Elle était là avec une copine à elle, Vanessa. Pour être franc, c'est elle qui m'intéressait surtout. Vanessa. Vous l'avez rencontrée ?

Elder hocha la tête.

– Alors, vous comprenez ce que je veux dire. (Kennet humidifia le papier du bout de la langue.) Spontanée, je crois que c'est ce qu'on pourrait dire. Elle n'hésite pas à foncer. (Comme son briquet n'avait pas fonctionné à la première tentative, il le secoua vivement.) J'étais avec un copain. On est allés s'asseoir à leur table. Une idée à lui, en fait. Au bout d'un moment, mon copain est parti. Vanessa, elle pétait le feu – elle avait quelques verres dans le nez, je crois –, alors que Maddy, elle se contentait surtout de rester assise là, en souriant un peu, vous savez, pas désagréable, mais ce n'était pas... comment je pourrais dire ?... ce n'était pas évident de deviner ce qu'elle voulait.

– Et c'est ça qui vous a plu ?

Kennet sourit.

– Je crois bien que oui. À quel genre de type est-ce que ça n'aurait pas plu ? À la fin de la soirée, je leur ai demandé leurs numéros de téléphone à toutes les deux, mais c'est Maddy que j'ai appelée. Elle a eu l'air surpris, je m'en souviens. Elle pensait que je m'étais trompé, que j'avais mélangé les numéros.

– Et vous êtes sorti avec elle pendant combien de temps ?

– Quelques mois. Trois. Peut-être plus. (Il actionna de nouveau la molette de son briquet, sans résultat.) Vous n'auriez pas du feu, par hasard ?

– Je crains que non.

Kennet traversa le trottoir jusqu'à sa voiture, déverrouilla la portière, et farfouilla sous le tableau de bord pour trouver des allumettes.

– Vous ne vous êtes pas aussi bien entendus que vous l'espériez, dit Elder.

Kennet jeta l'allumette usée dans le caniveau et tira une longue bouffée de sa cigarette.

– Non, ce n'était pas le problème. On s'entendait bien. Du moins, c'est ce que je pensais. C'est seulement une question de... oh, je ne sais pas comment appeler ça... une question de circonstances, je suppose. Et puis, pour être franc, je crois qu'elle n'a pas tardé à s'ennuyer avec moi. Plusieurs fois, alors qu'on devait se retrouver quelque part pour sortir, elle a appelé, pratiquement à la dernière minute, pour annuler. À tel point que, à chaque fois que le téléphone sonnait, j'étais sûr que ça allait être encore la même chanson.

Kennet regarda Elder, puis ses yeux se tournèrent vers le bout de la rue.

– Alors, vous avez rompu ? fit Elder.

– Oui.

– C'est vous qui en avez pris l'initiative ?

– Oui.

La réponse était plus emphatique, cette fois.

– Pas Maddy ?

– Non. Écoutez...

– Très bien. J'essaye seulement de me faire une idée très claire de ce qui s'est passé.

– Pourquoi ?

– Qu'est-ce que vous voulez dire ?

– Pourquoi est-ce aussi important ? Pourquoi avez-vous besoin de savoir ? J'ai déjà raconté tout ça en détail, vous savez.

– Je sais. C'est seulement que, pour l'instant, je ne sais pas encore ce qui est important et ce qui ne l'est pas.

– Et vous pensez que ça pourrait être important de savoir qui, d'elle ou de moi, a décidé de rompre ?

– C'est possible, comme je vous l'ai dit.

Incrédule, Kennet secoua la tête.

– Glenn Close, c'est ça ?

– Pardon ?

– Glenn Close dans *Liaison fatale*. Elle ne supporte pas d'être larguée. Elle agresse Michael Douglas avec un couteau. Vous croyez que c'est moi.

– Michael Douglas ?

– Glenn Close.

– Vraiment ?

– J'ai agressé Maddy avec un couteau ?

– Vous l'avez agressée ?

– Non, je ne l'ai pas fait.

– Bien sûr que non.

La cigarette roulée de Kennet s'était éteinte, et il la ralluma à la deuxième tentative.

– Savez-vous si Maddy voyait quelqu'un d'autre ? demanda Elder.

– Pendant qu'elle sortait avec moi, vous voulez dire ?

– À ce moment-là, ou plus tard.

– À ce moment-là, je ne crois pas. Après, je ne peux pas le savoir.

– Vous n'avez pas gardé le contact ?

Kennet secoua la tête.

– Ç'a été une rupture franche. Et puis, une fois que je lui ai dit, vous comprenez, qu'à mon avis il valait mieux qu'on arrête de se voir, elle a été d'accord, elle a dit que c'était la meilleure solution. Je n'avais pas du tout l'intention de lui pourrir la vie.

Kennet se leva et jeta un regard en direction du toit.

– Il faudrait vraiment que je retourne bosser.

Elder lui tendit la main.

– Merci de votre patience.

La poignée de main de Kennet était ferme.

– Coincez ce salopard, d'accord ?

– D'accord.

– Hé, à propos !

– Quoi ?

– Bonne année.

Elder regarda Kennet grimper de nouveau au sommet de l'échafaudage sans rater un seul barreau, sans ralentir la cadence un seul instant.

20

Le premier vendredi après le nouvel an, un jour gris et froid, le ciel avait la couleur d'une ardoise vieillissante, et le verglas luisait sur les routes qu'on n'avait pas salées. Les obsèques de Maddy : le crématorium de Hendon, onze heures trente précises. Les parterres de fleurs n'étaient plus que terre retournée et feuilles autrefois vertes noircies par le gel, rosiers grêles taillés presque jusqu'à la racine. La mère de Maddy était assise, voûtée, dans la longue voiture noire qui suivait le corbillard le long des méandres de Nether Street et Dollis Road. Sa sœur, qu'elle avait rarement vue depuis vingt ans, était assise près d'elle, le visage pincé. Dans la voiture suivante, divers oncles et cousins s'entassaient, les mains crispées sur leurs genoux. Ceux qui avaient pensé que sa mère choisirait pour les obsèques un endroit proche de la maison de famille dans le Lincolnshire avaient vite déchanté. « Il y a longtemps qu'elle a tourné le dos à tout ça, avait dit Mme Birch, à tout ça et à nous tous. » Le reproche, en cet instant, était plus facile que le regret.

Elder, arrivé tôt, se tenait un peu à l'écart. Comme il était de mise aux obsèques d'un collègue tué en service, les policiers présents, dont la présence était manifeste, avaient l'air grave. Près de l'entrée, une équipe de surveillance, aussi discrètement que possible, filmait en vidéo toutes les personnes rassemblées pour la cérémonie, au cas où le mythe éculé selon lequel les assassins viendraient rendre un dernier hommage à leur victime contiendrait une parcelle de vérité. Des pelouses, sèches et clairsemées, s'étendaient jusqu'à une haute haie séparant l'établissement du terrain de golf municipal.

En descendant de voiture, Mme Birch perdit l'équilibre et seule la main tendue du commissaire principal Mallory, toujours alerte, lui permit de ne pas tomber.

Dans la chapelle, une compilation signée Classic FM diffusait une musique propre à élever l'âme. Karen Shields, vêtuc d'un tailleur pantalon noir, les cheveux sévèrement tirés en arrière, glissa ses longues jambes le long d'une travée, de l'autre côté de l'allée près de laquelle se trouvait Elder, et commença à feuilleter un livre de cantiques posé derrière le siège de la rangée précédente.

Le cercueil était bien visible, concret, bien réel.

Le pasteur s'éclaircit la gorge.

Elder se revoyait à l'endroit de la rue pavée menant à la cathédrale de Lincoln, regardant Maddy s'éloigner. *Bonsoir, Frank. Prends bien soin de toi.* Il avait attendu qu'elle se retourne et qu'elle lui sourie. Elle ne l'avait pas fait.

Le cantique fut marmonné par des gens qui chantaient faux, dont les voix se turent pour laisser le seul écho de l'orgue préenregistré ahaner les dernières mesures.

– Prions.

Vanessa Taylor, manteau de velours noir, jupe noire, bottes noires, se mit à pleurer, et Karen lui fourra dans la main un mouchoir en papier.

Pour l'occasion, le directeur général avait revêtu son uniforme d'apparat. Il évoqua en Maddy un officier modèle, entièrement dévoué au bien public, une jeune femme courageuse dont la vie avait été brutalement fauchée. George Mallory, un œillet pâle, incongru, à la boutonnière de son costume gris en laine, affirma que cela avait été un honneur pour lui d'avoir sous ses ordres un officier aussi capable que l'était Maddy, même si cela n'avait été que pendant une période tragiquement brève. Évoquant l'opération de police visant à arrêter James Grant, il conta avec fierté les moments de danger extrême où elle avait tenu son rôle, crânement, à ses côtés.

La mère de Maddy était assise au premier rang, penchée en avant, la tête baissée.

Vanessa Taylor pleurait toujours.

L'assemblée se leva à contrecœur pour entonner laborieusement un nouveau cantique.

Avec une légère trépidation, le mécanisme qui allait faire avancer le cercueil se mit bruyamment en marche.

Alors que le cercueil franchissait les épais rideaux pour disparaître, Elder sentit l'haleine glacée de Maddy passer sur son visage.

Prête à donner tout l'or du monde pour une cigarette, Karen se glissa entre les couronnes et les bouquets de fleurs que l'on avait disposés à l'arrière du bâtiment. En cherchant au fond de sa poche un rouleau de pastilles de menthe, elle en sortit en même temps une vieille liste de courses et deux Kleenex en lambeaux. L'avant-veille, c'était la Saint-Sylvestre. Il avait fallu qu'elle choisisse entre boire ou conduire. Elle avait passé la soirée avec trois vieilles copines d'école, une tradition qui remontait à tant d'années qu'aucune d'elles ne souhaitait s'en rappeler le nombre exact. Deux de ses amies, aujourd'hui mariées, élevaient leurs enfants ; la troisième, enfin sortie du placard, vivait avec sa compagne parmi la verdure de la cité-jardin de Letchworth et ne se lassait pas du frisson qu'elles provoquaient lorsqu'elles décidaient de se promener toutes les deux, main dans la main, dans la rue principale. Karen s'était habituée à venir les rejoindre non accompagnée et à repartir de même.

Voyant Elder seul dans son coin, elle alla le rejoindre.

– Jusqu'à aujourd'hui, je croyais préférer les crémations aux enterrements, dit Karen, mais maintenant je n'en suis plus aussi sûre.

– Si y on réfléchit bien, je crains qu'il n'y ait pas grand-chose à choisir.

– C'est inhumain, quand même, non ?

Elder ne voyait pas comment il pourrait en être autrement.

– Vous êtes allé voir Kennet..., dit Karen, changeant de sujet.

– C'est exact.

– Qu'avez-vous pensé de lui ?

– Il m'a paru plutôt franc.

– C'est à peu près ce que m'a dit Mike. De plus, son alibi semble solide. En vacances en Espagne avec sa petite amie. Il n'en est revenu que le jour où on a découvert le corps de Maddy. (Malgré tous ses efforts, sa pastille de menthe s'était fragmentée entre ses dents.) Sherry m'a parlé d'une histoire de montre ?

Elder hocha la tête.

– Celle de Maddy. Oui. Elle semble avoir disparu.

Par-dessus l'épaule de Karen, il vit Mallory en grande conversation avec un autre homme, plus petit, aux traits anguleux.

– Qui est-ce, là-bas ? Avec Mallory ?

– Maurice Repton, son divisionnaire.

Comme s'ils se rendaient compte qu'on les observait, les deux hommes tournèrent la tête et Mallory, souriant, leva la main pour les saluer gaiement.

– Cette affaire Grant que Mallory a mentionnée, fit Elder, il n'y a rien à en tirer pour nous ?

– Je ne le pense pas.

– Cela vaudrait peut-être la peine, malgré tout, d'y jeter un coup d'œil une deuxième fois.

Voyant la mère de Maddy prendre appui sur le bras de sa sœur pour se pencher vers l'une des couronnes, Elder s'excusa et se dirigea vers les deux femmes pour leur exprimer ses condoléances.

Vanessa écrasa sa cigarette sous le talon plat de sa botte et s'éloigna en direction du portail. Elle n'avait pas prévu que la cérémonie la bouleverserait à ce point, elle avait presque honte de s'être ainsi donnée en spectacle, d'avoir attiré l'attention sur elle. Mais du début jusqu'à la fin, il lui avait été impossible d'effacer les images qui traversaient son esprit : Maddy qui s'esclaffait, qui l'écoutait, qui faisait semblant d'être choquée par la grivoiserie de Vanessa, sa bonne humeur entamée, les derniers temps, par des craintes que Vanessa n'avait pas voulu prendre au sérieux. *Tu n'es pas en train de me faire une crise, au moins ? De flipper pour rien ?* Quand elle entendit la voiture arriver derrière elle, Vanessa se rapprocha encore du bas-côté.

Au lieu de la dépasser, la voiture ralentit et s'arrêta près d'elle.

– Où allez-vous ?

Les cheveux gris de Mallory semblaient avoir été récemment brossés ou peignés.

– Je descends jusqu'au métro.

– À pied, c'est loin. Montez donc, on vous emmène.

Tandis que Vanessa hésitait, la portière s'ouvrit côté trottoir et Mallory, accueillant, se glissa vers l'autre bout de la banquette pour lui faire de la place.

– D'accord. Merci.

– Excellent. En route, chauffeur.

Bien que l'œillet eût disparu de sa boutonnière, le commissaire principal était encore d'humeur exubérante. Plus adaptée à un mariage qu'à des obsèques.

– Vous êtes l'agent Taylor, c'est ça ?

– Oui.

– Vanessa ?

– Oui.

– Vous et Maddy, vous étiez amies intimes.

– Nous étions de bonnes amies, oui.

Des larmes la brûlèrent de nouveau au bord des yeux.

– Allez-y, fit Mallory, ne vous retenez pas. Une émotion sincère, on ne doit pas en avoir honte.

– Non, ce n'est rien...

– Maurice, donne donc un mouchoir à la dame, tu seras gentil.

Repton, l'un des derniers hommes au vingt et unième siècle à avoir sur lui un vrai mouchoir, lavé et repassé, pivota sur le siège passager avant et le passa à Vanessa entre ses doigts manucurés.

– Merci.

Vanessa renifla et se tamponna les yeux.

– Quand on voit toutes ces femmes qui pleurent et se lamentent, aux infos, disait Mallory, en Iran, en Irak... Parfois, on ne peut pas s'empêcher de se demander si ce n'est pas elles qui ont raison. Au lieu de garder tout ça à l'intérieur, de refouler leurs sentiments comme nous le faisons. Hé, Maurice, qu'est-ce que tu en penses ? Et vous, Vanessa, hein ?

Vanessa répondit qu'elle n'était pas sûre que ce soit la meilleure solution. Maurice Repton semblait se désintéresser de la question.

Ils étaient coincés à une intersection entre un véhicule tout-terrain Isuzu Trooper dont la conductrice se battait avec son levier de vitesses et un semi-remorque qui allait livrer un supermarché.

– Vous étiez très proches, Maddy et vous, dit Mallory en faisant ce qu'il fallait pour être encore plus proche lui-même.

– Oui, je le crois.

– Entre vous, pas de secrets, pas de cachotteries ?

– C'était un peu ça.

– L'amitié entre deux femmes, c'est une chose merveilleuse. On ne se cache rien. On joue franc jeu. Pas comme Maurice et moi, comme cul et chemise depuis bientôt vingt ans, et les raisons pour lesquelles il se met en rogne restent encore un mystère pour moi. Et ce n'est pas plus mal comme ça, d'ailleurs.

Le moteur du tout-terrain était noyé et, sous le regard de sa propriétaire, plusieurs hommes tentaient de le pousser pour dégager la route.

– Cet épisode tragique où Grant a été abattu, où le petit Draper s'est fait tuer, elle a dû vous en parler, je suis sûr.

– Un petit peu, oui. Pas beaucoup.

– Elle vous a fait des confidences, quand même.

– Ça l'a bouleversée, oui. Surtout ce qui est arrivé à Paul Draper.

– Et Grant ? Elle vous en a parlé un peu ? De la façon dont il est mort ?

Pendant quelques instants, la main de Mallory se posa sur le genou de Vanessa.

– Non, pas que je me souvienne.

– S'il y avait quoi que ce soit...

– Non, vraiment, elle ne m'a rien dit.

– Bien sûr.

Comme si le sujet perdait tout à coup tout intérêt pour lui, Mallory se rencogna à l'autre bout de la banquette, et quelques instants plus tard, la voiture se garait le long du trottoir.

– Vous êtes arrivée, dit Repton sans se retourner. Hendon Central.

– Vous allez jusqu'à Camden Town et vous prenez la correspondance, fit Mallory. Vous êtes en poste à Kentish Town, c'est bien ça ?

– Oui.

– C'est une merveilleuse chose que le métro de Londres. Que ferions-nous s'il n'existait pas, c'est ce que j'aimerais savoir.

– Merci de m'avoir déposée, dit Vanessa en ouvrant la porte.

– Je vous en prie, fit Mallory avec un geste plein de générosité. Je vous en prie.

Tandis qu'elle suivait des yeux la voiture qui se faufilait de nouveau dans le flot de la circulation, les passants grouillant autour d'elle, Vanessa plaqua ses mains contre ses flancs, les jambes en coton, l'estomac barbouillé, sans vraiment savoir pourquoi.

21

S'il y avait bien une chose propre à donner immanquablement à Elder l'impression qu'il vieillissait, c'était un samedi soir dans un pub de Camden. Les tables, lourdes et carrées, étaient envahies, surchargées de bouteilles vides et de verres, noyées sous un flot de bière et les fanfaronnades des buveurs. Pas un seul siège libre où que ce soit. Au bar, une mêlée, sur trois rangs. Un téléviseur grand écran diffusant en continu des clips musicaux que personne n'écoutait, que personne ne regardait. La fumée de cigarette où s'insinuait l'odeur immédiatement reconnaissable du cannabis. Des voix qui s'élevaient, tonitruantes, par-dessus un mélange de reggae et une sorte de rock marteau-pilon réduit à sa plus simple expression. Son âge mis à part, ce qui distinguait Elder de la masse, c'était le fait qu'aucune partie de son anatomie n'était percée pour s'orner d'un anneau ou d'un bijou, et qu'il n'était pas vêtu de noir.

– Par ici, fit Vanessa en lui saisissant le bras.

Grâce à un sourire efficace et une utilisation judicieuse de ses coudes, elle leur trouva une sorte de refuge, coincé contre la vitre, voilée par la fumée et la condensation, qui donnait sur High Street.

– Excusez-moi, dit-elle.

– Et de quoi ?

– De vous avoir amené ici.

Elder s'efforça de sourire.

– J'ai connu pire.

Sauf qu'il ne se rappelait pas quand.

– Bien sûr, ce que j'ai à vous dire, ce n'est peut-être rien...

Ses paroles avaient été presque noyées par un brusque emballement de la sono.

– Pardon ?

– Je disais : ce n'est peut-être rien...

– Dites toujours.

Il dut se pencher vers elle pour saisir chaque mot. À quel jeu Mallory et Repton jouaient-ils, il n'aurait su le dire, mais ce qui était certain, c'est que Vanessa en était ressortie sacrément secouée.

– Et vous ne leur avez rien caché ? Vous n'avez pas gardé pour vous quelque chose que Maddy aurait pu dire ?

– Mon Dieu, non.

– Vous m'avez dit qu'on lui avait fait passer un sale moment, dans le cadre de l'enquête.

– Oui. On l'a avertie qu'elle serait sûrement interrogée une deuxième fois, mais je ne crois pas qu'ils l'aient reconvoquée.

Elder avait obtenu une copie du rapport de l'équipe du Hertfordshire, mais il n'avait pas encore trouvé le temps de le lire.

Le visage de Vanessa se leva vers lui ; il remarqua quelques gouttelettes de transpiration sur sa lèvre supérieure.

– Malgré tout, ça m'a fait repenser à quelque chose dont Maddy m'avait parlé, à propos du raid chez Grant, un détail que j'avais plus ou moins oublié. Il y avait un type de la SO19, la brigade d'intervention, vous savez ? Il l'avait draguée. Et pas en douceur, en plus. Il n'avait pas du tout apprécié de se faire rembarrer.

– Vous connaissez son nom ?

– Je ne crois pas qu'elle me l'ait jamais dit. Mais il était roux, ça, elle me l'a précisé. Un rouquin. Pas étonnant qu'il ne lui ait pas plu.

– Vous croyez qu'il aurait pu persévérer ? Revenir à la charge ?

– On ne peut jamais savoir, pas vrai ? Ce que certains types sont prêts à faire.

Une bouteille se brisa à l'autre bout du bar et Elder se laissa glisser de son siège.

– Finissons nos verres et sortons d'ici, vous voulez bien ?

La rue était animée, la chaussée encombrée par le lent défilé de la circulation ; une pluie hésitante donnait de l'éclat aux phares des voitures. Des jeunes femmes et des jeunes gens arpentaient le trottoir par groupes de trois ou quatre, comme le faisaient de rares couples qui se donnaient le bras ou se tenaient par la main. Indifférente à tout ce qui l'entourait, une fille qui n'avait pas plus de seize ou dix-sept ans était assise en tailleur à même le sol, le visage ravagé par les larmes. Un vieux Noir, dont les dreadlocks s'échappaient de son béret, esquissait une danse sinueuse à petits pas glissés sur la musique métallique diffusée par une boîte à rythmes posée par terre.

Et comme toujours, au loin, on entendait le son intermittent des sirènes de police.

– J'ai faim, fit soudain Vanessa. Et vous ?

– Je ne crois pas, répondit Elder qui se rendit compte en disant ces mots que ce n'était pas vrai.

Ils achetèrent des falafels à un éventaire puis, s'adossant à un mur, ils les mangèrent roulés dans une pita.

– Comment ça se présente, à propos ? demanda Vanessa. L'enquête ?

– Oh, vous savez...

– Toujours au point mort ?

– Plus ou moins. Mais on va bien trouver quelque chose qui va la relancer. En général, c'est ce qui se passe.

Vanessa sourit.

– Je n'ai pas l'impression de vous avoir beaucoup aidé.

– Au contraire. Vous avez eu raison de venir me dire tout ça. Le rouquin, on va s'occuper de son cas. Et en plus, ils sont bons, ces falafels. On n'en trouve pas, en Cornouailles, vous savez. Là-bas, à part les pâtés en croûte...

– Et les scones à la crème fraîche épaisse.

– Oui, ça aussi.

Un jeune portant un maillot de l'équipe de football d'Angleterre et pas grand-chose d'autre, malgré le froid, s'écarta de sa trajectoire, butta contre eux, s'excusa et repartit en titubant.

– Il vaudrait mieux que je rentre, dit Elder en s'écartant.

– Très bien.

– Vous rentrez chez vous comment, à partir d'ici ? En métro ?

– Je prends le bus.

Ils partirent ensemble vers la station.

– Prenez bien soin de vous, dit Vanessa à l'entrée du métro. Bonne chance.

– À vous aussi.

Le réverbère éclairait vivement son visage.

Quand Vanessa contourna la clique habituelle de drogués et de semi-poivrots pour rejoindre l'arrêt du bus, elle ne remarqua sans doute pas la berline bleu foncé garée en stationnement interdit près du carrefour, ni l'homme qui l'observait attentivement derrière son volant.

Elder eut un sommeil agité, gâché par des rêves dans lesquels sa fille, comme une libellule, se dépouillait de sa peau pour en révéler une nouvelle, son visage et son corps devenant ceux de Maddy Birch, pour être aussitôt remplacés, aussi facilement, par le visage et le corps d'une femme qu'il ne reconnaissait pas. Et quand il se réveilla, ses cheveux étaient collés à son crâne, et la couette, trempée de sueur, s'était entortillée entre ses jambes.

S'extirpant du lit, il resta debout sous la douche pendant cinq bonnes minutes, l'eau chaude ruisselant sur sa tête et ses épaules tandis qu'il se savonnait méticuleusement. Levant la tête, il subit une dernière giclée, d'eau froide, comme pour se purifier, avant de ressortir de la cabine.

Café, pain grillé, une chemise blanche à peine fripée prise sur un cintre, un pantalon bleu marine, les mêmes chaussures, usagées, bien confortables. La chemise et le caleçon de la veille, il les fourra dans le lave-linge, avec la housse de couette et la taie d'oreiller.

Quand il composa le numéro de Joanne, dans l'espoir de parler à Katherine, il n'obtint qu'une voix robotisée l'invitant à laisser un message.

À l'étage inférieur, quelqu'un le faisait profiter d'une radio diffusant des tubes des années soixante à quatre-vingts. Elder répliqua par la station classique de la BBC. Du Haydn, probablement. N'était-ce pas du Haydn que Radio 3 diffusait habituellement ? Du Mozart ou du Haydn. Peut-être du Bach.

Un chapitre de Patrick O'Brian – vaisseau ennemi à quatre heures à l'horizon, sortez les canons, hissez le drapeau –, et il fut prêt à regagner la terre ferme. Raflant son portable à tout hasard, il le glissa dans sa poche ; le « rapport sur l'enquête Grant », son calepin et un stylo-bille étaient prêts à partir. Le plan de Londres, il le consulterait dans la voiture.

Il n'y avait pas de place dans le petit parking proche de Kenwood House. Il se gara donc dans Hampstead Lane. À la terrasse du café, la plupart des tables étaient prises, les journaux du dimanche largement étalés dessus. Le temps était doux. Il trouva une place vers l'angle du fond, brisa une corne de son croissant aux amandes, goûta son café et se mit à lire. D'une certaine façon, le bourdonnement des conversations autour de lui facilitait sa concentration.

Ashley et son équipe, semblait-il, avaient accompli leur tâche avec minutie, à défaut d'inspiration. Quand on les lisait entre les lignes, il était clair que certaines sections de la police de Londres ne leur avaient pas simplifié la tâche au-delà du minimum nécessaire. Les conclusions du rapport, qui épinglaient un certain flou dans l'organisation, mais rien d'autre, n'avaient rien de surprenant. En ce qui concernait James Grant et la seconde arme de poing, il accordait au commissaire principal Mallory le bénéfice de tous les doutes possibles.

Elder se dit qu'il ne serait peut-être pas inutile d'échanger quelques mots avec Trevor Ashley.

Sortant son portable, il tenta de joindre Joanne de nouveau, avec le même résultat.

Le fond de sa tasse de café était froid.

Quand il avait lui-même appartenu à la police de Londres, en poste dans l'ouest de la capitale, Joanne et lui s'étaient rendus en voiture à Hampstead Heath avec Katherine, un dimanche après-midi, pour lancer le cerf-volant de la petite depuis le sommet de Parliament Hill. Perdant patience, Katherine – qui avait cinq ans à ce moment-là, peut-être six – avait dévalé la pente vers le terrain de jeux et la pataugeoire, Elder se lançant à sa poursuite, en riant, tandis que Joanne rembobinait la ficelle du cerf-volant.

Est-ce qu'elle couchait déjà avec Martyn Miles, à cette époque ?

Il y avait des vérités qu'il valait mieux ne pas connaître.

22

Lundi gris. Le soleil d'hiver de la veille n'avait déployé ses charmes que pour mieux tromper son monde. Karen Shields, à son bureau, regroupait des circulaires et des notes de services destinées à la déchiqueteuse. Avant de la rejoindre, Elder fit une halte devant la machine à café.

Ils étaient assis de part et d'autre du bureau de Karen, le brouhaha des diverses activités du service résonnant autour d'eux.

– Comment s'est passé votre dimanche ? demanda Karen.

– Je n'ai rien fait de spécial, répondit Elder.

– Moi non plus.

Karen était restée au lit aussi longtemps que possible, avant de retrouver une de ses amies dans Upper Street pour un brunch suivi d'un film très moyen au cinéma voisin. Dans la soirée, elle avait regardé la télévision, fait une lessive, du repassage, parlé à sa sœur à Stockwell, à sa mère en Jamaïque.

– Il y a bien une chose que j'ai faite, dit Elder : lire le rapport sur la fusillade chez Grant.

– Vous y avez trouvé quoi que ce soit d'intéressant pour nous ?

– Rien qui m'ait sauté tout de suite aux yeux. Ça n'a rien de mystérieux, en fait.

– Encore une impasse, alors ?

– Probablement. (Elder but un peu de son café à travers un trou percé dans le couvercle.) Cela vaudrait peut-être la peine que je contacte Ashley, le commissaire principal du Hertsfordshire qui a dirigé l'enquête. Juste pour avoir une petite conversation avec lui. Reparler de tout ça.

– Pour qu'il vous aide un peu à lire entre les lignes.

Elder sourit.

– Quelque chose comme ça.

Comment pouvait-il boire son café aussi chaud ? Elle ne comprenait pas.

– Mike et moi sommes allés voir les deux derniers suspects possibles de la liste des délinquants sexuels.

– Vous avez trouvé quelque chose ?

Karen secoua la tête.

– On aurait pu s'en dispenser. Un violeur décrépit avec une hanche déglinguée, et un prédateur sexuel condamné deux fois diminué par un sida qui vient de se déclarer.

– Bon, il n'y a plus qu'à les rayer de la liste et aller voir ailleurs.

– Oui, mais où ?

Elder posa sa tasse sur le bord du bureau.

– Vanessa Taylor ?

– Qu'est-ce qu'elle peut nous apporter ?

Elder lui rapporta l'essentiel de ce que Vanessa lui avait appris samedi soir.

Karen y réfléchit quelques instants.

– Mallory et Repton, à votre avis ? Est-ce qu'ils ont simplement voulu la faire marcher par plaisir ? Par jeu ?

– C'est possible. Mais, non, je crois qu'il n'y a pas que ça.

– Et il y aurait un lien avec l'affaire Grant ?

– C'est ce qu'il semblerait.

– Grant et Maddy.

– Oui. D'une façon ou d'une autre.

– Et c'est pour cette raison que vous voulez parler à Ashley.

– Exact.

– Ce sera un peu plus qu'une conversation à bâtons rompus, alors ?

Elder sourit. Il y eut une brusque salve de sonneries de téléphones non loin, de voix qui haussent le ton. Quelqu'un qui jura à plusieurs reprises, furieusement.

– Et en ce qui concerne le second détail que Vanessa a mentionné ? fit Karen. Le Casanova rouquin de la brigade d'intervention ?

– Ce ne devrait pas être trop difficile de le retrouver.

– Vous ne pensez pas qu'on se raccroche à des broutilles ?

– Je pense qu'en ce moment on se raccroche à tout ce à quoi on peut se raccrocher.

Karen savait qu'il avait raison.

– Je vais mettre Mike et Lee sur la question. (Quand elle goûta de nouveau à son café, il était exactement à la bonne température.) À propos, en ce qui concerne la montre de Maddy : j'ai fait revérifier l'inventaire au cas où il y aurait eu une simple omission. Mais non, aucune trace.

– J'en ai parlé à sa mère aux obsèques, dit Elder. Apparemment, c'est son père qui lui a offert cette montre il y a des années. Une Lorus. Rien d'extravagant. Étanche, en acier inox. Le nom de Maddy gravé au dos. Avec la date : le 15-07-81.

– Le jour de son vingt et unième anniversaire, dit Karen qui venait de faire un peu dc calcul mental.

– Oui.

Brièvement, une image de Katherine traversa l'esprit d'Elder.

– Vanessa a confirmé, dit-il, que c'était bien la montre que Maddy portait toujours.

– En ce cas, fit Karen, où est-elle passée ?

Ils se tournèrent tous les deux vers la carte punaisée au mur, la zone proche de l'ancienne voie ferrée où le corps de Maddy avait été découvert. Des buissons, des broussailles, des arbres.

– L'endroit a déjà été fouillé, dit Karen.

– On pourrait le fouiller à nouveau.

– Vous croyez que c'est important ?

– Si elle ne s'y trouve pas, il est possible que l'assassin l'ait emportée avec lui.

– En souvenir ?

– Peut-être.

Pendant quelques instants, ils gardèrent tous les deux le silence. Si tel était le cas, cela leur apprenait quelque chose au sujet du meurtrier, quelque chose dont un profileur pourrait se servir.

Se penchant par-dessus le bureau, Karen jeta dans la corbeille la tasse en polystyrène et ce qu'elle contenait encore.

– Mobiliser suffisamment d'hommes pour les recherches, cela va poser un problème. Il va peut-être falloir faire appel à des volontaires. Mais je me montrerai aussi convaincante que possible.

– Parfait. (Elder se leva.) Juste une dernière chose.

– Allez-y.

– Kennet. Son alibi. Je suppose qu'il tenait debout ?

Karen lui lança un regard interrogateur.

– Je croyais que vous ne le preniez pas pour un suspect possible ?

– Je sais. Seulement, j'ai du mal à m'ôter de l'idée que Maddy connaissait son assassin, et même qu'elle le connaissait peut-être très bien.

– Je n'irais pas jusqu'à dire que Kennet la connaissait bien. Vous, si ?

– Ils avaient eu une liaison.

– Si on peut dire.

– Ils avaient couché ensemble.

– Une demi-douzaine de fois ? En combien de temps ? Trois mois ?

– Vous n'appelez pas ça une liaison ?

– À votre avis ?

Elder soutint son regard.

– J'aimerais demander à Sherry de se pencher de nouveau sur ses antécédents. Si vous n'avez pas d'objection.

Karen pensa que ce serait sans doute une perte de temps.

– Allez-y, dit-elle.

– Merci.

Graeme Loftus fignola sa position, pieds écartés, bras tendu, aligna sa mire et la cible, et fit feu sur la centre de la silhouette qui le menaçait depuis le mur du fond. Dix-huit balles groupées autour du cœur.

Le temps qu'il signe le registre et quitte le bâtiment, la pluie qui couvait depuis longtemps s'était décidée à tomber en faisant du zèle. Mike Ramsden intercepta Loftus alors qu'il traversait le parking.

– Graeme Loftus ?

– Vous êtes qui ?

– Inspecteur Ramsden, de la Criminelle.

– C'est à quel sujet ?

– J'ai besoin de vous parler. Quelques minutes, c'est tout ce que ça prendra.

– Je me fais saucer, à rester planté là.

– C'est ma voiture, la Sierra qui est là. On va s'y abriter.

Lee Furness était assis à l'arrière, et comme Furness lui tenait la portière ouverte, Loftus se glissa à contrecœur sur la banquette près de lui.

– Saloperie de temps hein ? dit Furness avec le sourire.

Loftus ne réagit pas. Ses cheveux roux paraissaient plus foncés à cause de la pluie.

– Maddy Birch, dit Ramsden.
Loftus cligna des yeux.
– Qui ?
– Maddy Birch.
Loftus secoua la tête.
Furness sortit une photo de sa poche et la brandit entre eux.
– Ah, oui.
Loftus cligna des yeux de nouveau et chassa quelque chose, de réel ou d'imaginaire, de sa moustache.
– Vous vous souvenez d'elle, maintenant, fit Ramsden.
– Bien sûr que oui.
– Vous la connaissiez bien, alors ?
– Non.
– Vous êtes sûr ?
– Évidemment que j'en suis sûr.
– Ce n'est pas faute d'avoir essayé.
– Écoutez, qu'est-ce que...
Ramsden sourit.
– Vous lui colliez au train, à ce qu'on m'a dit. Comme un cerf en rut.
– C'est des conneries.
– Un vrai chien en chaleur.
À côté de Loftus, Furness rit. À l'extérieur de la voiture, la pluie ne donnait pas l'impression de vouloir faiblir.
– Écoutez..., dit Loftus, d'homme à homme. Je l'ai un peu baratinée, je lui ai proposé de lui offrir à boire, vous savez comment ça se passe.
Ramsden l'encouragea d'un sourire.
– Bien sûr. Une jolie femme, qui sort non accompagnée. Après quelques bières, on peut essayer de la draguer.
– Oui, c'est ça, si vous voulez.
– On couche ensemble à la fin de la soirée, rien de plus naturel, non ? Où est le mal ?
– Ouais.
– Sauf qu'elle ne voulait rien savoir, Maddy.
– Ouais, bon... Ça marche pas à tous les coups, hein ?
– Et quand elle vous a dit que c'était hors de question ?
Loftus haussa les épaules.
– Rideau. On en est resté là.
– Vous l'avez laissée tranquille.

– Oui.

– Et après ?

– Après, rien.

– Ça a dû vous chiffonner un brin, quand même, de vous faire jeter devant tout le monde. De repartir en rasant les murs, la queue entre les jambes. C'est pas très bon pour ce vieil amour-propre.

Loftus secoua la tête.

– Bon, c'est des choses qui arrivent, non ?

– Souvent ? À vous, je veux dire.

Loftus se rebiffa.

– Non, pas souvent.

Ramsden regarda Furness et lui adressa un clin d'œil.

– Le tombeur de ces dames. Le coq du village. On n'a pas de mal à l'imaginer, hein, Lee ? En train de se pavaner. De chasser la femelle.

– Bon, fit Loftus, ça suffit comme ça.

– Il a le sang chaud, en plus. Il s'enflamme pour un rien. De la part d'un rouquin, bien sûr, faut s'y attendre. C'est dans l'ordre des choses. (Les doigts de Ramsden tambourinèrent sur le dossier du siège.) Vous n'avez pas passé votre colère sur Maddy, j'espère ? Quand vous l'avez revue ? Vous l'avez revue, n'est-ce pas ?

Loftus ouvrit la portière.

– Bon, on arrête là. Si vous avez autre chose à me dire, il faudra passer par les voies officielles. L'avocat du syndicat, le grand jeu. Sinon, restez hors de ma vue.

Laissant la portière grande ouverte, il partit sous la pluie d'un pas énergique.

– Il est susceptible, comme garçon, hein ? fit Ramsden.

23

Vers le nord, en direction de Hertford, la circulation était très ralentie, et d'autant plus freinée par un camion en panne et les travaux concurrents de deux compagnies de télévision par câble, chercheurs d'or des temps modernes, qui défonçaient les bas-côtés. Alors qu'Elder s'approchait de la jonction entre l'A10 et la M25, du côté de Waltham Cross, la pluie se mit à tomber, pour la deuxième journée consécutive. Même si ce n'était qu'une simple bruine au début, dès qu'Elder eut quitté la route pour rejoindre le centre-ville, elle se fit si violente qu'il dut faire fonctionner les essuie-glaces à la vitesse maximum. La seule place dans laquelle il parvint à insérer l'Astra se trouvait tout au bout du parking, pratiquement aussi loin de l'entrée qu'il était possible de l'être. Même en courant, le col relevé, il fut trempé quand il poussa la porte et se présenta à l'accueil.

Un agent en uniforme le conduisit à l'étage jusqu'au petit bureau dont une plaque sur la porte indiquait que c'était celui du commissaire principal Ashley.

Affable, Ashley serra la main d'Elder et déplora que le temps fût aussi peu clément.

– Vous voulez ôter votre manteau, le poser sur le radiateur ?

– Merci, c'est ce que je vais faire.

Ashley, quant à lui, portait une veste en tweed vieillissante munie de pièces en cuir aux coudes et aux poignets. Elder s'attendait presque à le voir sortir une pipe et entamer le rituel consistant à gratter des allumettes l'une après l'autre pour tenter d'enflammer le contenu de ce satané machin.

– Vous êtes un copain de Framlingham, alors ? Encore un membre de la brigade des vieux croûtons.

– C'est le nom qu'on nous donne ?

– Entre autres. Remarquez, c'est déjà de cela qu'on me traite, voire pire encore.

Elder se dit que Framlingham et lui devaient avoir à peu près le même âge.

– Ça fournit un petit supplément à la pension de retraite, je dois dire, poursuivit Ashley. Et ça empêche l'arthrite de bloquer les articulations.

– C'est un peu ça.

– Quelle était la reconversion préférée des collègues, autrefois ? Reprendre une boutique de marchand de journaux. Devenir gérant de pub. Aujourd'hui, c'est la sécurité. Assurer le gardiennage d'une résidence de luxe où on s'attend à ce que vous portiez deux doigts à la casquette quand vous dites bonjour monsieur, bonjour madame.

– Vous ne vous voyez pas dans ce genre de rôle ?

– Et à vous, ça vous plairait ? (Ashley sourit en se calant de nouveau dans son fauteuil.) Pour moi, ce sera le Herefordshire. Il n'y a pas de meilleur endroit pour la pêche. À part l'Écosse, bien entendu. J'ai déjà une petite maison, là-bas, qui m'attend.

Elder avait déjà entendu ce genre de projet, ou d'autres d'inspiration semblable, de nombreuses fois, et il se demanda si celui-ci se réaliserait un jour.

– Vous vouliez me parler de Maddy Birch, dit Ashley.

– Oui.

– Ce qui lui est arrivé, ce genre de violence gratuite, comme ces femmes, à Londres, qui couraient dans un parc, ma foi, vous connaissez les statistiques aussi bien que moi. On a beau triturer les chiffres, les crimes violents, les crimes contre les personnes, ils ont augmenté de... quoi ? Quinze pour cent l'an dernier. Et il y a ce crétin de ministre de l'Intérieur qui amuse la galerie avec ses projets délirants de repérage des délinquants par un foutu satellite, et qui dit aux gens qui vivent dans des cités que s'ils veulent une police efficace, il faut qu'ils la payent de leur poche. C'est l'hôpital qui se fout de la charité !

Ashley leva les mains, paumes ouvertes.

– Je sais, je sais, reprit-il, je radote, mais ce type, ce gouvernement, ils me tapent sur le système.

Elder sourit et attendit qu'Ashley se calme. Dehors, la pluie continuait de gifler les vitres.

– Vous pensez qu'il y a peut-être un rapport, dit le commissaire, entre les circonstances dans lesquelles Grant a été abattu et le meurtre de Maddy Birch ?

– Je n'en suis pas sûr. Je crois que c'est possible, sans imaginer vraiment de quelle nature il pourrait être. Je sonde toutes les hypothèses qui me viennent à l'esprit, plutôt.

– Je vais faire ce que je pourrai pour vous éclairer.

– Vous l'avez interrogée personnellement, vous et l'inspectrice divisionnaire Mills ?

– C'est exact.

– Quelle impression vous a-t-elle donnée ?

Ashley réfléchit quelques instants à la question.

– Un peu nerveuse, peut-être. Mais pas plus que la plupart des gens qui se trouvent dans la même situation. Sur ses gardes, redoutant qu'on la critique. Qu'on apporte la preuve qu'elle a commis une faute.

– Et c'était le cas ?

– Pas que je sache.

– Et sa version des événements ? De l'échange de coups de feu... ?

– Pratiquement la même que toutes les autres. Dans l'exercice de ses fonctions, le commissaire principal Mallory a visé et abattu un homme armé ; les circonstances ne lui laissaient pas d'autre choix.

– Mais la version donnée par Mallory, cependant, l'histoire du deuxième pistolet, dépendait en grande partie du témoignage de Maddy.

– Pas tout à fait. Même sans le témoignage de Maddy, il n'y a pas véritablement d'autre issue. On n'imagine pas Mallory faire feu sans véritable raison.

– Vous n'avez même pas envisagé de convoquer Maddy une seconde fois ?

– Nous y avons pensé, oui, à un certain moment. Linda Mills y tenait beaucoup. Mais après... Enfin, vous savez ce qui s'est passé ensuite. Nous avions laissé filer l'occasion. (Ashley barra d'un trait de stylo les papiers posés sur son bureau.) Je ne vois pas ce que cela aurait changé.

Elder le remercia de lui avoir accordé un peu de son temps, et quelques minutes plus tard, il était de nouveau dans sa voiture. À la radio, les infos de treize heures commençaient tout juste, le ciel s'éclaircissait au sud, où la pluie perdait de son intensité.

Karen avait toujours pensé que s'en prendre à Loftus ne mènerait nulle part, et dans ce que lui avait raconté Mike Ramsden, il n'y avait pas grand-chose pour la faire changer d'avis. Dans certains cas, l'empressement d'un suspect à demander l'aide d'un avocat peut passer pour un aveu de culpabilité, mais avec Loftus, il fallait sans doute mettre cela sur le compte d'un tempérament un peu vif, sans plus. Un peu plus tôt dans la journée, Karen en avait touché un mot au supérieur immédiat de Loftus à la SO19. Tout indiquait que, bien qu'un peu irritable, Loftus était un bon officier de police, aux états de service pratiquement exemplaires. Encore une impasse, pensa Karen. Mais qui méritait peut-être d'être explorée un peu plus longtemps, par précaution. Elle allait demander au jeune Denison de fouiner un peu de ce côté-là, pour voir s'il pouvait déterrer un petit quelque chose.

Ce serait toujours mieux, peut-être, que le ratissage mené par une demi-douzaine d'agents et vingt volontaires qui avaient fouillé les bois le long de la voie ferrée à la recherche de la montre de Maddy, et qui jusqu'à maintenant étaient revenus bredouilles.

Elder était-il encore retenu à Hertford ou pas ? Elle l'ignorait. Peut-être avait-il déjà regagné son appartement, pensa-t-elle avec un sourire, pour faire la sieste. À la retraite, c'était probablement le genre d'habitude que l'on prenait.

Il n'était pas encore quinze heures lorsque Sheridan fonça vers elle, la cravate de travers, l'excitation se lisant sur son visage.

– Sherry, que se passe-t-il ?

Karen l'écouta, incrédule.

– Comment se fait-il qu'on ne l'ait pas su plus tôt ?

– Ça n'a jamais figuré dans les archives informatisées.

– Merde !

Raflant son manteau sur le dos d'une chaise, elle écarta Sheridan de son chemin.

– Vous me raconterez ça en route. Avec tous les détails que vous possédez.

Elle appela Elder depuis la voiture.

– Kennet, il y a onze ans, sa petite amie de l'époque a demandé une ordonnance restrictive contre lui.

– Et vous venez seulement de le découvrir ?

– Cet après-midi. Comme elle n'a pas donné suite à sa demande, toutes les traces en ont été effacées. Sherry l'a découvert par hasard, en se renseignant à droite et à gauche, en faisant des recoupements.

– La petite amie, vous savez où elle se trouve, aujourd'hui ?

Karen s'autorisa un sourire.

– Notez cette adresse. Je vous retrouve là-bas dans une demi-heure.

24

Karen roulait vite : pour elle, les ronds-points étaient l'occasion de mettre ses nerfs à l'épreuve, les feux qui passaient au vert un départ de grand prix. Après des semaines d'impasses et de déceptions, elle était de nouveau gonflée à bloc. Friern Barnet, Totteridge et Whetstone, Hadley Wood. Les routes se rétrécissaient, s'élargissaient, devenaient plus étroites de nouveau. Toutes ces questions, ces dépositions, ces fouilles ne menant nulle part. Des arbres, certains écimés de fraîche date, bordaient les trottoirs ; les maisons, des pavillons pour la plupart, étaient séparées de la chaussée par de hautes haies, des jardins soignés ; de petits immeubles bas bordaient des allées en courbe où étaient garés des BMW, des Jaguar, des 4 × 4. Ralentis, se dit-elle. Ralentis.

En fait, Elder arriva sur les lieux avant elle.

– Cette ordonnance restrictive, dit-il, c'était seulement parce qu'il la suivait partout, ou il y avait plus grave ?

– Plus grave.

Le visage de Karen, remarqua-t-il, rayonnait positivement.

C'était une maison en brique, au toit d'ardoise, les croisillons des fenêtres, au premier, enchâssant une multitude de petites vitres carrées qui devaient arracher un juron intérieur aux laveurs de carreaux, les incitant à augmenter de cinq livres la facture de leur prestation. Une Mini Cooper presque neuve, grise ornée de filets argentés, stationnait devant le garage à deux places.

Quand elle actionna la sonnette, Karen s'attendait presque à ce que la porte fût ouverte par une bonne, non pas le genre qui porte une coiffe et un petit tablier en dentelle, mais une femme surdiplômée et sous-payée venue de Croatie ou du Brésil. En fait, ce fut Estelle Cooper elle-même qui vint ouvrir – qui s'appelait Estelle

Robinson lorsque Kennet l'avait connue, aujourd'hui Mme Cooper, seule à la maison avec le *Mail* et les émissions de télé de l'après-midi jusqu'à l'heure de la sortie de l'école. Dans le quartier, les parents avaient assez de bon sens pour aller à tour de rôle chercher les enfants afin de ne pas encombrer les routes ; aujourd'hui, Jake et Amber seraient ramenés par la maman de Tara, qui habitait au numéro 15.

– Madame Cooper ? Je suis l'inspectrice principale Karen Shields. Voici mon collègue, M. Elder.

Traversant un vestibule parqueté, ils la suivirent jusqu'au salon tout en longueur situé à l'arrière de la maison, et dont les portes-fenêtres donnaient sur un jardin d'hiver en losange, où l'on avait remisé de grands bacs de géraniums pour les protéger du givre. Il y avait des photos des enfants au-dessus de la cheminée et sur une table ovale contre un mur latéral, surtout ces portraits d'écoliers en uniforme immaculé et sous éclairage artificiel qui avaient toujours paru à Elder, quand cela concernait Katherine et ses amies, les métamorphoser en cousins éloignés des gamins qu'ils étaient vraiment.

Estelle Cooper paraissait toute petite, assise au centre d'un long canapé à dossier haut, sa robe imprimée menaçant de disparaître parmi les fleurs omniprésentes du tissu d'ameublement. Elle avait un visage anguleux, la bouche tombante, des yeux éteints, comme une poupée avec laquelle on aurait joué, puis dont on se serait débarrassé, l'abandonnant derrière soi, quand elle aurait perdu presque tout son rembourrage et la vie qui était en elle.

– Voulez-vous une tasse de thé ? demanda-t-elle. Je n'étais pas sûre...

– Ne vous dérangez pas, madame Cooper, merci, dit Karen. Nous ne prendrons de votre temps que le minimum nécessaire.

– Estelle, fit-elle. Je vous en prie, appelez-moi Estelle.

– Très bien, en ce cas. Estelle. Estelle, vous avez eu une liaison avec Steven Kennet...

Elder crut la voir frémir en entendant ce nom.

– C'était il y a longtemps, dit-elle.

– Je sais. Je me demandais si vous pourriez nous parler de cette liaison ? De quelle façon elle s'est terminée, par exemple ?

– Terminée ? (Elle émit un son à mi-chemin entre un rire et un soupir.) Mal. Mais je suppose que vous le savez déjà.

– S'il vous plaît, pouvez-vous nous donner votre propre version des faits ?

– Très bien. (Son regard se posa sur Karen, puis il glissa, furtif, pour se fixer sur le plancher.) J'ai commencé à sortir avec Steven en 1989. Je travaillais dans le centre de Londres, à Holborn, comme secrétaire juridique. Je n'avais pas fait d'études supérieures... enfin, si, j'avais commencé, du moins, mais pour je ne sais quelle raison il m'avait semblé impossible de continuer. Bref, je travaillais pour un cabinet d'avocats et j'ai commencé à voir Steven. J'avais fait sa connaissance grâce à un ami, un ami commun, et il était... Ma foi, c'était merveilleux, au début. Il était attentionné, vous savez, et gentil, et... Je sais que c'est épouvantable de dire une chose pareille, mais pour quelqu'un qui faisait un métier pareil, dans le bâtiment, vous savez, qui travaillait de ses mains, il était, enfin, pas intellectuel exactement, mais curieux de tout, dans le domaine culturel. Nous allions au théâtre de temps en temps, voir des expositions de peinture, des films étrangers...

– À ce moment-là, demanda Karen, vous viviez ensemble ?

– Oui. Steven a voulu que je m'installe chez lui pratiquement dès les premiers temps. Et en fin de compte, eh bien, il était... il pouvait se montrer très persuasif.

– Et ça se passait comment ? Votre vie commune ?

– C'était bien, au début. Du moins, du moins c'est ce que je pensais. Je n'avais jamais vécu avec un homme. Je suppose qu'on pourrait dire que j'étais un peu naïve. (Elle tripotait le tissu de sa robe.) Parfois, il se mettait en colère quand je refusais... (Elle regarda Karen de nouveau comme si elle cherchait une sorte de connivence, de support moral.) Il me demandait de faire des choses...

Sa voix s'éteignit.

Karen jeta un regard à Elder; elle attendit la suite.

– Dans ces cas-là..., dit-elle d'une voix douce, roucoulant presque. Quand il se mettait en colère, est-ce qu'il lui est arrivé de vous frapper ?

Estelle Cooper avait les yeux fermés.

– Vous a-t-il frappée, Estelle ?

– Oui.

– Souvent ?

Les yeux toujours fermés, Estelle tourna la tête.

Karen lança un nouveau regard à Elder.

– Avez-vous parlé à qui que ce soit de ce qui se passait ? dit Karen. Avez-vous demandé de l'aide ?

– J'ai essayé, mais je ne savais pas... ce n'était pas facile. Finalement, j'ai rassemblé tout mon courage et j'en ai parlé à ma mère.

D'abord, elle a refusé de m'écouter, elle ne voulait rien entendre. Elle restait plantée devant moi, les mains plaquées sur les oreilles. Et puis, comme j'insistais, elle m'a dit : « Espèce de pauvre petite idiote, et si tu arrêtais de te plaindre et que tu faisais ce qu'il te demande ? »

Estelle sanglotait, à présent, les bras serrés devant sa poitrine, et se balançait lentement d'avant en arrière. Karen la rejoignit et se pencha sur elle. Dès qu'Estelle sentit sa main lui toucher l'épaule, elle se raidit, le souffle coupé.

Elder partit à la recherche de la cuisine, et quand il en revint avec un verre d'eau, les deux femmes étaient assises côte à côte sur le canapé.

Estelle but son verre d'eau à petites gorgées, comme un remède.

– Prenez votre temps, dit Karen calmement.

D'une main qui tremblait un peu, Estelle rendit le verre à Elder.

– Quand j'ai finalement trouvé le courage de lui dire que je le quittais, reprit-elle, il a refusé tout net. Comme si toute discussion était inutile. Je vais changer, m'a-t-il promis. Je ne le ferai plus, tu verras. Et pendant longtemps, des mois, presque une année, c'est ce qu'il a fait. Tout est redevenu comme avant, quand on a commencé à sortir ensemble. Et puis, tout à coup, sans raison, cela s'est produit de nouveau, il m'a frappée, si fort que j'ai dû aller à l'hôpital, en pleine nuit, aux urgences, et je lui ai dit : « Ça suffit, cette fois je te quitte, une bonne fois pour toutes », et il m'a dit, il m'a dit : « Si tu fais ça, je te tue. »

Une horloge sonna quelque part, une horloge qu'Elder n'avait pas remarquée auparavant.

Tendant les bras, Karen prit l'une des mains d'Estelle entre les siennes.

– Vous l'avez cru, dit-elle.

– Oui, bien sûr.

– Qu'avez-vous fait ?

– Je suis allée en parler à mon père, cette fois. Je n'avais pas osé le faire avant. Et il a été merveilleux. Il est venu à un moment où Steven n'était pas là, et il m'a aidée à faire mes valises, puis il m'a accompagnée au commissariat de police. Ils m'ont demandé si je voulais déposer une plainte en bonne et due forme, si je voulais solliciter une ordonnance restrictive contre lui, et j'ai essayé de dire non, faites-lui seulement comprendre qu'il doit me laisser tranquille, mais mon père a insisté : « Il faut que tu portes plainte », et c'est ce que j'ai fini par faire.

– Mais, en réalité, l'affaire n'est jamais allée aussi loin ?

– Non.

– Elle n'a jamais été jugée par un tribunal.

– Non, je... J'ai changé d'avis. À l'idée que j'allais me retrouver debout devant un magistrat, en public, et que j'allais devoir parler de... J'ai renoncé à aller jusqu'au bout. Et puis, à ce moment-là, je me disais que Steven avait dû se calmer, trouver quelqu'un d'autre.

Estelle eut un rire nerveux, comme si un détail lui avait soudain paru amusant.

– J'ai vécu chez mes parents pendant six mois environ avant de trouver un appartement, et c'est peu après que je me sois installée chez moi qu'il a commencé à réapparaître. Une fois ou deux seulement, pour commencer. Je l'apercevais, par exemple, au supermarché, ou sur le trottoir d'en face, et puis cela a été de plus en plus fréquent. Il m'attendait à la sortie de mon travail, il me proposait de me ramener en voiture, ce genre de chose, et je lui ai dit qu'il fallait que ça cesse, que je ne voulais plus le revoir. Et puis, un soir, je suis rentrée chez moi et il était là, dans mon appartement, il avait réussi à entrer, je ne sais comment...

S'écartant de Karen, elle pressa ses deux mains très fort sur son visage.

– Je suis retournée à la police, et ils m'ont expliqué que si je voulais qu'il se passe quelque chose, j'allais devoir recommencer toute la procédure, et cette fois, je dis que j'allais le faire. J'en avais assez. J'avais les nerfs à vif. Et puis, je ne sais pas si Steven l'a appris, que j'étais retournée voir la police, je veux dire, mais il a cessé complètement. De me suivre, je veux dire. De passer me voir. Plus jamais après ça. Pas une seule fois. (Estelle baissa les yeux.) J'ai supposé qu'il avait rencontré quelqu'un d'autre.

– Je suis désolé, fit Karen, de vous obliger à revivre tout ça.

– Ce n'est pas grave, dit Estelle. (Puis :) Steven, est-ce qu'il a... Est-ce qu'il a fait quelque chose ?

– Nous ne savons pas encore, répondit Karen.

– Mais c'est bien ça, n'est-ce pas ? Il a fait la même chose à quelqu'un d'autre.

– Franchement, nous n'en savons rien.

Estelle dirigea son regard vers la fenêtre ; bientôt, il ferait noir, dehors.

– Les enfants vont bientôt rentrer.

Karen se leva, imitée par Elder.

– Je suis désolée de vous avoir fait exhumer tous ces souvenirs, dit Karen sur le pas de la porte. Vraiment navrée.

Estelle sourit du mieux qu'elle put.

– J'espère que cela aura servi à quelque chose.

– Je n'en doute pas une seconde. Encore merci.

Estelle resta sur le seuil, à les regarder partir. Bientôt, Jake et Amber seraient là, ils feraient la course pour atteindre la porte en premier. Des biscuits et une boisson chaude pour combattre le froid. Qu'est-ce que vous avez fait, à l'école, aujourd'hui ? Et puis, sans doute, une vidéo avant le dîner.

Karen, ses clés à la main, s'arrêta près de sa voiture. Son visage avait perdu son rayonnement.

– J'ai besoin de boire un verre, et je n'ai pas envie de me retrouver seule dans un pub. On pourrait peut-être s'arrêter quelque part pour acheter une bouteille de scotch.

– Vous aimez le whiskey irlandais ? demanda Elder. J'en ai à l'appartement.

– D'accord, je vous suis.

Ils prirent Whetstone High Road en direction de North Finchley, le flot des voitures se figeant autour d'eux. Elder se demanda pourquoi l'histoire d'Estelle avait affecté Karen autant qu'elle semblait l'avoir fait.

25

– Bon sang ! fit Karen. Il n'y a pas de chauffage, chez vous ?

Elder sourit.

– Si, par le sol. Ça se met en route automatiquement, pour autant que je sache.

– Pas de thermostat ? De réglage manuel ?

– Dans la chambre, il y a quelque chose qui ressemble à un thermostat. Il n'a pas l'air de fonctionner.

Karen le regarda, haussant un sourcil.

– Et dans le salon ? Il fait plus chaud ?

– C'est possible, mais j'en doute. Il me semble que c'est ici que je suis la plupart du temps.

La cuisine contenait une table et deux chaises et pas grand-chose d'autre. Karen alla jeter un coup d'œil au salon pendant qu'Elder rinçait deux verres et les essuyait. Portant toujours son manteau, Karen revint et regarda vaguement le contenu des étagères.

– C'est comme ça que ça marche, alors ? Ils vous installent dans l'un de ces appartements, gratuitement ?

Elder hocha la tête.

– Et en plus, ils vous versent un salaire ?

– Un genre d'indemnité journalière.

– Et les heures supplémentaires ?

– On n'en a pas parlé.

– Je devrais peut-être demander tout de suite mon départ en retraite.

– Quoi ? Avant d'avoir été nommée commissaire ?

– Ouais. Quand les poules auront des dents.

Elder tenait la bouteille de Jameson's au-dessus du verre de Karen.

– Vous m'arrêterez.
– Je vous laisse juger vous-même.
Il versa une bonne dose pour chacun, réfléchit, puis rajouta une rasade.
– À la vôtre.
Ils trinquèrent, puis s'écartèrent.
– Vous voulez vous asseoir ?
– Pourquoi pas ?
Les chaises, moulées dans une sorte de plastique, étaient à peine moins inconfortables qu'il n'y paraissait.
– Ça vous a vraiment secouée, n'est-ce pas ? fit Elder. Ce qu'on a entendu cet après-midi.
Karen haussa les épaules.
– C'est le genre de chose qu'on entend tout le temps.
Elder pensa qu'elle lui cachait quelque chose, mais il n'insista pas.
– Comment se fait-il que vous buviez ça ? demanda Karen. Et pas du scotch ?
– Question d'habitude, je suppose.
Karen en but une nouvelle gorgée.
– Si vous deviez le boire les yeux fermés, vous croyez que vous sentiriez la différence ?
– J'en doute.
– Kennet, dit-elle quelques instants plus tard. Qu'est-ce que vous pensez de lui ? Vous croyez que c'est lui, notre coupable ?
Elder fit la grimace.
– On n'a aucune empreinte génétique, aucun élément qui nous permette de dire qu'il était sur les lieux.
Karen hocha la tête.
– Sans compter ce petit détail : il était encore en Espagne quand Maddy a été tuée.
– Vous m'avez dit que cela avait été vérifié ?
– Nous avons vu un tirage d'imprimante fourni par la compagnie aérienne – je crois qu'ils appellent ça la billetterie électronique ? Cela dit, est-ce qu'on a épluché les listes des passagers et ainsi de suite ? Non, je ne le crois pas. (Karen soupira, secoua la tête, et but encore un peu de whiskey.) On a été nuls, non ?
– Rien ne le prouve.
– Non..., fit-elle, riant malgré elle. Pas encore. Mais les probabilités sont assez élevées.

– Comme je le disais, rien ne nous permet de penser que Kennet soit impliqué le moins du monde dans l'assassinat.

– Ce que nous savons, c'est ce qu'il fait quand une femme essaie de le plaquer.

– Ce n'était pas la même chose ; Estelle et lui vivaient ensemble.

– *Je te tuerai*, voilà ce qu'il lui a dit.

– Dans des situations pareilles, quand la tension monte, les gens disent ça tout le temps. Ça ne veut pas dire qu'ils vont passer à l'acte.

Karen regarda Elder.

– Ça vous est déjà arrivé ?

– De dire : *Je te tuerai* ?

– Oui ; à quelqu'un à qui vous étiez sentimentalement attaché.

– Non. Non, franchement, je ne crois pas l'avoir jamais dit.

Mais il l'avait pensé, plus d'une fois. Joanne. Martyn Miles. Quand il avait appris la vérité sur leurs relations.

– Kennet ne s'est pas contenté de le dire, fit Karen. Il l'a frappée. Il l'a envoyée à l'hôpital.

– Ça ne veut pas dire qu'il ait tué Maddy.

– Vous abandonnez déjà cette hypothèse ?

– Non. Pas du tout. Il me semble simplement que nous ne devrions pas...

– Quoi ? Nous emballer trop vite ?

– C'est ça.

– C'est une possibilité qui nous arrangerait bien, pourtant. (Karen vida son verre et le fit glisser sur la table vers Elder.) Les œillères, c'est bien le danger contre lequel on nous met en garde, n'est-ce pas ? Quand on mène une enquête. Bon sang, combien de conférences j'ai dû subir sur le sujet.

– Ce n'est pas facile, dit Elder. Quand tous les indices vous emmènent dans la même direction, vous vous laissez entraîner.

– Frank ! fit Karen, l'index braqué vers lui. Ne prenez surtout pas cet air condescendant avec moi !

– Je regrette que vous le ressentiez ainsi, ce n'était pas du tout mon intention.

Karen soutint son regard.

– Une fois, reprit Elder, je me suis accroché à la même idée pendant douze ans. Une affaire sur laquelle j'avais travaillé. Une fille de seize ans qui avait disparu. J'étais tellement certain de savoir qui l'avait assassinée que j'ai failli faire tuer ma propre fille par-dessus le marché. Et je me trompais. Je n'aurais pas pu me tromper davantage.

Karen ne réagit pas tout de suite.

– Et le coupable, l'assassin de cette fille, vous l'avez finalement découvert ?

– Elle n'avait pas été assassinée. Elle était toujours vivante. À l'autre bout du monde.

– Et votre fille, comment va-t-elle, aujourd'hui ?

Au lieu de répondre, Elder fit glisser la bouteille vers Karen.

– Vous avez des enfants ?

Elle secoua la tête.

– Avant la naissance de Katherine, quand Joanne était enceinte, les gens nous taquinaient, vous savez, en plaisantant à moitié, sur les nuits sans sommeil, notre vie qui ne nous appartiendrait plus jamais. Ce qu'ils ne vous disent pas, c'est qu'à la minute où ils font leurs premiers pas sans vous, les mômes, vous commencez à redouter tout ce qui pourrait leur arriver. Je ne parle pas des pédophiles, de ce genre de problème, mais des simples dangers de la vie courante, comme de descendre du trottoir au mauvais moment, de tomber du haut du toboggan et de s'ouvrir le crâne. Et alors, vous vous mettez à avoir des craintes pour vous-même aussi. Vous vous souvenez que vous êtes mortel. Vous pensez à la mort. À des questions qui vous avaient à peine effleuré avant. Par exemple, qu'arrivera-t-il si vous grimpez une côte au pas de course, avec la gamine dans sa poussette, rien que vous deux dans le parc, et que, soudain, vous avez une crise cardiaque et qu'elle se retrouve toute seule ?

Karen remplit le verre d'Elder, puis le sien.

Elle avait fait semblant de ne pas remarquer les larmes qui lui étaient brièvement montées aux yeux.

– Mais elle va bien, malgré tout ? Votre fille ? Katherine, c'est bien le nom que vous avez dit ?

– Katherine, oui.

– Et elle va bien ?

– Ça dépend.

– Une expérience pareille, il ne peut être facile de s'en remettre. Ni pour elle, ni pour vous.

– Je ne sais pas comment lui parler. Plus maintenant. Je n'ai peut-être jamais su. Non. Non, ce n'est pas vrai. Je crois qu'on s'entendait bien, avant. Même après que Joanne et moi nous fûmes séparés. Nous pouvions encore nous parler, à ce moment-là. Mais aujourd'hui, je ne sais plus quoi lui dire, je ne sais même plus comment me comporter avec elle. Et en ce qui la concerne, moins elle a affaire à moi, mieux cela vaut.

Karen sourit avec les yeux.

– Vous savez quoi, Frank ?

– Non ?

– Vous vous apitoyez sur votre propre sort.

– Sans doute.

– Davantage que sur le sien.

– C'est faux !

– C'est l'impression que vous donnez.

– Dommage.

En colère, il repoussa sa chaise et se dirigea vers la fenêtre.

Karen, la tête basse, resta assise un instant, puis elle se leva pour aller le rejoindre.

– Je n'avais pas l'intention de vous blesser.

– Vous ne m'avez pas blessé.

Elder sentit sur son visage la chaleur du souffle de Karen.

– Je crois que je suis un peu ivre, Frank.

– C'est probable.

– Et vous ?

– Moi ? Je me sens bien.

– Tout à l'heure, quand vous m'avez posé des questions sur cet après-midi. Pour savoir ce qui m'avait secouée à ce point...

– Vous n'êtes pas obligée de me le dire, vous savez.

– Non, ça ne me pose pas de problème. (Elle prit une nouvelle gorgée de whiskey.) Quand j'étais plus jeune, alors que je n'avais pas quitté le lycée depuis bien longtemps, et que je suivais des cours à mi-temps à la fac, j'ai commencé à sortir avec un type. Plus âgé que moi. Nettement plus. Il était musicien. Enfin, même pas, en fait. C'était plutôt un parasite, vous voyez. Il ne jouait pratiquement jamais. Il faisait un peu le DJ, rien d'extraordinaire. Mais moi, je n'étais qu'une gamine. Qu'est-ce que j'y connaissais ? Et mes copines, bon, ça se comprend, elles voulaient toutes me protéger, elles me mettaient en garde contre lui. *Fais attention, il drague tout ce qu'il trouve*. Bon, c'était évident, mais ça ne m'a pas empêchée de continuer à le voir. Je passais chez lui, je restais pour la nuit, le week-end entier. Mes parents... j'habitais encore chez eux, vous comprenez, ils piquaient des crises, mais ça m'était égal. Ne vous mêlez pas de mes affaires, laissez-moi vivre ma vie, et toutes ces âneries... Bien sûr, ils avaient raison. Un soir, je suis arrivée en retard, dans un club où j'étais censée le retrouver. Bon, d'accord, il m'attendait depuis cinquante minutes, presque une heure. Il m'a giflée en plein sur la bouche, devant tout le monde. Tellement fort que ma lèvre a saigné. Le lendemain, il est venu me voir, se confondant en excuses, il m'a offert un bracelet, un bijou de luxe, vous savez, vraiment pas de la pacotille. Il m'a dit qu'on devrait vivre ensemble, se fiancer.

Un pâle sourire passa sur le visage de Karen.

– Il s'est passé un mois entier avant qu'il ne me frappe de nouveau. Dans une soirée, cette fois. Devant tous les gens que nous connaissions. Comme s'il avait besoin de montrer qu'il pouvait se le permettre.

– Vous avez cessé de le voir, dit Elder. Après ça.

– Pas suffisamment tôt.

– Je suis désolé pour vous.

Karen secoua la tête.

– Cette pauvre femme, dit-elle. Dans cette satanée baraque trop grande.

– Elle s'en est tirée, fit Elder. Elle a commencé une nouvelle vie.

– Vraiment ?

– Certaines personnes le font, dit Elder.

En prononçant ces mots, il souhaitait de tout cœur que ce soit vrai pour Katherine.

– Je ferais mieux d'appeler un taxi, dit Karen. Je reviendrai chercher ma voiture demain.

– Je pourrais vous la ramener.

– D'accord.

Aucun des deux ne bougea.

Le bras d'Elder ne touchait pas vraiment celui de Karen. Puis le contact se fit.

Se penchant en avant, elle l'embrassa doucement sur les lèvres, puis elle reprit ses distances.

– Il ne va rien se passer de plus, Frank, je regrette.

Il laissa son souffle s'exhaler lentement.

– D'accord.

Pêchant son portable au fond de son sac, elle composa un numéro, parla, écouta, et coupa la communication.

– Vingt minutes.

– Je vais faire du café.

– Bonne idée.

Les vingt minutes n'en durèrent que quinze.

– Kennet, dit Karen sur le pas de la porte. Demain, nous irons voir sa petite amie. Celle avec qui il est allé en Espagne.

Pendant un bon moment après son départ, Elder put encore sentir son parfum dans la pièce, se rappeler la chaleur de son bras, la pression de ses lèvres. à peine entrouvertes. C'était stupide de se verser un dernier petit verre avant d'aller se coucher, mais qui le saurait ?

26

Vanessa avait pensé à Maddy. Oh, pas constamment, loin de là : elle avait trop de travail pour ça. Une bande de gamins de douze, treize ans, qui s'ennuyaient ferme pendant les vacances scolaires, s'étaient amusés à lancer des pierres sur les trains passant en contrebas depuis la passerelle pour piétons reliant Churchill Road à Ingestre Road. À leur dernière tentative, ils avaient fait exploser le pare-brise de la motrice, blessant gravement le conducteur : on avait dû retirer vingt-sept éclats de verre de son visage et de son cou. Et puis il y avait eu les deux ados de quinze ans qui, à trois reprises pendant la même semaine, avaient dérobé au marchand de journaux du quartier le contenu de sa caisse enregistreuse, prenant la fuite d'abord sur des vélos volés, les deux autres fois en planche à roulettes. Sans parler de la pléthore de cambriolages qui nécessitaient des vérifications et des archivages de dépositions, les numéros de dossiers à assigner, les victimes inquiètes ou furieuses à rassurer, toute la machinerie fastidieuse et en grande partie inutile qu'il fallait mettre en branle plus ou moins laborieusement.

Cependant, au milieu de toute cette activité, il y avait des moments, imprévus, où Vanessa se rappelait le rire de Maddy, le sourire de Maddy, les peurs de Maddy. *Ce n'est pas drôle, il ne s'agit pas d'une plaisanterie stupide.* Non, la façon dont cela s'était terminé n'avait rien d'une plaisanterie, absolument pas. Une statistique, une tragédie, une manchette de journal tant que cette histoire resterait d'actualité ; l'objet d'une enquête qui ne menait nulle part, une absence, un voile de fumée gris bleu s'élevant dans le ciel d'hiver.

Même à cette heure de la soirée, trop tard pour les derniers traînards rentrant du travail, trop tôt pour les braillards et les buveurs entre deux vins revenant du pub ou partant passer la nuit dans un club, Vanessa dut se frayer un chemin dans la foule pour atteindre les portes du métro quand la rame entra dans la station d'Archway. Un coude dans son dos. Un visage plus loin sur le quai qu'elle reconnut à moitié. Personne.

En sortant de la station, mal à l'aise parce qu'elle était consciente des effluves de sa propre transpiration, elle traversa le troupeau habituel de mendiants et de vendeurs de journaux au profit des SDF qui colonisaient le trottoir, et se joignit au petit groupe de piétons attendant que le feu passe au rouge. Parfois, elle jouait avec sa vie et traversait au vert, les véhicules fonçant sur elle depuis plusieurs directions, mais ce soir, après un service alterné, deux heures supplémentaires non payées pour absorber le retard pris par les paperasses à remplir, l'énergie nécessaire lui manquait.

Quand elle fut de l'autre côté de la rue, un homme sortit du pub, juste devant elle. Vanessa sursauta, surprise ; puis, la porte entrouverte laissant filtrer des voix, de la musique, elle eut envie de boire un verre, rapidement, avant de rentrer. Un rhum-Coca, peut-être. Mais le moment passa et elle poursuivit sa route, traversant une nouvelle rue, un peu plus bas. À peu de chose près, le même itinéraire, le même chemin que celui qu'avait dû suivre Maddy il n'y avait pas si longtemps.

Inexorablement, un frisson glacé remontait le long de ses bras.

Tu n'es pas en train de me faire une crise, au moins ? De flipper pour rien ?

Tournant après les bornes placées au bout de sa propre rue, s'éloignant du bruit et de la circulation, elle s'esclaffa. Pauvre idiote ! Triste conne ! Bon sang, reprends-toi !

Des lumières brillaient derrière bon nombre de fenêtres, les stores des étages supérieurs n'étant pas baissés. Les sons mêlés de plusieurs téléviseurs et autres chaînes stéréo, indistincts, avaient quelque chose de rassurant. Une douzaine de maisons avant la sienne, Vanessa commença à fouiller son sac à l'aveuglette pour trouver ses clés. Alors qu'elle s'était arrêtée pour les séparer de la reliure en spirale de son calepin et du chargeur de son portable, quelque chose lui fit jeter un regard au trottoir d'en face.

Un peu plus loin dans la rue, quelqu'un se tenait dans la semi-pénombre. Une silhouette, et pas grand-chose de plus. Grande et large d'épaules devant la haie en surplomb. Une forme. Un homme. Bien qu'elle ne pût distinguer son visage, elle savait qu'il braquait son regard sur elle. Qu'il l'observait.

La peur figea Vanessa, paralysant ses jambes, ses cordes vocales. Puis, réagissant, elle franchit en courant presque la courte distance la séparant de sa porte. La clé dans la serrure, elle tourna vivement la tête, et il n'y avait plus rien à voir.

Une chaussée vide, une rue vide.

Noir sur noir.

Dès qu'elle eut franchi le seuil, Vanessa claqua la porte derrière elle et s'adossa contre le panneau, reprenant son souffle et ses esprits, doucement, doucement, doucement, avant de monter l'escalier jusqu'à son appartement, au deuxième étage.

Sans allumer la lumière, elle traversa la pièce pour s'approcher de la fenêtre et regarder dehors. Un couple passait dans la rue, à présent, se tenant par les épaules, leurs têtes se touchant presque. Plus loin, un homme, de taille moyenne, pas celui qu'elle avait vu, regardait son chien déféquer dans le caniveau. La respiration de Vanessa avait presque retrouvé son rythme normal, son cœur aussi. Déjà, elle pensait à ce qu'elle aurait dû faire, à la façon dont elle aurait dû lui tenir tête, le défier. Elle était agent de police, bon sang ! Mais les policiers, elle ne le savait que trop, pouvaient aussi être des victimes.

Il se passa un certain temps avant qu'elle ne quitte la fenêtre, ferme les rideaux, allume la lumière. Qu'avait-elle conseillé à Maddy ? Dépose une main courante, qu'est-ce qui t'en empêche ? Tu devrais le faire.

Dans le frigo, il y avait une bouteille de vin blanc à moitié vide.

À moitié vide ou à moitié pleine ?

Demain, elle irait signaler l'incident au commissariat du quartier, même si elle imaginait déjà l'ennui profond qui se lirait sur les traits du collègue à qui elle s'adresserait, même si elle entendait déjà ses questions. *Cet homme, qu'a-t-il fait, exactement ?* Elle devrait peut-être même téléphoner à Frank Elder, lui confier ses craintes ? Ou bien à Karen Shields ?

Elle voyait très bien l'expression qu'afficherait le visage de Karen, compatissante, mais pragmatique : après ce qui est arrivé à Maddy, il est inévitable que vous soyez un peu nerveuse pendant un certain temps. Inquiète. Votre imagination tournant en surrégime. Le contraire ne serait pas normal.

Le vin lui parut aigre, sans caractère, et elle vida le fond de bouteille dans l'évier. Quand elle fut couchée, elle posa sa petite lampe de chevet sur le plancher pour en atténuer l'éclat, mais elle la laissa allumée toute la nuit.

27

Mercredi matin. Une belle averse. Elder était venu de bonne heure à Hendon, dans la voiture de Karen, l'avait laissée garée, et passait le temps à la cantine. Dans la file d'attente, le plateau à la main, il avait senti son estomac se rebeller devant l'aspect et l'odeur des saucisses et du bacon, et il avait choisi deux tranches de pain grillé. Il y avait un exemplaire du *Mirror* qui traînait sur la table, et il le feuilleta, sans vraiment lui prêter attention. Au bout d'un moment, il vit entrer Mike Ramsden, et il leva la main pour le saluer.

Ramsden le rejoignit, portant une assiette de petit déjeuner à deux doigts de déborder.

– Le meilleur repas de la journée.

– Votre patronne est déjà là ?

– Elle vient d'arriver. (Ramsden sourit.) On dirait un ours qui a la migraine, ce matin. Je ne sais pas ce qu'elle a fabriqué hier soir, mais ça a laissé des traces, je peux vous le dire.

– On se verra tout à l'heure, fit Elder.

Ramsden marmonna quelque chose, la bouche remplie d'œuf et de haricots.

Karen était assise à son bureau, une brique de jus d'orange à portée de main. Elder lui dit bonjour et lui rendit ses clés de voiture.

– Pourquoi avez-vous l'air aussi content de vous ? demanda-t-elle.

– Je ne me doutais pas que j'avais l'air content de moi.

– La petite amie, dit Karen, elle s'appelle McLaughlin. Jennifer McLaughlin. Vingt-sept ans. Elle travaille dans une pharmacie, à Muswell Hill Broadway. Mais pas tous les jours.

– Et aujourd'hui ?

– C'est ce que j'attends de savoir.

Quinze minutes plus tard, ils étaient en route.

Jennifer McLaughlin avait beaucoup d'allure dans son uniforme blanc, boutonné et serré par une ceinture, ses cheveux tirant sur le roux maintenus en arrière par une barrette, des taches de rousseur sur le visage. Si Kennet avait un type de femme préféré, il n'était pas facile de deviner lequel.

Karen lui montra sa carte de police aussi discrètement que possible.

Le gérant accepta de les laisser utiliser son bureau.

– C'est à quel sujet ? demanda Jennifer McLaughlin.

Mais la façon dont elle parvint, même dans cet espace restreint, à ne regarder ni Karen ni Elder en face laissait à penser qu'elle le savait déjà.

– En novembre dernier, dit Karen, vous êtes allée en Espagne.

– À Malaga, oui. Pour les congés d'automne.

– Avec Steve. Steve Kennet.

– Oui, pourquoi ? Qu'est-ce qui se passe ?

– Quand êtes-vous revenus ?

– Le vingt-huit. C'était à la fin de la semaine.

– Jennifer...

– Quoi ?

– Ce pourrait être très important.

Elle fit glisser ses deux mains le long de son cou, le bout de ses doigts touchant la racine de ses cheveux.

– On s'est disputés. Une prise de bec idiote, en fait. À propos de rien. Où est-ce qu'on allait manger, dans quel café. Steve, il s'est mis en colère. Une colère noire, vous savez ?

– Il vous a frappée ?

Jennifer McLaughlin regarda le plancher, l'air coupable ; comme si elle avait une bonne raison de se culpabiliser.

– Je lui ai dit que je ne voulais plus rester, que j'en avais assez. Lui, il pouvait rester s'il voulait, mais moi, je rentrais. Il m'a répondu que si je m'en allais, on partait tous les deux. J'ai appelé la compagnie aérienne pour changer de vol. Ça nous a coûté une fortune. Pendant tout le voyage de retour, on ne s'est pas dit un mot, on n'était pas assis dans la même rangée. Dès qu'on est revenus à Stansted, ça a été terminé.

– Vous ne l'avez pas revu ?

– Non.

– Quel jour êtes-vous revenus, Jennifer ?

– Le mardi. Mardi matin. Le vingt-cinq.

– Très bien. Merci.

Karen faisait de son mieux pour que sa voix ne trahisse pas son excitation.

– Steve, dit Jennifer McLaughlin, il n'a rien fait, n'est-ce pas ?

– Pas nécessairement. (Karen ouvrit la porte du bureau.) Nous vous remercions de votre patience.

Dans la rue, la pluie venait de s'arrêtait, laissant les pavés sombres et glissants.

– Il n'a pas perdu de temps, hein ? fit Karen. Il revient en avion le vingt-cinq, et un jour plus tard, Maddy Birch est morte.

– Nous n'avons toujours pas de preuve.

– Nous avons assez d'éléments pour lui faire subir un interrogatoire.

Elder hocha la tête.

Avec un large sourire, Karen sélectionna le numéro de Mike Ramsden sur son portable.

– C'est bon, Mike. Allez nous le chercher.

Kennet en avait terminé à Dartmouth Park ; il était parti sur un autre chantier. Une aile de l'hôpital Whittington était peu à peu transformée en appartements de prestige avec vue sur Londres, le parc de Waterlow devant leur porte, à dix minutes à pied de Highgate Village, cinq de plus pour se rendre à Hampstead Heath.

Kennet était assis sur une plate-forme de l'échafaudage, aux deux tiers de la hauteur. C'était l'heure de la pause ; une cigarette et un peu de thé de la thermos. Près de lui, un de ses collègues était allongé, un journal sur la tête.

Dans des situations pareilles, certaines personnes, même si elles n'avaient rien à se reprocher, cédaient à la panique, tentaient de s'enfuir, mais Kennet, se dit Ramsden, où aurait-il pu aller ? De plus, il les avait vus venir, sans aucun doute, et pourtant il n'avait pas bronché.

– Steve ? lança Ramsden, sur un ton délibérément amical. On pourrait vous dire un mot ?

Kennet secoua le gobelet pour en chasser les dernières gouttes, le revissa sur la thermos, rangea celle-ci dans son sac à dos, dit quelque chose à son collègue, qui s'était redressé, à présent, se demandant ce qui se passait, puis il commença à redescendre.

– Inspecteur Ramsden. Voici l'inspecteur adjoint Furness.
– Oui, je me souviens.
– Elle ne marche pas si mal que ça, alors.
– Quoi ?
– Votre mémoire.
– Excusez-moi, il va falloir m'expliquer.
– Au poste.
– Quoi ? Non, allez...
– Si. C'est vous qui allez... au poste.

Les muscles de Kennet se raidirent et il plissa les paupières, juste un petit peu. À tout hasard, Ramsden se prépara à intervenir, mais Kennet se détendit. Il désigna d'un signe de tête l'endroit où il travaillait.

– Donnez-moi cinq minutes.

– Allez-y, fit Ramsden qui ajouta à l'intention de Furness : Accompagnez-le.

Ramsden alluma une cigarette et, décontracté, fit les cent pas en attendant. Il avait envie de croire qu'ils tenaient leur bonhomme, mais refusait de crier victoire trop vite, préférant s'en tenir au vieil adage concernant l'opéra : ce n'est pas terminé tant que la grosse dame n'a pas chanté.

Ils le laissèrent mariner pendant presque une heure, pour mettre sa patience à l'épreuve, sous la surveillance d'un jeune agent en tenue aussi impénétrable qu'une sentinelle en faction pendant la revue de la Garde à cheval. Quand Karen Shields entra, suivie de près par Ramsden et Elder, l'agent quitta la pièce.

– Vous savez que vous pouvez, si vous le désirez, demander la présence d'un avocat ? dit Karen en s'asseyant.

Kennet sourit.

– Pas la peine.

– Et vous avez bien compris que vous pouviez partir quand vous voulez ?

Kennet fit mine de se lever, puis se rassit.

– Vous ne voyez pas d'inconvénient à ce que j'enregistre cet interrogatoire ?

– Mais faites donc.

Il se carra contre le dossier de sa chaise, savourant la situation.

On va bien voir, pensa Karen.

– J'aimerais vous poser quelques questions sur vos dernières vacances en Espagne.

– Bouffe impeccable, temps superbe, hôtel craignos.

– Vous avez déclaré précédemment que Mlle McLaughlin et vous étiez revenus en Angleterre le vendredi vingt-huit.

– Exact.

– D'après Mlle McLaughlin, vous êtes rentrés plus tôt que prévu, le vingt-cinq.

Kennet tambourina sur le dessus de la table avec ses doigts. Des doigts larges, aux ongles coupés court. Karen se souvint du premier mari de Maddy. Des doigts de travailleur manuel.

– Monsieur Kennet, est-ce la vérité ?

Un léger haussement d'épaules.

– Si elle le dit.

– Et vous, qu'est-ce que vous dites ?

– Oui, c'est bien ça. Oui. Le vingt-cinq.

– En ce cas, pourquoi, lorsqu'on vous a posé la question pour la première fois, avez-vous déclaré que c'était le vingt-huit ?

Kennet leva les bras au ciel, basculant sa chaise en arrière.

– Mais enfin, vous êtes bouchée, ou quoi ? Réfléchissez une minute.

Karen se pencha vers lui, de façon presque imperceptible.

– Expliquez-moi ça.

– C'est pourtant évident, non ? Elle a été tuée le mercredi, n'est-ce pas ? Maddy. Et vous, j'étais sûr que vous alliez faire le tour de tous les types avec qui elle était sortie. Ses amis. Tous les gens qu'elle connaissait. Pour leur poser des questions, fouiller dans leurs vies. C'était plus facile pour moi de rester en dehors du coup, non ? Ça ne faisait de mal à personne, de toute façon.

– À moins que vous n'ayez quelque chose à cacher.

– Qui n'a rien à cacher ?

– Où étiez-vous dans la soirée du mercredi vingt-six ?

– Vous voyez ? Qu'est-ce que je vous disais ? Vous commencez déjà.

– Où étiez-vous ?

– Je suis allé voir un film. *Le Médaillon*. Jackie Chan. À l'Odeon de Holloway Road. Complètement nul. Je ne vais pas souvent voir ce genre de truc, mais parfois, c'est de ça qu'on a envie, pas vrai ? Un film nul. Ça repose le cerveau. Maintenant, est-ce que je peux le prouver ? Non. Qui garde ses billets de cinéma ? Personne. Après, je suis allé au pub du bout de la rue, celui qui est un peu en retrait, après le feu rouge en direction d'Archway. Je ne sais même pas comment il s'appelle. J'ai bu deux bières, et je suis rentré chez moi.

– Et ensuite ?

– Ensuite, rien. Debout à six heures le lendemain matin. Pour aller au boulot, comme tous les jours.

– Vous n'êtes pas ressorti ?

– Non.

– Vous en êtes sûr ?

– Évidemment, que j'en suis sûr.

– De la même façon que vous étiez sûr d'être revenu d'Espagne le vingt-huit ?

– Ça, je vous l'ai expliqué.

– Dans ce pub où vous dites être allé, vous avez parlé à quelqu'un ?

– Au type derrière le bar.

– Vous pensez qu'il se souviendrait de vous ?

– Ça m'étonnerait.

– Pas de témoins pour confirmer que vous avez fait ce que vous prétendez avoir fait, que vous étiez où vous prétendez être allé ?

– C'est exact.

– Comme alibi, ça ne tient pas debout une seconde, vous vous en rendez bien compte ?

Kennet sourit.

– Maintenant, vous savez pourquoi j'ai menti.

– Alors, qu'est-ce que vous en pensez ? demanda Karen.

Ils étaient tous les trois dans son bureau, Elder, Ramsden et elle. Fin d'après-midi, début de soirée. Furness surveillait Kennet dans la salle d'interrogatoire.

– Je me retiens de lui donner des claques, dit Ramsden.

– Frank ?

– Est-ce qu'il serait aussi sûr de lui s'il était coupable ? Je n'en sais rien.

– Vous n'avez pas l'impression qu'il nous cache quelque chose ?

– Si, c'est probable.

– Alors ?

– Je ne sais pas si ce qu'il nous cache, c'est ce que nous espérons trouver.

– Laissez-moi une demi-heure seul avec lui, dit Ramsden, et j'en aurai le cœur net, je vous assure.

Karen ne put s'empêcher de rire.

– Mike, c'est tellement charmant, votre côté flic-de-la-vieille-école.

– Vieille école, mon cul ! fit Ramsden, avant d'ajouter, avec une déférence feinte : Patron.

– Bon, j'aimerais bien l'interroger de nouveau, lui poser des questions sur ses relations avec Maddy. Pour voir s'il n'y aurait pas un détail, dans tout ça, sur lequel on pourrait le coincer.

Elder était sur le point de dire quelque chose quand son portable se mit à sonner. Se détournant, il écouta brièvement son interlocuteur avant de dire : « Donne-moi cinq minutes. Je te rappelle. »

– Excusez-moi, dit-il à Karen, j'ai une affaire urgente à régler. Continuez sans moi.

Alors qu'il tournait les talons, elle se demanda ce qui avait pu provoquer chez lui, de façon aussi flagrante, ce regard inquiet.

28

Elder avait aussitôt reconnu la voix de Maureen Prior, dont le ton le préparait à une mauvaise nouvelle, mais pas à ce qu'elle avait à lui apprendre.

– C'est au sujet de Katherine.

L'espace d'un instant, Elder crut que son cœur avait cessé de battre.

– Elle vient d'être arrêtée.

De toutes ses craintes, ce n'était pas celle qui lui aurait paru la plus probable. Et ce n'était pas la pire non plus.

– O. K., Maureen..., dit-il, se plaçant tout contre le mur du parking. Donne-moi les détails.

– Elle a été arrêtée pour possession de substances illicites.

– Cannabis ? Ecstasy ? Elle était sortie en boîte et...

– Non, Frank.

– C'était quoi, alors ?

– De l'héroïne.

– Bon sang !

Il avait lâché ces deux mots, dans un chuintement, entre ses dents serrées. Fermant les yeux, il appuya son front contre l'angle du mur. Il entendait la respiration de Maureen à l'autre bout de la ligne.

– Quelle quantité ?

– Cinq grammes.

– Ils l'ont inculpée de possession de drogue à des fins de revente ?

– Pas encore.

– Pas encore ? Ça n'a pas de sens, soit ils l'ont fait, soit ils ne l'ont pas fait...

– Ce n'est pas si simple, Frank. Il y a une autre personne impliquée.

– Bon, j'arrive.

– Ce n'est pas moi qui suis chargée de l'affaire, Frank. Elle est retenue au commissariat de Canning Circus. Je peux te mettre en relation avec eux, si tu veux. Peut-être que si tu leur en touchais un mot...

– Non, je viens. (S'éloignant du mur, il regarda sa montre.) Je peux être sur place dans deux heures.

– Très bien. Tu m'appelleras ?

– Bien sûr. Si je ne peux pas ce soir, demain matin à la première heure.

– Bien. Et, Frank...

– Oui ?

– Si tu viens en voiture, sois prudent.

Elder émit un vague grognement et coupa la communication. Là où il se trouvait, au moins, il était à deux pas de l'autoroute M1, encore qu'à cette heure-ci le flot de la circulation devait grossir régulièrement.

Transpirant un peu, il appela Joanne.

– Tu es au courant ? demanda-t-il avant qu'elle pût parler.

– Bien sûr.

– Pourquoi ne m'as-tu pas appelé ?

– Frank...

– Mais pourquoi, bon Dieu, ne m'as-tu pas appelé ?

Il entendit tinter un verre.

– Je suis désolée, Frank, je...

– Quoi ? Tu ne pensais pas que je finirais par l'apprendre ? Tu croyais peut-être que je préfèrerais ne pas le savoir ?

– Ce n'est pas ça, Frank, c'est...

– Comment va-t-elle ?

– Elle va bien. Je veux dire, je suppose qu'elle va bien. C'est difficile, Frank, tu ne...

– Je viens à Nottingham, je pars tout de suite. Je voulais simplement te prévenir.

– Ne viens pas, Frank.

– Qu'est-ce que tu voudrais que je fasse d'autre ?

– Elle refusera de te parler, tu sais.

Elder eut envie de balancer son portable à l'autre bout du parking. Au lieu de cela, il le rangea soigneusement dans sa poche, et se força à rester sur place quelques instants, parfaitement immobile, en contrôlant sa respiration, avant de sortir ses clés.

Les quatre-vingts premiers kilomètres d'autoroute furent d'une lenteur cauchemardesque. Ensuite, le flot s'éclaircit suffisamment pour qu'il puisse prendre un peu de vitesse, mais un autre bouchon l'attendait après Leicester Forest East. Finalement, empruntant la sortie Nottingham sud, il contourna le fleuve puis remonta Maid Marian Way jusqu'à Derby Road, puis il tourna à gauche de nouveau juste après Canning Circus pour entrer dans le parking du commissariat.

Une sorte d'esclandre battait son plein devant l'entrée : un agent aux abois, assiégé par un groupe de femmes en colère, faisait de son mieux pour calmer la situation. À l'intérieur, un homme au crâne dégarni, à la chemise tachée de sang, était debout dos au mur. Il appuyait une compresse sur son crâne ouvert par une entaille.

Elder s'identifia auprès de l'agent de service à l'accueil.

– Je crois que vous détenez ma fille, Katherine.

– Un moment, je vous prie, monsieur.

Elder croisa le regard du blessé.

– Qu'est-ce que vous regardez comme ça, bordel ! dit l'homme avec un fort accent écossais. Vous allez vous prendre ma main sur la gueule, ça va pas tarder !

Le brouhaha du trottoir s'estompa lorsque l'agent rentra dans le bâtiment.

– Kenny, on ne peut pas vous cacher là toute la soirée. Vous feriez mieux d'aller vous faire examiner aux Urgences.

– Sans escorte, pas question. C'est des enragées, ces bonnes femmes, là, dehors.

– Monsieur Elder ? (L'agent de l'accueil était de retour.) Si vous voulez bien me suivre... L'inspecteur aimerait vous dire un mot.

Elder n'avait revu Resnick qu'une seule fois au cours des quatre années précédentes, et brièvement. Sa réputation était celle d'un vieux schnock, mais bon flic malgré tout. Il n'y avait pas si longtemps, il avait surpris tout le monde en se mettant en ménage avec une jeune collègue, une inspectrice plus jeune que lui d'une bonne vingtaine d'années.

– Frank.

– Charlie.

La poignée de main de Resnick était franche et chaleureuse, son sourire prompt à apparaître et à disparaître ; quand il se rassit, son visage exprimait son inquiétude.

– Tu travailles tard, dit Elder.

– C'est une triste affaire, Frank. Ta fille. Je suis désolé. Surtout après ce qu'il lui est arrivé.

– Merci.

– Je ne savais pas comment te joindre directement. J'ai pensé que Maureen et toi aviez sans doute gardé le contact.

– Elle m'a appelé dès qu'elle a su la nouvelle.

Resnick hocha la tête, mal à l'aise avec cette situation que la brigade des stupéfiants lui avait laissé le soin d'assainir.

– Katherine, dit Elder, comment va-t-elle ?

– Bien. Bien, Frank, étant donné les circonstances.

– J'aimerais la voir.

Resnick gratta une petite tache, réelle ou imaginaire, sur le poignet de sa chemise.

– Chaque chose en son temps, Frank.

– Bon sang, Charlie ! Ce salopard de Keach l'a séquestrée pendant...

– Je sais, je sais.

– Et aujourd'hui, c'est vous qui...

– Frank, ce n'est pas si simple. Écoute-moi jusqu'au bout.

Elder se carra contre le dossier de son siège en laissant échapper un long soupir.

– Rien n'est jamais simple.

Resnick changea de position dans son fauteuil.

– La voiture dans laquelle Katherine circulait a été contrôlée sur Forest Road East. Il y avait eu un incident, dans Cranmer Street ; un coup de feu avait été tiré.

– Et ils pensaient que Katherine était impliquée ?

– Pas vraiment. Ils arrêtaient toutes les voitures, c'est tout. La routine. Ils n'auraient pas insisté si Katherine ne leur avait pas dit sa façon de penser.

– Elle avait bu ?

– Peut-être juste un peu.

– On ne lui a pas demandé de souffler dans le ballon ?

– Ce n'était pas elle qui conduisait.

Nous y voilà, pensa Elder.

– Les agents en tenue les ont fait sortir du véhicule, dit Resnick. Tous les deux. Vérification d'identité, le cirque habituel. Ils ont appelé pour nous transmettre tous les détails.

– Le conducteur, fit Elder, il était connu de vos services.

– Rob Summers. Deux arrestations précédentes. Rien de trop grave. Possession de cannabis. Trouble à l'ordre public. Une prise de bec à l'université, au cours d'une manif.

– Je l'ai rencontré. Brièvement. Je ne savais pas qu'il avait des antécédents.

– Les stups, ils ont l'œil sur lui depuis un bout de temps, maintenant. Ils le soupçonnent de faire circuler un peu de cannabis, de le revendre autour de lui, à des amis surtout. Rien qui mérite qu'on se coltine la corvée de l'amener ici.

– Et aujourd'hui ?

– On se demande, apparemment, s'il n'essaye pas de monter en grade. De boxer dans une autre catégorie.

– Ils aimeraient avoir une bonne raison de le serrer.

– Quelque chose de ce genre.

– Et c'est là que ma Katherine entre en scène.

– Quand les collègues ont fouillé le véhicule, ils ont trouvé un peu plus de cinq grammes d'héroïne dans un petit sac en cuir, dans la boîte à gants.

– Et vous affirmez que c'était à elle ?

– Son sac, Frank, avec ses affaires à l'intérieur.

– Elle gardait la drogue pour lui.

– Probablement.

– Il n'y a aucun espoir qu'il prenne ça sur lui ?

– À ton avis ?

– Et Katherine ?

– À part le fait que, oui, le sac est à elle et qu'elle n'a pas la moindre idée de la façon dont la drogue est arrivée à l'intérieur, elle n'a absolument rien dit.

– Et vous pensez qu'en la gardant une nuit en cellule, vous allez la faire réfléchir, changer d'avis, balancer ce Summers, son copain ?

– Ce n'est pas moi qui le pense.

– Qui, alors ?

– Bland. Inspecteur principal.

– Alors, il la connaît mal.

Resnick soutint le regard d'Elder.

– Et toi, Frank, tu crois la connaître ? Elle se balade en voiture, en plein jour, avec un type soupçonné de trafic de drogue, en possession d'une quantité non négligeable d'une substance classée comme stupéfiant.

Roulée en boule, les genoux sous le menton, Katherine était allongée sur le lit étroit, contre le mur de la cellule, le col roulé de son pull gris perle remonté sur son cou. Si elle avait porté une ceinture autour de son jean kaki, celle-ci lui avait été scrupuleusement confisquée. Elle était pieds nus.

– Kate ? (La voix d'Elder résonnait dans l'atmosphère fétide de la pièce sans aération.) Katherine...

Elder vit ses muscles tressaillir, et rien de plus. Un plateau-repas, intact, était posé sur le sol, près du lit.

– Parle-moi.

Un silence, ininterrompu, puis trois mots, étouffés par son bras, si bien qu'Elder dut tendre l'oreille.

– À quoi bon ?

– Je veux t'aider.

Elle éclata de rire, d'un rire rauque qui lui fit lever la tête et dégénéra en une quinte de toux. S'approchant de Katherine, Elder se jucha près du bout du lit. Quand sa jambe, par accident, toucha le pied de sa fille, celle-ci s'écarta de lui, vivement.

– Tu veux m'aider..., dit-elle sans le regarder, d'une voix sèche et frêle.

Combien de fois s'était-il assis sur son lit quand Katherine était enfant, qu'elle avait quatre ans, bientôt cinq ; il lui touchait la joue en prononçant son nom, et elle lui caressait lentement l'avant-bras, de ses doigts menus, lisses et chauds. Il sentit les larmes lui picoter les yeux.

– Bien sûr que je veux t'aider, dit-il.

Son rire, de nouveau, plus amer, cette fois.

– Tu veux dire, comme tu m'as aidée la première fois ?

Elder sursauta comme si elle l'avait frappé.

L'espace d'un instant, elle dut avoir tourné la tête, car il eut soudain conscience du regard de Katherine braqué sur lui, un regard neutre, épouvantablement neutre.

– Katherine..., commença-t-il.

Mais elle s'était déjà retournée vers le mur, la tête enfouie dans ses bras.

Elder resta où il était, sans bouger, à l'écouter respirer. Quand le responsable du bloc lui annonça la fin de la visite, Elder se pencha sur elle une fois de plus, se ravisa au moment de l'embrasser, se redressa et tourna les talons. Comme un poing qui se ferme, la porte se verrouilla derrière lui.

Elle est vivante, et toi tu es un superhéros, avec ta photo dans tous les journaux, sur tous les écrans dès qu'on allume cette foutue télé.

Les paroles mêmes de Joanne.

29

Ce fut Martyn Miles qui lui ouvrit la porte.

– Elle n'est pas bien, Frank. Elle est sur les nerfs, c'est le moins qu'on puisse dire.

Joanne était assise dans un angle du canapé, les jambes repliées sous elle, les traits tirés, un verre de vin à moitié vide entre les doigts. Une cigarette se consumait dans un cendrier posé sur le plancher.

– Tu as vu Katherine ? demanda-t-elle.

– Oui.

– Comment était-elle ?

– Paumée, à cran, vexée. Au choix.

– Quand je suis allée la voir, elle est restée face au mur. Elle n'a pas voulu me dire un seul mot.

– La drogue que la police prétend avoir trouvée dans son sac, dit Martyn. C'est quelqu'un d'autre qui l'y a mise, probablement.

– Martyn, fit Joanne, je t'en prie, ne t'en mêle pas.

Il poursuivit comme si Joanne n'avait pas parlé, comme s'il n'avait rien entendu.

– Ne le prenez pas mal, Frank, ne vous sentez pas visé, mais dans la police, vous savez comment ils sont, certains d'entre eux.

– Martyn, dit Joanne, je te préviens...

– Bon, d'accord. Calme-toi, tu veux ? Calme-toi, c'est tout.

Un peu de cendre se répandit sur le devant de la robe de Joanne, et elle la chassa d'un geste négligent.

– De l'héroïne, Frank, dit-elle. Qu'est-ce qu'elle pouvait faire avec de l'héroïne ?

– De nos jours..., commença Martyn.

– Ne commence pas à t'imaginer qu'elle est comme ces mannequins squelettiques dont tu es si friand, dit Joanne d'une voix aiguë.

Et qui s'enfilent de la cocaïne et que sais-je encore toutes les cinq minutes.

– C'est un fantasme bien à toi, ma chérie, ce n'est pas le mien.

– Va te faire foutre ! dit Joanne, qui finit le fond de son verre.

– Tout ce que je dis, Frank, continua Martyn, c'est qu'à notre époque, on ne peut jamais être sûr de quoi que ce soit. D'ailleurs, je ne vous apprends rien, vous êtes mieux placé que moi pour le savoir.

– Bon sang, Martyn, arrête un peu de vouloir le rallier à ton camp.

– Je ne pense pas qu'il soit question de choisir son camp.

– Non ?

– Non.

– Parce que si c'était le cas, pourquoi ne répètes-tu pas ce que tu m'as dit quand tu as appris que Kate avait été arrêtée ? Tu verras jusqu'à quel point il est de ton bord, à ce moment-là.

– Oh, je t'en prie, Joanne, ne recommence pas avec ça !

– Pourquoi ? Parce que ça ne t'arrange plus tant que ça, maintenant ? Que Frank sache ce que tu penses vraiment ?

– Là, tu deviens ridicule.

– Tu crois ?

Martyn lança à Frank un regard qui voulait dire : Vous voyez comme elle est déraisonnable...

– Je pense, dit Elder, que j'aimerais peut-être savoir ce que vous avez dit au juste.

– Il a dit qu'elle n'avait que ce qu'elle méritait.

– Non, j'ai dit que ce n'était peut-être pas une si mauvaise chose pour elle.

– Et pour quelle raison, Martyn ? demanda Elder. Je ne suis pas sûr de comprendre.

– Vous savez, Frank. La façon dont elle s'est comportée, ces derniers mois... Et maintenant, apparemment, cette histoire de drogue par-dessus le marché.

– Et vous croyez que d'être enfermée dans une cellule va l'aider à y voir clair ?

– Cela pourrait lui faire suffisamment peur pour qu'elle retrouve un peu de bon sens.

– Vous ne pensez pas qu'elle a eu assez peur comme ça ?

– Cela remonte à un an, Frank. Elle ne peut pas se cacher éternellement derrière cette histoire.

– Mais écoute-toi parler ! s'exclama Joanne, hurlant presque. Écoute-toi un peu, bon sang ! Tu ne comprends foutrement rien !

– Alors que toi, tu comprends mieux que moi ?

– Et comment, que je comprends mieux que toi !

– C'est ça, c'est ça. Pique une crise de nerfs, dit Martyn. Ça va tout arranger.

Les larmes montèrent aux yeux de Joanne.

– Martyn, fit Elder. Peut-être devriez-vous nous laisser en parler seule à seul, Joanne et moi.

– Très bien.

Les lanternes du patio faisaient apparaître une multitude de petites chandelles à travers la fenêtre, la vitre multipliant leurs reflets. Sirotant un nouveau verre de vin, Joanne se tenait tout contre le carreau, les yeux braqués sur le jardin, et Elder se demanda si cela ne lui donnait pas, d'une certaine façon, le sentiment d'être invisible. Ou bien cette façon de lui tourner le dos n'était-elle pas dictée par ce qu'elle éprouvait, par les conséquences qu'elle redoutait au cas où Elder poserait la main sur elle ? Il voyait le visage de Joanne, ses contours, pas tout à fait réels, se détachant noir sur blanc dans l'épaisseur du verre. Le petit triangle de peau à l'endroit où ses cheveux se séparaient sur la nuque.

Il était minuit passé, à présent, pensa Elder, pas loin d'une heure.

Le reflet de son propre visage glissa sur celui de Joanne et se fondit à lui. Lentement, il lui toucha l'épaule.

– Frank.

Quand elle prononça son nom, un petit cercle de buée brouilla la vitre devant son visage. Elle répéta le nom de Frank et se retourna, et quand elle se retourna ce fut pour se retrouver dans ses bras. Les yeux fermés, tout d'abord, il la serra contre lui, la tête de Joanne sous son menton, et il sentit battre son cœur contre sa propre poitrine.

Les minutes passèrent.

Les minutes passèrent, et la respiration de Joanne s'apaisa, et elle leva son visage vers lui.

– Excuse-moi, dit-elle.

Secouant lentement la tête, il s'éloigna de Joanne.

– J'ai besoin d'une cigarette..., dit-elle, traversant la pièce.

Elder passa dans la cuisine, ouvrit le robinet, et but un verre d'eau. La personne à qui Joanne confiait le soin de faire le ménage s'était échinée à faire briller le cul des casseroles en acier bruni, suspendues par ordre de grandeur à un rail en métal brossé fixé au mur.

Dans le salon, Joanne était assise à un bout du canapé, et Elder prit place en face d'elle sur le tissu pâle d'un siège rembourré qui s'enfonça un peu sous son poids.

– Que va-t-il arriver ?

– À Katherine ?

Elle lui rendit son regard comme pour dire : à qui d'autre ?

– Ils pourraient l'inculper de possession de drogue dans l'intention d'en faire commerce, auquel cas elle serait presque certainement remise en liberté sous caution. Mais je ne crois pas qu'ils le feront.

– À cause de toi ?

– Non, le fait que je sois un ancien policier ne changerait rien ni dans un sens ni dans l'autre.

– Alors, quoi ?

– Je ne crois pas vraiment que ce soit Kate qui les intéresse. C'est lui. Summers. À mon avis, ils espéraient qu'en faisant pression sur Kate, ils obtiendraient d'elle quelque chose qu'ils pourraient utiliser contre lui.

– Et elle ne leur donnera rien ?

– C'est probable.

– Mon Dieu...

Joanne tira une dernière bouffée de sa cigarette et l'écrasa dans un globe de verre.

– Cela fait combien de temps qu'elle le voit ? demanda Elder. Summers ? Tu le sais ?

Les yeux fixés sur le plancher, Joanne secoua la tête.

– Je ne sais pas qui elle voit, Frank. Pas récemment. Elle refuse de me parler. De quoi que ce soit. Et si je lui pose des questions, elle prend la mouche aussitôt et part en claquant la porte. Martyn a raison, elle est incontrôlable, et je ne sais plus quoi faire. (Elle regarda Elder.) C'est notre fille, Frank.

– Je vais lui parler. Si je peux.

Joanne sortit d'une poche de sa robe un mouchoir en papier plié en quatre, se tamponna les yeux, et alluma une nouvelle cigarette.

– Tu vas rester, Frank.

– Je ne pense pas.

– À une heure pareille...

– Je vais aller à l'hôtel.

– Ce n'est pas la peine.

Il secoua la tête.

– C'est plus simple.

– Martyn ne reviendra pas. Pas ce soir.

– Ce n'est pas ça. (S'approchant d'elle, il posa un baiser dans ses cheveux.) Je te verrai demain, d'accord ?

– D'accord.

Elle leva le bras pour lui saisir la main, mais il se dirigeait déjà vers la porte.

Dehors, le peu de vent qui avait pu souffler plus tôt était retombé, et l'air était lourd, immobile, quand il redescendit à pied vers le centre-ville à travers l'enchevêtrement de rues sinueuses.

30

Contre toute attente, Elder dormit comme une bûche. Le radio-réveil posé sur la petite table de nuit le tira du sommeil avec les bavardages ineptes d'une station légèrement déréglée. Dans le miroir de la salle de bains, son visage paraissait fatigué, les traits tirés ; une cicatrice pâle, laissée par le couteau d'Adam Keach, courait depuis le milieu de son front pour suivre l'arête de son nez, ponctuée de part et d'autre par les traces des points de suture pareilles à de minuscules perforations.

La salle à manger de l'hôtel grouillait d'hommes d'affaires en costumes sombres qui savouraient leur petit déjeuner complet à l'anglaise derrière le *Telegraph* ou le *Mail*. Au buffet, les œufs brouillés commençaient à se figer dans la graisse, et les tomates nageaient dans l'océan de leur propre jus. Le pain grillé, apporté trop tôt sur la table, était à peine doré et presque froid.

– Café ou thé ? proposa la serveuse avec un charmant sourire et un accent fortement marqué qui évoqua, aux oreilles d'Elder, l'Amérique du Sud ou l'Espagne.

Bien qu'il eût demandé du café, elle lui apporta quand même du thé, et il n'eut ni le cœur ni l'énergie de réclamer.

Il retrouva Maureen Prior au Starbucks de Lister Gate, près de l'entrée du centre commercial de Broad Marsh. Quand il arriva, elle était installée à une table du fond, discrètement vêtue de marron et de beige. Elder l'avait peut-être vue un jour porter des couleurs vives, mais il aurait été en peine de se rappeler quand. Ses cheveux mi-longs, châtain clair, adoucissaient l'ovale étroit de son visage.

– Contente de te voir, Frank.

– Moi aussi.

Il alla chercher au comptoir le café qu'il avait commandé, le rapporta et s'assit.

– Je suis navrée, pour Katherine, dit Maureen.

– Merci.

– Elle a été inculpée ?

– Non, heureusement.

– Quelqu'un est intervenu en sa faveur, alors ?

– Pas moi. Je n'ai pas demandé de passe-droit.

– C'est ta fille, Frank. Cinq grammes d'héroïne dans son sac. J'ai du mal à croire qu'elle puisse échapper à une inculpation sans intervention extérieure.

Elder lui raconta ce qui s'était passé, le peu qu'il en savait, et Maureen l'écouta attentivement, brisant entre ses doigts, presque machinalement, de petits morceaux de son muffin.

– De toute évidence, ils pensent qu'elle ment, conclut Maureen quand Elder eut terminé. Qu'elle couvre Summers.

– Tu le connais ? Tu as entendu parler de lui ?

Maureen secoua la tête.

– Aux Stups, tu as une idée des collègues concernés par l'affaire ?

– Resnick a mentionné un nom. Bland.

Maureen sourit.

– Ricky Bland.

– Tu le connais ?

– De réputation.

– Et quelle réputation a-t-il ?

– Celle d'un magouilleur. Il obtient des résultats. D'une façon ou d'une autre. Il est venu de Londres, oh, il y a pas mal d'années, maintenant.

– Tu ne l'aimes pas beaucoup.

– Je t'ai dit que je ne le connaissais pas.

– Tu comprends ce que je veux dire.

Maureen mangea un bout de son muffin.

– D'après ce que j'ai entendu, disons qu'il frise l'illégalité. Il a fait l'objet d'une enquête interne, une fois, lui et son équipier. Eaglin ? Je ne suis pas sûre du nom. Une quantité de crack qui a été confisquée, et puis qui a disparu. La rumeur a couru que Bland et son acolyte l'avaient revendue au dealer à qui ils l'avaient prise pour commencer.

– Rien n'a été prouvé ?

Maureen s'esclaffa.

– Trouve la réponse tout seul, Frank. Ils sont toujours en poste, au boulot. À jeter en prison les mauvais garçons. Enfin, certains d'entre eux, au moins.

– Tu penses qu'ils étaient coupables ?

Le rire de Maureen se transforma en sourire.

– Tu me connais bien, Frank. Tu sais qu'à mes yeux tout le monde est coupable.

Regarder Maureen manger avait donné faim à Elder. Le voyant lorgner vers son assiette, elle poussa celle-ci vers lui.

– Et toi, Frank ?

– Comment ça, et moi ?

– Ça se passe comment, à Londres ?

– Pas trop mal.

Maureen le regarda d'un air grave.

– Quand ce sera terminé, tu devrais sérieusement réfléchir à revenir ici.

Elder secoua la tête.

– Trop compliqué. Et puis, si le travail me manquait, il y a largement de quoi faire là où j'habite. Le Devon et la Cornouailles viennent de récupérer quatre inspecteurs au chômage, et ils en cherchent d'autres.

– Les vols de moutons en tête de liste, je parie ? (Le sourire de Maureen était de retour.) Des individus qui font les quatre cents coups avec les chalutiers ?

– Six meurtres en huit jours. Dont un particulièrement horrible, un couple roué de coups dans un garage, puis abattu avec une arme à feu.

– Ça ne te tente pas.

– Ce n'est pas ce que je cherchais quand je suis allé m'installer là-bas.

– Si tu revenais ici, tu serais près de Katherine.

– Ce n'est pas ce qu'elle souhaite.

– Tu crois qu'elle le pense vraiment ?

– J'en suis sûr.

Maureen résista à l'envie d'en dire davantage.

– Ricky Bland, tu vas aller le voir ? Je pourrais venir avec toi, si tu veux.

– C'est gentil de ta part, mais non, ce n'est pas la peine. J'aimerais bien avoir son adresse, par contre, juste au cas où il ne ferait pas d'heures sup.

Maureen cherchait déjà son portable.
– Laisse-moi seulement passer un coup de téléphone.

La maison se trouvait dans Mapperly Plains, une résidence autrefois flambant neuve proche du terrain de golf, fenêtres en PVC et portes en verre dépoli à chambranle en alu. Une Audi A6 bleue, cabossée, stationnait devant le garage. La pelouse de devant avait besoin d'un dernier coup de tondeuse, l'herbe commençant déjà à disparaître sous une avalanche de feuilles mortes.

Elder frappa à la porte et actionna la sonnette.

Il sembla ne rien se passer.

Un break Honda arthritique s'engagea prudemment dans la rue, ralentit presque au point de s'arrêter, puis reprit sa route. Une surveillance organisée par les gens du quartier, se dit Elder.

Il enfonça de nouveau le bouton de la sonnette.

Cette fois, il y eut du mouvement dans la maison, une porte intérieure qu'on ouvre, des verrous qu'on tire, une serrure qui fonctionne. L'homme qui apparut sur le seuil avait une bonne quarantaine d'années, une barbe de plusieurs jours et des cheveux ras, un pull en V enfilé en hâte sur son torse nu, un caleçon à carreaux, des jambes musclées.

– Richard Bland ?

– Vous êtes qui, bordel ?

– Frank Elder. J'ai longtemps été de la maison.

Il examina Elder attentivement, les paupières un peu plissées à cause du soleil.

– Vous avez intérêt à ne pas m'avoir dérangé pour rien, mon vieux.

– Katherine Elder, elle a été arrêtée hier. Pour possession d'héroïne. C'est ma fille.

Bland le regarda de nouveau et ouvrit la porte plus largement.

– Entrez. J'essayais de roupiller un peu. Trois nuits de suite que je bosse. J'ai cru que vous étiez un de ces foutus quêteurs pour les bonnes causes, la famine à Sumatra ou je ne sais quelle connerie.

De petits ronds de poussière s'étaient amassés dans les coins du vestibule. La pièce dans laquelle Bland conduisit Elder était nue, des vêtements en boule, des cannettes et des boîtes en carton de plats à emporter jonchant le plancher. Les stores vénitiens étaient fermés aux deux tiers.

– Cette salope a embarqué tous les meubles quand elle est partie. Elle a fait venir une camionnette pendant que je n'étais pas là. Je dors au premier dans une saloperie de sac de couchage. (Il désigna la porte de la cuisine.) Il y a de la bière dans le frigo. Servez-vous.

Quand il redescendit, une chemise bleue flottant par-dessus son jean, Bland rafla plusieurs bières pour lui tout seul, alluma une cigarette, et demanda à Elder d'apporter deux chaises pliantes en plastique qui étaient appuyées contre le mur.

Ils s'installèrent dehors, dans un petit patio donnant sur un rectangle de pelouse à l'abandon, des plates-bandes nues, une rangée de jeunes arbres plantés depuis peu. Par-dessus le bourdonnement de la circulation, des enfants criaient et des chiens déclenchaient des aboiements en chaîne. Bien qu'on fût en janvier, le soleil dispensait un peu de chaleur.

– Je vais me débarrasser de cette foutue baraque, dit Bland, le plus vite possible. Je veux retourner vivre en ville. Dans un de ces immeubles neufs, au bord du canal. Le seul problème, à la minute même où je la vends, l'autre salope va récupérer la moitié du fric.

Elder ne dit rien.

– Vous êtes marié ?

– Plus maintenant.

– Alors, vous savez de quoi je parle.

Pendant un moment, ils échangèrent des souvenirs de leurs carrières respectives dans la police, Bland cuisinant un peu Elder sur son passage à la Division des crimes majeurs, dissertant sur la propagation des drogues, la prolifération incessante des armes à feu.

– Quand je pense à ces bouffons qui patrouillent dans St Ann's avec leurs gilets pare-balles et leurs putains de Walther P990 à la ceinture comme des Clint Eastwood de mes deux... Moi, je peux entrer dans un rade où on vend du crack ou descendre une ruelle des Meadows sans rien d'autre que mon majeur à leur fourrer dans le cul, en supposant qu'ils veuillent bien se baisser et se laisser faire. (Se raclant la gorge, il expectora une mucosité dont il se débarrassa en crachant par terre.) Le moindre môme qui deale dans la rue, dans ce quartier-là, il a planqué à l'arrière de son caleçon haute couture un Glock ou une copie bricolée. Et puis il y a ces nègres qui se pavanent dans des caisses à trente mille livres avec leur saloperie de rap qui gueule sur la stéréo et un putain d'Uzi sous le siège avant. C'est bien gentil de dire qu'ils se contentent de s'entretuer, le seul problème c'est qu'ils ne s'entretuent pas assez vite.

Il laissa tomber son mégot dans sa cannette de Heineken vide et alluma une autre cigarette.

– Votre gamine, reprit-il, elle transportait la dope pour le type avec qui elle était, Summers, ça ne fait aucun doute. Je me suis dit qu'une nuit en cellule l'amènerait peut-être à balancer son copain, mais ça n'a pas marché. Je ne m'inquiète pas, on coincera Summers autrement.

– Et Katherine ?

Bland ouvrit une autre cannette.

– Il faut qu'elle change ses fréquentations.

– Parlez-moi de Summers, fit Elder au bout d'un moment.

– Rob Summers. Robert. La petite trentaine. Il est venu du Humberside il y a douze ou treize ans pour s'installer ici et s'inscrire à la fac. Depuis, il traîne dans le coin comme le font certains. Trop feignants pour lever leur cul et aller voir ailleurs. Trop feignants, ou trop défoncés. (Bland avala une gorgée de bière.) Il a commencé à vendre un peu de dope quand il était encore étudiant, rien de bien grave. Il n'a jamais arrêté depuis. À petite échelle, pour que ça reste discret, vous connaissez le genre.

– Alors, pourquoi est-ce qu'il vous intéresse tant ?

– Il y a quelques mois, six, peut-être neuf, son nom a commencé à circuler. Parmi les vrais accros, cette fois. Et pas dans les cités, non plus. Dans les boîtes, ce genre d'endroits. Plutôt classieux.

– Vous l'avez serré ?

Bland ricana.

– Il est très fort, ce salopard. Il adore s'écouter parler. Il s'imagine qu'il peut se sortir de n'importe quelle situation grâce à son baratin. Qu'il serait capable d'ouvrir en deux les flots de la mer Rouge si l'envie lui en prenait. Qu'il peut persuader des petites pouffes un peu nunuches comme votre Katherine de transporter de la dope pour lui, et pour porter le chapeau.

Voyant la colère monter au visage d'Elder, il se pencha en avant sur sa chaise pour lui parler d'homme à homme, de policier à policier.

– Écoutez bien ce que je vais vous dire, Frank, ne mettez pas les pieds dans cette histoire, n'allez pas lui jouer la grande scène du père indigné. D'accord ? N'allez pas tout foutre en l'air. Pas maintenant, alors qu'on est tout près du but. On n'a pas besoin, surtout en ce moment, que quelqu'un de l'extérieur vienne lui mettre la puce à l'oreille. Les enjeux sont trop importants.

– Vous me demandez de ne rien faire ?

– Je vous le demande, oui, c'est ça.

– Et Katherine ?

– Elle peut rentrer à la maison. Je vais passer un coup de fil. Allez la chercher vous-même si vous voulez. En repartant d'ici.

– Très bien, fit Elder en se levant. Merci pour elle, en tout cas.

– Nous sommes bien d'accord en ce qui concerne Summers ?

– Je ne poserai pas la main sur lui, vous avez ma parole.

Bland prit une nouvelle rasade de bière, rota, et s'essuya la bouche du dos de la main.

– Vous avez besoin que je vous ramène en ville en voiture ?

Elder secoua la tête.

– C'est une belle journée. Je vais rentrer à pied.

Bland le suivit quand il franchit le seuil de la porte d'entrée.

– Qui vous a donné mon adresse ? demanda-t-il.

Elder hésita.

– Maureen Prior, répondit-il.

– Avec elle, vous perdez votre temps, railla Bland. Elle s'est fait recoudre le machin quand elle avait dix-sept ans. Si vous voulez, je peux vous indiquer plusieurs types qui ont compté les points de suture.

Elder dut se retenir pour ne pas lui balancer son poing en pleine figure.

31

Le responsable du bloc cellulaire fit signer un registre à Katherine pour qu'elle récupère le contenu de ses poches et de son sac. Dès qu'Elder et elle furent sortis, elle commença à s'éloigner.

– Attends, Katherine, attends un peu, fit Elder.

– Pour quoi faire ?

– On a besoin de parler.

– Pas moi. (Il lui saisit le bras, mais elle lui échappa.) *Il faut que tu parles, que tu appelles SOS Détresse, que tu voies un psy.* (Une flambée de colère passa dans son regard.) C'est ce que j'ai fait. Ça m'a fait un bien fou, tu n'as qu'à voir toi-même...

Elder la regarda traverser la rue d'un pas énergique, obligeant les voitures à se déporter ou à freiner ; bientôt, il la vit dépasser l'angle de la place, puis elle disparut.

Il devinait très bien qui elle allait rejoindre, et ce n'était pas sa mère.

Ne foutez pas tout en l'air, lui avait demandé Bland, laissez Rob Summers tranquille, laissez-le nous. Sur le devant de la maison de Sneinton, les rideaux étaient tirés de nouveau, le même chat blanc et roux assis sur le rebord de la fenêtre à côté de la porte. Quand Summers ouvrit celle-ci, Elder le repoussa pour le faire rentrer dans le vestibule.

– Il y a quelque chose que vous avez oublié de me dire, fit Elder. Que vous n'avez pas jugé bon d'inclure dans votre C.V. L'enseignement, la poésie, une nouvelle par-ci par-là... Je ne sais pas pourquoi, vous avez oublié de me dire que vous vendez de la drogue en douce.

– Elle n'est pas ici, dit Summers, si c'est ce que vous croyez.

– Bien sûr qu'elle est là, bon sang !

– D'accord. Mais elle est au premier, elle se repose. Elle est épuisée, vous comprenez ? Elle n'en peut plus.

– À qui la faute ?

– Elle a pris quelque chose qui l'aide à dormir.

– Pas la peine de demander où elle se l'est procuré.

Summers secoua la tête.

– Entrez par ici et asseyez-vous. À moins que vous ne vouliez continuer à hurler dans le vestibule ?

Dans la pièce régnait le même désordre que la première fois, et l'air était chargé des mêmes relents douceâtres de cannabis. Summers alluma la stéréo, mais régla le volume au minimum.

– Très bien, dit Elder. Je vous écoute.

Summers prit sur une étagère un carnet de papier Rizla et une boîte de tabac Old Holborn. Il commença à se rouler une cigarette.

– Quand j'étais à la fac, j'ai vendu un peu de dope, c'est vrai. Surtout à des amis. Ce n'est pas un secret.

– Vous avez été arrêté. Inculpé.

– Quelqu'un m'avait mouchardé.

– Un honnête citoyen.

– Un enfoiré.

– Vous avez été reconnu coupable.

– De posséder de la drogue.

– C'était encore un délit la dernière fois que j'ai vérifié.

– Allons, fit Summers. Quelques onces de résine de cannabis. Aujourd'hui, tout ce qu'on peut craindre d'un flic, avec ce genre de marchandise, c'est un signe de tête et un clin d'œil qui signifie : *planque-moi ça tout de suite.*

– Et vous avez écopé de quoi ? Une condamnation avec sursis ? Une mise à l'épreuve ?

– Quelque chose comme ça.

– Mais ce n'est pas tout.

– Je ne... (Pendant un instant, Summers parut véritablement perplexe. Puis, secouant la tête :) Bon sang, vous n'allez pas me ressortir cette histoire ?

– Coups et blessures, c'est bien ça ?

– Une rixe. Au cours d'une manif sur le campus. Un trou-du-cul d'Américain de droite, chrétien et anti-avortement, venu faire un discours au syndicat des étudiants. Je regrette simplement de ne pas lui avoir collé quelques pains bien placés pendant que j'en avais l'occasion. Aujourd'hui, il est sans doute membre d'un groupe de réflexion qui conseille Bush sur sa politique sociale.

– Et vous, vous êtes quoi ?

– On vient de faire le tour de la question.

– Dites-moi, cinq grammes d'héroïne, c'est plus qu'il n'en faut pour sa consommation personnelle ?

Summers secoua la tête, plus énergiquement cette fois.

– Ce n'est pas à moi.

– Vous êtes en train de me dire que c'est à Katherine ? (La voix d'Elder se répercuta dans l'espace confiné de la pièce.) Vous êtes en train de me dire qu'elle carbure à l'héroïne maintenant ?

– Bien sûr que non.

– Parce que si c'est le cas, je saurai trouver qui l'a branchée sur cette saloperie.

– Du calme, elle n'en prend pas. Elle ne veut surtout pas y toucher.

– Alors, comment ces cinq grammes se sont-ils retrouvés dans son sac ?

– Je n'en sais rien. On est allés à une soirée, la veille.

– Et quelqu'un a eu l'idée de lui faire une farce ? De lui donner une sorte de pochette-surprise ? Des Smarties, une part de gâteau, trois ballons et une barrette de shit ?

– Je ne sais pas. C'était peut-être une erreur.

– Une erreur ?

– Bon, d'accord, d'accord. Le plus probable, c'est que quelqu'un a essayé de me piéger.

– Et pour quelle raison ?

– Écoutez, fit Summers. (Sa cigarette roulée s'était éteinte ; il la ralluma.) Croyez-moi ou ne me croyez pas, c'est à vous de voir. Il y a dix-huit mois, environ, j'ai été appréhendé dans la rue. Interpellé et fouillé. Je traversais Hockley. Tard dans la nuit. Ça arrive tout le temps. Deux types en civil, de la brigade des stupéfiants, du moins c'est ce qu'ils m'ont dit. Bien sûr, ils n'ont rien trouvé, il n'y avait rien à trouver. (Quelques grains de tabac vagabonds s'enflammèrent au bout de sa cigarette.) J'ai peut-être été insolent, je ne sais pas. En tout cas, ça ne leur a pas plu. Et depuis, ils ne me lâchent plus, ils s'acharnent sur moi. Oh, pas constamment, pas tous les jours. Seulement une fois de temps en temps, quand ils n'ont rien de mieux à faire. Ils me coincent sur le trottoir, ils me font une palpation. *Nous avons de bonnes raisons de croire*... vous connaissez le refrain.

– C'est pour ça que vous prenez vos précautions.

– C'est pour ça que je suis clean.

– Voilà pourquoi vous prenez vos précautions pour qu'on ne vous interpelle pas avec votre camelote sur vous.
– Il n'y a pas de camelote.
– Non ?
– Non.
– Cette baraque empeste tellement, on se croirait dans un café d'Amsterdam.
Summers éclata de rire, la tête rejetée en arrière.
– Je veux bien vous croire sur parole.
La main d'Elder jaillit, et il agrippa le bras de Summers, entre le coude et le poignet.
– Je me fous complètement de ce que vous faites, de la quantité d'héro et de shit que vous refourguez. Mais si ma fille a encore affaire à la police à cause de vous, une seule fois, quel que soit le motif, je vous le ferai payer. C'est compris ?
– Lâchez-moi, merde ! fit Summers entre ses dents.
Elder augmenta encore la pression avant de lui libérer le bras.
– Je ne plaisante pas. Si Katherine a de nouveau des ennuis à cause de vous, je reviendrai. Et vous regretterez d'avoir vu le jour.

Une heure plus tard, Elder était sur l'autoroute, et il roulait vers le sud.

32

Karen sortit du sommeil avant que son réveil ne sonne, et elle resta au lit à écouter le vent secouer les fenêtres, tandis que passait de temps à autre un véhicule sur la chaussée mouillée. Une fois, deux fois, elle se retourna, tira sur la couverture, et tenta de dormir dix minutes de plus, mais sans succès. Tôt ou tard, elle allait devoir affronter le froid pour se rendre dans la salle de bains, sous la douche.

– Mais qu'est-ce qui te prend, ma petite ? lui avait dit son père quand il était venu la voir. Avec toutes tes promotions, ton grade d'inspectrice divisionnaire à présent, tu te contentes toujours de vivre comme ça ?

Ma petite ! Karen se demanda si elle atteindrait jamais l'âge où son père cesserait de l'appeler, machinalement, *ma petite* ? Le jour, peut-être, si cela devait se produire, où elle aurait elle-même un enfant. Mais il y avait du vrai dans ce qu'il disait, elle pourrait se permettre de s'installer ailleurs, dans un appartement plus grand, en payant des traites plus importantes. Ailleurs, oui, mais où ? Et pourquoi ?

Elle se plaisait, ici. À part ce satané froid. Ce qu'elle devrait faire, se dit-elle pour la millième fois, c'est payer quelqu'un pour arracher ces vieilles fenêtres, qui dataient de Mathusalem, et en poser des neuves, à double vitrage. Éliminer l'humidité. Réviser l'installation du chauffage central, monter des radiateurs équipés de thermostats individuels. Des radiateurs qui chauffent, enfin !

Dans la salle de bains, elle s'aspergea le visage d'eau froide et déposa un tortillon de dentifrice sur sa brosse à dents.

Si elle ne faisait rien de tout ça, elle le savait, c'était à cause des soucis et des perturbations inévitables en pareil cas. Trouver une entreprise qui n'allait pas la mener en bateau ou, pire encore, l'arnaquer, c'était le premier problème. Des ouvriers qui viendraient effectivement à l'heure dite pour faire le travail et ne disparaîtraient pas avant que ce soit terminé, laissant derrière eux un appartement qui ressemble à une décharge pendant qu'ils jonglent avec une demi-douzaine de chantiers répartis dans la moitié de la ville. Quelqu'un en qui elle puisse avoir confiance.

Karen se rinça la bouche, cracha, s'essuya le visage avec la serviette, et s'assit sur le couvercle des toilettes.

Quelqu'un en qui elle puisse avoir confiance.

Quelqu'un qui aurait accès à son domicile, à ses effets personnels ; qui serait doué pour entrer et sortir, pénétrer chez elle, en escaladant des murs et des échafaudages.

Elle pensait à Steven Kennet, à son visage large, à son sourire.

Maintenant, vous savez pourquoi j'ai menti.

Non, pensa Karen en se levant et en ouvrant les robinets de la douche. Non, ils ne le savaient pas encore.

Tandis que l'eau ruisselait sur son corps, rebondissant sur ses épaules et sa nuque, elle passa en revue ce qu'elle avait appris sur l'éventuelle intrusion chez Maddy Birch. Rien n'avait été pris, les objets à peine déplacés, rien d'autre que la sensation qu'un intrus avait pénétré chez elle.

Karen prit le flacon de gel de douche.

Hier, il y avait eu un message signalant que Vanessa Taylor avait téléphoné, mais elle avait été trop occupée pour rappeler. Elle allait essayer ce matin avant que la journée de travail ne batte son plein. Quelques instants plus tard, séchée et habillée à moitié, elle versait du café moulu dans sa cafetière italienne. Il était six heures passées d'une poignée de minutes.

Elder avait appelé Karen de Nottingham, expliquant la raison de son absence en donnant un minimum de détails, se contentant de l'essentiel. Quand il franchit la porte du bâtiment, il délaissa l'ascenseur pour l'escalier, et c'est le souffle court qu'il atteignit le quatrième étage.

– Comment va-t-elle, Frank ? demanda aussitôt Karen. Votre fille ?

Elder rentra la tête dans les épaules.

– Aussi bien qu'on peut l'espérer.

Il paraissait fatigué, pensa-t-elle ; il avait les yeux cernés.

– Vous avez interrogé Kennet de nouveau ? demanda Elder.

Karen hocha la tête.

– On l'a cuisiné dans tous les sens au sujet de Maddy ; de sa dernière copine, Jennifer. Rien. Rien qu'on puisse utiliser. Oh, par moments, on avait l'impression qu'il était à deux doigts de nous révéler un petit quelque chose, de se trahir. Mais aussitôt, il se fermait comme une huître. Comme s'il prenait plaisir à nous faire enrager, pratiquement. (Elle secoua la tête.) Quand on a fini par le relâcher, Mike et moi, on avait envie de lui flanquer des claques.

– Vous n'aviez pas de quoi le mettre en garde à vue ?

– Pas vraiment. Non.

– Aucune chance d'obtenir un mandat de perquisition, alors ? Mettre sa maison sens dessus dessous, voir ce qu'on peut trouver ?

– Pas sans quelque chose de plus concret. Pure conjecture, voilà ce que dirait le magistrat. Simple supposition. Pas de motif valable.

– Et que pensez-vous de lui ?

– Je crois qu'il reste notre candidat le plus sérieux.

– Denison n'a pas réussi à déterrer quoi que ce soit sur Loftus ?

– Rien du tout.

Karen déballa une pastille et en offrit une à Elder, qui secoua la tête.

– J'ai parlé à Vanessa Taylor, tout à l'heure, dit-elle. Il y a deux soirs, elle pense avoir vu quelqu'un rôder devant son immeuble.

Elder se pencha vivement vers Karen.

– Elle pense, ou elle est sûre ?

– Elle n'a aucune certitude, il faisait noir. À un moment, il était là, l'instant d'après, il avait disparu. Aucune chance d'avoir un quelconque signalement. Si ce n'était ce qui est arrivé à Maddy, je doute qu'elle aurait même pris la peine de nous prévenir. Son appartement n'est pas très loin de l'endroit où habitait Maddy.

– Vous avez informé le commissariat du coin ?

– Vanessa l'avait déjà fait d'elle-même. J'ai vérifié. Ils ont promis de faire passer une voiture devant chez elle plusieurs fois pendant la nuit ; d'augmenter le nombre de rondes à pied.

– Vous l'avez trouvée comment, au téléphone ? Vanessa ?

– Un peu nerveuse. Inquiète à l'idée qu'elle pourrait nous faire perdre notre temps.

– Vous pensez que l'un de nous devrait aller lui parler ?

– Je crains qu'elle n'ait rien à vous dire de plus. À mon avis, vu les circonstances, c'est son imagination qui lui joue des tours.

(Karen écarta son fauteuil de son bureau pour étendre ses longues jambes.) Je crois, reprit-elle, que je vais prendre la voiture et retourner voir Estelle Cooper. Lui parler seule, cette fois. Voir si je parviens à la décoincer un peu. Je pourrais apprendre quelque chose d'utile.

– De femme à femme, dit Elder.

Un sourire passa sur les lèvres de Karen.

– Quoi ?

– De femme à femme. *Woman to Woman.* Shirley Brown. Un disque Stax de 1974. Je le passais sans arrêt.

Elder ne savait absolument pas de quoi elle parlait.

Quand Karen arriva à Hadley Wood, Estelle Cooper n'était pas chez elle. Les enfants, d'après une voisine, n'avaient pas école aujourd'hui. Les enseignants étaient en formation. Estelle les avait emmenés pour la journée. Quelque part à Londres. Au musée des sciences, peut-être ?

Karen regagna sa voiture. Elle essaierait de nouveau après le week-end. Cela ne rimait à rien de tenter de parler à Estelle si sa famille risquait de se trouver dans les parages. Ce qu'elle voulait, c'était parler à Estelle Cooper seule.

Peut-être, pensa Vanessa, n'était-elle pas d'humeur à passer ce genre de soirée. Un Coca et un gobelet de pop-corn. Le cinéma Odeon de Camden Town. Un film pour se détendre, penser à autre chose. *Love, Actually.* C'était une plaisanterie, forcément, non ? Et bien sûr, se retrouver là toute seule dans cette salle n'avait rien arrangé. Elle se souvint du soir où elle avait vu *Le Journal de Bridget Jones* avec Maddy. Elles avaient adoré chaque minute de ce film, même la fin à l'eau de rose. Elles avaient presque fait pipi dans leur culotte tellement elles avaient ri.

Pauvre Maddy. Bon sang, ce qu'elle pouvait lui manquer !

Sans trop savoir pourquoi, elle n'avait pas envie de rentrer en métro. Elle attendit donc le bus pendant un quart d'heure, en compagnie d'une vingtaine d'autres personnes, dont la plupart, affamées en sortant du pub, s'empiffraient de hamburgers ou de chow mein au poulet. L'atmosphère empestait l'oignon, le kebab et la sauce au piment, les barquettes de repas à emporter jonchaient le trottoir à leurs pieds, tourbillonnant au gré du vent. Vanessa était sur le point de renoncer à ce qu'elle pensait être une mauvaise idée, de retourner finalement à la station de métro, quand il apparut enfin, se dirigeant vers eux depuis le feu de signalisation : un bus 134.

L'étage inférieur était bondé. Vanessa monta à l'impériale et trouva une place libre près de la fenêtre, à l'arrière. Au moment où elle s'installait, un homme s'assit près d'elle, s'appuyant pesamment contre Vanessa quand le bus fit une embardée en redémarrant.

– Pardon, dit-il avant d'ajouter : Vanessa ? C'est bien Vanessa, votre nom ? J'ai failli ne pas vous reconnaître. (Un bref sourire, comme pour s'excuser.) J'étais complètement ailleurs.

Il lui tendait la main.

– Steve. Steve Kennet. J'étais...

– Je sais, je sais.

– Je ne vous avais pas vue depuis... Ça fait un bail. Deux ans, au moins.

Vanessa hocha la tête et ne dit rien. L'une des dernières fois qu'elle avait vu Steve Kennet, un soir au pub, alors que Maddy était allée aux toilettes, il s'était penché vers elle pour lui dire : « Ça vous plairait qu'on sorte ensemble, un soir, rien que nous deux ? Qu'est-ce que vous en dites ? » Après coup, il avait tenté de faire croire que c'était une plaisanterie, mais elle n'en n'avait pas été persuadée.

– C'est épouvantable, n'est-ce pas ? reprit Kennet. Ce qui est arrivé à Maddy. Je n'arrivais pas à le croire quand j'ai appris la nouvelle. On ne penserait jamais que ça puisse arriver, hein ? À quelqu'un qu'on connaît.

Vanessa secoua la tête.

– Alors, dites-moi, qu'est-ce que vous avez fait ? (Puis, sur un ton guilleret :) Ce soir, je veux dire. Vous n'étiez pas au travail, j'espère ?

– Au cinéma.

– Le film était bien ?

– Pas vraiment.

– *Pirates des Caraïbes*, dit Kennet. Vous l'avez vu ?

– Non.

– C'est bien. C'est marrant, vous savez ?

– C'est ce que vous avez vu ce soir ?

– Moi ? Non. Je suis juste sorti boire un coup. Deux ou trois bières.

Vanessa regarda à travers la vitre. Ils avançaient lentement le long de Kentish Town Road, passant tout près de son lieu de travail. En surimpression sur les étages des immeubles, elle voyait le reflet de Kennet, ses cheveux épais, le col de sa veste en cuir relevé sur son cou, ses yeux qui la fixaient. À Tufnell Park, elle fit mine de se lever.

– Ce n'est pas votre arrêt, fit Kennet.

– Ah bon ?

– À moins que vous n'ayez déménagé.

– Comment savez-vous où j'habite, d'abord ?

– On est passés devant chez vous un soir, vous vous souvenez ? Vous et Maddy et moi. En la raccompagnant chez elle. Vous avez dit : Ça, c'est ma rue.

– Eh bien, dit Vanessa en se levant, plus maintenant.

Kennet fit pivoter ses jambes vers le couloir central, laissant juste assez de place pour qu'elle puisse passer.

– Si vous voulez, je peux descendre. Vous raccompagner.

– Pas la peine.

Vanessa eut tout juste le temps de descendre l'escalier avant que les portes ne se referment. Elle se força à ne pas regarder le bus qui s'éloignait, sachant qu'elle verrait le visage de Kennet à la fenêtre, les yeux fixés sur elle. Elle venait de s'infliger vingt bonnes minutes de marche à pied, et pourquoi ? Parce qu'elle ne se sentait pas à l'aise assise sur la banquette, tassée contre lui, certaine qu'à n'importe quel moment il allait dire quelque chose qu'elle n'avait pas envie d'entendre, lui faire une proposition quelconque ?

Ayant remonté Junction Road sur les deux tiers de la longueur, elle prit un raccourci en tournant à droite dans St John's Grove. Au bout de sa propre rue, elle hésita, puis pressa le pas. Elle avait presque atteint la courte allée menant à sa porte d'entrée quand l'idée lui vint à l'esprit : l'homme qui se tenait dans l'ombre devant chez elle quelques jours plus tôt aurait pu être Steve Kennet.

Ses clés glissèrent entre ses doigts.

Elle sentit sa peau se glacer.

Quand la porte fut finalement ouverte, elle se retourna.

Personne. Il n'y avait personne dans la rue.

Vanessa, s'admonesta-t-elle, bon sang, reprends-toi !

Au lit, moins d'un quart d'heure après, elle tendit l'oreille pour capter le moindre bruit. Il lui fallut une heure de plus avant qu'clle ne finisse par s'assoupir.

33

La pluie des premières heures avait disparu, laissant le ciel au-dessus de Primrose Hill d'un bleu hivernal à la clarté de cristal, et le soleil se reflétait sur le toit de la mosquée construite à la lisière de Regent's Park, en contrebas. Depuis son poste d'observation près du sommet, Elder regardait Robert Framlingham qui montait Prince Albert Road tel un propriétaire terrien en route pour évaluer l'étendue de son domaine et le montant de la subvention que lui allouerait la CEE. Framlingham portait sa veste Barbour et une paire de chaussures de marche cousues main, cirées sans ostentation.

– Frank, je suis content de te voir. (Sa poignée de main était ferme et chaleureuse.) Excuse-moi d'être en retard de deux ou trois minutes.

– On s'assoit, ou on marche ?

– Oh, on marche, plutôt, qu'est-ce que tu en penses ? Tu pourras me faire un compte rendu en chemin.

Pendant la majeure partie de leur parcours, Elder parla et Framlingham se contenta surtout de l'écouter. Le parc ne manquait pas d'animation, entre les gens qui promenaient leurs chiens, les jeunes mamans, et l'omniprésence des jeunes filles au pair, des étudiants, des traîne-lattes et des retraités, qui tous profitaient au maximum du soleil matinal.

Quand Elder eut fini, les deux hommes continuèrent de marcher un moment en silence, Framlingham passant en revue dans sa tête tout ce qu'il venait d'apprendre.

– Au sujet de Kennet, ton opinion est bien arrêtée alors ?

– Pas nécessairement.

– Et Shields, qu'est-ce qu'elle en pense ?

– Elle n'a pas grand-chose d'autre à se mettre sous la dent.

– Pour l'instant, Frank. Pour l'instant. (Framlingham s'arrêta un moment pour ôter quelque chose de la semelle de sa chaussure.) Cette histoire entre Mallory et Repton et cette jeune femme agent dans leur voiture... Je me demande si je passerais l'éponge là-dessus, après tout.

Elder le regarda droit dans les yeux.

– Tu sais quelque chose que j'ignore.

Framlingham laissa un sourire éclairer lentement son visage.

– Beaucoup de choses, Frank, beaucoup de choses. Dont la plupart ne te seraient d'aucune utilité. (Il posa brièvement la main sur le bras d'Elder.) Tout ce que j'ai à dire, Frank, c'est qu'il ne faut pas oublier d'examiner l'affaire dans son ensemble.

Ils se serrèrent la main.

– Pour ta fille, Frank. J'ai appris l'essentiel. Je suis navré. Si jamais je peux faire quelque chose...

Un signe de la main, et il s'éloigna.

Le centre commercial de Brent Cross se trouvait juste à côté de la North Circular Road, à guère plus de dix minutes en voiture de l'endroit où Elder était logé. Vers le milieu de la matinée, les parkings étaient presque pleins.

Vicki Wilson se tenait dans l'allée centrale, entre les magasins Next et Hennes, devant un stand de démonstration aux couleurs vives qui promettait pour aujourd'hui le téléphone portable de demain. Maquillage irréprochable, Vicki affichait son meilleur sourire professionnel en distribuant avec enthousiasme des dépliants vantant les vertus d'une merveille technologique qui vous permettait d'envoyer des textos, de prendre et de transmettre des photos, de télécharger les bandes-annonces des films à l'affiche et les clips vidéo des dix premières chansons du Top 50, de regarder les derniers buts marqués en première division, de surfer sur le Net, et, s'il vous restait un peu de temps, de passer à l'occasion un coup de téléphone. Elle portait une jupe droite courte, et son T-shirt orné du logo du fabricant lui moulait la poitrine.

Elle était là depuis dix heures du matin, presque une heure de travail, cinq de plus à assurer, et les chaussures ridicules qu'elle devait porter lui faisaient déjà mal aux pieds.

Oh, bon sang, pensa-t-elle quand Elder s'approcha. Encore un pauvre obsédé, il n'arrive pas à regarder autre chose que mes nibards. Elder était passé près d'elle une première fois, lentement, avait fait demi-tour, et il était revenu. Quand il fut plus près, elle révisa son opinion. Merde. Ce n'est qu'un enfoiré de flic.

– Vicki Wilson ?

– Si vous me le demandez, c'est que vous connaissez déjà la réponse.

Elle avait une voix cassante, un accent des confins de l'est de Londres, du côté de Goodmayes ou Dagenham.

– Frank Elder.

– Tenez.

Elle lui fourra un prospectus dans la main.

– À quelle heure avez-vous droit à une pause ?

– Ce n'est pas pour tout de suite.

– Je peux vous offrir un café ?

– Maintenant ?

Elder tenta un sourire timide.

– Pourquoi pas ?

– Attendez une minute.

Elle étala les prospectus en éventail sur la table derrière elle, prit sur le dos de la chaise une veste verte en tissu moiré, la glissa sur ses épaules, rafla son sac et se dirigea avec Elder vers l'ascenseur situé à l'angle du magasin Marks & Spencer. Ils s'installèrent au bout d'une rangée de petites tables surplombant l'une des allées du magasin ; en contrebas, les clients flânaient devant des oasis de plantes vertes, réelles ou en plastique, qui prospéraient pareillement sous un toit en verre.

Avec un petit soupir, Vicki enleva délicatement ses talons aiguilles. Si l'on approchait un ongle de son visage, pensa Elder, il glisserait à la surface comme un patineur sur la glace.

– Comment avez-vous su où me trouver ? demanda-t-elle.

– Par votre agence.

– Ça m'étonne qu'ils ne vous aient pas donné mon adresse et mon tour de poitrine par la même occasion.

– Ils l'ont fait.

– Allons, vous plaisantez...

– Le tour de poitrine, peut-être pas.

Vicki rejeta la tête en arrière.

– Vous, les flics, vous êtes tous les mêmes.

Elder tint sa langue.

– Jimmy, c'est ça ? C'est de Jimmy que vous voulez parler ?

– Jimmy ?

– James William Grant. Jimmy. C'est comme ça qu'il aimait être appelé. Par ses amis. (Vicki mélangea à la crème mousseuse un peu du chocolat couronnant son cappuccino, puis elle porta la cuillère à sa bouche.) Vous êtes venu vous assurer que j'avais bien fait ce qu'on m'avait dit, je suppose.

– Qu'est-ce qu'on vous a dit?

– De la fermer, bien sûr.

– À quel sujet?

– Est-ce que je sais, moi? À propos de tout.

– Qui vous a demandé ça?

– Comment je pourrais le savoir? Un flic, en civil.

– Décrivez-le.

Vicki se carra dans son fauteuil.

– La quarantaine, peut-être. Bien habillé. Pas vraiment à la mode, mais élégant. Il m'a dit ça sur le ton de la plaisanterie. Pas comme un gros balourd. Mais avec un de ces regards... Comme si je n'avais pas intérêt à lui désobéir, vous voyez?

– Il avait un nom?

– Pas pour moi. Mais je l'avais déjà vu, remarquez. Je l'avais vu après ce qu'ils... Quand ils ont eu tué Jimmy. Il parlait à celui qui l'a descendu. Ce salopard.

– Comment savez-vous que c'est lui qui a tué Grant?

– Il est venu me le dire lui-même. Ce matin-là. Juste après que ce se soit passé. J'étais assise à l'arrière de la voiture de police, vous voyez. Je ne savais pas vraiment ce qui m'arrivait. Sinon que j'avais compris que Jimmy était mort. Ça, je le savais. Bref, il s'est approché de moi, il a brandi son index, juste sous mon nez, et il a fait un bruit avec la bouche, comme une explosion. Comme un môme, vous savez, qui fait semblant d'avoir un flingue. Ça, c'est le doigt, il m'a dit, qui a pressé la détente. Qui l'a plombé. Et puis il a ri et il est reparti. Mallory. J'ai demandé au flic assis dans la voiture, et il me l'a dit. Le commissaire principal Mallory.

– Et cet inspecteur, celui qui est venu vous voir, lui et Mallory, ils étaient ensemble?

– Ouais, je vous l'ai déjà dit, non?

– Répétez-moi ce qu'il vous a dit.

– Vous le savez déjà.

– Redites-le moi.

– *Si quelqu'un vient vous poser des questions, n'importe qui, vous ne savez rien.* (Elle leva sa tasse, mais elle ne but pas.) Personne n'est venu me poser de questions. Jusqu'à aujourd'hui. Et si quelqu'un était venu m'interroger, je ne sais rien, de toute façon. Jimmy, il ne me parlait jamais de... vous comprenez... de ce qu'il faisait. Pas vraiment. Il plaisantait à ce sujet-là, parfois. Il se vantait un peu, je suppose. Par exemple, il disait qu'il venait de réussir un gros coup, qu'il avait raflé la mise, mais c'était tout. Pas de détails. Simplement, parfois il était là, parfois il disparaissait. Et puis, ça ne faisait pas longtemps que je le connaissais. Et je l'aimais bien, vous savez. On ne s'ennuyait pas, avec lui. (Elle regarda Elder, les yeux humides.) Pourquoi est-ce qu'ils ont été obligés de le tuer ?

– Je n'en sais rien.

– Il disait toujours que, quoi qu'il fasse, il n'avait rien à craindre. Il disait qu'ils ne toucheraient pas à un seul cheveu de sa tête, vous voyez ?

– Ils ?

– Les flics, je suppose.

– Il ne vous a rien dit de plus ? Il ne vous a pas cité de noms ?

– Il m'a dit qu'il avait quelqu'un qui s'occupait de ses intérêts, c'est tout. Une protection complète. Comme de l'ail. Vous savez, pour éloigner les vampires. (Elle secoua la tête.) Mais ce n'était pas vrai, hein ? À la fin, ça ne marchait plus.

Elder finit son café.

Vicki rafraîchit son rouge à lèvres, laissant une empreinte presque parfaite sur une serviette en papier pliée en deux.

– Je ferais mieux de retourner à ce foutu boulot.

– Tenez, prenez ça. (Sortant un calepin de sa poche, Elder en arracha une page, sur laquelle il inscrivit le numéro de son portable.) S'il vous revient quoi que ce soit d'autre en mémoire, appelez-moi.

Vicki hésita, puis glissa la feuille de papier dans la poche extérieure de son sac.

– Merci pour le café.

– Je vous en prie.

Elder la raccompagna jusqu'à son stand, où une clique de gamins, ayant répandu sur le sol la moitié des prospectus, inscrivait des obscénités truffées de fautes d'orthographe dans les espaces vierges du panneau publicitaire.

– Foutez-moi le camp ! hurla-t-elle. Allez, ouste !

Tandis qu'ils lui lançaient des quolibets, qu'ils sifflaient et lui faisaient des doigts d'honneur, Elder se baissa et l'aida à récupérer les dépliants. Puis il lui souhaita bon courage et regagna l'endroit où il avait garé sa voiture.

– Je pourrais revenir dans ton coin dimanche soir, dit Framlingham en réponse à l'appel d'Elder. Retrouvons-nous au bassin de Whitestone. Près de l'ancien pub Jack Straw's Castle. Je garerai ma voiture du côté nord. Vers sept heures, à peu de chose près.

Il faisait nuit quand Elder arriva. Framlingham, assis dans sa voiture, la vitre baissée, écoutait *Idoménée* sur son autoradio, une retransmission depuis le Metropolitan Opera.

À la fin de l'aria, il baissa le son pour écouter Elder, assis sur le siège passager à côté de lui.

– Bien sûr, dit-il quand Elder eut fini, il pourrait lui avoir menti. À Vicki. C'est bien son nom ? Il se vantait peut-être.

– Et pourquoi aurait-il fait ça ?

– Pour l'impressionner ?

– Ça me paraît peu probable.

– Grant avait quelqu'un dans sa poche, c'est ce que tu penses ?

– À moins que cela ait fonctionné dans l'autre sens.

– Grant aurait été un indicateur, tu veux dire ?

– C'est possible.

– Si c'est le cas, il appartenait au dessus du panier. Rien à voir avec les petites balances minables, serviles et larmoyantes.

– Ce serait facile de le vérifier ?

Un sourire passa sur les lèvres de Framlingham.

– Ce serait difficile, tu veux dire ? Le statut des indicateurs... Les Sources humaines d'information clandestine, comme nous sommes censés les appeler, à présent. Les SHIC, tu te rends compte ? De nos jours, ce qui ne possède pas un de ces foutus acronymes n'existe pas. Mais c'est un détail. Tous les renseignements qui les concernent sont conservés dans un dossier à accès restreint à Scotland Yard. Et communiqués uniquement aux personnes strictement concernées. À condition que ce soient des officiers supérieurs. Et je dis bien : supérieurs.

– Et tu pourrais satisfaire à ces critères, certainement ?

– Si je trouve une raison valable, Frank, ça pourrait se faire.

– Tu vas tenter le coup, alors ?

– Ça pourra prendre un jour ou deux, mais je vais essayer.

La lune perça les nuages alors qu'Elder contournait le bassin, repartant comme il était venu.

34

Il y avait des moment où Estelle pensait que seul le jardin lui permettait de rester saine d'esprit, à supposer qu'elle le fût – saine d'esprit. Ses amies, bien sûr, si elle avait vraiment eu des amies, lui auraient dit : Ma chérie, tu as tes enfants ! Et s'il était vrai qu'ils comptaient encore pour beaucoup dans sa vie, ils ne lui appartenaient plus de la même façon qu'avant. De jour en jour, Jake se comportait et s'exprimait de plus en plus comme son père. Et Amber, cinq ans et demi, était perdue la plupart du temps dans un monde où ne comptaient que les chaussons de danse et les tutus et l'exacte nuance de rose qu'elle souhaitait pour son cardigan, et le ton de bleu qui conviendrait le mieux pour le bandeau qui lui retiendrait les cheveux.

Quant à Gerald, c'était, évidemment, un parfait gentleman, si poli, parfois, qu'il semblait avoir oublié qui elle était et la prendre pour une cousine éloignée venue passer quelques jours chez eux. Chaque jour de la semaine, il partait de bonne heure pour la City et revenait souvent tard, téléphonant de temps à autre pour lui dire qu'il était navré, mais qu'il ne serait pas là pour le dîner. Et si cela se produisait, il lui apportait parfois un bouquet de fleurs et un petit mot. Une fois, Estelle avait trouvé dans l'une des poches de Gerald une carte vantant les mérites d'un club de Soho réservé aux messieurs, et elle avait pris soin de la remettre en place, ravie qu'il eût trouvé un endroit pour se détendre. S'il lui demandait de faire l'amour, à présent, c'était une fois par mois au maximum, après avoir éteint la lumière. Quand la jambe de Gerald se glissait sur les siennes d'une façon qu'elle connaissait bien, Estelle plaçait soigneusement son marque-page dans son livre et s'excusait pour se rendre à la salle de bains ; assez souvent, quand elle en revenait, il dormait déjà, en ronflant.

Ce matin, Estelle se tenait près de l'un des parterres de roses, vêtue d'un vieux manteau de laine verte, son pantalon de toile enfoncé dans des bottes en caoutchouc qui lui arrivaient à mi-mollet, les mains protégées par de vieux gants de jardinage marron éraflés. L'ennui, avec le mois de janvier, c'est qu'il était trop tard pour planter de nouveaux bulbes, trop tôt pour faire grand-chose d'autre. Les seules activités utiles qui s'offraient à elle consistaient à nettoyer les plates-bandes, réparer les dégâts causés par l'un ou l'autre des chats du voisin, couper au sécateur une feuille brunie de ci de là.

Elle trouva les rosiers horribles, à présent qu'ils étaient taillés, leurs tiges d'un vert cru dressées aveuglément vers le ciel.

Quelque part dans son esprit, elle entendit une voiture qui s'approchait, puis le silence, puis, à peine audible, la sonnette de la porte d'entrée. Si la porte du jardin d'hiver n'était pas restée ouverte, elle n'aurait probablement rien entendu du tout. Encore que cela n'aurait eu aucune importance : que le visiteur soit un de ces Mormons bien habillés ou une personne ramassant des objets pour la vente de charité de l'église, il perdrait vite patience et s'en irait.

Vers le fond du jardin, un moineau s'offrait un bain de terre meuble, que ses ailes faisaient voleter autour de lui. Avec l'air froid de la nuit, le sol avait plutôt bien séché ; le ciel, aujourd'hui, était d'un bleu-gris délavé où traînaient quelques nuages, et la température ne devait pas dépasser huit ou neuf degrés, tout au plus.

Un cliquetis annonça l'ouverture du portillon latéral. Quand Estelle se retourna, elle vit l'inspectrice noire qui lui avait, pendant un moment, tenu la main. Elle était grande, bien plus qu'elle ne se le rappelait ; aussi grande que Gerald, elle l'aurait juré, et les talons de ses bottes laissaient des empreintes bien nettes sur la pelouse.

– Madame Cooper. Estelle. Comment allez-vous, ce matin ? (Karen était tout sourires.) J'ai sonné, mais comme vous étiez dans le jardin, je suppose que vous n'avez pas entendu. J'espère que vous ne m'en voudrez pas d'être entrée par moi-même ?

– Bien sûr que non. Pas du tout.

Qu'aurait-elle pu dire d'autre ?

– Vous faites tout ça toute seule ? demanda Karen Shields en regardant autour d'elle.

Bien que destinées, très probablement, à formuler un compliment, ces paroles furent perçues par Estelle comme une sorte de reproche : *C'est tout ce que vous trouvez à faire de votre vie ?*

– Gerald me donne parfois un coup de main pour les gros travaux, du moins, il le faisait autrefois. Et Jake, maintenant qu'il est plus grand, il...

Brusquement, elle se tut : pourquoi disait-elle cela ?

– Estelle ? demanda doucement Karen. Ça va ?

Elle leva les yeux vers Karen, vers ce visage qui respirait l'autorité, aux lèvres rouges, rouges. Celui d'une belle femme... C'était bien l'adjectif qui convenait ?

– Estelle ?

– Hmmm ? Oui, bien sûr.

Bien sûr quoi ? Elle ne le savait pas.

– Et si on rentrait ? suggéra Karen. Cette tasse de thé que vous m'avez proposée la dernière fois. Quelque chose pour nous préserver du froid.

Tandis qu'elles marchaient vers la maison, Karen prit le bras d'Estelle.

Elles s'installèrent dans le jardin d'hiver, dont la porte était à présent fermée. Les angles des carreaux commençaient à s'embuer. Çà et là une fleur, rouge brique ou d'un blanc de neige, tenait encore à l'un ou l'autre des géraniums dont les feuilles supérieures restaient d'un vert éclatant de santé, alors que celles qui entouraient la base étaient brunes, racornies, et fines comme une feuille de papier.

Le thé fut servi dans de grandes tasses blanches ornées d'un liseré doré qui s'effaçait ; la théière en porcelaine, maintenue au chaud par son couvre-théière, était posée sur un plateau avec le pot à lait et le sucrier assortis, bien que le sucre n'eût servi à personne. Des gâteaux secs présentés en éventail sur une assiette. Des serviettes en papier.

Karen prit son temps, écoutant Estelle placer un mot par-ci, par-là dans la conversation, comme un oiseau qui picore, dans l'attente de ce qui pourrait être le moment opportun.

Finalement, elle lâcha sa question pendant un silence, comme un caillou qui tombe lentement dans un puits.

– Estelle, je sais que cela va être difficile pour vous, et si je pouvais éviter de vous poser cette question je le ferais, mais vous m'avez dit qu'il y avait des choses que Steve Kennet vous forçait à faire, des choses dont la simple idée vous mettait mal à l'aise. Et j'ai besoin que vous me précisiez en quoi elles consistaient.

La main d'Estelle trembla, un peu de thé franchit le bord de la tasse pour se répandre dans la soucoupe, puis sur ses genoux.

– Comme je suis maladroite ! fit-elle en l'épongeant avec sa serviette. Excusez-moi, qu'est-ce que vous avez dit ?

Lorsque Karen repartit, une heure et demie plus tard, ses traits étaient figés par la colère et l'indignation, son esprit bouillonnait. Pendant toute la durée de leur liaison, Kennet avait persuadé Estelle de prendre part à divers scénarios dans lesquels ils jouaient une scène de viol. Parfois, dans l'appartement où ils vivaient, ou dans un hôtel minable, et parfois, après la tombée de la nuit, dans des lieux publics, comme Wimbledon Common ou Hampstead Heath.

Dans ces cas-là, ce qu'il l'obligeait à faire, contre son gré, c'était de suivre une allée en faisant semblant d'être perdue, et il entrait en scène dans le rôle de l'inconnu serviable qui se proposait pour lui montrer le chemin. Ou alors, portant un masque, il lui sautait dessus sans prévenir, l'agrippait par les bras et la jetait au sol.

Vers la fin de leur liaison, un jour où elle refusait de se prêter au jeu, il la viola véritablement.

Karen appela Mike Ramsden depuis sa voiture, avant même de mettre le contact ou de boucler sa ceinture.

– Mike ? Je veux que vous nous rameniez Kennet pour un interrogatoire, le plus tôt possible. Si nécessaire, tirez-le par les pieds pour le faire descendre d'un toit.

Elle jeta un dernier regard à la maison avant de s'éloigner.

Steve Kennet était introuvable. Il ne s'était pas présenté à son travail ce matin, sans prévenir, sans fournir d'excuse. Son adresse personnelle était un appartement à deux pas de Seven Sisters Road, entre Finsbury Park et le pub historique nommé The Nag's Head. Aucune réponse. Un membre du couple qui habitait au-dessus de chez lui déclara qu'ils ne pensaient pas qu'il ait passé la nuit à son domicile. Il était rentré, puis reparti. Au volant d'une camionnette. Une Ford de deux tonnes cinq, couleur blanc sale. Ils ne l'avaient pas vu ce matin non plus.

– Continuez à chercher, dit Karen. Mettez son appartement sous surveillance. Préparons un signalement prêt à être diffusé, avec les détails concernant le véhicule.

Quand la mère de Tara ramena Jake et Amber chez eux juste avant quatre heures et qu'apparemment il n'y avait personne à la maison, elle les fit tout simplement remonter dans la Toyota et les emmena avec Tara au numéro 35, où elle donna à tout le monde des biscuits au chocolat et du jus de fruit. Puis, quand ils eurent joué ensemble, alors que le téléphone des Cooper sonnait dans le vide, elle leur prépara des pâtes à la sauce tomate.

Pour Jake et Amber, c'était une surprise inespérée.

Le père de Tara se rendit chez les Cooper dès qu'il rentra de son travail et frappa énergiquement à la porte. Il entra dans le jardin par le passage latéral et trouva le jardin d'hiver fermé à clé, la maison entière plongée dans le noir. Ses appels ne suscitèrent aucune réaction.

Ils envisagèrent d'appeler la police, mais décidèrent d'attendre le retour de Gerald Cooper. Lui, au moins, aurait une clé.

Le hasard voulut que Gerald parvienne à prendre le train plus tôt que d'habitude. Il arriva à sept heures, et trouva un petit mot des parents de Tara punaisé sur la porte d'entrée. Il se dit qu'il allait avaler un gin-tonic en vitesse avant d'aller chercher les mômes. Dieu seul savait où était passée cette pauvre idiote d'Estelle.

Il la trouva dans le salon, pendue au lustre. Sur le tapis, était tombé le tabouret de cuisine qu'elle avait apporté pour grimper dessus, et qu'elle avait chassé d'une ruade.

35

Elder lut la mauvaise nouvelle sur le visage de Karen avant d'entendre ses explications.

– Merde ! fit-il. (Puis il ajouta :) Pauvre femme.

– Oui.

– Qu'est-ce que vous en pensez ?

– Ce que j'en pense ? Qu'est-ce que ça change ? Elle est morte, bon sang !

– Vous êtes allée la voir hier ? Vous lui avez parlé ?

Un rire se coinça dans la gorge de Karen.

– Oui, je lui ai parlé.

– Comment allait-elle ?

Karen regarda Elder comme si elle avait affaire à un imbécile.

– Comment croyez-vous qu'elle ait pu aller ? J'ai fait amie-amie avec elle, je l'ai calmée, et je lui ai fait avouer que ce salopard de Kennet la violait.

– Il la violait ?

– Oui, il la violait. Parfois au cours d'une sorte de jeu malsain, parfois pour de bon.

– Elle vous a raconté ça ?

– Elle m'a raconté tout ça, et puis je l'ai laissée seule, seule dans cette maison, avec ses gants de jardinage et ses satanées tasses à thé de luxe, et son putain de lustre à l'ancienne. (Les larmes ruisselaient sans retenue sur le visage de Karen.) Et hier après-midi, quand j'ai demandé qu'on interpelle de nouveau ce salaud, il avait disparu, bon sang !

Elder écarta son siège du bureau.

– Asseyez-vous une minute.

– Je n'ai pas envie de m'asseoir.

– Asseyez-vous, buvez un café, et on va reparler de tout ça.
– Je n'ai pas envie de votre saloperie de café non plus.
– Karen.
– Quoi ?
– Asseyez-vous. Allez. (Doucement, mais avec fermeté, il lui prit le bras.) Asseyons-nous.

Karen soupira et fit ce qu'il lui demandait. Elle trouva un Kleenex dans son sac, se tamponna les yeux et se moucha. Elder alla prendre un second siège de l'autre côté du bureau et s'assit en face d'elle, si près qu'il aurait pu lui prendre la main.

– Ce n'est pas votre faute, vous savez.
– Oh, que si. Bien sûr, que c'est ma faute.
– Ce n'est pas vous qui lui avez fait subir ces horreurs.
– Je l'ai forcée à en parler, à y repenser.
– Vous faisiez votre boulot.
– Mon putain de boulot.
– Et puis, vous croyez qu'elle n'était pas obsédée par ces souvenirs-là, en permanence ? Vous pensez qu'elle aurait pu oublier ? À la longue ? (Il pensait à Katherine, dans la maison de Rob Summers, avant Noël. *Papa, je ne serai jamais plus comme avant.*) C'est Kennet, reprit Elder. C'est lui qui doit être tenu pour responsable. Ce que nous devons faire, c'est nous assurer qu'il ne recommence pas. Et le faire payer.

Jennifer McLaughlin conseillait à un client un remède contre les maux de gorge, et elle compatissait à son malheur : beaucoup de gens s'en plaignaient à cette période de l'année. Elder entra et quémanda dix minutes de son temps. Avec Karen, ils marchèrent le long de Broadway. Jennifer profita de l'occasion pour fumer une cigarette, Karen s'efforçant d'inhaler la fumée qu'elle rejetait, mais ne captant que les gaz d'échappement. Le Starbucks étant complet, ils dépassèrent donc le rond-point pour aller au Pizza Express.

Karen commença à poser ses questions avec autant de tact que possible, mais Jennifer, plus jeune qu'Estelle Cooper d'une bonne décennie et demie, en ce qui concernait l'âge, et de plusieurs générations sur le plan de l'attitude et de l'expérience, resta imperturbable.

– On s'est disputés à ce sujet, ça oui, bien sûr. Toute cette mise en scène... Je ne sais pas pourquoi j'ai accepté ça pendant aussi longtemps. (Marquant une pause, elle regarda Karen droit dans les yeux.) Sauf que, ma foi, c'était excitant, au début, vous savez. Vous voyez ce que je veux dire ? C'est seulement après coup qu'on se dit, bon sang, mais à quoi est-ce que je me suis prêtée, là, au juste ?

– Et quand vous vous êtes querellés, pendant vos vacances, dit Karen, c'était à cause de ça, en fait ? Toujours le même problème ?

Tournant la tête, Jennifer libéra un filet de fumée qui ondula dans l'atmosphère.

– Oui, répondit-elle.

– Nous aimerions que vous veniez au commissariat faire une déposition, dit Karen. Je suppose que vous n'y voyez pas d'inconvénient ?

– Maintenant ? Vous voulez que je vienne tout de suite ?

– En fin d'après-midi, ce serait très bien. Quand vous aurez fini votre journée de travail. Nous pouvons venir vous prendre en voiture et vous ramener ensuite, si ça vous arrange.

– D'accord. (Jennifer les regarda de nouveau, l'un après l'autre.) Il a fait quelque chose, cette fois, n'est-ce pas ? Quelque chose de grave.

– C'est possible, dit Elder.

– Mon Dieu..., murmura Jennifer en se signant.

– Si c'était nécessaire, fit Karen, seriez-vous prête à témoigner devant un tribunal ?

– Oh, oui.

– Vous ne connaîtriez pas, par hasard, les noms d'autres personnes avec qui Steven aurait pu sortir avant de vous connaître ? demanda Elder. Nous aimerions en interroger un maximum.

Jennifer prit son paquet de cigarettes.

– Je ne sais pas, c'est possible. Si je réfléchis à la question, vous comprenez. Des noms qu'il aurait mentionnés. Il ne se gênait pas pour se vanter, comme vous pouvez l'imaginer. Mais de but en blanc, je ne vois que cette... (Les cigarettes lui glissèrent entre les doigts.) Cette femme officier de police. Celle qui a été tuée. Mon Dieu ! Oh, mon Dieu !

Un frisson brutal la secoua, et son visage fut soudain privé du moindre vestige de couleur.

En fin de compte, Jennifer McLaughlin se souvint de trois noms, qui remontaient, pensait-elle, à un bon paquet d'années. L'une pouvait avoir travaillé dans un supermarché Waitrose, une autre était infirmière. Toutes habitaient – ou avaient habité – le nord de Londres.

– Vous et moi, Frank, dit Karen. On pourrait aller enquêter un peu sur le terrain, à l'ancienne. Qu'est-ce que vous en dites ?

36

Elder prit le boîtier du CD et regarda la couverture : un Noir au visage rond, aux cheveux coupés ras, un saxophone en équilibre sur une épaule, les mains jointes comme pour prier.

– Stanley Turrentine, lança Elder en direction de la cuisine. Je suis censé avoir entendu parler de lui ?

Pas de réponse.

Un saxophone et puis, quoi ? Un orgue ?

– Pardon, fit Karen en rapportant deux verres fraîchement rincés et la bouteille d'Aberlour qu'elle avait repérée en promotion lors de leur visite chez Waitrose. Vous avez dit quelque chose, mais je n'ai pas entendu.

– Turrentine, il est connu ?

– Connu en tant que célébrité, ou connu des amateurs de jazz ?

– L'un ou l'autre.

– Peut-être un peu connu des spécialistes. (Elle versa deux rasades plutôt généreuses de scotch, en tendit une à Elder, et leva son verre.) À la vôtre.

– À la vôtre.

– Je l'ai vu il y a quelques années au Jazz Café. (Karen sourit.) À l'époque où j'allais dans les clubs.

– Maintenant, vous passez vos soirées à la maison, à tricoter et faire du crochet.

– Quelque chose comme ça.

Le whisky était bon, il chauffait le fond de la gorge. Ils avaient dîné dans un restaurant turc d'Upper Street ; il leur avait fallu patienter, debout, pendant vingt minutes pour avoir une table, mais cela en avait valu la peine. Des kebabs d'agneau, du riz, de la sauce au piment, une bouteille de vin rouge.

– Il jouait ça, dit Karen en tendant l'oreille. Vous connaissez ?
Elder secoua la tête.
– *God Bless the Child* [1].
Elle en chanta quelques mesures.

Pendant leur long après-midi, ils étaient parvenus à retrouver la trace de deux des trois femmes dont Jennifer McLaughlin s'était souvenue. Et à leur parler.

Maria Upson, une infirmière du service orthopédique à l'hôpital Middlesex, avait confirmé à peu près tout ce qu'ils savaient ou dont ils se doutaient au sujet de Kennet. Elle était sortie avec Kennet pendant neuf mois, et elle regrettait pratiquement chaque minute des six derniers.

– Les hommes..., dit-elle, avec un regard pas totalement méprisant en direction d'Elder. Quand vous commencez à les connaître, ou que vous croyez les connaître, il suffit que vous baissiez la garde et ils se métamorphosent : vous vous retrouvez avec un gamin de cinq ans qui veut être choyé et câliné, ou avec l'éventreur du Yorkshire.

Elle n'eut pas besoin d'ajouter auquel des deux Kennet ressemblait le plus.

Lily Patrick était gérante stagiaire chez Waitrose, et le portrait qu'elle fit de Kennet était différent : Kennet était gentil, drôle, attentionné. Bon, d'accord, il était entré une fois par la fenêtre de sa chambre, au deuxième étage, en pleine nuit, et lui avait flanqué une trouille bleue, mais c'était pour lui apporter une douzaine de roses rouges et des ballons rouges pour son anniversaire.

– Vous voyez, un peu comme une sorte de Père Noël.

– Et sur le plan sexuel, demanda Karen, vous a-t-il jamais suggéré quoi que ce soit dont la simple idée vous mettait mal à l'aise ?

– Non. (Elle rougit, mais à peine.) Quel genre de choses ?

– Des jeux, pour mettre en scène certains fantasmes. Vous voyez ?

– Oui, un jour, on a rejoué un passage de *Roméo et Juliette*. Vous savez, la scène du balcon. On venait de voir le film.

– Je pensais à quelque chose d'un peu moins romantique.

– Je ne comprends pas.

– Un fantasme de viol, par exemple.

1. Dieu bénisse l'enfant.

– De viol ? (Lily s'essuya les mains sur le devant de sa salopette Waitrose, comme si elles étaient souillées tout à coup.) Vous plaisantez, j'espère ? C'est une blague ?

– Non.

– Ce n'est pas possible.

– C'est quelque chose que font certaines personnes, Lily. Des fantasmes comme celui-là. Des gens très ordinaires.

– Pas les gens que je connais. Pas Steve.

Elder pensait depuis un moment à une chanson de Dire Straits que Joanne avait passée un nombre incalculable de fois. Il tentait de se rappeler quel fantasme ils avaient pu construire autour de leur vie commune, son ex-femme et lui, s'ils en avaient jamais eu un.

– Si elle était si parfaite, dit-il, cette liaison que vous aviez avec Steve, comment se fait-il que vous ayez cessé de le voir ?

– Il est parti, voilà. Quelque part au Moyen-Orient. Pour son travail. Un grand projet, il s'agissait de reconstruire un hôpital, je crois. Au Koweït, peut-être. Un pays où on ne peut pas boire d'alcool, je me souviens de ça. Steve plaisantait là-dessus, en disant qu'il allait devoir choisir sa compagnie aérienne, pour ne pas voyager dans un avion dans lequel on n'avait pas le droit de boire. Je veux picoler au maximum, il disait, avant la grande sécheresse.

– Il aimait bien boire, alors ? fit Karen.

– Pas plus que n'importe qui.

– Et vous ne l'avez jamais revu depuis ? Cela remonte à combien de temps ? Dix-huit mois ?

– Presque deux ans. Non, je ne l'ai pas revu. Il est toujours là-bas, n'est-ce pas ? Il vit là-bas.

– Vous avez eu de ses nouvelles depuis ?

– Non. Pas vraiment. Pas depuis Noël. Noël de l'an dernier.

Ils la remercièrent de sa collaboration et la laissèrent pensive et franchement triste.

Quant à la troisième femme – Jane Forest – ils attendaient encore de retrouver sa trace.

Karen était assise sur un canapé à deux places et à dossier bas, de couleur orangée avec des coussins rouges et violets. En face d'elle, Elder avait pris place dans un fauteuil gris en osier. La musique jouait toujours, sur un fond sonore de circulation automobile et de conversations indistinctes montant de la rue.

– Il y a près de deux ans, dit Karen, d'après Lily Patrick, Kennet est parti au Koweït. (Elle secoua la tête.) Ça m'étonnerait. Il y a dix-huit mois, ou un peu moins, il a commencé à voir Jennifer McLaughlin.

– Et pendant ce temps, il voyait aussi Maddy Birch.

– Et, probablement, il faisait ses courses chez Tesco plutôt que chez Waitrose.

– On dirait qu'il reproduit à chaque fois le même schéma.

– Donc, ou peut parier que pendant qu'il sortait avec Mlle Waitrose, il voyait aussi quelqu'un d'autre ?

– Quelqu'un dont les fantasmes étaient un peu plus violents que les histoires du Père Noël et de *Roméo et Juliette*.

– Il y a des chances. Bien que même Juliette meure à la fin.

– Roméo aussi, vous vous rappelez ? (Elder but une gorgée de scotch.) Si je connaissais mieux mon Shakespeare, je trouverais sans doute quelqu'un qui ressemble plus à Kennet que Roméo.

– Othello, suggéra Karen. Non, Iago.

Elder avait vu *Othello*, un jour. Quand il était en Première. Au Grand Théâtre de Leeds, en matinée. Il se souvenait du prof qui n'arrêtait pas de leur demander le silence, puis qui leur avait remonté les bretelles quand ils avaient regagné le car. Il se rappelait le nom de la fille qui était assise à côté de lui, mais pas grand-chose de la pièce. Desdémone ? Une histoire de mouchoir ?

– Attendez, attendez, fit Karen. *Titus Andronicus*.

– Qui ?

Elle rit.

– Je ne sais pas. Je me souviens seulement que le sang coulait à flots.

Stanley Turrentine semblait en avoir terminé. Le silence était confortable.

– Je suis désolée pour l'autre soir, dit Karen au bout d'un moment.

– L'autre soir ?

– Chez vous. Vous avez dû me prendre pour une allumeuse.

– Non.

– Vous n'avez pas cru que je vous faisais du charme pour me défiler ensuite ?

– Je n'ai pas cru une minute que vous me faisiez du charme.

Karen rejeta la tête en arrière et s'esclaffa.

– Bon sang ! Je dois avoir perdu la main.

– Non, c'est moi. J'ai oublié la façon d'interpréter les signes.
– Un petit peu rouillé ?
– Quelque chose comme ça.
– Alors... (Saisissant la bouteille de scotch, elle en versa une dose dans le verre d'Elder)... ce qu'il vous faut, c'est un peu de lubrifiant. (Puis, effarée :) Mon Dieu, je n'arrive pas à croire que j'aie pu dire une chose pareille.
– Vous n'avez rien dit.
– Non, vous avez raison.

Mais il souriait, il souriait avec les yeux, et même si elle n'était sûre de rien, au point où elle en était, elle l'embrassa quand même. Un seul baiser aurait pu se justifier, passer pour acceptable, dans les limites de la situation, et permettre un certain retour à la normale, mais il y en eut d'autres : elle embrassa ses lèvres, son cou, sa joue, ses paupières. Elle sentit les mains d'Elder sur son corps, dans son dos, sur ses cuisses, ses seins. L'attirant à elle, Karen fit sortir Elder de son fauteuil et l'entraîna avec elle sur le plancher. Bon sang, ils n'allaient quand même pas faire l'amour par terre ? Les doigts d'Elder étaient chauds sur ses épaules, il avait passé sa jambe entre les siennes. Karen eut conscience qu'une partie de son esprit lui lançait des messages d'alerte. Son diaphragme était dans sa boîte, dans la salle de bains, elle n'avait pas de préservatifs, et les probabilités qu'il en eût un sur lui devaient être nulles. Alors que le pouce d'Elder frôlait son mamelon, elle changea de position. Défit les boutons, les fermetures à glissière. Elle lui ôta sa ceinture. Un goût aigre et salé dans la bouche. Raflant l'un des coussins du canapé, elle se souleva et se caressa entre les jambes. C'est là qu'il l'embrassa encore et encore. Les talons de Karen tambourinèrent sur la colonne vertébrale d'Elder. Si seulement les cris pouvaient réveiller les morts...

Quand ce fut fini, ils restèrent étendus côte à côte. D'une façon ou d'une autre, Karen était parvenue à remettre la musique en route. *More Than You Know* [1]. Elder était ébahi par les nuances de sa peau, du chocolat noir jusqu'au gris métallique.

– Je vais prendre une douche, finit-elle par dire en sautant sur ses pieds.

Elder resta étendu là, se demandant quelle heure il était, s'il était censé rester pour la nuit. S'il en avait envie.

---

1. Plus que tu ne crois.

Karen revint cinq minutes plus tard, un peignoir en coton sur les épaules, un verre d'eau à la main, un large sourire sur son visage.

– Quoi ? fit Elder.

– Il n'y a encore pas si longtemps, j'aurais pu me saper comme une princesse, me maquiller, descendre au Funky Bouddha, au Sugar Reef, au China White. Je me serais dragué une future star du rap ou une paire de champions de foot juniors. Et je me retrouve avec quoi ? (Elle rit.) Un jules blanc et fatigué.

– Merci. Merci bien.

– Je t'en prie.

– Tu n'as pas ta langue dans ta poche, toi, dis donc !

– Tu es bien placé pour le savoir.

Elder secoua la tête.

– Écoute, il faut que j'y aille.

– D'accord. Tu veux que je t'aide à te relever ?

Elder la regarda pour voir si elle plaisantait, et il ne put se faire une opinion. Quand il était sous la douche, son portable sonna, et c'est Karen qui répondit.

– Tiens..., dit-elle. (Elle lui tendit l'appareil alors que, l'eau étant coupée, il passait le bras autour du rideau de douche.)... Une voix de femme. Jeune.

Il sut que c'était Katherine avant de l'entendre.

– Papa, j'ai besoin de te voir. C'est important.

– À quel sujet ?

– Quand je te verrai, d'accord ?

– D'accord, mais je ne suis pas sûr de...

– Papa, si ce n'était pas urgent, je ne te l'aurais pas demandé.

Il sut que c'était vrai.

– Demain matin, alors, dit Elder. Neuf heures et demie, dix heures ?

– Disons dix heures. Au château. Je t'attendrai dans le parc.

– Katherine...

– Demain.

Et elle coupa la communication.

– Un problème ? demanda Karen quand il fut rhabillé.

Elle était en train de faire du café.

– Il faut que je retourne à Nottingham demain. C'est ma fille, encore une fois. Je reviendrai dès que je pourrai.

– Ne t'inquiète pas. On va continuer à chercher Kennet. Et voir si on peut retrouver la trace de cette Jane Forest. En attendant, c'est mon tour de t'appeler un taxi, d'accord ?

Elder hocha la tête.

– D'accord.

À la porte, elle l'embrassa, sans s'attarder.

– Pas si fatigué, finalement, le jules, dit-elle en souriant. Seulement très très blanc.

37

C'était une journée d'hiver exceptionnelle. Elder avait envisagé de prendre sa voiture, avant d'opter finalement pour le train. Pas beaucoup plus d'une heure et demie, une heure et quarante minutes, et il se retrouva au cœur de la ville. Passant devant le canal puis la station d'autobus, il longea l'un des côtés du centre commercial de Broad Marsh qui le mena jusqu'à Lister Gate, Castle Gate, et Maid Marian Way. Le château était bâti sur un roc. Ce n'était pas un château comme l'imaginent les enfants, avec des tourelles et des meurtrières, des voûtes qui tombent en ruine, le château de Robin des Bois et du Roi Jean, avec des combats à l'épée, des arcs et des flèches, mais quelque chose de plus récent, plus carré, municipal.

Le parc était aussi méticuleusement entretenu que dans son souvenir, la terre des plates-bandes fraîchement retournée, le kiosque à musique en bois semblait avoir reçu une nouvelle couche de peinture, à moins que ce ne fût l'effet du soleil d'hiver s'exprimant en toute liberté, pâle mais suffisamment ardent pour effacer le froid.

Katherine se tenait près du mur d'enceinte. Appuyée à un parapet, elle regardait au loin. Elle tourna la tête au moment où Elder s'approchait d'elle. Elle portait ce qui ressemblait à une veste d'homme en polaire, la fermeture remontée jusqu'au cou, des baskets, un jean ample.

Elder hésita, se pencha pour l'embrasser sur la joue et, comme Katherine tournait la tête, il posa un baiser dans ses cheveux courts et en désordre.

– C'est plutôt une belle matinée..., fit-il, cherchant quelque chose à dire. Sympa, le voyage en train. Il faisait beau, tu comprends. Et c'est rapide, aussi. Tu as à peine le temps de jeter un coup d'œil au journal, de boire une tasse de leur cochonnerie de thé, et tu es arrivé.

Il débitait des lieux communs.

Katherine avait toujours autour des yeux les cernes sombres qu'il avait remarqués auparavant. La veste trop grande pour elle la faisait paraître minuscule et sous-alimentée. En mauvaise santé. Il y avait à peine plus d'un an, elle participait à des compétitions de course à pied au niveau régional, elle... Elder se contraignit à ne plus y penser, à renoncer à de tels souvenirs.

– Hier soir, dit-il, tu m'as paru inquiète.

– Ouais, enfin... On va marcher. Tu veux bien qu'on marche un peu ?

Ils partirent d'un pas lent sur le chemin en lacet qui les mènerait, au bout du compte, au pied du château lui-même.

– Il faut que tu me promettes, commença Katherine au bout d'un moment.

– Que je te promette quoi ?

– Je veux seulement que tu me promettes, c'est tout.

– Quoi ?

– Que tu ne vas pas te mettre en boule, péter les plombs. Laisse-moi simplement... Laisse-moi parler jusqu'au bout, d'accord ?

– D'accord.

Il se passa un certain temps avant que Katherine ne reprenne la parole.

– La dernière fois que tu es venu, l'héroïne, elle était à Rob, tu avais raison. Enfin, pas exactement à lui, il la gardait pour quelqu'un. Non, attends, attends. Rappelle-toi ce que tu m'as promis. Calme-toi, d'accord ? Décompresse. (Katherine s'arrêta, la tête baissée, les bras pendant le long du corps.) Je savais que c'était une mauvaise idée.

– Non, tout va bien, fit Elder. Continue, continue.

Ils repartirent, marchant lentement.

– C'était ma faute, j'ai été complètement idiote, si je l'avais fermée, on serait passés au travers, il ne nous serait rien arrivé. Mais une fois qu'on s'est retrouvés au poste et que ce salopard des Stups s'en est mêlé...

– Bland ?

– Oui. Lui. Il y a un temps fou qu'il s'acharne sur Rob, qu'il l'interpelle pour un oui pour un non, qu'il le menace, lui disant qu'un jour ils vont le coincer avec une grosse quantité de drogue en sa possession, et qu'ils l'enverront en taule pour plusieurs années. Sans jamais faire vraiment grand-chose contre Rob – je veux dire, il aurait pu l'arrêter plein de fois pour des bricoles, mais il s'est toujours contenté de l'asticoter.

Katherine s'arrêta dans un virage, pour regarder à ses pieds la grille du parc et la ville.

– Et puis, après cette dernière fois où tu es venu, Bland a débarqué quelques jours plus tard, à six heures et demie du matin, lui et un de ses copains...

– Eaglin ? l'interrompit Elder, se souvenant que Maureen avait mentionné ce nom.

– Je ne sais pas. Ils n'ont pas perdu beaucoup de temps à faire les présentations. Ils ont retourné toute la maison. Rob, il a essayé de les en empêcher, et ils l'ont frappé, ils l'ont jeté à terre, ils lui ont donné des coups de pied.

– Ils avaient un mandat de perquisition ?

– C'est ce qu'ils ont dit.

– Tu ne l'as pas vu ?

– Je n'ai rien vu du tout. J'ai juste entendu un vacarme terrible et des hurlements à l'étage, pendant que j'essayais de m'occuper de Rob. Il saignait d'une entaille à la tête.

– Et c'était quand ?

– Il y a deux jours. Lundi.

– Que s'est-il passé, ensuite ?

– Ils sont redescendus, un sourire jusqu'aux oreilles sur leurs sales gueules, en agitant un grand sachet de crack. *Cette fois, on te tient, mon salaud. Tu peux toujours essayer de t'en tirer par le baratin, cette fois*. Ils prétendaient l'avoir trouvé sous le plancher de la chambre.

– C'est là que Rob planquait sa drogue ?

– C'est eux qui l'avaient mise là exprès. Elle n'était pas à Rob.

– Comme l'héroïne dans la voiture n'était pas à lui.

– Non.

– Non ? Ça ne sert à rien de le couvrir, Kate...

– Je ne le couvre pas. Pas cette fois. Pas dans cette histoire. Je veux dire... (Elle leva la tête vers le ciel, puis regarda le parc, évitant les yeux de son père.) Je veux dire, c'est là qu'il cachait la marchandise, oui, d'accord, de temps en temps, mais pas de crack, il ne revendait pas de crack, jamais, pratiquement jamais, et franchement ce n'était pas à lui. J'en suis sûre.

Il y avait des larmes, à présent, qui coulaient dans le creux de ses joues. Tandis qu'Elder fouillait ses poches à le recherche d'un mouchoir en papier, elle essuya son visage sur sa manche.

– Que s'est-il passé après l'arrestation ? demanda Elder.
– C'est ça, le problème. Ils ne l'ont pas arrêté.
– Pourquoi ?
– Parce qu'ils voulaient le forcer à passer un marché avec eux.
– Quel genre de marché ?
– Ils voulaient qu'il leur donne des informations.
– À quel sujet ?
– À ton avis ?
– Sur ses fournisseurs. Sur d'autres dealers, peut-être. Je ne sais pas.

Katherine avait recommencé à marcher.

– Sur ses fournisseurs, oui. Ils voulaient savoir s'il y avait une planque dont ils se servaient. C'était ça qui semblait les intéresser plus que tout le reste.
– Et il leur a dit ?
– Il n'avait pas vraiment le choix.

Ils étaient parvenus à la haute muraille qui domine Castle Boulevard, le canal et le quartier des Meadows. Un petit groupe d'oiseaux, cinq ou six, trop blancs pour être des pigeons, s'envola de la paroi rocheuse, s'éparpilla en arc de cercle et alla se poser sur le toit du musée de la Brasserie, en contrebas.

– Rob leur a donné l'adresse d'un appartement de Forest Fields, reprit Katherine, il ne pensait pas que ses fournisseurs l'utilisaient encore, c'est la seule idée qui lui soit passée par la tête. Comme par hasard, ils s'en servaient toujours. Bland et son pote se sont pointés là-bas juste à la tombée de la nuit. D'après ce qu'on a entendu dire, ils ont mis la main sur près de neuf mille livres en liquide et Dieu sait quelle quantité de crack. De l'héroïne, aussi. Si jamais ils apprennent que c'est Rob qui les a donnés, ils le tueront.
– Où est-il, maintenant ?
– Il se cache.
– En plus de l'argent liquide et de la drogue, Bland et Eaglin, ils ont arrêté quelqu'un ?
– Pas que je sache.

Pendant un moment, Katherine laissa son père lui tenir la main.

– Tu vis où, en ce moment ?
– Chez Rob, pourquoi ?
– Rentre à la maison. Chez ta mère.
– Non.
– Fais-le, Kate.

– Mais s'il cherche à me joindre...

– Il serait idiot de venir ici. Il peut t'appeler sur ton portable, sûrement ?

– Je suppose.

– Il y a des affaires que tu as besoin de récupérer ?

– Non, pas vraiment.

– Alors, vas-y tout de suite, je t'accompagne.

– Et ensuite ? (Son visage maigre avait un air suppliant.) Tu crois que tu peux faire quelque chose ?

– Je ne sais pas. Je vais essayer. Ce que je ne peux pas faire, c'est des promesses. D'accord ? Tu comprends ?

Elle hocha la tête, en reniflant, les mains dans les poches, si triste qu'elle était une enfant à nouveau, malheureuse comme les pierres parce qu'elle avait cassé son jouet, perdu sa poupée préférée, que ses amies avaient refusé de jouer avec elle à la récré, ou qu'elle avait égaré un gant, qu'elle s'était éraflé le genou. Jamais il ne cesserait d'être surpris par l'immensité de l'amour qu'il avait pour sa fille ; jamais.

– Allez, viens, dit-il. Si on doit y aller, allons-y tout de suite.

38

Le soleil persistait derrière un mince voile de nuages, mais près du fleuve, l'air était vif si l'on n'était pas soigneusement couvert. Maureen portait une écharpe et des gants, un anorak qu'elle avait boutonné après en avoir remonté la fermeture à glissière. Elle avait retrouvé Elder près du pont, sur la rive sud, près du conseil régional, et ils étaient partis se promener le long du fleuve, vers Wilford, laissant derrière eux le parc municipal.

À part quelques coureurs à pied et de temps à autre une personne qui promenait son chien, ils avaient pratiquement le sentier pour eux seuls.

– Tu la crois ? demanda Maureen.

– Je la crois, oui.

– Et pas Summers ?

– Tant que je ne lui parle pas les yeux dans les yeux, c'est difficile à dire. De toute évidence, il m'a menti auparavant.

– Allons, Frank. Le père de sa copine, un ex-flic, qu'est-ce que tu attendais d'autre ?

– Cela ne m'aide pas à prendre sa version de l'histoire pour parole d'Évangile, c'est tout.

– Katherine, malgré tout, elle a vu ce qu'elle a vu.

– Oui, je suppose.

Ils continuèrent de marcher. Alors qu'ils approchaient de la passerelle permettant de rejoindre Memorial Gardens, deux cygnes et un assortiment de canards nagèrent vers eux, dans l'espoir qu'on leur donnerait du pain.

– Bland et Eaglin, qui prennent d'assaut la planque des dealers et qui empochent le butin, tu crois que c'est possible ?

– Tout est possible, Frank, tu le sais.

– Mais c'est probable ?

– Aux Stups, tu sais, ils sont quelques-uns de la vieille école à n'en faire qu'à leur tête. Et ces deux-là, ils sont connus pour friser l'illégalité. Mais un coup pareil... Je ne sais pas, Frank, il me faudrait des preuves.

– Oui.

– Et ce n'est pas facile.

– Si une arnaque de ce genre avait lieu, on ne tarderait pas à jaser.

– Je sais. La question, c'est de savoir à qui en parler. À qui faire confiance.

– Le problème reste entier, alors.

Maureen sourit.

– Effectivement.

Au pont de Wilford, ils traversèrent pour rejoindre la berge et revenir en suivant le méandre du fleuve.

– À quelle heure est ton train, Frank ? demanda Maureen.

– Au quart.

– Je vais fouiner un peu, voir ce que je peux apprendre. Je te tiens au courant.

– Pas d'imprudence.

Elle le regarda bizarrement.

– Merci, Maureen.

Ils se serrèrent la main.

– Comment ça se passe, dans la capitale ?

– Trois pas en avant, deux pas en arrière.

– C'est mieux que le contraire.

À la gare, Elder acheta un journal et s'assit sur un banc inoccupé pour passer quelques appels. Le portable de Katherine était éteint et il laissa un message : *J'ai été content de te voir, ne te fais pas de soucis. Bisous, Papa.*

Elder appela Karen sur son portable alors que le train approchait de la gare de St Pancras : toujours aucun signe de Kennet, mais ils avaient une piste pour retrouver Jane Forest, et Karen espérait lui parler en fin d'après-midi.

La cicatrice qui marquait un côté du visage de Jane Forest, commençant juste au-dessous de son oreille droite pour descendre le long de sa mâchoire, n'était visible que lorsqu'elle la présentait à la lumière. Quand un mouvement de tête écartait ses cheveux de son visage. Complexée, elle portait la plupart du temps un pull à col roulé ou un foulard sous le col de sa chemise ou de son chemisier.

– Pourquoi n'avez-vous pas porté plainte ? demanda Karen.

– J'avais peur.

– De lui ?

– Oui, bien sûr. Mais pas seulement.

– De quoi, alors ?

– De ce que les gens diraient.

– Les gens ?

– Quand l'affaire serait jugée. Les gens à qui je devrais donner des explications. La police. Vous. Mes parents. Tout le monde.

– Vous étiez la victime. Il n'y a pas à avoir honte d'être une victime.

– Vous croyez ?

Jane Forest dévissa le bouchon d'une bouteille d'Évian qu'elle porta à sa bouche. Les deux femmes se trouvaient dans l'arrière-cour du fleuriste pour qui elle travaillait, une boutique incluse dans une rangée de petits commerces au pied de West Hill, à côté de Parliament Hill Fields. Jane portait une blouse verte nouée dans le dos, avec le nom du magasin brodé en petites lettres jaunes sur le devant.

– Vous connaissez l'extrémité nord du parc de Hampstead Heath, dit-elle, juste après le Vale of Health ?

Karen secoua la tête.

– C'est là qu'on allait, vers une ou deux heures du matin. On se garait derrière le pub Jack Straw's Castle. On n'était pas les seuls, bien sûr. À cette heure-là de la nuit, il y a surtout des gays, beaucoup de types en cuir noir, avec des chaînes, ce genre de chose. Des vrais amateurs de bondage. En tout cas, on allait assez loin à l'intérieur du parc, là où on trouve surtout des fougères, des arbres, où la végétation envahit tout, mais il y a des chemins qui traversent tout ça. Et ils vont très loin, vous savez. Moi, je suivais un sentier comme si je me promenais toute seule, en faisant semblant de ne pas savoir que Steve était là. Et je ne le savais pas. Je veux dire, je ne savais jamais avec exactitude à quel endroit il se trouvait.

Jane Forest avala une nouvelle gorgée d'eau et s'essuya la bouche du dos de la main.

– Parfois, il me faisait attendre, me forçant à monter et descendre le même sentier pendant une éternité. Vingt minutes, ou plus. Et parfois, les autres types me regardaient à travers les buissons, et ils se demandaient à quel petit jeu je pouvais bien me livrer.

– Vous n'aviez pas peur ? fit Karen.
– Bien sûr que j'avais peur. C'était le but recherché.
– Continuez, dit Karen.
– Eh bien, tôt ou tard, Steve me sautait dessus, et je... je ne sais pas, je faisais semblant de me débattre, de m'enfuir.
– Et il vous rattrapait ?
– Oh, oui.
Il y avait une certaine lueur dans le regard de Jane Forest, dans ses yeux bleu-vert.
– Et après ?
– Après, on faisait l'amour.
– Avec votre consentement ?
– Pardon ?
– Il ne vous prenait pas de force ?
– Si, bien sûr.
– Contre votre gré ?
– Oui. Non. Je veux dire, pas réellement. Mais dans le jeu, le jeu auquel on jouait, oui. Il me plaquait au sol, il déchirait, vous savez, quelques-uns de mes vêtements...
– Il vous frappait ?
– En général, non. Pas fort.
– Rien de plus ?
– Comment ça ?
Karen examinait la cicatrice sur le visage de Jane Forest, et Jane tourna vivement la tête et toucha du bout des doigts la ligne pâle, au relief apparent.
– Parfois, pas souvent mais de temps en temps, il apportait un couteau. Il était long, large, une sorte de couteau à découper. Avec une poignée noire traversée par des – comment ça s'appelle ? – des rivets. Mon couteau de charcutier, il l'appelait. Il faut que je fasse attention à ne pas te charcuter.
Elle commençait à trembler, à présent, ses bras, d'abord, puis le haut de son corps, puis le reste. Karen lui prit la bouteille d'eau des mains avant qu'elle ne lui échappe.
– Une nuit, c'était mon anniversaire, il m'a dit : « J'ai quelque chose de spécial pour toi, pour fêter ça. » Il m'a lié les mains derrière le dos. Il... il a mis la pointe du couteau... à l'intérieur de moi, et puis... quand j'ai commencé à crier, à vraiment crier, il m'a frappée au visage, et comme ça n'avait pas suffi à me faire taire, il m'a tailladée. Il m'a tailladé le visage.

– Tenez, fit Karen en approchant d'elle une caisse en bois posée debout contre le mur. Tenez, asseyez-vous. Maintenant, baissez la tête vers vos genoux. Comme ça. C'est bien.

Une mésange, jaune sous des ailes bleu cobalt, se posa un instant sur le portail qui faisait communiquer l'arrière-cour avec la ruelle, derrière les boutiques.

– Tout de suite après..., reprit Jane, relevant à peine les yeux,... juste après m'avoir fait ça, il était bouleversé, vraiment. Il en perdait presque la tête tellement il était inquiet pour moi. Et vraiment gentil, plein d'attentions, vous savez? Il m'a emmenée à l'hôpital, au Royal Free. Aux Urgences. On a raconté que j'avais eu une crise de somnambulisme, que j'avais trébuché sur quelque chose et que j'étais tombée contre la fenêtre, brisant la vitre.

– Ils ont accepté votre explication?

– Apparemment. Ils ont arrêté l'hémorragie, puis il m'ont recousue. Steve, il m'a tenu la main tout le temps. (Elle regarda Karen.) Il était tellement navré, sincèrement désolé. Il savait qu'il s'était laissé emporter, qu'il était allé trop loin. Il m'a dit qu'il ne m'en voudrait pas si je ne voulais plus jamais le revoir.

– Et vous l'avez revu?

– Au début, je me suis dit que, oui, ça pourrait marcher. Il était tellement gentil et tout. Mais après cette nuit-là, je ne sais pas pourquoi, ce n'était plus pareil. Je veux dire, plus jamais... Ce n'était pas seulement qu'on avait cessé, vous savez, de jouer à ces jeux, c'est qu'on n'a plus jamais fait l'amour ensemble. Il ne... il ne voulait même plus me toucher. Et puis, au bout d'un moment, il m'a dit qu'il voyait quelqu'un d'autre.

Elle détourna le regard.

– C'est arrivé de nouveau, n'est-ce pas? demanda-t-elle.

– Nous le pensons.

– Est-ce qu'il a... Est-ce que... oh, mon Dieu!

Jane Forest laissa sa tête tomber en avant contre la taille de Karen, et pendant plusieurs minutes Karen la tint, lui caressant les cheveux, touchant une fois, par inadvertance, l'arête de tissu cicatriciel qui courait sur sa joue.

Avec l'aide d'un collègue, Vanessa Taylor avait passé deux heures cet après-midi à interroger un petit morveux arrogant de neuf ans qui avait balancé des pierres sur un train, blessant le conducteur et endommageant le matériel. Le môme et son père étaient accompagnés de l'assistante sociale en charge du dossier, et même s'ils ne se parlaient pas entre eux, ils étaient aussi rapides l'un que l'autre pour couper la parole à Vanessa et ajouter leur grain de sel. La mère du gamin avait quitté le domicile conjugal dix-huit mois plus tôt, emmenant deux marmots en bas âge et laissant derrière elle le garçon et sa sœur aînée. La réaction du père avait été d'aller voir aussitôt les services sociaux pour clamer haut et fort qu'il ne s'en sortirait jamais tout seul. Résultat : le gamin avait été confié à l'assistance publique, et sa sœur était allée vivre chez une tante. À un certain moment, au cours des mois suivants, elle avait réapparu à la maison et puis, après presque un an et deux placements en familles d'accueil, le garçon avait suivi. Les services sociaux, pendant ce temps, s'inquiétaient du fait que les relations du père avec sa fille de treize ans étaient peut-être critiquables, pour ne pas dire plus.

Pendant la fin du trimestre, avant Noël, le môme avait été exclu de l'école, et une semaine plus tard il plantait son style-bille dans le dos de la main de l'instit qui lui donnait des cours à domicile, prétendant que le type avait tenté d'abuser de lui.

Armée de toutes ces informations glanées lors de la table ronde sur cette affaire, Vanessa commença l'interrogatoire dans les meilleures dispositions envers ce jeune garçon pour qui la vie avait eu la main lourde ; trente minutes plus tard, elle avait envie de se servir de ladite main pour effacer d'une grande baffe son sourire narquois sur sa face de rat. Renfrogné, voire au bord des larmes quand cela l'arrangeait, il était aussi vif qu'un avocat chevronné à faire valoir ses droits et ses privilèges, les narguant en leur rappelant qu'ils n'avaient pratiquement aucun pouvoir sur lui.

Quand l'interrogatoire fut enfin terminé, le môme confié de nouveau à son père, que l'assistante sociale eut bouffé un rouleau entier de pastilles de menthe en rédigeant un rapport de plus, Vanessa était plus que prête à aller boire un verre.

Deux pintes de bière et une vodka plus tard, elle entra tranquillement dans un restaurant portugais avec un collègue qui lui plaisait plus ou moins, et dévora un poulet péri-péri avec du riz en l'écoutant discourir interminablement sur Thierry Henry et les glorieux exploits à venir lorsque le club d'Arsenal se serait installé dans son nouveau stade de 60 000 places à Ashburton Grove.

Bon, à rayer de la liste, le collègue.

Neuf heures et quart. Trop tard pour aller voir un film, trop tôt pour rentrer.

Il y avait souvent de la musique, elle le savait, au pub The Bull and Last. Parfois, c'était du jazz, mais d'autres jours, c'était sympa. Ce soir, quand Vanessa poussa la porte du bar, il n'y avait rien, seulement les tintements électroniques de quelques machines, et le téléviseur qui marmonnait tout seul au-dessus du comptoir. Les clients étaient nombreux, tout de même, surtout des hommes, seuls ou par deux. Et un trio de filles qui n'avaient sûrement pas l'âge réglementaire, et qui ne portaient pratiquement rien, et surtout davantage de maquillage que de vêtements.

Vanessa aurait pu faire demi-tour et ressortir aussitôt, mais elle commanda une vodka-tonic au bar et l'emporta jusqu'à une table libre vers le milieu de la salle. Quelques têtes se tournèrent pour la suivre des yeux, mais pas beaucoup.

Elle n'était là que depuis quelques minutes quand elle sentit que quelqu'un, derrière son dos, se penchait sur elle.

Steve Kennet, un verre à la main, en jean, chemise à carreaux et blouson de cuir, traînant encore derrière lui un léger effluve de lotion après-rasage. Avant que Vanessa pût réagir, il s'assit près d'elle.

– Celui qui revient toujours quand on ne l'attend pas, dit-il avec un clin d'œil, c'est moi.

39

Vanessa ne bougea pas. Elle ne rendit pas son sourire à Kennet.

– Qu'est-ce que vous faites ici ? demanda-t-elle.

Kennet haussa les épaules.

– La même chose que vous.

Le ton était plutôt affable.

– Pourquoi ici ?

Il regarda autour de lui.

– Il est pas mal, ce pub. Tranquille. Sauf les soirs où il y a de la musique. Ou quand il y a un groupe qui passe au Forum. Alors là, c'est bondé.

– Vous venez souvent ici, alors ?

– Souvent, peut-être pas, mais oui, une fois de temps en temps. Je fais partie des clients fidèles.

– Vous ne me suivez pas, quand même ?

Quand il rit, sa tête bascula en arrière, sa pomme d'Adam fit saillir la peau de son cou.

– C'est ce que vous croyez ?

– Je ne sais pas. L'autre soir dans le bus, et puis maintenant.

Kennet haussa les épaules.

– Le monde est petit.

– Pas si petit que ça.

– Une coïncidence, alors.

Vanessa soutint son regard quelques instants de plus, puis elle souleva son verre.

– Je vais m'installer ailleurs, si je vous dérange, dit Kennet. (Il ne bougea pas d'un millimètre.) Vous avez passé une mauvaise journée, sans doute. Vous voulez être seule.

– Justement, c'est exactement ça. J'ai eu une journée de merde.

– À faire régner l'ordre public dans la rue.

– Oui, si vous voulez.

– D'accord. Je pensais seulement, vous savez, rencontrer un ami, boire un verre avec lui, bavarder...

– Je ne suis pas votre amie. Nous ne sommes pas amis.

– Toutes ces soirées...

– J'étais l'amie de Maddy. Pas la vôtre.

Elle avait parlé suffisamment fort pour que plusieurs têtes se tournent dans sa direction.

– Très bien. J'ai compris. (Kennet était debout, à présent, il souriait toujours, et s'éloignait à reculons.) Je pensais seulement que vous pourriez apprécier ma compagnie, c'est tout.

Les mains levées, comme s'il capitulait, il battit en retraite vers le bar, tira un tabouret et s'assit, échangeant aussitôt quelques mots avec le barman, qui jeta un regard à Vanessa et rit.

Vanessa ferma les yeux, saisit son verre et baissa la tête vers lui, appuyant le rebord contre l'arête de son nez. Quand sa respiration retrouva son rythme normal, elle se redressa, et finit sa consommation en deux gorgées.

– Vous savez qu'il y a une loi, dit-elle au barman en indiquant d'un signe de tête le trio de gamines, qui interdit de servir de l'alcool à des mômes qui n'ont pas dix-huit ans.

Kennet ne regarda même pas dans sa direction, mais l'une des filles lui tira la langue, lui lança une insulte, et les deux autres lui firent un doigt et gloussèrent bruyamment.

Un bus arrivait, et elle le prit jusqu'à Archway. Tout le long du chemin, elle repensa au gamin qu'ils avaient interrogé, à la vie qu'il avait eue, à sa sœur aussi, se demandant dans quelle mesure les inquiétudes de l'assistante sociale étaient fondées, faisant de son mieux pour ne pas penser du tout à Kennet.

C'était une nuit plutôt agréable, pas vraiment froide, pas aussi froide que les précédentes. En descendant du bus, Vanessa dénoua son foulard et baissa la glissière de sa veste. De l'autre côté du carrefour, elle acheta un numéro du journal des SDF, tout en sachant qu'il finirait, probablement, à la poubelle sans avoir été lu. Dans Holloway Road, elle allongea le pas. Un peu plus d'exercice, voilà ce qu'il lui fallait, sinon elle ne tarderait pas à éprouver les pires difficultés à enfiler un 42. La natation. Pourquoi ne quitterait-elle pas son travail une heure plus tôt pour aller faire quelques longueurs à la piscine du Prince de Galles ?

À l'angle de sa rue, elle ralentit le pas et regarda autour d'elle, mais la nuit était relativement claire, en plus d'être douce, et il n'y avait pas d'ombres tapies dans les coins sombres. Comme d'habitude, il lui fallut un petit moment pour dénicher sa clé, et elle l'avait à peine glissée dans la serrure quand un bras enserra son cou avec force, et elle sentit un objet froid et pointu fermement pressé contre le dessous de son menton.

– Ne crie pas, susurra Kennet à son oreille. Je ne veux rien entendre, compris ?

Elder avait appelé Maureen à Nottingham, non pas une fois, mais deux.

– C'est difficile, Frank. Si on me voit poser trop de questions trop tôt, c'est l'affaire tout entière qui risque de nous glisser entre les doigts. Donne-moi encore un jour ou deux, d'accord ? Dès que j'obtiens quelque chose de concret, je te rappelle. Je te le promets.

Au moins, Katherine était à la maison, là où il voulait qu'elle soit. Au bout de cinq minutes de conversation décousue, elle lui demanda s'il voulait parler à Joanne, et il dit non, ce n'était pas la peine, une autre fois.

Le silence s'installa de nouveau dans la pièce, et il saisit la bouteille et le verre.

Il buvait trop, il passait trop de temps seul. Pourquoi cela se passait-il aussi bien en Cornouailles – peut-être la vie qui lui procurait le plus de satisfactions – mais pas ici, dans la capitale ?

Il lui était difficile, également, de ne pas laisser son esprit le ramener à la nuit précédente – le goût sur ses lèvres, le grain sous ses doigts de la peau d'une femme. Il avait à moitié composé le numéro de Karen quand il s'arrêta net : ce qui s'était passé entre eux, c'était le genre d'événement qui ne se produit qu'une seule fois, la rencontre d'un besoin et d'une circonstance, et rien de plus. *Un jules blanc et fatigué*, c'était bien ce qu'elle avait dit ? Buvant une gorgée de scotch, il alluma la radio, un reportage spécial de notre correspondant au Darfour.

Dans le hall de l'immeuble, Kennet referma la porte d'entrée d'un coup de pied. Il faisait sombre : pas l'obscurité absolue, mais un noir sans opacité. Des journaux gratuits et du courrier non sollicité jonchaient le sol devant la porte et sur le côté aussi. Il faisait froid dans le hall, qui sentait le renfermé. Quand Vanessa ouvrit la bouche pour crier, Kennet réduisit l'angle de son bras autour de la gorge de la jeune femme, et il n'en sortit rien d'autre qu'un son étranglé, étouffé. Le couteau restait fermement plaqué contre la courbe de son menton.

– On monte ! fit-il à voix basse. Allez, vite !

La vision de Vanessa semblait être altérée. Tous les contours – ceux des marches, de la rampe d'escalier, le fil électrique au bout duquel pendait une ampoule nue – lui paraissaient flous. Puis elle se rendit compte que les larmes l'aveuglaient à moitié.

Le genou de Kennet exerça une pression à l'arrière de sa cuisse. Puis une autre, plus violente cette fois.

– Avance ! Allez, plus vite !

Sur le palier du premier, Vanessa glissa et faillit perdre l'équilibre, mais Kennet tint bon, et la remit sur ses pieds. Son haleine, qui sentait la bière et le tabac et autre chose qu'elle ne parvint pas à identifier, était chaude et bestiale sur sa nuque.

– Plus vite ! Allez !

La télévision marchait dans l'appartement du premier, émettant des rires brefs et étouffés. L'une des choses qu'elle avait toujours appréciées, dans cet immeuble, c'était que les gens ne s'occupaient pas des affaires des autres. Quand il lui arrivait de croiser l'un des locataires, un bref signe de tête était en général la seule chose qu'ils échangeaient, parfois quelques mots. Une remarque sans conséquence sur le temps ou bien des récriminations au sujet des poubelles, c'était là toute l'étendue de leurs conversations.

Vanessa savait qu'elle devait lui échapper avant qu'ils n'atteignent son appartement et qu'il la fasse entrer de force. Lui échapper ou donner l'alarme.

Sur le dernier palier, elle planta son coude dans la poitrine de Kennet, de toutes ses forces, et se tortilla en lui donnant des coups de talon dans les tibias, mais il se contenta de rire et d'augmenter la pression sur sa gorge, au point qu'elle eut peur de perdre connaissance, son cerveau n'étant plus assez irrigué.

– On entre. Allez, on entre.

Les doigts de Vanessa ne parvinrent pas à glisser la clé dans la serrure avant qu'il n'ôte la lame de son visage et ne l'aide en glissant sa main en douceur sur celle de la jeune femme.

– Là. (Il guida sa main pour que la clé entre et tourne.) C'est bien.

Vanessa fermait les yeux très fort.

Ils entrèrent.

– N'allume pas la lumière, dit-il. Pas tout de suite.

Son bras ne lui serrait plus le cou, et elle s'éloigna de quelques pas, en trébuchant, une main sur la gorge. Elle entendit Kennet donner un tour de clé et pousser le verrou.

Les rideaux étaient ouverts, et quand elle se retourna, il y avait assez de lumière pour distinguer le contour de son visage, sinon ses traits. Il avait son couteau à la main de nouveau, il le tenait bas, contre son flanc. Elle crut qu'il souriait, mais elle n'en était pas sûre.

– Tu as quelque chose à boire ? dit-il.

La banalité de la question stupéfia Vanessa.

– Quoi ?

Elle avait émis une sorte de croassement, et pas grand-chose de plus.

– À boire. Tu sais, du vin, de la bière. De la vodka, c'est ton truc, ça.

Comme si la situation était normale, à présent, une sorte de rendez-vous galant. – *Je te raccompagne chez toi. – Tu veux monter boire un café ?* L'un et l'autre sachant très bien ce que cela voulait dire. Ses traits étaient plus faciles à discerner, à présent, et, oui, il y avait bien un sourire qui s'esquissait aux coins de sa bouche et autour de ses yeux.

– Écoutez..., dit Vanessa, d'une voix qui ne ressemblait plus à la sienne... Pourquoi vous ne partez pas, tout simplement ? Vous sortez d'ici, et on oublie tout, d'accord ?

– On oublie ? Ça m'étonnerait. On n'oubliera pas une fois qu'on en aura terminé. Une fois que ce sera fait. (Il tapota sa jambe avec le couteau.) Alors, ce verre, ça vient ?

La bouteille se trouvait sur l'une des étagères du renfoncement, à gauche du chauffage à gaz. De la Stolichnaya, dont les quatre cinquièmes étaient vides. Deux petits verres posés à côté. Des livres, pas beaucoup. Des disques compacts ; David Gray, Damien Rice, Norah Jones. Des magazines. Le téléphone était sur une table basse, à droite ; son portable, dans la poche intérieure de sa veste. Vanessa entendait sa propre respiration résonner dans sa tête, comme si elle se répercutait contre l'intérieur de son crâne.

– Juste une petite pour moi..., fit Kennet, un sourire narquois se devinant à peine sur son visage.

D'une main peu sûre, Vanessa versa de la vodka dans le verre, et un peu d'alcool passa par-dessus bord.

– C'est les nerfs, dit Kennet. Ne t'inquiète pas. Ça va bientôt passer.

Elle pensait à Maddy, à ce qui lui était arrivé. Elle savait qu'elle devait faire quelque chose *maintenant*, avant qu'il ne soit trop tard. Elle tenait encore la bouteille de vodka bien serrée dans sa main, le verre était froid et lisse contre sa paume. Son regard bondit vers la porte ; la clé était toujours dans la serrure.

– Tiens, fit Kennet, laisse-moi ranger ça quelque part avant qu'il arrive un malheur.

Lui ôtant la bouteille des mains, il la reposa sur l'étagère, avec un sourire.

– C'est mieux comme ça, dit-il. Maintenant, on peut se détendre un peu. Apprendre à se connaître un peu mieux. Qu'est-ce que t'en dis ?

Depuis combien de temps étaient-ils assis là ? Vanessa n'en savait rien. Assis l'un en face de l'autre, la petite table repoussée sur le côté. Leurs genoux se touchant. Un quart d'heure ? Vingt minutes ? Kennet parlait de choses et d'autres, son travail, ses vacances en Espagne, sans cesser de glisser sa main entre ses cuisses, lentement, lentement, les écartant de force, ses doigts appuyant fermement, puis se faisant tout doux, avant qu'il n'accorde son attention à ses seins, se permettant toutes ces caresses forcées de façon presque désinvolte, sans faire de commentaire.

Lorsqu'il pinça, entre le pouce et l'index, le mamelon mis à nu de Vanessa, elle sursauta et laissa échapper un petit cri.

– Pardon, dit-il, s'excusant d'un sourire. Mes mains sont trop froides. Je vais les réchauffer un peu, hein ?

Et il glissa les deux mains entre ses cuisses qu'elle maintenait serrées l'une contre l'autre.

Vanessa lui lança au visage ce qu'il lui restait de vodka, en visant les yeux, tout en plongeant sur le côté, le bras tendu vers la bouteille, sur l'étagère.

– Salope ! fit Kennet, lui agrippant le bras.

Se débarrassant de lui d'une secousse, elle abattit la bouteille le plus vite et le plus fort possible sur son visage. Le cul de la bouteille atteignit la tempe, juste au-dessus de l'œil, et tandis qu'il reculait en trébuchant, elle le frappa de nouveau, en serrant les dents, de toutes ses forces, et la bouteille explosa contre sa joue, le propulsant en biais sur un quart de tour, sa jambe gauche se dérobant sous lui, le sang ruisselant sous son œil.

Lâchant la bouteille, Vanessa se rua dans la salle de bains, cherchant son portable à tâtons tout en courant.

Deux verrous à fermer, un en haut, un en bas, et elle s'adossa contre la porte en composant le numéro des urgences.

– Vous avez demandé la police. Quel service avez-vous besoin de joindre ?

Elle donna les détails avec un maximum de précisions, s'attendant d'un instant à l'autre à ce que Kennet se lance contre la porte et l'enfonce.

Comme cela ne se produisait pas, elle se mit à pleurer, et quand elle entendit les sirènes, lointaines tout d'abord, puis de plus en plus proches, et enfin des pas, bruyants et pesants, dans l'escalier, elle pleura plus fort encore et ne put s'arrêter, pas même quand les premiers agents entrés chez elle l'eurent persuadée qu'elle ne risquait rien à déverrouiller la porte ; pas même quand elle vit les morceaux de verre, certains d'entre eux tachés de sang, répandus sur le plancher ; pas avant que le jeune agent en tenue, au visage juvénile, à peine sorti de l'école de police, si jeune qu'on aurait dit un gamin, ne la conduise fermement, mais sans brutalité, jusqu'à un fauteuil et la force à s'y asseoir, restant près d'elle à lui tenir les mains en lui disant que c'était fini, que tout allait bien maintenant, qu'ils venaient de serrer ce salopard. En traversant Holloway Road, il avait percuté le flanc d'un autobus et rebondi sur la chaussée. Il était en route pour les Urgences, à présent, sans doute, menotté dans l'ambulance. C'est ça, pleurez un bon coup. Ça soulage. Ce môme avec du duvet sur les joues, qui lui tenait toujours la main pendant que ses collègues assuraient la sécurité autour d'elle.

– Le couteau, dit Vanessa. Il avait un couteau.

– On le trouvera. Ne vous inquiétez pas.

Et ils le trouvèrent, une heure plus tard, à l'endroit où Kennet l'avait jeté, dans le jardin devant l'immeuble, du côté de la rue, tout contre le mur.

40

Le médecin avait examiné Vanessa et l'avait déclarée en bonne santé. Puis, lorsqu'un policier eut pris des photos des marques sur son cou, il lui avait donné quelque chose pour l'aider à dormir. Mais, bien sûr, elle n'avait pratiquement pas dormi du tout. Pendant la moitié de ce qu'il restait de la nuit, couchée dans son lit, les genoux contre la poitrine, elle avait tenté de chasser de sa mémoire la voix de Kennet, la chaleur fétide de son haleine. L'autre moitié, elle la passa dans son fauteuil, vêtue d'une vieille robe de chambre, enveloppée dans une couverture, à fixer l'écran du téléviseur où défilaient des images. *Les écrans de la nuit d'ITV. Le ski sur la 4.* Une édition spéciale pour malentendants de *Les antiquaires itinérants*, traduite en langage des signes.

– Vous avez eu de la chance, lui avait dit l'un des policiers. Une sacrée chance.

Et puis il avait tenté de ravaler ses paroles.

– C'est génial, ce que vous avez fait, dit un autre. Carrément génial.

Vanessa ne pensait pas seulement à elle-même ; elle pensait à Maddy. C'était lui qui l'avait tuée ? Kennet ? Lui qui lui avait fait subir toutes ces horreurs ? Vanessa n'avait jamais vu les photos du cadavre, seulement parlé à quelqu'un qui affirmait connaître un collègue qui les avait vues, mais elle savait que non seulement Maddy avait été violée, elle avait aussi été sauvagement tailladée à coups de couteau avant de mourir.

Vous avez eu de la chance.

C'était vrai, tout compte fait. Pressant son visage dans la laine rugueuse de la couverture, elle pleura.

Alertée par le commissaire de Kentish Town, Karen était arrivée peu après minuit et elle s'était entretenue brièvement avec Vanessa, le temps d'obtenir un résumé des événements, et de lui demander de venir faire une déposition en bonne et due forme le lendemain matin. Elle avait envisagé de téléphoner à Elder pour lui apprendre la nouvelle, avant de décider de le laisser finir sa nuit de sommeil.

À l'hôpital, on avait posé onze points de suture sur le visage de Kennet, et une radio de son torse avait révélé trois côtes cassées. À présent, il était sous antalgiques dans un service annexe, un poignet menotté à son lit. Un agent en tenue assis jambes croisées devant sa porte lisait le *Times*, tentant de capter le regard d'une des infirmières pour lui extorquer une autre tasse de thé.

C'est à sept heures du matin qu'Elder fut finalement informé, et il retrouva Karen devant l'hôpital à huit heures. Ramsden et Denison étaient déjà là. Enfin relevé, l'agent en tenue était reparti, ravi.

L'un des ascenseurs était en panne, et dans l'autre un infirmier calait délicatement un patient sur un chariot. Ils prirent l'escalier.

– A-t-il été inculpé ? demanda Elder.

– Pas encore.

– Quelles charges peuvent être retenues contre lui ?

– En l'état ? Violences avec voies de fait. Possession d'une arme offensive. De quoi l'incarcérer.

Quand ils entrèrent dans la pièce, Kennet était couché sur le flanc, le drap remonté jusqu'au menton, les yeux fermés. Une infirmière venait de prendre sa température et inscrivait le résultat sur la courbe accrochée au pied du lit.

– Il dort ? demanda Karen.

L'infirmière secoua la tête.

– Kennet, fit Karen en s'approchant du lit. Monsieur Kennet.

Pas de mouvement ; pas de réaction.

Ramsden saisit le drap et le tira sèchement vers le bas.

– Monsieur Kennet, dit Karen, il y a des questions que j'ai besoin de vous poser.

Les yeux de Kennet étaient de nouveau fermés.

– Existe-t-il la moindre raison médicale, demanda Karen à l'infirmière, justifiant qu'il ne réponde pas à mes questions ?

L'infirmière fit un signe de dénégation.

– Les antalgiques l'ont peut-être rendu un peu vaseux, mais à part ça, aucune.

– Je vais lui en donner, moi, des antalgiques, dit Ramsden.

Karen le rappela à l'ordre d'un seul regard.

– Écoutez, Kennet, dit Elder en se penchant vers la tête de lit. Pourquoi vous ne vous redressez pas ? Plus tôt on en aura fini, mieux ça vaudra.

Rien.

– Mademoiselle, dit Karen à l'infirmière, est-ce que vous pourriez nous aider à le mettre en position assise ?

– Je pense que oui, je... (Elle hésita, un instant perplexe.) Monsieur Kennet, s'il vous plaît.

Quand elle lui toucha l'épaule, il se débarrassa de sa main d'un haussement brusque.

– Qu'est-ce qui semble poser problème, ici ? demanda le médecin en venant vers eux.

Grand, barbu, il avait dans les trente-cinq ans, et l'accent écossais.

– Ces officiers de police, expliqua l'infirmière, désirent interroger le patient.

– Très bien, mademoiselle. Merci.

Elle repartit en poussant le chariot qui portait son équipement.

– Inspectrice divisionnaire Shields, dit Karen en tendant la main.

La poignée de main du médecin fut ferme mais brève.

– Cet homme est inculpé d'un crime majeur, expliqua Karen. Et nous avons de bonnes raisons de croire qu'il pourrait nous aider à en élucider plusieurs autres. Il est important que nous puissions lui parler.

– Maintenant ?

– Maintenant.

Le médecin souleva la feuille de température au pied du lit et y jeta un coup d'œil.

– Il semble avoir reçu une médication musclée pour calmer la douleur...

Ramsden grogna.

– Si je puis me permettre, il me semble qu'une heure ou un peu plus permettrait aux effets les plus soporifiques de la médication de s'estomper, et vous auriez alors plus de chances d'obtenir des réponses claires aux questions que vous avez besoin de poser. De plus... (Il eut un regard en direction des menottes)... il ne risque pas d'aller bien loin, n'est-ce pas ?

En sortant de l'hôpital, Karen appela la commissariat central sur son portable, tandis que Ramsden allumait une cigarette.

– Bien, fit-elle en coupant la communication. Nous avons un mandat pour perquisitionner chez Kennet. Mike, vous filez là-bas. Lee vous y rejoindra. Paul peut rester ici, à l'hôpital. Je vais faire en sorte qu'il soit relevé par quelqu'un du commissariat du quartier.

Souriant jusqu'aux oreilles, Ramsden était déjà en route.

– Est-ce que l'appartement de Vanessa Taylor est loin d'ici ? demanda Elder.

– Pas très. Elle devrait être en mesure de faire une déposition, à l'heure qu'il est. Allons-y, je l'appellerai depuis la voiture.

À l'approche du rond-point d'Archway, la circulation était dense dans toutes les directions. Ils se retrouvèrent coincés contre un semi-remorque qui retournait en Hollande et derrière un monospace emmenant à l'école une demi-douzaine de gamins, dont plusieurs faisaient des grimaces à travers la vitre arrière. Karen tripota la radio et finit par l'éteindre.

– Je suppose qu'il n'y a pas de témoins ? dit Elder.

– Pour hier soir ? Non.

– C'est la parole de Vanessa contre celle de Kennet.

– À peu près.

– Et il n'y a aucune blessure ?

– Sur elle ? Quelques ecchymoses au cou. Et c'est à peu près tout. Ça ne fait pas grand-chose, comme bilan à présenter devant un jury.

– Ses bleus seront peut-être un peu plus spectaculaires ce matin.

– Peut-être.

– Et le couteau ?

– Le labo l'examine pour trouver des empreintes. Avec un peu de chance, il n'aura pas eu le temps de l'essuyer.

– Vous allez essayer de comparer la lame avec les blessures constatées sur Maddy ?

– Et comment !

Ils progressèrent de deux mètres supplémentaires.

– Je croyais que le maire de Londres avait réglé ce genre de problème, dit Elder.

– Officiellement, il l'a réglé.

– Je ne sais pas comment vous pouvez supporter ça.

Karen sourit.

– Dans votre coin, je suppose, on ne risque pas de trouver autre chose qu'un tracteur de temps en temps ?

– Si, du bétail. Parfois un troupeau de moutons.
– Je ne sais pas comment vous faites, Frank.
– Quoi ?
– Pour vivre comme ça. Coupé de tout.
– De tout ?
– Ne faites pas semblant de ne pas comprendre. Vous savez ce que je veux dire.

Le camion se déporta vers la file de gauche et Karen fonça dans l'ouverture, se rabattit violemment sur la droite, coupant la route non pas à un seul véhicule mais à deux, puis vira à gauche de nouveau et franchit le premier feu rouge, contournant largement un bus 43.

– Vous aimez ça, hein ? demanda Elder.
– J'adore.

Karen sourit.

Vanessa était pâle, elle avait les yeux gonflés. Les ecchymoses, autour de son cou, avaient pris une teinte plus prononcée. Elle leur servit un café instantané sans avoir fait chauffer l'eau suffisamment, et les granulés flottèrent à la surface, dissous en partie seulement. Son compte rendu de l'agression et de ce qui l'avait précédée fut neutre et froid, comme si elle décrivait un incident vécu par une vague connaissance, et non par elle-même. Ce fut seulement lorsqu'elle parla du moment où Kennet s'était jeté sur elle, plaquant le couteau contre son menton, que sa voix faiblit et s'étrangla. Elder remarqua la fine ligne rouge qui traversait son visage.

– L'homme que vous avez signalé, celui que vous avez vu de l'autre côté de la rue, dit-il. Vous pensez que c'était Kennet aussi ?

Vanessa attendit un moment avant de répondre.

– Non, je n'en suis pas sûre.
– Ça n'a guère d'importance, fit Karen. D'après ce que vous nous avez dit, tout porte à croire qu'il vous surveillait. Pour préparer son agression d'hier soir.
– Je suis d'accord, dit Elder. Mais si c'était bien lui, cela suggère un mode opératoire. Il surveille ses victimes. Il les suit.
– Vous pensez à Maddy, n'est-ce pas ? dit Vanessa. À ce qui lui est arrivé ?

Elder et Karen se tournèrent tous les deux vers elle.

– Vous pensez qu'il l'a tuée.
– Étant donné les circonstances, commença Karen, nous devons prendre en compte...

– Oh, ça va ! cria presque Vanessa, soudain furieuse. Ne me servez pas ce genre de salade.

– C'est une possibilité, dit Elder.

– C'est plus qu'une foutue possibilité.

– Peut-être.

– Peut-être, mon cul ! (Rouge de colère, Vanessa se dirigea vers la porte, s'arrêta, ct se retourna. Elle n'avait nulle part où aller.) Et Kennet, demanda-t-elle, qu'est-ce qu'il dit ?

– Jusqu'à maintenant, rien du tout.

– Il m'a menacée avec un couteau, il m'a à moitié étranglée. Il allait me violer.

– Je sais, fit Karen, je sais.

Karen voulut lui prendre la main, mais elle se déroba. Elle alla jusqu'à l'évier, ouvrit le robinet d'eau froide, et puis rien. Elle se contenta de rester là, à regarder l'eau couler.

Quelques instants plus tard, Elder la rejoignit et ferma le robinet. Quand il frôla sans le vouloir l'épaule de Vanessa, celle-ci sursauta.

– Il va falloir qu'on y aille, dit-il d'une voix calme.

– Alors, allez-y.

– Vanessa, fit Karen depuis la porte, vous devriez songer à voir quelqu'un.

– Quelqu'un ?

– Vous savez ce que je veux dire. Un psy qui pourrait vous aider. Ils vous trouveront ça, au commissariat.

Désemparée, Vanessa lui rendit son regard.

– Ne le laissez pas s'en tirer comme ça, dit-elle.

– Ne vous inquiétez pas. Nous n'en avons aucunement l'intention.

Kennet étais assis dans son lit, calé contre plusieurs oreillers, ses points de suture ressortant sur son visage comme des traces laissées par les pattes d'un oiseau. En voyant Karen et Elder, il sourit franchement.

– De retour parmi les vivants, dit Elder.

– De justesse.

– D'autres n'ont pas eu la même chance que vous.

– Nous avons des questions, annonça Karen, au sujet d'hier soir.

– Vous voulez dire, quand j'ai été agressé ?

– Vous avez été agressé ?

– Bien sûr. (Kennet porta ses doigts à sa future cicatrice.) Le type qui m'a recousu, il m'a dit que j'avais eu de la chance de ne pas perdre un œil.

– Et Vanessa, elle a eu de la chance de ne pas perdre quoi ?

– Tout ce qui a pu lui arriver, c'est de la légitime défense de ma part.

– Attendez un peu, dit Karen. Attendez. Vous prétendez que c'est elle qui vous a agressé ?

– Bien sûr. Elle m'a invité à monter chez elle, elle a commencé à flirter, tout se passait bien, et puis... Bing ! Elle m'a flanqué un coup avec cette putain de bouteille. Comme ça, d'un seul coup. (Il secoua la tête.) Je savais qu'elle avait picolé, mais pas à ce point-là. Incontrôlable. Si j'avais su ça, je n'aurais jamais accepté de la raccompagner chez elle en sortant du pub.

– C'est elle qui vous a invité, c'est ce que vous êtes en train de nous dire ?

– Oui, bien sûr. Qu'est-ce que vous voulez que je vous dise d'autre ?

– Et le couteau ? demanda Elder. Vous pouvez nous parler du couteau ?

Kennet se tourna vers lui, ouvrant de grands yeux étonnés.

– Quel couteau ?

– Celui que vous avez jeté avant de percuter l'autobus en courant comme un dératé.

– J'ignore tout de votre histoire de couteau.

– Nous verrons.

Dix minutes plus tard, Elder et Karen discutaient dans le couloir, devant la salle. Kennet n'avait pas voulu démordre de sa version des faits ; c'était Vanessa qui l'avait agressé, le frappant en plein visage avec une bouteille qui s'était brisée sous le choc, et toutes les lésions que pouvait présenter Vanessa résultaient des efforts qu'il avait faits pour la maîtriser. Finalement, il l'avait quittée, alors qu'elle hurlait des horreurs, pour rentrer chez lui, tellement abasourdi par ce qui s'était passé qu'il n'avait même pas regardé devant lui, et qu'il s'était précipité sur la trajectoire du bus, qui l'avait envoyé bouler sur la chaussée. Il ne lui en voulait pas, il espérait qu'elle allait bien, qu'elle ne souffrait de rien d'autre que d'une bonne gueule de bois.

– Combien de temps croyez-vous qu'il va s'en tenir à cette version ? dit Karen.

– Aussi longtemps qu'il le pourra.

– Il y a des empreintes sur le couteau ?

– On peut toujours espérer, dit Karen.

Elder regardait sa montre.

– Il nous reste douze heures pour l'inculper.

– Ça devrait suffire.

Le médecin confirma que rien ne s'opposait à ce que Kennet quitte l'hôpital dans l'après-midi. À ce moment-là, ils auraient du nouveau, non seulement au sujet du couteau, mais aussi de la perquisition dans son appartement. Oui, pensa Karen, douze heures devraient suffire.

41

Quand le portable d'Elder sonna, quelques minutes à peine après qu'il eut quitté l'hôpital, Maureen Prior était à peu de chose près la dernière personne à qui il aurait pu penser. Elle se trouvait dans un train qui arrivait dans quarante minutes à St Pancras. Elle tenait à ce qu'ils se voient. Cela ne prendrait pas plus d'une heure à Elder.

Ils se retrouvèrent dans un café français, une petite pâtisserie en retrait de la rue principale qui descendait tout droit de la gare en direction du sud. Il y avait quelques tables sur le trottoir, peut-être une demi-douzaine d'autres à l'intérieur. Du pain, des croissants, des baguettes, et une machine à expresso flambant neuve. Deux dames d'un certain âge, élégamment vêtues, buvait un café près de la vitre du fond. Un homme aux cheveux argentés, son manteau en poil de chameau plié sur le dossier de sa chaise, lisait *Le Monde* en mangeant un croque-monsieur. Elder, qui avait souvent pris le train à St Pancras ces dernières années, ne se doutait pas de l'existence d'un tel établissement.

La température était suffisamment douce, juste assez, pour qu'on puisse s'installer en terrasse.

Dans le ciel s'entrecroisaient des traînées blanches laissées par des jets, et le soleil n'était qu'une rumeur derrière une chape de gris.

Un jeune homme en tablier blanc leur apporta leurs cafés.

– Comment as-tu découvert cet endroit ? demanda Elder en regardant autour de lui.

– C'est Charlie qui m'en a parlé.

– Charlie ?

– Charlie Resnick. Il m'a dit que ce serait un bon coin pour un rendez-vous.

– Tu lui as parlé.

Maureen sourit.
– Des cafés de Londres ?
– De Bland. Et de Katherine.
– Il fallait que je parle à quelqu'un. En qui je pouvais avoir confiance.
Ça ne pouvait être que Resnick, pensa Elder.
– Qu'a-t-il dit ?
Elle sourit de nouveau.
– Pas grand-chose. Mais il sait très bien écouter, Charlie.
– Il n'a pas été surpris ?
– Quand j'ai parlé de Bland ? Non, pas vraiment. Les rumeurs mises à part, il n'a jamais beaucoup aimé Bland. Il a travaillé trop longtemps dans les brouillards de Londres. Ça infecte les poumons, ça vous ronge de l'intérieur, pour citer Bland lui-même. Charlie pense que la seule raison pour laquelle Bland a quitté la police de Londres au moment où il l'a fait, c'est qu'il voulait garder une longueur d'avance sur l'inspection des services.
– Il n'a jamais été effectivement inculpé ?
– De corruption ? Non. Il y a eu des allégations, jamais prouvées. Il a reçu des avertissements à plusieurs reprises, mais sans plus.
– Alors, fit Elder, tu as un plan à me proposer ?
– C'est de ça que je voulais te parler. Et de vive voix, ça m'a semblé préférable. Plutôt que de prendre le risque de t'appeler. (Elle souleva sa tasse de café.) Je deviens parano avec les années qui passent.
– Prudente, rectifia Elder. Il n'y a pas de mal à ça.
– Et pour toi, Frank, comment ça se passe ? Tu te débrouilles bien, ici ?
– Dans la grande ville ? Oui, il me semble.
– Vous avez un résultat en vue ?
Ce fut au tour d'Elder de sourire, avec les yeux seulement.
– Je crois qu'il n'y a pas qu'une seule affaire en jeu.
– C'est toujours le cas, Frank. Depuis toujours.
Le café était parfait. Fort, sans amertume. Elder prêta attentivement l'oreille. Le plan était plutôt simple, évident ; les chances de succès d'autant plus grandes qu'il tablait sur l'âpreté au gain de Bland.
– Summers, il va marcher dans la combine ?
– Il me semble. Il est déjà trop mouillé pour son propre bien. Il verra sans doute dans notre proposition une bonne façon de se blanchir.

– Et Katherine, elle ne courra aucun danger ?

Maureen réfléchit un instant avant de répondre.

– Pas plus qu'elle n'en court déjà.

Elder hocha la tête.

– Tu veux que je lui parle ?

– Plus tard, Frank. Quand ce sera terminé.

– Tu me préviendras avant que vous ne passiez à l'action ?

– Je ferai mieux que ça, dit Maureen. Je t'appellerai quand tout sera terminé.

Steve Kennet quitta l'hôpital menotté à un agent en tenue de la taille d'un char léger, suivi de près par Paul Denison. Le seul appel téléphonique qu'on lui avait permis de passer, à un cabinet d'avocats, avait accouché d'un certain Iain Murchfield, qui était de permanence en ce jeudi après-midi. Un jeune avocat tout neuf ; plus neuf que ça, avait commenté Ramsden, il serait encore dans son emballage.

Karen avait intercepté Elder à l'instant même où il avait reparu, et en découvrant l'expression de la jeune femme, il avait compris que les nouvelles, certaines d'entre elles du moins, étaient bonnes.

– Je comprends pourquoi il était si sûr de lui au sujet du couteau. Il a dû l'essuyer sur ses vêtements tout en courant. Mais il n'a pas été aussi méticuleux qu'il le pensait. Il y a une empreinte de pouce à la base de la lame. Partielle, mais nette.

– Et elle concorde ?

– On attend la confirmation d'un instant à l'autre.

– Et chez lui ? Vous avez trouvé quelque chose d'intéressant ?

– Pas grand-chose. Quelques vidéos un peu limites. Des vêtements, des chaussures, les objets habituels. J'ai demandé à Mike d'y retourner, de faire une autre tentative.

– Kennet est ici ?

– Avec son avocat. Ils décident d'une stratégie. (Karen sourit.) C'est un gamin qui sort tout juste de la fac. Il a une tête à avoir besoin d'une stratégie, lui aussi – pour nouer ses lacets le matin.

Peu après seize heures leur parvint l'appel de la police scientifique. L'empreinte partielle concordait. Mais elle était partielle, malgré tout.

Ils firent entrer Kennet dans la salle dix minutes plus tard. L'heure exacte fut notée par Karen au début de l'interrogatoire. Ramsden n'étant toujours pas de retour, ce fut Paul Denison, un peu nerveux lui-même, qui s'assit près d'elle. Elder s'installa dans la pièce voisine, écoutant les échanges grâce à un casque.

Kennet se pencha en avant, les coudes en appui sur le rebord de la table, quelques signes de tension commençant à apparaître autour de ses yeux. À côté de lui, assis un peu en retrait, Iain Murchfield attendait, un bloc-notes ouvert sur le genou, un stylo à la main.

Les cheveux de Karen étaient tirés en arrière, le devant de sa veste était boutonné, et son regard quittait rarement le visage de Kennet.

– J'aimerais que vous nous disiez, commença-t-elle, ce qui s'est passé hier soir, depuis le moment où vous avez rencontré Vanessa Taylor au pub The Bull and Last jusqu'à celui où vous êtes retournés tous les deux chez elle.

Sur un ton monocorde, Kennet répéta, avec quelques détails supplémentaires, la version des événements qu'il avait donnée à l'hôpital.

– Vous continuez d'affirmer que l'agent Taylor vous a frappé avec la bouteille sans aucun motif valable ?

– À part qu'elle était complètement bourrée, oui.

– Et les blessures qu'elle a subies...

– C'est parce que j'ai essayé de l'empêcher de m'arracher un œil, oui. Elle perdait la boule, vous comprenez ?

– Et cela inclut les marques sur le côté de son visage ?

– Je ne sais pas. Quelles marques ?

– Des coupures.

– Je ne sais pas. Les éclats de verre de la bouteille, je suppose. Il y avait du verre partout.

– Cette blessure-là a été provoquée par un couteau.

Kennet s'écarta de la table.

– Je ne suis pas au courant.

– Vous n'avez pas agressé l'agent Taylor avec un couteau ?

– Non.

– En le tenant contre sa gorge ?

– Non.

– En appuyant suffisamment fort pour entamer la peau ?

– Écoutez, écoutez... (Kennet s'agitait, à présent.) Je vous l'ai déjà dit. Je ne sais rien du tout de votre histoire de couteau. D'accord ?

– Vous êtes sûr ?

Kennet insista sur chaque mot.

– Il n'y avait pas de couteau.

– Vraiment ? fit Karen, légèrement amusée.

Kennet se tourna vers son avocat.

– Combien de temps encore est-ce que je vais devoir supporter ça ?

– Madame l'inspectrice divisionnaire, dit Murchfield en puisant au fond de lui toute la gravité dont il était capable, je me dois de protester contre l'acharnement dont vous faites preuve contre mon client.

Karen regarda Murchfield avec un mélange d'amusement sardonique et de mépris.

– Le couteau auquel je fais référence, monsieur Kennet, dit-elle, est celui que vous avez jeté alors que vous tentiez de vous enfuir.

– C'est des conneries, tout ça. C'est faux. Inventé de toutes pièces.

Elder, qui observait les échanges à travers une vitre fumée, fut frappé par le fait que Kennet protestait avec trop de véhémence.

– En ce cas, dit Karen, j'aimerais savoir comment vous expliquez la présence de votre empreinte sur la lame.

– Quelle lame ? Quelle empreinte, merde ? (Sa chaise racla le plancher quand il se tourna vivement vers Murchfield.) Vous ! Faites donc quelque chose, bon sang ! Au lieu de rester assis à les regarder me faire porter le chapeau.

Murchfield referma son calepin.

– J'émets une objection contre la façon dont vous interrogez mon client.

– Objection notée.

– Et je vous rappelle, au cas ou cela serait nécessaire, que le délai au bout duquel vous devez soit inculper mon client, soit le relâcher, arrive bientôt à son terme.

– Très bien, dit Karen. Vous avez raison. Inculpons-le. Pourquoi pas de coups et blessures, pour commencer ? Au titre de la loi de 1861 sur les délits contre les personnes. Paul, confiez-le au responsable du bloc cellulaire, assurez-vous qu'il est inculpé dans les règles et informé que toute déclaration de sa part pourra être retenue contre lui. Nous verrons bien si cela modifie sa façon de voir les choses. Cet interrogatoire est interrompu à seize heures vingt-trois. (Karen se leva.) Merci, Maître, pour votre judicieux conseil.

– Qu'en pensez-vous ? demanda Karen.

Elder fit la grimace.

– Avec tous les témoignages que nous pouvons rassembler contre Kennet pour ses agissements passés, si cela se résume en fin de compte à sa parole contre celle de Vanessa, la plupart des jurys prendront parti pour elle. Mais du point de vue des preuves concrètes, une empreinte partielle, c'est un peu léger.

– Mike trouvera bien quelque chose, ne vous inquiétez pas.

Mais à sept heures ce même soir, ils avaient justement des raisons de s'inquiéter.

Kennet avait été dûment inculpé et se préparait à passer sa première nuit en cellule ; le lendemain matin, le vendredi, il comparaîtrait devant le magistrat et on s'opposerait vigoureusement à sa mise en liberté sous caution. Mais quand Ramsden revint, ce fut avec un air sinistre et de mauvaises nouvelles.

– À part les programmes des matches de l'équipe de Brentford des dix dernières années, il n'y avait rien de suspect en vue.

– Vous avez fouillé sa camionnette aussi ? demanda Elder. Celle qu'il utilise pour son travail.

– Vous me prenez pour un amateur ?

– Pardon. Y a pas de mal.

Mais l'esprit d'Elder était soudain ailleurs : la première fois qu'il avait vu Kennet, qu'il lui avait parlé, devant la maison sur laquelle il travaillait à Dartmouth Park, Kennet s'était roulé une cigarette, il cherchait du feu.

– Il a une voiture, dit Elder. En plus de la camionnette.

– Vous êtes sûr ?

– Une berline, quatre portes. Bleu foncé. Une Ford, je crois, mais je ne le jurerais pas.

– Lee, fit Ramsden, vérifie tout de suite. Du moment qu'elle est à son nom, c'est du tout cuit.

– Bravo, Frank, dit Karen. Vous vous en êtes souvenu au bon moment.

– On verra, dit Elder. On verra.

42

Elder rentra à Finchley vers dix-neuf heures. Le matin où Karen lui avait annoncé l'arrestation de Kennet semblait déjà bien loin. Il lui fallait deux aspirines, pensa-t-il, et un long bain.

Son portable sonna avant qu'il eût ouvert les robinets, et l'adrénaline surgit dès qu'il reconnut la voix de sa fille.

– Katherine, ça va ?

– Oui, pourquoi ?

– Rien. C'est seulement, tu sais...

– Tu as l'air inquiet.

– Pas particulièrement, non. Un peu mal à la tête, c'est tout. Rude journée.

Il y eut un court silence, puis :

– Je voulais te demander, cette histoire, avec la police, tu sais ce qui se passe ?

– Je crois que oui.

– Sauf que Rob... enfin, ce qu'ils lui demandent de faire... il n'est pas sûr de savoir à qui il peut faire confiance.

– À qui a-t-il parlé ?

– À une femme, une inspectrice. Maureen. À elle, surtout.

– Maureen Prior. Elle, tu peux lui faire confiance, crois-moi.

– Bland, par contre, il est aussi dans le coup.

– Non, il ne l'est pas. Pas vraiment. Il ne l'est plus.

– Je n'en sais rien.

– Quand est-ce qu'il doit le voir, Rob ? Quand doit-il voir Bland de nouveau ?

– Bientôt, je crois. Demain ou après-demain.

– Dès que ce sera fait, vous devriez peut-être prendre le large pour un moment. Le temps que l'affaire se tasse.

– Rob a des amis du côté de Hull. De la famille aussi.
– Pourquoi vous n'iriez pas là-bas, alors ? Juste pour une semaine, environ.
– Ça ne t'ennuie pas ?
– Quoi ?
– Rob et moi, qu'on soit ensemble comme ça.
– Ce n'est pas la solution que je préfère.
– Mais ça ne te gêne pas ?
– Tu es assez grande pour prendre tes décisions toute seule.
– Pour faire mes bêtises toute seule, tu veux dire.
Un silence.
– Peut-être.
Il y avait une voix d'homme, à peine audible en fond sonore, celle de Rob probablement, pensa Elder, puis Katherine dit :
– Écoute, Papa, il faut que j'y aille.
– D'accord. Faites bien attention, surtout. L'un comme l'autre. Et tiens-moi au courant, d'accord ?
– D'accord.
– Je t'aime, ajouta-t-il, mais la communication était déjà coupée.
Elder but une gorgée de whiskey, puis une autre. Il se rappela dans quel état il l'avait retrouvée, séquestrée dans une cabane construite de bric et de broc au pied d'une falaise, sur la côte, au nord de York. Une puanteur de poisson pourri et de sang séché. Les ecchymoses qui maculaient son visage et son dos. Est-ce qu'il s'apprêtait à précipiter sa fille dans un nouveau traquenard, un nouveau danger ? Ou bien avait-elle de son plein gré choisi ce genre de risque quand elle avait commencé à traîner avec les SDF de Slab Square, à sortir avec un garçon qui, même à petite échelle, vendait de la drogue ? Il était difficile de se sentir concerné sans juger.
Pendant que son bain coulait, et bien qu'elle lui eût promis de le contacter, il téléphona à Maureen Prior.
– Ça se met en place, Frank, lui dit-elle. Encore un jour ou deux, c'est tout ce qu'il nous faut.
– Katherine me l'a dit.
– Tu lui as parlé, alors ?
– Elle m'a appelé tout à l'heure.
– C'est une gentille môme, Frank.
– Ce n'est plus une môme.
– Tu comprends ce que je veux dire. Elle est forte.
– Il lui a fallu l'être. Elle aurait sombré, sinon. Je n'étais pas sûr qu'elle referait surface.

– Je garderai un œil sur elle, tu le sais. Mais si je faisais plus, si je déléguais quelqu'un pour lui tenir la main, il y a des chances que Bland se douterait de quelque chose.

– Je sais.

– Je ferai attention. Je ferai ce que je pourrai.

– Merci, Maureen.

– Prends bien soin de toi, Frank.

– J'y veillerai.

Il compléta son verre et l'emporta dans la salle de bains. Il n'y avait pas de message de Karen au sujet de la voiture de Kennet, ce qui signifiait sans doute qu'ils ne l'avaient pas encore retrouvée. À dix heures demain matin, Kennet comparaîtrait devant le magistrat. Cela leur donnerait un délai supplémentaire. Et demain, il parlerait à Sherry, pour passer en revue ce qu'il aurait pu déterrer. L'eau était un poil trop chaude, et il ajouta une giclée d'eau froide, en baladant le flexible tout autour de la baignoire, avant de s'y plonger. Quand Katherine était bébé, dix-huit mois ou moins, il la prenait avec lui dans la baignoire, et elle pataugeait en riant, aussi glissante qu'un poisson entre ses mains. Des moments pareils, on ne les revivait jamais. Lui avait-il dit « Je t'aime » en sachant qu'elle n'était plus en ligne ?

– Je t'aime, Katherine, dit-il à voix haute, les larmes aux yeux, comme un idiot.

43

La voiture était une Ford Mondeo cinq portes, munie d'une plaque de 1998, avec un peu plus de 30 000 bornes au compteur. Elle était garée dans Tollington Way, pas très loin derrière le vieil hôpital Royal Northern. À l'arrière, il y avait une paire de chaussures de chantier appartenant à Kennet, couverte de taches de plâtre et de peinture, ainsi qu'un bleu de travail et une chemise de laine à carreaux, roulés ensemble. De vieux numéros du *Sun* et du *Mail*. Un plan de Londres avec reliure à spirale, tout écorné. Des contraventions pour stationnement interdit. Des emballages de barres chocolatées et un rouleau entamé de pastilles de menthe. Plusieurs cassettes audio dans le vide-poche latéral, côté conducteur : Queen, David Lee Roth, U2, les plus grands succès de Springsteen. Une boîte d'allumettes dans laquelle il n'en restait que cinq. Une paire de gants de cuir usés. Une thermos rouge et blanche qui sentait encore vaguement le café. Un roman de Patricia Cornwell en édition de poche, laissé ouvert, retourné, à la page 121. Une paire de câbles de démarrage. Un tournevis. Une peau de chamois, raide et noire de crasse. Un bidon rouillé d'huile WD-40; un bidon en plastique de liquide lave-glace concentré toutes saisons sans éclaboussures et un autre contenant du dégivrant Comma Xstream. Un bidon de deux litres, vide, qui avait contenu de l'huile moteur. Et dans le compartiment de la roue de secours, bien rangée sous celle-ci, une petite boîte en métal qui contenait, enveloppés avec soin dans un morceau de tissu apparemment prélevé sur une vieille chemise en jean : une boucle d'oreille, verte et dorée, en forme de lune; un bracelet en argent sans fioritures; un pendentif et sa fine chaîne d'argent; et une montre munie d'un bracelet de cuir marron, une Lorus au cadran sobre dont le fond du boîtier était gravé au nom de Maddy Birch, suivi d'une date : 15-07-81.

Karen avala un grand café noir à la cantine, puis elle s'aspergea le visage d'eau froide aux toilettes.

– Du calme, se dit-elle. Ne t'emballe pas.

Peu après dix heures, Steve Kennet avait été mis en détention provisoire jusqu'au 27 de ce mois par un tribunal d'instance convoqué spécialement, sa demande de mise en liberté conditionnelle rejetée. À présent, il était de retour dans la salle d'interrogatoire, la gorge sèche. On aurait dit, à le voir, qu'il n'avait pratiquement pas dormi. Près de lui, son avocat tripotait son stylo, dont il ôtait et remettait le capuchon, encore et encore, inlassablement.

Ramsden se dit que si ce petit manège devait continuer longtemps, il allait tendre le bras par-dessus la table, pour lui arracher le stylo des mains et le lui planter dans son petit cul tout maigre.

– Cet interrogatoire, dit Karen, est commencé à onze heures quarante-sept...

Sans s'interrompre, elle fit répéter à Steve Kennet la même succession d'événements que la veille, les mêmes dénégations, le laissant s'enfoncer dans un trou de plus en plus profond.

– Monsieur Kennet, dit Karen avec nonchalance comme si l'idée lui venait soudain à l'esprit, possédez-vous une Ford Mondeo bleu foncé de 1998 ?

Même depuis son poste d'observation, derrière la vitre fumée, Elder vit passer un éclair d'appréhension dans le regard de Kennet.

– Monsieur Kennet ?

– Oui.

– Possédez-vous...

– Oui, j'ai dit oui.

– Mon client, intervint Murchfield, souhaiterait bénéficier d'une pause à cet instant. Cela fait bientôt presque...

Mais Karen l'interrompit d'un brusque « Je n'en doute pas, Maître », suivi de :

– Je me demandais, monsieur Kennet, si vous pourriez identifier ceci ?

Ramsden brandit le pendentif, bien protégé dans un sac à mise sous scellés.

Kennet pâlit.

– Non, dit-il. Je n'ai aucune idée de ce que ça peut être.

– Ou ceci ?

La boucle d'oreille.

– Non.

Vigoureux signe de dénégation.

– Ou encore ceci ?

Le bracelet.

– Non.

– Monsieur Kennet, ces objets ont été trouvés dans le coffre de votre voiture.

Se reprenant, Kennet changea lourdement de position sur son siège et haussa les épaules.

– Ça n'a rien à voir avec moi, c'est la première fois que je les vois.

– Ils étaient enfermés dans votre voiture, enveloppés avec soin et bien cachés.

Kennet soutint son regard, silencieux, buté.

– Où vous les aviez rangés.

– Bon sang, je viens de vous dire...

– Vous ne m'avez rien dit du tout.

– Bon, je vous le répète : ces objets, ils n'ont rien à voir avec moi. C'est la première fois que je les vois, d'accord ?

– Vous ne savez pas comment ils ont pu entrer en votre possession ?

– Mais merde, à la fin, ils n'y étaient pas, en ma possession !

– Ils se trouvaient dans votre voiture.

– Qui me le dit ?

Ramsden sourit.

– C'est moi qui le dis.

– Alors, c'est vous qui les y avez mis, bordel !

Karen se pencha en arrière, s'éloignant de la table. La sueur s'accumulait au creux de ses mains, et elle les essuya sur les jambes de son pantalon. Il flottait une odeur de transpiration dans l'air, aussi : la sienne, celle de Kennet, celle de tout le monde.

– Il y a un petit peu plus d'une heure, dit Karen, l'un des officiers de police sous mes ordres a montré ce bracelet à Jennifer McLaughlin, qui l'a identifié comme étant le sien.

Une veine, remarqua Elder, avait commencé à battre au coin de l'œil gauche de Kennet.

– Cette boucle d'oreille, dit Karen en montrant le sac qui la contenait, a été identifiée par Jane Forest comme lui appartenant.

– Et puis après ?

– Jennifer McLaughlin et Jane Forest, deux femmes avec qui vous avez eu des liaisons.

Kennet soutint son regard, sans ciller.

– Alors, pouvez-vous expliquer comment ces objets ont pu se retrouver, dissimulés, dans votre voiture ?

– Non, je ne peux pas. Sinon que quelqu'un les y a mis.

– Et ce quelqu'un, monsieur Kennet, c'est vous.

Kennet pivota brusquement sur son siège, son genou percutant la jambe de Murchfield, le choc faisant jaillir le stylo de la main de l'avocat.

– Vous ! dit Kennet, quand est-ce que vous allez faire quelque chose, au lieu d'attendre qu'il m'aient mis dans le pétrin jusqu'au cou ?

Murchfield bégaya, rougit, et se baissa pour ramasser son stylo.

– Il y a un dernier objet..., dit Karen, parvenant presque à masquer le ton quasiment triomphant que prenait sa voix tandis qu'elle tenait sous le nez de Kennet la montre dans sa pochette.

– La montre. Celle de Maddy Birch. On voit son nom clairement gravé, là, sur le fond du boîtier. Vous voyez ? Vous voyez son nom, monsieur Kennet ? Le nom et la date ? Monsieur Kennet, pour le magnétophone, s'il vous plaît. Convenez-vous que le nom gravé au dos de la montre est celui de Maddy Birch ?

– Oui.

– Que cette montre lui appartenait ?

– Oui.

– Pouvez-vous m'expliquer comment elle est arrivée entre vos mains ?

Kennet rendit son regard à Karen et secoua la tête.

– Monsieur Kennet ?

– Non. Non, je ne peux pas vous l'expliquer.

– Eh bien, imaginons qu'elle l'ait portée le soir où elle a été tuée.

– Je n'en sais rien.

– Et que c'est ce soir-là que vous l'avez prise sur son cadavre.

– Non.

– Après l'avoir violée.

– Non.

– Assassinée.

– Non.

La sueur se voyait nettement, à présent, sur le front de Kennet, dont le torse vacillait un peu de droite à gauche, comme s'il recevait des coups.

– Monsieur Kennet, pendant la nuit du mercredi 26 au jeudi 27 novembre, non loin du foyer municipal de Crouch End, je vous soupçonne d'avoir agressé et violé Maddy Birch, puis de l'avoir poignardée à plusieurs reprises jusqu'à ce que mort s'ensuive.

– Non.

– Elle portait cette montre, n'est-ce pas? Cette nuit-là?

Kennet leva les deux bras, poings fermés, et alors que Karen repoussait vivement son siège pour être hors de sa portée et que Ramsden lançait son bras pour détourner un coup potentiel, il abattit ses deux mains sur le centre de la table, de toutes ses forces.

– Elle ne pouvait pas porter sa montre. Pas ce soir-là. Je l'avais déjà prise, quelques semaines plus tôt.

Karen retrouva la maîtrise de sa respiration.

– Répétez-moi ça.

– La montre, je l'avais déjà prise. Quelques semaines plus tôt.

– Et comment avez-vous fait ça?

– Je me suis introduit chez elle par effraction. Quand elle n'était pas là.

– C'était quand?

– Vers la fin octobre. Un mardi, un mercredi, je ne sais plus. Vers le milieu de la semaine.

– Et vous aviez déjà fait ça auparavant?

– Entrer chez quelqu'un par effraction? Oui, mais pas là. Pas chez Maddy. Chez d'autres. Jane. Jennifer.

Il souriait presque.

– Et à chaque fois, vous emportiez quoi? Un souvenir?

– Oui. Je veux dire, non, pas toujours.

– Rien d'autre?

– Comment ça?

– Vous n'emportez rien d'autre?

– Non, je n'emporte rien d'autre.

– Qu'est-ce que vous faites, alors?

– Je ne sais pas, je... Parfois, je reste là sans bouger. Sans rien faire. Parfois, je... enfin, je regarde des choses.

– Quel genre de choses?

Kennet haussa les épaules. À présent qu'il s'était mis à parler, il était plus à l'aise.

– Ça dépend. Des vêtements. Des journaux intimes, parfois. N'importe quoi.

– Des petites culottes, suggéra Ramsden d'un ton méprisant. Des slips. Ses sous-vêtements.

– Parfois.
– Vous vous masturbez dedans, hein ?
– Non.
– Monsieur Kennet, reprit Karen, quand vous êtes seul dans ces appartements, dans ces pièces, vous livrez-vous à une activité sexuelle quelconque ?

Avant de répondre, Kennet regarda attentivement Karen, ses yeux, sa bouche.

– Parfois, dit-il, je me masturbe. Dans un préservatif. Que je remporte chez moi. C'est à ce genre de chose que vous pensez, non ?

– Il me semble, Maître, fit Karen, que votre client peut bénéficier d'une pause. De vingt minutes maximum. Cet interrogatoire est suspendu à midi dix-neuf...

– Qu'en pensez-vous, Frank ?

Ils étaient sortis du bâtiment, le ciel était couvert mais la température avait remonté de cinq bons degrés depuis la veille. Karen, à deux doigts de rafler une cigarette à Ramsden, s'était reprise à temps et rabattue sur une barre chocolatée qu'elle mâchait consciencieusement.

– Vous l'avez fait transpirer à grosses gouttes, ça ne fait pas de doute.

– On se serait cru au bain turc, là-dedans.

– Quand vous avez abordé le meurtre, il était dans tous ses états. Mais après avoir avoué ses effractions, par contre, c'était un autre homme de nouveau. Il était presque fier de lui. Soulagé, certainement.

– Vous croyez que je l'ai laissé me filer entre les doigts ?

– Je ne vois pas comment vous auriez pu faire autrement.

– Vous l'avez dit vous-même. C'était comme s'il se sentait exonéré de quelque chose.

– Vous n'allez pas le lâcher si facilement. S'il a autre chose à cacher, vous finirez par le faire craquer.

Karen fourra dans sa bouche le dernier morceau de sa barre chocolatée, tortilla l'emballage vide qu'elle enfonça dans sa poche de veste. Elle était en noir, aujourd'hui, un noir de deuil.

– Frank, l'autre soir. Chez moi. On n'en a jamais vraiment reparlé.

– Ce n'est peut-être pas nécessaire.

– Ça ne mérite pas qu'on s'en souvienne, alors ?

Juste l'esquisse d'un sourire.

– Ce n'est pas ce que je voulais dire.

– Je ne voudrais surtout pas que vous pensiez...

– Quoi ?

– Eh bien, vous savez... Que cela présageait... une relation privilégiée, je veux dire, entre nous.

Il y eut une lueur d'amusement dans le regard d'Elder.

– Vous voulez dire que nous ne sommes pas fiancés ?

Elle lui donna un coup de poing, plutôt énergique, sur le bras.

– Je ne veux pas que vous attendiez...

– Croyez-moi, je ne m'attends à rien.

– Vous êtes sûr ? Parce que si...

– Écoutez, écoutez. C'était génial. J'ai passé un moment fabuleux. Une surprise totale. Mais qui n'avait aucune chance de se reproduire, d'accord ? Je comprends.

– D'accord.

Après un rapide coup d'œil circulaire pour s'assurer que personne ne les regardait, elle l'embrassa sur la joue.

– Cela dit, si je rentre là-dedans avec votre rouge à lèvres sur le visage...

Elle tenta de le frapper de nouveau, mais cette fois, en riant, il esquiva le coup.

44

Elder avait à peine eu le temps de se garer devant son immeuble que son portable se mit à sonner. Katherine, pensa-t-il. Maureen. En fait, il reconnut le grasseyement familier de Framlingham.

– Ton appartement, Frank, il est présentable ?

– Tu devrais le savoir.

– Je viens. Je serai là dans vingt, trente minutes.

Il arriva un quart d'heure plus tard, chargé de présents. Des galettes d'avoine écossaises, un morceau de fromage du Lancashire, une bouteille de vin.

– Je me suis dit que tu aurais peut-être un petit creux, Frank. Tu as dû avoir une journée chargée.

– Plutôt chargée, oui.

– Ce Kennet, vous avez de quoi le garder en préventive, au moins ?

– Je crois que oui.

Framlingham déballa le fromage et le posa sur une assiette.

– Ton idée selon laquelle Grant était peut-être un indic, et protégé en tant que tel, ça ne semble pas se confirmer. Mais comme piste à explorer, ce n'était pas sans intérêt. (Il fouinait dans le tiroir de la cuisine à la recherche d'un tire-bouchon.) C'est du jaja australien, Frank. Du syrah de chez Garland, une famille de viticulteurs près du mont Barker.

Le bouchon sortit du goulot avec un *plop* sympathique.

– Mike Garland, le maître de chais, il connaît son affaire.

Framlingham porta le verre de vin à son nez pour en humer le bouquet, puis il en prit une gorgée, qu'il garda longtemps en bouche avant de l'avaler.

– Un fabuleux pinard, Frank. Des arômes de tabac, d'épices, de réglisse, de prune.

Elder coupa un morceau de fromage qui s'émietta sous la lame du couteau.

– Toute cette affaire, dit Framlingham, autour de Grant et de Mallory, une fois que tu en as démêlé les tenants et les aboutissants, tu peux t'attaquer à James Joyce et à son *Ulysse*, ça te paraîtra du même niveau que *Harry Potter*. Le plus intéressant, cela dit, c'est ça : depuis des années, maintenant, depuis l'époque où il était encore inspecteur principal, l'indic officiellement répertorié de Mallory est Lynette Drury. Ancienne prostituée, plus récemment tenancière de bordel et, plus important encore, en ménage avec un truand notoire du nom de Ben Slater.

Framlingham brisa en deux une galette d'avoine et couvrit posément de fromage chacune des moitiés.

– Le contact entre Mallory et Slater semble avoir eu lieu avant tout le reste. Cela remonte à une vingtaine d'années. En 1984. Avec trois autres inculpés, Slater a comparu devant un tribunal pour avoir braqué la paye d'une entreprise, à Romford. Au bout de cinq jours, le juge a ordonné le non-lieu. Slater et les autres sont ressortis libres.

– Et quel est le lien entre cette histoire et Mallory ?

Framlingham sourit.

– Mallory appartenait à le Section spéciale appelée en renfort sur le terrain. Cela s'est passé deux ans avant que cette section ne soit dissoute.

– Et il avait quel âge, à ce moment-là ? Trente ans ? Un peu plus ?

– Vingt-neuf.

Hochant la tête, Elder goûta le vin.

– Maintenant, reprit Framlingham, on fait un bond de deux ans, jusqu'en 1986. On assiste à une série de vols à main armée dans les comtés qui entourent Londres, tous dans un rayon de cinquante kilomètres. Des bureaux de poste, des sociétés de crédit immobilier. À ce moment-là, Mallory a été muté au Groupe territorial de soutien, avec le grade d'inspecteur. Slater est mis sous surveillance, sa ligne téléphonique est sur écoute, le grand jeu. Finalement, il est arrêté pour vol après une attaque contre les bureaux d'une société de crédit de Colchester. Grâce à un tuyau, le GTS est sur les lieux, en force. Au procès, cependant, l'un des officiers de police, dont le témoignage est crucial, se révèle incapable d'identifier Slater comme ayant participé au braquage. Inutile de te préciser de qui il s'agit.

Slater repart libre. Il entame une action en justice contre la police de Londres, pour harcèlement et arrestation arbitraire, mais il y renonce un peu plus tard. Pendant un certain temps, le calme revient. Puis en 89 il y a un vol à main armée, dans un lieu au nom prédestiné, Shooters Hill [1]. Un camion de transport de fonds est percuté par un véhicule à la lisière de Woolwich Common. Quatre hommes s'enfuient avec quatre-vingt mille livres en billets usagés. Slater et un autre type du nom de Warland sont interrogés, mais pas inculpés.

– Mallory est impliqué ?

– Pas encore. Dix-huit mois plus tard, ce même Warland est interpellé pour excès de vitesse à la sortie du tunnel de Blackwall, en direction du nord. On découvre qu'il transporte dans sa voiture la moitié du butin d'un braquage de supermarché, et il a un fusil à canon scié dans le coffre. Et sur lui une certaine quantité de substances illicites. Évidemment, il se met à table. Il balance tout sur l'attaque du fourgon à Woolwich Common. Il donne des noms. Celui de Slater, pour commencer.

– Slater est arrêté ?

– Arrêté et inculpé. (Framlingham mangea un autre morceau de fromage, but un peu plus de vin.) Quand il comparaît devant le magistrat, les arguments de la police pour refuser la remise en liberté conditionnelle sont jugés insuffisants. Surprise, surprise. Slater quitte le pays, sans doute pour aller en Espagne. Il semblerait qu'il y reste jusqu'en 92. À ce moment-là, Mallory est inspecteur divisionnaire à la Brigade volante.

– La célèbre Sweeney [2].

– C'est cela même. Avec son second Maurice Repton pour lui tenir la main. Comme les acteurs Dennis Waterman et John Thaw dans la série télé. C'est vers cette époque-là que Lynette Drury est signalée officiellement dans les archives en tant qu'indic de Mallory. Quel lien existait-il entre eux avant cela, impossible à dire. Mais à mon avis, cela faisait des années qu'ils étaient intimes. Tous ceux de la bande.

– À quel moment, exactement, est-ce que Grant intervient ?

– Pas beaucoup plus tard. Jusqu'en 95, Slater reste aussi clean qu'une culotte de cheftaine. Et puis il est soupçonné d'un vol de lin-

1. La colline des flingues.

2. Nom populaire de la « Brigade volante » en argot cockney rimé (Sweeney Todd = Flying Squad), également titre d'une célèbre série télévisée qui en a relaté les exploits sur la chaîne ITV de 1975 à 1978.

gots à l'aéroport de la City. De l'or en barre. Trois quarts d'un million de livres. Et c'est la première fois que le nom de Slater est lié à celui de Grant. Histoire classique. Ils sont tous deux arrêtés et inculpés, mais les charges s'effondrent quand ils comparaissent devant le tribunal. La déposition de l'un des principaux témoins est douteuse, et le jury est prié de ne tenir aucun compte de pratiquement tout ce qu'elle a dit.

– Elle ?

– Drury. Lynette Drury. (Le sourire de Framlingham s'attarda un peu plus, cette fois.) La rumeur dit que ses relations avec Mallory dépassaient de loin les critères fixés par Scotland Yard pour les rapports entre les officiers de police et leurs indics.

– Ils étaient amants ?

– Ta façon de présenter les choses, Frank, est délicieusement démodée, presque charmante. Pour autant que je sache, elle se faisait toujours sauter par Ben Slater à ce moment-là. Et par Grant aussi, d'ailleurs.

– Et il n'y a rien de plus récent qui établisse un lien entre eux ?

– Jusqu'à ce que Mallory abatte Grant ? Non, apparemment pas. Mais qui sait ?

– Quelqu'un, dit Elder. Quelque part, il y a quelqu'un qui sait.

– Et pourquoi pas Lynette Drury ? Ce qu'elle sait remplirait un bouquin et demi.

– On a une adresse ?

– C'est drôle que tu me demandes ça. (Framlingham sortit de sa poche de poitrine un bout de papier plié en deux.) Tiens. C'est à Blackheath. Une adresse vieille de deux ans, elle a peut-être déménagé depuis.

– Tu dois le savoir, sûrement ?

D'un geste paresseux, Framlingham tendit le bras vers la bouteille.

– On ferait mieux de finir ça, Frank. Je ne supporte pas le gâchis.

Peu de temps après le départ de Framlingham, le portable d'Elder sonna de nouveau.

– Bland, dit Maureen. Il a mordu à l'hameçon. C'est pour ce week-end, peut-être, lundi au plus tard.

45

La maison était proche de la lisière sud du parc de Hampstead Heath. C'était une vieille villa victorienne construite très en retrait de la route derrière de hautes haies et un portail en fer. Le portail protesta un peu quand Elder souleva le loquet et le poussa. Dans la bordure de terre noire, entre les arbustes et la pelouse, deux merles cherchaient des vers. D'épais rideaux pendaient derrière les fenêtres du premier, celles du rez-de-chaussée étaient masquées par un voilage à motif. Ce qui semblait bien être le vitrail d'origine était toujours en place dans l'imposte de la porte d'entrée. Par une autre journée, sous un ciel différent, Elder imaginait aisément que la maison aurait paru menaçante, sinistre. Mais ce matin, avec ce bleu pastel au-dessus de lui et les cloches de l'église qui sonnaient au fond du Vale of Health, l'impression était toute différente.

Elder actionna la sonnette. Un chien aboya et puis se tut.

Un bruit de pas dans l'escalier et dans le vestibule.

– Au moins, dit l'homme qui ouvrit la porte, vous n'êtes pas Témoin de Jéhovah. À moins qu'ils n'aient adopté une tenue décontractée.

L'homme portait lui-même un T-shirt noir et un pantalon de coton blanc cassé qui laissait peu de place à l'imagination ; ses cheveux blonds étaient coupés court – pas aussi court que ceux d'un footballeur ou d'un sympathisant du parti national britannique [1], mais suffisamment pour être à la mode. Le chien était un terrier à poil dur d'un blanc sale ; l'homme l'écarta de son chemin avec son pied.

– Frank Elder.

1. Parti d'extrême droite.

– Laissez-moi deviner, vous êtes planté là comme un candidat indépendant aux élections locales. Vous êtes pour le développement durable et le recyclage des déchets, et contre le mariage gay.

– C'est un problème ?

– Le mariage gay ? Pas pour moi. À moins que vous ne vouliez me demander ma main.

– Nom de Dieu, Anton ! lança une voix de femme depuis l'intérieur de la maison, arrête un peu ton numéro de comique de seconde zone, et fais entrer ce monsieur.

C'était une silhouette frêle dans un fauteuil roulant, un châle autour des épaules, une couverture sur les genoux. Le fauteuil était propulsé par un moteur électrique, et elle poussa la manette de contrôle vers l'avant pour s'approcher de la porte. Son visage, remarqua Elder, était creusé de rides profondes, la peau pincée autour de l'œil gauche qui n'était plus aligné avec le droit, comme si elle avait été victime d'un accident vasculaire.

– Je suis Lynette Drury, annonça-t-elle d'une voix rude et rauque.

– Frank Elder.

– Est-ce une visite officielle, Frank ? Dois-je arracher mon avocat à sa messe ?

– Je ne crois pas.

Elle le fixa de son œil valide, comme si elle pesait le pour et le contre.

– À présent, Frank, j'ai si peu de visiteurs que je ne peux plus m'offrir le luxe de les renvoyer.

Prestement, elle fit effectuer un demi-tour à son fauteuil et rentra dans la maison.

– Anton, tu crois que pendant quelques minutes tu pourrais t'abaisser à nous chercher quelque chose à boire ?

Anton s'éclipsa vers la droite, le chien sur ses talons. Elder suivit Lynette Drury dans une pièce haute de plafond munie de fenêtres au fond et sur le côté, le jardin derrière la maison étant avant tout une pelouse entourée d'arbustes, de petits arbres fruitiers épineux, et de rosiers sévèrement taillés.

– Vous n'êtes pas comme les autres, Frank, mais vous avez encore cette odeur qui vous colle à la peau.

– Il faut du temps pour qu'elle disparaisse, fit Elder.

– Ce n'est pas Ben qui vous envoie ?

– Non.

– Ni George Mallory non plus.

Elder secoua la tête.

– C'est bien ce que je pensais. (Elle fit un geste vers la table en bois sombre et bien cirée, près de la fenêtre.) Passez-moi une cigarette, Frank, vous voulez bien ? L'allumer pour moi ?

Elle inhala longtemps la fumée, au point de déclencher une quinte de toux qui fit sortir Anton de la pièce voisine. Le jeune homme lui tapota le dos et lui essuya la bouche, pour en ôter des traînées de salive et de fard à lèvres rouge sombre.

– Alors quoi ? fit-elle. Pas de leçon de morale ?

Anton lui lança un regard par-dessus son épaule alors qu'il repartait.

– *Il faut que vous arrêtiez de fumer, vous allez vous tuer !* singeat-elle avant de s'esclaffer. Est-ce que j'ai l'air d'être vivante, Frank ? C'est l'impression que je donne ?

Elle toussa de nouveau, de façon plus maîtrisée cette fois.

– Anton ! lança-t-elle en tournant la tête vers la porte. Alors, ce verre, ça vient ?

En guise de réponse, ils entendirent sauter un bouchon, et l'instant d'après Anton reparut avec deux flûtes de champagne, la bouteille dans un seau à glace sur un plateau d'argent.

– À la vôtre, Frank. À votre santé. On peut bien se faire un petit plaisir de temps en temps, non ? Sinon, à quoi ça rime ?

– À la vôtre.

– Très bien, dit-elle à Anton, tu peux retourner à ta Gameboy ou à je ne sais quelle tâche ménagère qui te retient à l'office. Tu peux astiquer l'argenterie.

– Je l'ai déjà vendue.

– Ou ton petit cul de cycliste.

Elder but une gorgée de champagne. Était-ce un grand cru, ou une bouteille de supermarché à six livres quatre-vingt dix-neuf, il aurait été incapable de le dire. Les cloches semblaient s'être tues. Sans doute les braves gens de Blackheath étaient-ils déjà tous à genoux.

– Chaque mois, expliqua Lynette, Ben envoie une caisse de champagne. Ça le dispense de venir en personne. C'est comme s'il se passait un peu de vaseline sur la conscience. Et c'est lui qui paie Anton, bien sûr. D'ailleurs, il doit le sauter aussi, sans doute. Non pas qu'il soit pédé, comprenez bien. Ben, je veux dire. C'est seulement qu'il baise n'importe quoi du moment que c'est suffisamment étroit.

Elle toussa encore une fois et quelques gouttes de champagne se répandirent sur les veines violettes du dos de sa main.

Elder la débarrassa de son verre.

Anton apparut un instant à la porte puis, rassuré, repartit.

– Mais à mon avis, dit Lynette, celui qui vous intéresse le plus, c'est George Mallory. Plus que Ben. J'ai raison ?

– Peut-être.

– Dans la comptine, « Georgie-Porgie embrasse les filles et les fait pleurer ». Notre George, il ne s'en est pas privé, c'est sûr. Et maintenant, il a la trouille au ventre, non ? Encore qu'il ne l'avouerait jamais, bien sûr. Même s'il était au beau milieu d'un incendie, avec des flammes jusqu'aux aisselles, il jurerait que tout va pour le mieux. Mais il m'a envoyé cette petite raclure de Repton, vous savez ? Et ça, c'est un signe qui ne trompe pas. Maurice Repton qui vient vous lécher les bottes, Maurice dans un de ces petits costumes impeccables dont il aime à vous faire savoir qu'il a été fait sur mesure par un petit tailleur zélé de Winchmore Hill, qui a été coupeur à Savile Row.

» Maurice avec toutes ses questions. Est-ce que quelqu'un est venu me voir, fouiner de mon côté ? Quelqu'un de l'inspection des services ou je ne sais comment ça s'appelle aujourd'hui. Ils changent leur foutu nom aussi souvent qu'une pute change de culotte. Non, je lui ai dit. Vu le nombre de visites que je reçois aujourd'hui, on pourrait croire que j'ai la peste. Ou le sida. Si quelqu'un se pointe, me dit Maurice, tu nous passes un coup de fil ? Tu nous tiens au courant. *Nous*, comme s'ils étaient mari et femme.

Elle fit une pause, le temps de reprendre son souffle. Un peu de cendre tomba de sa cigarette.

– Bien sûr, comme je le lui ai dit, personne n'est jamais venu me voir. Jusqu'à aujourd'hui.

Elder lui prit des doigts ce qu'il restait de sa cigarette et la remplaça par la flûte de champagne.

– Est-ce que je dois leur parler de votre visite, Frank ? Maurice et George. Qu'en pensez-vous ?

– J'en pense que c'est à vous d'en décider.

– Nous verrons, nous verrons. Tout dépendra de la façon dont vous vous tenez, et de ce que vous voulez savoir. Que voulez-vous savoir, Frank ?

– Ce qui a bien pu paniquer Mallory. Ça me conviendrait très bien, pour commencer.

Elle le regarda de travers par-dessus le rebord de sa flûte.

– Je n'en doute pas, fit-elle. Pas une minute.

Après quelques instants de réflexion, Lynette fit pivoter son fauteuil et le plaça près de la fenêtre du fond.

– Apportez-moi ça, vous voulez bien, Frank ?

« Ça », c'était une petite table en bois de rose sur laquelle étaient posés un cendrier et un dessous de verre pour sa flûte, qu'Elder remplit avant de lui allumer une autre cigarette. Il apporta ensuite une chaise en bois à dossier courbe, qu'il posa tout près.

Dans cette maison, on avait peine à croire que le cœur de Londres se trouvait à quelques minutes en voiture, qu'il suffisait de descendre la côte à pied pour trouver le vacarme et l'agitation de Lewisham. Ou que des promeneurs, par cette belle matinée de janvier, allaient traverser le parc de Greenwich jusqu'à l'observatoire, avant de suivre les allées en pente qui descendaient vers le musée de la marine et le *Cutty Sark* [1].

Dans le jardin, rien ne bougeait. Les ombres légères des buissons, que projetait le soleil d'hiver, semblaient avoir été peintes en gris clair sur la pelouse.

Lynette toussa avant de parler.

– J'ai reçu une carte de Ben il y a quelques jours. De Chypre. De la république turque de Chypre du Nord, plus précisément. Une sorte de carte du nouvel an, je suppose. Il a longtemps eu une maison à Paphos, au sud de l'île. Il l'a gardée pendant des années. Il y a eu une époque, vous savez, où on y allait tous les hivers. Ben et moi. Avec quelques autres, parfois. Des amis. George et Maurice, par exemple. Ils sont venus plusieurs fois, au début.

Lynette laissa lentement s'échapper un filet de fumée en direction de son verre.

– C'est devenu trop fréquenté, Paphos. Trop de touristes. Trop de foutus expatriés. C'est pour ça que Ben a vendu, qu'il s'est installé à l'autre bout de l'île. À Kyrenia. Un coin superbe. Et en plus, il n'y a pas d'accords d'extradition, là-bas, vous voyez ? C'est la république turque. (Elle pouffa, d'un rire bref et sans force.) Qu'est-ce qu'ils peuvent faire contre lui ? Envoyer un commando de leur putain de SAS, pour le ramener de force ?

Elder fit tourner la flûte à champagne entre ses doigts. Dans quelle mesure devait-il la laisser prendre tout son temps, aller où son esprit l'emmenait ? Quand faudrait-il qu'il la bouscule un peu ?

---

1. Célèbre voilier lancé en 1869, utilisé pour le commerce du thé.

– Pourquoi n'êtes-vous pas à Chypre avec lui ? demanda-t-il, aussi posément que possible.

Un nouveau rire, qu'elle fit passer d'un peu de champagne porté à sa bouche d'une main tremblante.

– Moi ? Pourquoi est-ce qu'il n'a pas besoin de moi ? Quelle question idiote ! Pourquoi voulez-vous qu'il ait besoin de moi là-bas ? Dans l'état où je suis ?

– De toute évidence, il a de l'affection pour vous.

– Il a quoi ?

– Vous l'avez dit, il paie quelqu'un pour s'occuper de vous, il vous envoie du champagne.

– Et vous croyez une minute que c'est parce qu'il a de l'affection pour moi ?

– Quelle autre raison aurait-il ?

Elle lui saisit le bras, juste au-dessus du poignet.

– C'est pour que je la ferme, c'est tout. Pour acheter mon silence, bon sang. Il paye pour que je me taise. (Elder pensait qu'elle allait le lâcher, mais elle lui serra le poignet encore plus fort.) On avait tout prévu, vous voyez, Ben et moi. On s'était mis d'accord. Dès le début, pratiquement. Même pendant tout ce temps où j'ai été avec George, ça n'a pas été remis en question. On avait décidé qu'on irait à Chypre un hiver, et qu'on ne reviendrait jamais. On se retirerait là-bas. On profiterait du soleil jusqu'à la fin de nos jours. Regardez, là, sur la cheminée.

La photo était montée dans un cadre en argent filigrané. Une Lynette Drury plus jeune, presque belle – éblouissante, en tout cas –, mise en valeur par la lumière du soleil ; à ses côtés, un bel homme aux cheveux bruns, avec un nez fort, presque aquilin, et des yeux noirs qui regardaient au loin tandis que le reste de son visage tentait de sourire.

– C'était ça qui était prévu, reprit Lynette, jusqu'à la fin de nos putains de jours. Et peu importe le degré de... de saloperie que cette histoire a pu atteindre par la suite, c'est à ça que je me raccrochais. Le restant de mes jours sous ce putain de soleil.

Ses ongles, plantés profondément dans le poignet d'Elder, transperçaient presque la peau.

– Eh bien, je n'y suis pas, sous le soleil, vous voyez ? Je n'irai plus nulle part. Je vais mourir ici, dans cette maison, avec personne d'autre que cette tantouse pour compagnie, pendant que Ben et Mallory sont là-bas à se la couler douce après tous... après tous les...

Une nouvelle quinte de toux la plia en deux. Elder détacha sa main de son poignet, puis lui tapota et lui frotta le dos, bien au-dessous des omoplates. Il pensait qu'Anton allait revenir, mais le jeune homme ne se manifesta pas. Peut-être se contentait-il d'écouter à la porte.

– Ben et moi, on vivait ensemble. Pas mariés, pas officiellement, mais cela faisait longtemps. Je faisais tourner ce lupanar à Streatham, avec des filles jeunes, vous savez, presque aussi jeunes qu'elles en avaient l'air. C'est à ce moment-là que j'ai rencontré George Mallory. L'une des filles, elle a eu un problème avec un client. Elle a voulu l'attaquer avec un couteau. Sous le coup de la panique. Tout de suite après, on a eu les services d'urgence dans toute la baraque. L'ambulance. La police. George était là. Il m'a promis qu'il allait étouffer l'affaire. Et il l'a fait. Seulement, il a fallu lui renvoyer l'ascenseur. Il a voulu que je lui serve de balance, vous voyez ? Pas question, je lui ai dit, je ne vendrai pas Ben, pour personne au monde, mais il m'explique que non, ce n'est pas ce qu'il a voulu dire. Si je m'y prends bien, on a tous à y gagner, d'après lui. Votre Ben, il me dit, il est au courant de tout ce qui se passe, il fait partie du sérail. Touchez-lui en deux mots, on verra bien ce qu'il en pense. Alors j'en parle à Ben, et il est d'accord.

» Deux mois plus tard, il y a un casse. Hatton Garden. Des diamants. Grosse récompense. Ben sait qui a fait le coup. Il me le dit, je le dis à George, les types se font serrer, presque toute la marchandise est récupérée. Scotland Yard me remet cinq mille livres, vous voyez ? Une récompense pour avoir transmis l'info qui a permis l'arrestation. George et moi, on partage en deux. Parfait. Six mois plus tard, même chose. Tout de suite après, il me drague. Il veut m'installer dans un appartement quelque part. J'en parle à Ben, en pensant qu'il l'enverra paître, mais au contraire, il dit, oui, pourquoi pas ? Ça ne peut pas nous faire de mal, à toi comme à moi, d'avoir quelqu'un comme Mallory dans notre poche ?

Lynette regarda par la fenêtre, reprit une gorgée de champagne.

– Voilà comment ça s'est passé, pendant des années. On se renvoyait l'ascenseur sans arrêt. On fêtait nos succès. On donnait des soirées. Avec des pop stars et des acteurs de ciné de seconde zone. Américains, pour certains d'entre eux. Venus de Hollywood, vous voyez ? Se frotter à de vrais truands, ils adoraient ça, bien sûr. On leur fournissait du LSD, de l'héroïne, de la cocaïne. Des garçons et des filles, tous choisis avec soin, bien payés. Et George, il était au beau milieu de tout ça, évidemment. Il s'en goinfrait. Des filles, surtout ; il aimait les filles, George. Par deux ou trois à la fois. Des filles jeunes. Non pas, vous comprenez, vraiment très jeunes, ce n'est pas un de ces salopards de pédophiles. Ce genre de truc, je ne veux pas en entendre parler, je ne veux pas y toucher, ça me soulève le cœur. Mais quand je dis jeunes, vous voyez, c'est dans les quinze, seize ans, quand elles n'ont pas encore beaucoup de kilomètres au compteur. Mais un jour, ça a fini par aller trop loin. Vous n'avez pas envie de savoir de quelle façon, et je ne vous le dirai pas. Jamais.

Elder allait lui poser la question de toute façon, mais Lynette ne lui en laissa pas l'occasion.

– Les choses ont fini par se calmer, reprit-elle. On a recommencé à peu près comme avant. Ben s'est acoquiné avec Will Grant, et ensemble ils ont fait quelques bons coups. Un bon coup aussi, Will Grant, je dois reconnaître. (Elle lança à Elder ce qui aurait autrefois ressemblé à une œillade assassine.) En une ou deux occasions, les flics sont venus flairer d'un peu trop près, et George a dû redresser la situation, les envoyer voir ailleurs. Et puis, il y a quelques années de ça, ils se sont fâchés pour de bon, après un braquage à Gatwick. Les flics viennent tâter le terrain, comme d'habitude, et quelqu'un a donné Grant, avec tous les détails, et bien sûr Grant s'imagine que c'est moi qui l'ai balancé. Il pense que George m'a persuadée de le moucharder aux flics. Ce n'est pas vrai, pas une seule seconde, mais Grant ne veut pas en démordre, il est devenu carrément parano à ce moment-là, il croit qu'ils sont bien décidés, Ben et George, à lui carotter sa part qui se monte presque à un million. Il refuse de croire autre chose. Pas moyen de lui faire changer d'avis. Oh, bien sûr, quand le juge a rendu un non-lieu et qu'ils sont tous repartis libres, il a fait comme si tout allait bien, comme s'ils étaient potes comme avant, on pardonne et on oublie. Mais non, la confiance qu'il avait pu y avoir entre eux, elle n'existait plus. Chez George, surtout. Après cette histoire, il a toujours considéré Grant comme une grenade dégoupillée.

Lynette écrasa sa cigarette.

– Grant l'avait menacé, c'était ça, le problème. *Je sais où les cadavres sont enterrés, George, n'oublie jamais ça.* Il affirmait qu'il savait quelque chose qui pouvait envoyer George en taule pour le restant de ses jours.

– Vous savez de quoi il s'agissait ?

– Moi ? Non, aucune idée. C'était seulement des paroles en l'air, probablement. Mais George, il y croyait, je le sais. Je l'ai rarement vu inquiet, vraiment inquiet, mais il l'était.

– Suffisamment inquiet pour tuer Grant si l'occasion se présentait ?

Lynette fixa Elder de son œil valide.

– George tuerait sa propre mère s'il pensait qu'elle pourrait se retourner contre lui.

Anton était de retour dans la pièce.

– C'est l'heure de votre petit somme avant le déjeuner.

Lynette jura, sourit, et fit pivoter son fauteuil dans l'autre sens.

– J'ai été ravie de faire votre connaissance, Frank. Revenez me voir un de ces jours.

– Avec plaisir.

Il posa sur le bras de son fauteuil une carte où il avait noté son adresse à Londres et le numéro de son portable.

– Sale menteur.

Elder sourit et leva son verre.

46

Peu à peu, Karen Shields et Mike Ramsden sapaient Kennet, entamant pierre par pierre le rempart de demi-vérités et de dénégations qu'il avait construit tout autour de lui, lui soutirant les détails de chacune de ses intrusions dans les domiciles de diverses femmes qui vivaient seules – certaines qu'il connaissait bien, d'autres qu'il connaissait à peine. Ils l'amenèrent à parler, parfois de façon hésitante, d'autres fois – contre son propre intérêt –, presque avec délectation, des pratiques sexuelles qu'il avait imposées à ses maîtresses grâce à la persuasion, aux cajoleries ou à l'intimidation : des fantasmes d'activités sexuelles imposées et de viol qui avaient souvent lieu dans des endroits publics où le risque d'être découvert ajoutait un frisson supplémentaire.

Mais sur le meurtre de Maddy Birch, ils ne parvenaient pas à le faire plier. Il maintenait de façon catégorique qu'il n'avait rien à voir avec cette affaire. Et tant qu'il n'y aurait aucune preuve tangible le liant au meurtre, et rien d'autre que de simples présomptions, ils étaient dans une impasse.

– Si ce salopard continue à tenir bon, dit Ramsden, il arrivera presque à me faire croire qu'il dit la vérité.

– Au sujet de Maddy ? C'est possible.

– C'est ce que vous pensez ?

– Personnellement, non. Mais à moins que nous n'arrivions à le prouver, à lui faire cracher le morceau...

– Ouais.

– Il faut qu'on sache précisément ce qu'il a fait, Mike. La nuit où elle a été tuée. S'il n'a pas vu un film de Jackie Chan et vidé quelques bières dans Holloway Road, qu'a-t-il fait d'autre ? Il est peut-être allé boire ailleurs ? Dans un bar plus proche de l'endroit où

Maddy a été tuée ? Pour passer le temps en attendant qu'elle ait fini son yoga. Pour se préparer psychologiquement, qui sait ? On va envoyer Lee et Paul faire une nouvelle tournée des pubs avec une photo, Tottenham Court Road, Crouch End, Hornsey Rise.

– D'accord.

– Oh, Mike, encore autre chose : il nous a raconté que le lendemain matin, il s'est levé de bonne heure pour aller au travail. Étant donné qu'il était censé se trouver encore en vacances, pourquoi allait-il travailler ? Et où ?

– Il est à son compte, non ? Il travaille quand il en a envie.

– Quoi qu'il en soit, j'aimerais le découvrir.

– C'est plutôt marrant, non ?

– Quoi ?

– Le découvrir. Kennet. Il est couvreur...

– Mike ?

– Oui ?

– On n'a plus le temps de faire des jeux de mots.

Faire attention au moindre détail, pensa Karen. Vérifier et revérifier. C'est ça qui menait la plupart des affaires à une conclusion satisfaisante. Ça, et la chance pure et simple. Elle espérait que la chance était encore de leur côté.

Pendant ce temps, le processus à l'issue duquel les biens de Grant seraient réclamés par la Couronne avait entamé son long et tortueux cheminement. On avait retrouvé la trace de ses comptes bancaires, et leur examen minutieux avait commencé ; à plus long terme, la vente de son appartement de luxe serait négociée. Rien n'indiquait qu'il ait eu un coffre dans une banque. Les vêtements et les effets personnels trouvés dans l'appartement lui-même étaient rangés dans une série de cartons, que deux agents mirent une demi-heure à repérer et à transporter dans une pièce où Elder put les examiner, article par article.

Des costumes, des vestes, des chemises, des chaussures. Des articles de toilette, divers bidules, des histoires de Stalingrad, de Berlin, et des deux guerres mondiales, certains volumes, pour autant qu'Elder pût en juger, n'ayant jamais été ouverts, leurs dos ne présentant pas la moindre pliure. Quelques vinyles dans des pochettes abîmées ou déchirées : le pressage d'origine de *Dusty in Memphis*, *Otis Blue* d'Otis Redding. Des CD qui mélangeaient Phil Collins et Simply Red et des chanteurs pop des années soixante, d'autres Dusty Springfield, Lulu, Sandie Shaw. Quelques Aretha Franklin. Les Temptations. Deux DVD : *Titanic*, *Pearl Harbor*. Et des cassettes vidéo : *Le Monde en guerre* en coffret, *Croix de fer*, *Apocalypse Now*, *Das Boot*. Une flopée de vieilles comédies musicales : *Funny Girl*, *Top Hat*, *En suivant la flotte*, *Un Américain à Paris*, *Carousel*. Une boîte en carton qui avait contenu du papier au format A4, à présent remplie de photographies.

Elder les étala sur la table. Photos de vacances, plages, parasols, corps bronzés, plantes exotiques ; diverses festivités, des gens qui font le clown devant l'objectif, champagne, cigares. Trois hommes devant l'entrée d'une boîte de nuit, un peu éméchés, habillés comme des princes, surpris par l'éclair du flash : Grant, Mallory, et un homme qu'Elder reconnut grâce à la photo encadrée vue chez Lynette Drury comme étant Ben Slater. Il y avait aussi des photos de Grant et Slater en compagnie d'autres personnes qui changeaient d'un cliché à l'autre : dans des restaurants, des bars, se relaxant au bord d'une piscine, à l'hippodrome ou au cynodrome, dans une loge pour V.I.P. au stade de Chelsea, le hall des départs à l'aéroport de Heathrow.

Elder les déplaça dans tous les sens.

Grant et Mallory au premier rang pour assister à un match de boxe. Elder souleva l'épreuve et la présenta à la lumière : on apercevait Maurice Repton à l'arrière-plan, presque poussé hors du cadre.

Grant et Mallory. *Je sais où les cadavres sont enterrés, George, n'oublie jamais ça.*

Quelque chose qui pouvait envoyer Mallory en prison jusqu'à la fin de ses jours.

Quelles dimensions cette histoire pouvait-elle atteindre ? Combien y avait-il de squelettes dans les placards ?

Elder remit les photos en piles et les rangea dans la boîte.

Moins de deux heures après, tout était remis sous scellés et rangé à l'emplacement d'origine.

Vicki Wilson partageait un appartement près de Gloucester Road avec deux autres filles. Andrea était maquilleuse ; elle travaillait principalement sur des vidéos d'entreprise et de temps en temps sur les clips de MTV. Didi, de son vrai nom Deirdre, était danseuse dans une boîte de Soho. Quand Elder arriva, Andrea était au travail sur un plateau de tournage, et Didi était encore au fond de son lit.

Vicki ne semblait pas avoir beaucoup dormi.

Elle portait un pantalon de survêtement informe, un haut ample en coton, et elle laissait pousser ses cheveux teints pour qu'ils retrouvent leur couleur naturelle ; les seules traces visibles de son maquillage se trouvaient aux coins de ses yeux, où elle l'avait ôté imparfaitement. Bizarrement, Elder la trouva plus séduisante que la première fois.

– Vous ne travaillez pas, dit Elder.

– J'ai la flemme. Et puis, Didi, elle a envie de tout laisser tomber, de partir en Australie. Elle a une copine qui a trouvé du boulot comme danseuse à Sydney. D'après elle, c'est génial. Je me suis dit que je pourrais y aller avec elle. Pourquoi pas ? Il n'y a rien qui me retienne, ici.

– Vous travailleriez comme danseuse ?

– Vous croyez ? Je vois ça d'ici, pas vous ? Je ne ferais pas illusion cinq minutes, dès la première audition je serais repérée et flanquée à la porte aussi sec.

– Vous feriez quoi, alors ?

– La même chose qu'ici, je suppose. Démonstratrice dans les salons, de la vente. Un peu de mannequinat. Des photos pour des catalogues, vous savez ? Il doit bien y avoir quelque chose à faire, non ? Ce sera toujours mieux que de rester ici. (Elle toussa, extirpa un mouchoir en papier de la poche de son pantalon de survêtement.) Avec des salopards comme ce Repton qui me tournent autour.

– Il est revenu vous voir ?

– Oh, oui !

– Racontez-moi ça.

Vicki se passa une main dans les cheveux.

– D'abord, ça s'est passé comme la première fois, vous voyez ? Il veut savoir si quelqu'un est venu me voir, me poser des questions. Moi, bien sûr, je lui ai dit que non. Pourquoi est-ce qu'on serait venu me voir ? Je n'ai jamais parlé de vous. Je ne voulais pas vous mettre dans le pétrin, vous comprenez ? Et puis, il a changé de tactique, vous voyez. D'un seul coup, tout sucre tout miel, il me propose d'aller boire un verre, il m'invite à dîner, et pourquoi on ne passerait pas un bon moment ensemble ? Et tout ça, sans quitter mes nibards des yeux. Il tire tellement la langue qu'il pourrait presque se lécher la queue.

Elder sourit.

– Vous avez refusé, n'est-ce pas ?

– Et comment !

– Et vous ne l'avez pas revu depuis ?

– Il doit s'apitoyer sur son sort, probablement. (Vicki eut un ricanement dédaigneux.) Les types comme lui, ils n'arrivent jamais à bander, de toute façon.

– Les types comme lui ?

– Il y a quelque chose de louche, chez ce genre de bonhomme, ça se voit dans leurs yeux : ce qui les fait jouir, c'est de jouer les voyeurs. Ou alors, vous savez, cette mise en scène où ils s'enfoncent une orange dans la bouche et font semblant de se pendre... Comment ça s'appelle ?

– L'auto-asphyxie érotique.

– Ouais, c'est ça. Pauvres types.

– Et vous pensez que Repton est comme ça ?

– Ouais. Ça ne m'étonnerait pas. (Soudain, son visage s'éclaira.) Je pourrais peut-être trouver du boulot comme sexologue, qu'est-ce que vous en pensez ?

– Peut-être bien.

– Mais je parie qu'il faut avoir fait des études, malgré tout. Même pour ça. Il doit falloir un de ces satanés diplômes. Au moins un BTS.

Elder regardait la photo sous verre de l'autre côté de la pièce.

– C'est superbe, hein ? dit Vicki, suivant son regard.

Le cliché les montrait tous les deux ensemble, Grant et Vicki, devant un mur bas en pierre, sur un fond de ciel d'un bleu intense.

– Mykonos, dit-elle. L'année dernière.

Elder hocha la tête.

Vicki se moucha.

– C'était un type bien, vous savez ? Carré.

– Vous avez d'autres photos ? demanda Elder. Que je pourrais voir ?

Il n'y en avait que quelques-unes, que Vicki gardait à plat entre les pages d'un livre, surtout des photos d'elle avec Grant, et une de Grant tout seul.

– Vous savez où celle-ci a été prise ? demanda Elder.

Vicki haussa les épaules.

– À Chypre, je crois.

Il lui rendit la photo.

– Il ne vous a jamais parlé de Mallory, je suppose ?

– Jimmy ? Me parler de ce flic ? Pourquoi il aurait fait ça ?

– Je ne sais pas... Il y avait une histoire entre eux. Une vieille rancune.

Vicki secoua la tête.

– Je ne l'ai jamais entendu même prononcer son nom. Je n'avais jamais entendu parler de lui, vous voyez ? Pas avant que ce salopard flingue Jimmy.

47

St Ann's était l'un de ces quartiers déshérités que l'on avait, malgré force protestations, en grande partie démolis dans les années soixante afin de construire des logements neufs, plus modernes. À présent, certains de ceux-ci étaient rasés à leur tour pour être reconstruits à nouveau. L'appartement que Summers avait désigné comme étant une planque de dealer se trouvait au dernier étage d'un immeuble qui en comptait douze. Dans l'escalier central, une seule lumière fonctionnait encore ; les marches étroites empestaient l'urine fétide, les vomissures et les excréments. Plus de la moitié des appartements étaient condamnés, et les fenêtres de certains autres étaient munies, en guise de rideaux, de vieux draps ou de couvertures. Non loin du haut de l'escalier, une porte d'entrée comportait une petite ampoule qui luisait au-dessus du bouton de sonnette, des fleurs artificielles en plastique dans un support près du chambranle, un autocollant qui proclamait *Jésus vous aime*, et un paillasson, usé mais propre.

Bland arriva le premier en haut des marches, suivi d'Eaglin. Les deux hommes portaient un blouson de cuir, respectivement noir et marron, un jean et des baskets. L'Audi de Bland était garée une rue plus loin. Les deux hommes étaient armés. Eaglin tenait une lampe-torche renforcée dans sa main gauche.

L'appartement qu'ils cherchaient était au bout du balcon, ses fenêtres occultées par du tissu noir.

Un rythme de hip-hop montait de l'étage du dessous.

Bland colla son oreille à la porte, écouta quelques instants, puis se recula.

– Police ! cria-t-il à travers la fente de la boîte à lettres. Ouvrez !

Pas de réponse.

Après un regard à son équipier, il recula d'un pas, de deux, lança une jambe en avant et sa semelle percuta le bord de la porte, juste au-dessous de la serrure. Au moment où la porte céda et s'ouvrit, Eaglin s'accroupit et entra dans l'appartement, Bland sur ses talons, les deux hommes brandissant leur arme.

– Police ! cria Eaglin dans l'obscurité. Nous sommes armés.

Et il alluma sa lampe-torche.

La pièce était vide, à part quelques affiches laissées sur les murs ; à part Resnick assis dans un fauteuil bancal, et qui essayait de ne pas sourire.

– Qu'est-ce que ça veut dire, bordel ? fit Eaglin, cloué sur place.

– Ricky, dit Resnick d'un ton affable. Dave.

– Charlie..., fit Bland, retrouvant ses esprits. Qu'est-ce que tu fous là ?

Mais intérieurement, il le savait.

Eaglin aussi venait de comprendre. Lâchant sa torche, son arme contre son flanc, il pivota sur les talons et se rua vers la porte. Dès qu'il la franchit, une lampe-torche le frappa de plein fouet. Deux policiers armés étaient en position de tir sur le balcon, en face de l'escalier, le premier à genoux, l'autre debout, les jambes légèrement écartées. Ils braquaient tous les deux leur pistolet-mitrailleur MP5 sur la poitrine d'Eaglin.

– Lâchez votre arme ! fut l'ordre qu'il reçut. Tout de suite.

Eaglin laissa son arme tomber au sol.

– Maintenant, envoyez-la nous, avec le pied. C'est ça.

Dans l'appartement, Resnick et Bland étaient toujours face à face.

– On a eu un tuyau, dit Bland. Comme quoi y a une racaille qui a sa planque dans cet appart. Pour stocker sa dope. Du fric, aussi.

– C'est une perquisition officielle ? demanda Resnick.

– Bien sûr. Qu'est-ce que tu veux que ce soit ?

– Tu dois avoir un mandat, alors ?

– Allons, Charlie. On vient d'avoir le tuyau, y a moins d'une heure. On n'a pas eu le temps.

– Je sais exactement à quelle heure tu as eu le tuyau, fit Resnick. Et qui te l'a passé. Ce que tu lui as promis, aussi, sa part de ce que tu devais rafler. Je te ferai écouter la cassette plus tard, ça te rafraîchira la mémoire.

Dehors, Eaglin était à plat ventre sur le béton, les menottes derrière le dos.

Quand l'appel arriva, Elder lisait, un verre de Jameson's à portée de main, la radio pianotant en fond sonore.

– C'est fait, annonça Maureen. Ils sont en garde à vue. Tous les deux.

– Ils parlent ?

– Pas encore. Mais ils vont parler.

– Parfait, Maureen. Merci.

Elder alla jusqu'à la fenêtre et regarda dehors, sans vraiment voir quoi que ce soit. Il pensait à Katherine, content que ce soit terminé, cette partie-là au moins.

Rob a des amis du côté de Hull. De la famille aussi.

Elder se demanda si Katherine n'avait vraiment rien à craindre. Pour le moment, en tout cas.

Tu es assez grande pour prendre tes décisions toute seule.

Pour faire mes bêtises toute seule, tu veux dire.

Pour être heureuse, même. Quelle chance y avait-il pour que cela se réalise ?

Framlingham le réveilla peu après six heures trente.

– Tu fais le café, Frank ? J'apporte les croissants. C'est moi qui régale.

Elder sortait à peine de la douche, il se frottait encore avec la serviette, quand l'interphone retentit. Il fit entrer Framlingham, alluma la bouilloire électrique, et passa dans la salle de bains pour s'habiller.

– Je savais que si je ne venais pas te parler à la première heure, lança Framlingham derrière son dos, on aurait du mal à se voir avant la fin de la journée. Ou peut-être même demain.

– Tu es très occupé, alors ?

– Les réunions, Frank. La planification. Les documents d'orientation. Les objectifs. Ce foutu gouvernement ne jure que par les objectifs. (Il sortit deux assiettes du placard.) Quand ce pays finira par sombrer, ce ne sera pas à cause d'une invasion, d'une révolution ou de je ne sais quelle misérable peste, mais de la paperasse, simplement sous le poids de cette foutue paperasse, commission après commission, rapport après rapport. C'est ça qui nous entraînera vers le fond, Frank, quelque part entre la mer du Nord et ce foutu océan Atlantique, n'oublie pas ce que je te dis.

Elder revint dans la cuisine vêtu d'un pantalon sombre et d'une chemise bleue délavée.

– C'est difficile de trouver des croissants qui soient meilleurs que ceux-ci, dit Framlingham qui en posa un, énorme, dans chaque assiette. Je me suis arrêté en route pour les acheter à Hampstead. Chez un pâtissier de South End Green. Une merveille.

– Le café, tu le veux comment ? demanda Elder avant de compter les cuillerées à verser dans le pot de porcelaine.

– Fort.

Elder éteignit la bouilloire électrique et attendit quelques instants avant de verser l'eau. Que pouvait bien faire Framlingham, qui avait une épouse et une maison de l'autre côté de Londres, dans un quartier situé si loin au nord de la capitale à une heure aussi matinale ? Elder ne lui posa pas la question.

– Alors, dit Framlingham, tu parlais de quelque chose d'important, dans ton message.

Touchant à peine à son café ou à son croissant, Elder lui fit un compte rendu de sa conversation avec Lynette Drury, tandis que Framlingham mangeait, buvait, et l'écoutait. Quand Elder eut terminé, Framlingham garda le silence quelques instants de plus, le temps de réfléchir.

– Elle serait prête à témoigner devant un tribunal ?

– J'en doute.

– Même pour faire tomber Mallory ?

– Je n'en sais vraiment rien. Ils ne s'adorent pas, c'est sûr. Peut-être que oui, s'il y avait un moyen pour elle de donner Mallory sans mouiller Slater en même temps, sait-on jamais ?

Framlingham tendit le bras pour s'approprier un morceau du croissant d'Elder.

– C'est dommage que tu n'aies pas eu un micro caché.

– Dont la présence aurait été injustifiable, de toute façon.

– Ne lâche pas le morceau, Frank. Grant savait quelque chose qui a flanqué la trouille à Mallory, et ce quelque chose n'a pas cessé d'être une menace pour lui. Et nous avons besoin de savoir de quoi il s'agit. On pourrait l'interpeller, bien sûr, le confronter à certaines de ces allégations, mais je ne suis pas sûr que ce soit la meilleure façon de procéder. (Il joignit devant lui les doigts de ses deux mains et les pressa assez fort les uns contre les autres pour qu'ils pâlissent, privés d'irrigation sanguine.) Continue dans cette voie, Frank. On touche au but.

48

Elder ne tarda pas à mettre la main sur Graeme Loftus. Celui-ci, déjà gonflé à bloc parce que la rumeur courait qu'une grosse affaire allait éclater incessamment, traversait le parking d'un pas martial, ses cheveux roux flottant au vent comme une oriflamme.

– Deux mots, fit Elder en lui barrant la route.

Loftus dut choisir entre s'arrêter net ou forcer le chemin.

– Et à propos de quoi, bordel ? Non, attendez. Je ne vous ai pas reconnu tout de suite. C'est encore cette histoire de meurtre, hein ? Maddy Birch ? Écoutez, j'ai déjà répondu à toutes vos questions là-dessus. Je veux dire, comprenez-moi bien, j'espère que vous allez choper ce salopard, d'accord ? Mais foutez-moi la paix. Je n'ai rien à voir avec ça. *Nada*. Rien de rien.

Elder ne bougea pas d'un pouce.

En passant près d'eux, plusieurs autres policiers tournèrent la tête et ralentirent le pas, mais personne ne s'arrêta.

– Ce n'est pas au sujet de Maddy Birch, dit Elder. Enfin, pas exactement.

– C'est quoi, alors ?

– Deux ou trois questions de plus à propos de la fusillade.

– La fusillade ?

– Allons, Loftus.

– Bon sang ! Mais qu'est-ce que vous avez tous, avec ça ? C'est de Grant que vous parlez ? Toujours le même cirque encore et encore.

– C'est ça, le métier de policier. Ou du moins ça l'a longtemps été.

Loftus se tourna à demi, secouant la tête.

– Bon, d'accord. Qu'on en finisse.

– Ici ?

– Ici.

– Après les deux coups de feu, ceux qui ont tué Grant, vous êtes entré le premier dans la pièce, c'est bien ça ?

– Oui. Je veux dire, seulement quelques secondes après, peut-être. Mais, oui, j'ai été le premier à passer la porte.

– Et vous avez vu quoi ? Précisément ?

Loftus laissa ses poumons se vider lentement, pour retrouver son calme.

– Comme je vous l'ai dit la première fois, le commissaire principal Mallory, debout, qui me tournait le dos, le bras droit levé, l'arme à la main. Du moins, c'est ce que je suppose. De l'endroit où je me trouve, je ne peux pas vraiment voir l'arme, mais Grant, il est à terre, blessé. Il est en train de mourir, s'il n'est pas déjà mort. Et Birch, elle est presque accroupie, la tête baissée, entre les deux autres. (Loftus regarda Elder droit dans les yeux.) Voilà. C'est tout.

– Quand vous avez décrit la scène, au cours de l'enquête, vous avez dit que Maddy avait du sang sur le visage.

– Et alors ?

– Alors, maintenant vous me dites qu'elle vous tournait le dos, qu'elle tournait le dos à la porte.

– C'est ça.

– Alors, comment avez-vous pu voir du sang sur son visage ?

– Bon sang ! Quelle importance ?

– Tout a de l'importance.

– Très bien, alors je suppose que j'ai dû le voir plus tard, le sang, je veux dire.

– Vous supposez ?

Pendant un instant, Loftus ferma les yeux.

– Oui, je l'ai vu plus tard. Forcément. Elle baissait la tête et me tournait le dos.

– Vous pouviez voir seulement quoi ? Son dos ? L'arrière de sa tête ?

– Oui.

– Et elle était entre Grant et vous ?

– Oui.

– Elle le masquait ?

– En partie, oui.

– Et de Grant, vous pouviez voir quoi ? Sa tête ?

– Il était plus ou moins à genoux, penché en avant. J'ai vu qu'il était touché à la tête.

– Rien de plus ?
– Pas vraiment, non.
– Bon, pour que ce soit bien clair, depuis l'endroit où vous étiez, à l'intérieur de la pièce, vous pouviez voir le commissaire principal Mallory mais pas son arme ; vous pouviez voir Maddy Birch de dos, accroupie, tête baissée, et puis la tête et peut-être les épaules du blessé.
– Oui.
– Vous ne pouviez pas voir les mains de Grant ?
– Non, je viens de vous dire...
– Ni la droite ni la gauche ?
– Non.
– Ni aucun objet qu'il aurait pu tenir ?
– Mais bordel de merde, non !
– Vous ne l'avez pas vu avec une arme ?
– Non.
– Vous n'avez pas vu l'arme ?
– Pas à ce moment-là, non.
– Pas dans sa main ni sur le plancher ?
– Combien de fois encore...
– Alors, comment saviez-vous que l'arme était là ?
– Quoi ?
– Vous m'avez entendu, comment saviez-vous que l'arme était là ? C'est dans votre déposition. Un Derringer calibre .22, sur le plancher, près de la jambe de Grant. Vous l'avez vu, ou vous avez affirmé l'avoir vu.
– Alors, c'est que je l'ai vu.
– Mais à l'instant, vous disiez...
– Je n'ai pas pu le voir quand je suis entré dans la pièce. Pas depuis l'endroit où j'étais. C'est ça que vous m'avez demandé.
– Alors, vous l'avez vu quand ?
– Quand le commissaire s'est écarté. Il désignait l'arme du doigt, il la montrait à Birch, j'imagine.
– Donc, la seule personne qui aurait pu voir le Derringer dans la main de Grant, puis sur le plancher, grâce à la direction dans laquelle elle regardait, c'était Maddy Birch ?
– Oui, je suppose.
– Oui, sans aucun doute ? Ou bien, oui, vous supposez ?
– Très bien, c'est oui. Oui sans aucun doute. Maintenant, je peux partir ?
Bousculant Elder, Loftus s'éloigna.

La Mercedes était garée devant l'immeuble d'Elder, avec deux roues sur le trottoir. Maurice Repton, impeccable, était assis au volant, George Mallory à côté de lui. De chaque côté, les vitres étaient baissées de plusieurs centimètres, et les deux hommes fumaient. Comme Elder s'approchait, Mallory sortit de la voiture et jeta sa cigarette par terre.

– Frank Elder ?

– Oui.

– Vous savez qui je suis ?

– Je sais.

Il était plus âgé qu'il ne le paraissait sur sa photo, pensa Elder, plus lourd aussi. De la cendre sur le devant de son costume trois-pièces. Ses yeux semblaient fatigués, son teint un peu gris, comme si, peut-être, il n'avait pas passé une très bonne journée.

– Je pensais, dit Mallory, qu'il était temps qu'on fasse connaissance.

– Pourquoi ça ?

Un sourire s'insinua sur le visage de Mallory.

– Ne faites pas l'innocent avec moi, Frank. Ne jouez pas les imbéciles. Oh, vous pourriez bien être un fantoche entre les mains de quelqu'un d'autre, je m'en rends bien compte. Le jouet de Framlingham. Son diable à ressorts.

Il avait détaché toutes les syllabes du nom de Framlingham, prononçant chacune avec plus de dédain que la précédente.

– Robert Gentleman-Farmer Framlingham. Du moins, c'est ce qu'il voudrait nous faire croire. Un sac à merde en costume de tweed. Il est quelque part derrière vous, à tirer les ficelles ? Ma foi, on a un passé commun, Robert et moi, il vous a raconté ça ? Il a essayé de me coincer, une fois, quand il travaillait à l'inspection des services. La Brigade fantôme. (Mallory s'esclaffa.) Pas facile d'être invisible quand on mesure deux mètres dix, et qu'on se balade avec des bottes vertes en caoutchouc et une canne siège. Cinq chefs d'accusation, il a retenus contre moi, et ils ont tous été repoussés. Rejetés. Affaire classée sans suite. Sauf que ça ne lui a pas plu, à votre Robert, alors c'est vous qu'il a chargé d'aller fouiner, d'aller extraire le pus de toutes les sales petites rumeurs, de chaque vilain demi-mensonge. Et vous ferez ce qu'il vous demande, n'est-ce pas, Frank ? Comme vous l'avez fait jusqu'à maintenant. Un sous-fifre, voilà ce que vous êtes. Ce que vous avez toujours été. Un minable sous-fifre. Vous jouez les cartes comme vous pouvez, jusqu'à quand ? Jusqu'à ce que j'abatte l'as de pique ? Oubliez ça, Frank. Il n'y a rien derrière toutes ces salades. C'est foutaises et compagnie. Du vent et rien d'autre. Rien de concret.

Il planta durement son index dans la poitrine d'Elder.

Dans la voiture, Repton gloussait, il jouissait du spectacle : le patron faisait son grand numéro. Un mélange de Ian Dury et de Laurence Olivier de mes deux. Sir Larry pour vous servir. Le pauvre bougre devait se retourner dans sa tombe. Dury aussi, d'ailleurs, tout bien considéré.

Mallory n'en avait pas terminé. Les banlieusards qui rentraient chez eux contournaient les deux hommes sans plus de réaction qu'un mot par ci, un regard par là.

– Vous avez épluché mes archives, Frank. Les arrestations que j'ai effectuées. Les malfrats que j'ai envoyés en taule. Ceux qui ont été relâchés. Et ce foutu ringard de Sheridan qui cherchait des similitudes entre les différentes affaires, quelque chose pour me coincer, pour me faire plonger. Maddy Birch, vous avez même pensé que c'était moi qui l'avais assassinée. Allons, Frank, ne le niez pas, ne soyez pas timide. Qu'est-ce que vous avez imaginé ? Que j'avais enfilé mon déguisement de Jack l'Éventreur une nuit, juste pour prendre mon pied ? pour rigoler un peu ? Vous devez être déçu, maintenant qu'un autre suspect se présente. Sinon, vous ne seriez pas allé asticoter le petit Loftus ce matin.

Mallory avança encore d'un pas ; il ne pouvait pas aller plus loin sans qu'Elder ne s'écarte.

– Non, Frank, ce n'est pas mon style, ce genre de massacre. Trop salissant. Trop risqué. Tenez... (Il pressa son index une fois, deux fois, contre le corps d'Elder.) À la tête et au cœur, Frank, à la tête et au cœur. Demandez à Grant. Il vous le confirmerait, s'il le pouvait.

Mallory s'esclaffa au nez d'Elder. Son haleine sentait la menthe et l'ail.

– Vous avez une fille, Frank. Là-haut, dans le Nord. Pas irréprochable, à ce qu'il paraît. La drogue, c'est ça ? Héroïne ? Cocaïne ? Je ferais bien attention à elle, si j'étais vous. Il lui est arrivé quelque chose de très moche, une fois. Il ne faudrait pas que ça recommence.

Se penchant en arrière, Elder le frappa au visage. Ayant vu le coup venir, Mallory tourna la tête pour en atténuer l'impact. Il recula d'un pas en trébuchant, un peu de sang au coin de la bouche, un sourire toujours présent dans son regard.

Repton était sorti de la voiture.

– C'était une erreur, Frank, dit Mallory. Quand vous repenserez à ce que vous venez de faire, si vous le pouvez un jour, vous comprendrez que c'était une erreur.

Il cracha par terre entre les pieds d'Elder et fit demi-tour.

Quelques instants plus tard, en souplesse, le Mercedes se coula dans le flot de la circulation et s'éloigna.

– Superbe, Frank, commenta Framlingham quand Elder lui conta l'incident. Superbe. Je ne t'avais pas dit qu'on touchait au but ?

Elder sentait encore sous ses phalanges la solide mâchoire de Mallory.

– Repton, c'est à lui qu'on va s'attaquer, annonça Framlingham. C'est l'itinéraire que nous allons suivre.

– Nous ? s'étonna Elder.

– Il n'est pas question que tu sois le seul à t'amuser, Frank. Que j'aie ou non des réunions avec le sous-secrétaire d'État à l'Intérieur. Le temps est venu, il me semble, de faire une petite grippe diplomatique.

Même au téléphone, Elder devinait que Framlingham souriait jusqu'aux oreilles.

49

Repton portait un costume gris anthracite à fines rayures rouges, veste à trois boutons et revers étroits et une seule fente dans le dos ; un costume vieux de sept ans, maintenant, et qui commençait tout juste à se lustrer un peu aux fesses et aux coudes. Ses chaussures noires, il les avaient cirées pendant cinq bonnes minutes en écoutant un crétin d'homme politique – un de plus – scier la branche sur laquelle il était assis en parlant de l'Irak. Pourquoi est-ce que Blair et ses copains n'avaient pas compris que tout ce qu'ils avaient à faire, c'était de dire : on veut se battre aux côtés des Américains, foutre une branlée à Saddam, rafler le pétrole, et offrir à nos petits gars une bonne séance d'entraînement par-dessus le marché ? Soixante pour cent de la population aurait dit : bravo. Quelques milliers de gens auraient défilé en agitant des bannières, mais pas plus que le nombre réel de manifestants qu'on avait vus dans les rues de toute façon, et après l'assaut initial, auquel on aurait participé sans trop de pertes, le pourcentage d'opinions favorables aurait grimpé de soixante à soixante-dix.

Bien sûr, se dit Repton en allumant une Benson & Hedges avant d'affronter la traversée à pied du parking, la prochaine fois, on ira tout seuls, au lieu d'attendre ces foutus Américains, et nos pertes en vies humaines seront divisées par deux ou plus.

Saloperies de tirs amis !

À la porte, il pinça sa cigarette à demi fumée, souffla soigneusement sur le bout, et la glissa dans sa poche latérale pour la finir plus tard. Qui ne gaspille pas n'est pas dans le besoin. Avec un peu de chance, il serait derrière son bureau avant que George ne pointe le bout de son nez. Les dossiers accumulés dans sa corbeille « Arrivée » traînaient là depuis si longtemps qu'il leur poussait des moustaches.

Dès qu'il ouvrit la porte du long bureau sans cloisons, il vit que la chance était avec lui. Et contre lui. Pas de George Mallory, mais ce grand sac à merde de Framlingham et Frank Elder à ses côtés.

Qu'est-ce que ça voulait dire, ce cirque ? La revanche d'hier soir ?

– Maurice, je suis content de te voir ! (La voix de Framlingham aurait pu s'entendre à un kilomètre, entre quatre murs c'était encore pire.) Frank et moi, on a pensé qu'il était temps qu'on ait une petite conversation.

– À quel sujet ?

– Oh, tu sais, pour parler de choses et d'autres. Quelques questions en suspens. Nul doute qu'en reprendra tout ça en détail par la suite.

– Mon cul ! fit Repton. Je ne vais nulle part. Tu outrepasses tes compétences. Tu...

D'un geste amical, Framlingham posa la main sur l'épaule de Repton.

– Maurice, Maurice. Pourquoi tant d'hostilité ? Quelle que soit l'étendue du problème, je suis sûr qu'on pourra trouver une solution qui sera tout à votre avantage. (Il lui pressa l'épaule.) À *ton* avantage, du moins.

Repton regarda autour de lui : plusieurs têtes s'étaient tournées vers eux, d'autres se penchaient judicieusement sur leur travail, et tout le monde tendait l'oreille.

– Viens, Maurice. On va prendre ma voiture, qu'est-ce que tu en dis ? (Puis, tandis qu'ils se dirigeaient vers la porte :) Beau costume, Maurice. Bien coupé. Il faudra que tu me donnes l'adresse de ton tailleur.

À Nottingham, Dave Eaglin faisait toujours preuve d'une extrême prudence, comme une équipe de cricket de seconde zone qui affronterait les Australiens sur le terrain de Trent Bridge. Du cran, de l'opiniâtreté, et une technique approximative. Ce qui passait avant tout le reste, pour lui, c'était l'instinct de conservation. Tôt ou tard, ses inquisiteurs perceraient ses défenses, et ce serait terminé. Rideau.

Dans une autre pièce semblable, tout aussi anonyme et dépourvue d'aération, Ricky Bland jouait une autre sorte de jeu. Plus offensif, plus imaginatif, mais à haut risque. Un jeu à la Ian Botham, à la Andrew Flintoff. Dans les situations désespérées, vous marquiez un maximum de points, ou bien vous tombiez les armes à la main.

– Attends, attends une minute, Charlie. Attends un peu. Cette cassette, cette conversation que j'aurais eue avec Summers, d'après toi...

– D'après moi ? C'est ta voix, Ricky, c'est clair comme de l'eau de roche.

– Peut-être, peut-être.

– Il n'y a pas de *peut-être* qui tienne.

– D'accord. Admettons – simple hypothèse – que ça pourrait être moi.

– Ricky.

– Ça pourrait, d'accord ?

– On a des photos de Summers et toi en train de parler, avec l'heure et la date. On a la cassette, avec l'heure et la date. Et devine ? Les heures et les dates coïncident. C'est toi qu'on entend sur la cassette, qui demandes des infos à Summers et qui lui proposes un marché.

– Allons, Charlie, ouvre les yeux. Arrête de te cacher la tête dans le sable. Qu'est-ce que tu crois ? Qu'on tire les vers du nez à ces racailles sans leur proposer quelque chose en retour ? Comment tu crois que ça se passe dans notre boulot, Charlie ? Nous, on n'aide pas les vieilles dames à traverser les rues. On a un putain de problème avec la drogue, et on arrive tout juste à maintenir le couvercle par-dessus. Tout juste. Et ne crois pas que ça se limite à un dealer par-ci par-là qui porte sur lui une arme de poing. Y a des mômes de treize ans, Charlie, qui se baladent avec des grenades et des putains de lance-roquettes. C'est la guerre, Charlie, c'est une putain de guerre.

– Avec ses règles.

– Je les emmerde, les règles !

– Justement.

– Merde à ces putains de règles !

– Je ne te le fais pas dire.

Bland se pencha en avant.

– Bon, écoute. Tu sais depuis combien de temps je fais ce boulot, sur le terrain ? D'abord à Londres, et puis maintenant ici ? Tu sais depuis combien de temps ?

– Trop longtemps ?

– Pas depuis tellement longtemps que j'en perde la boule, quand même. Quoi ? Tu crois que je laisserais cette raclure de Summers passer un marché à son avantage ? Que je le laisserais me ridiculiser ? Je faisais déjà ce boulot quand il chiait encore dans ses couches, bordel ! Tu sais quoi ? Je lui ai promis des trucs, bien sûr que je lui ai promis des trucs. Je lui ai promis tout ce qu'il voulait. Dix pour cent du cash ? D'accord, c'est la prime pour l'intermédiaire. La moitié de la drogue pour qu'il la revende dans la rue ? Pourquoi pas ? De toute façon, Charlie, c'est des conneries, tu le sais bien. Simple question de bon sens. Réfléchis un peu. C'est du pipeau, ça n'arrivera jamais. Summers, il aura que dalle. C'est seulement ce que j'ai besoin de lui dire pour le convaincre, pour être sûr qu'il jouera le jeu.

– Comme à Forest Fields, il y a juste une semaine.

– Quoi ?

– Crack, héroïne, neuf mille livres en liquide. Encore un tuyau de Summers, je crois.

Bland pencha le tête en arrière et rit.

– Il n'y a jamais eu neuf mille livres, loin de là. Quelques centaines, si je me souviens bien. Juste de quoi nous permettre, à toi et moi et deux ou trois autres, de passer une bonne journée. Celui qui t'a raconté autre chose est un sacré menteur.

– Tu n'as pas donné à Summers une partie de la saisie de cette descente-là ?

L'espace d'un instant, Summers hésita. J'avance ou je recule ?

– Quelques grammes d'héroïne, c'est tout. Pour rester dans ses petits papiers.

– Et tu savais qu'il la revendrait dans la rue ?

Bland haussa les épaules.

– Et si je te disais, ajouta Resnick, qu'au lieu de la vendre, il l'a remise à la police ?

– Je dirais que quelqu'un raconte des bobards, ou bien que Summers est à côté de ses pompes.

– Et le reste de la saisie de Forest Fields, Ricky, le reste de la drogue, le cash, ils sont passés où ? Enregistrés quelque part ? Comme pièces à conviction ? Saisie après perquisition ?

– Ils sont en lieu sûr, c'est tout ce que tu as besoin de savoir.

– En lieu sûr ? Où ça ?

Bland se carra contre son dossier et desserra un peu plus sa cravate ; le devant de sa chemise était assombri par la transpiration.

– Il fait chaud, ici, Charlie. Et si on buvait quelque chose ?

Le pub se trouvait au bas de la côte de Hornsey Rise, à distance respectable du trottoir, un panneau promettant du football gaélique et du hurling sur écran géant. Sa façade en bois et verre avait connu des jours meilleurs. Un chien miteux de race indéfinissable, attaché à l'une des tables de la terrasse, aboya à l'approche de Furness et Denison et tenta, plein d'espoir, de leur mordiller les chevilles.

L'intérieur de l'établissement était sombre et sentait le désinfectant et la bière éventée.

Assis à une table ronde près de la fenêtre, un vieux Noir à cheveux blancs faisait une réussite avec un jeu de cartes écorné. Une femme du même âge, une grosse dame comme celles dont Furness pensait qu'elles n'existaient que sur les vieilles cartes postales des stations balnéaires, était assise près du feu sur un siège en skaï rapiécé. Elle sirotait une petite dose d'alcool servie dans un grand verre.

C'était le genre de bar, se dit Furness, que les gens avaient en tête quand ils parlaient, avec admiration, des vrais pubs à l'ancienne, qui n'avaient pas été retapés comme les autres. Après quoi ils fonçaient vers les bois vernis et les halogènes des concept-bars tels que Pitcher & Piano ou bien All Bar One.

Le barman avait relevé ses manches, découvrant les tatouages qui serpentaient le long de ses bras. Un anneau d'argent transperçait l'angle de son sourcil gauche ; et un clou, sa lèvre inférieure.

– Qu'est-ce que je vous sers ? demanda-t-il d'un ton plutôt affable, quittant des yeux un exemplaire fatigué de *L'Amour au temps du choléra.*

Furness fit un signe de tête à Paul Denison, qui sortit la fiche montrant Kennet de face et de profil.

– Je ne pense pas que vous l'ayez vu ?

Le barman s'attarda à peine sur les portraits.

– Ça fait un bail, maintenant. La dernière fois, c'était avant Noël.

– Vous le connaissez, alors ?

– Il venait ici assez souvent. Après le boulot, sûrement, vous voyez ? Une pinte de Guinness, peut-être deux, et puis il repartait. Il devait habiter dans le coin, à mon avis.

– Avant Noël, vous dites ? Est-ce que vous pourriez être un peu plus précis ?

Le barman corna sa page et laissa le livre se refermer.

– La date et l'heure, vous voulez dire ? Je ne pense pas. Début décembre, peut-être ? Non, attendez, attendez, c'était en novembre, à la fin du mois. Je le sais, parce que... (Il regarda l'homme qui jouait aux cartes.) Ernest, ton soixante-dixième anniversaire, c'était quand, exactement ?

Ernest posa un dix noir sur un valet rouge.
– Le lundi 25 novembre 2003.
– On a fait une petite fête pour Ernest, on a apporté de quoi manger, on a sorti en avance les décorations de Noël. Au-dessus du bar, on a accroché une photo d'Ernest au temps de son heure de gloire. En uniforme de cérémonie. C'était quoi, ton régiment, Ernest ?
– Le IIe Fusiliers Marins.
Reine rouge sur roi noir.
– Quel rapport avec Kennet ? demanda Furness.
– Avec qui ?
– Kennet. (Il tapota la photo.) Lui.
– Ah, oui. Il est venu le lendemain, vous voyez ? Un peu plus tard que d'habitude. Huit heures et demie, neuf heures ? Il m'a posé une question sur la photo d'Ernest, ça, je m'en souviens. Je l'avais pas décrochée, vous comprenez ? J'ai commencé à lui servir sa Guinness, mais non, il m'a dit, ce soir, c'est whisky. Double. Il en a bu deux. Il était debout, là, à l'endroit où vous êtes. Plutôt bavard, ce soir-là, plus que d'habitude. Un peu surexcité, j'ai trouvé. Il revenait de vacances, il m'a dit. En Espagne.
– Il ne vous pas dit s'il devait retrouver quelqu'un ? Un peu plus tard ?
– Pas à moi, non. Autant que je me souvienne.
– Et il a dit où il allait ? En repartant de chez vous ?
Le barman haussa les épaules.
– Chez lui, je suppose.
– Merci pour votre aide, dit Furness.
– Vous buvez quelque chose avant de partir ? C'est ma tournée.
Furness lança un regard à Denison.
– Oui, pourquoi pas ? Un petit scotch, peut-être ?
– Lee, fit Denison.
– Quoi ?
– Vaut mieux pas.
Furness secoua la tête et s'écarta du comptoir.
– Une autre fois, dit-il.
– Comme vous voudrez, fit le barman en rouvrant son livre.
– Heureux ceux qui ont le cœur pur, dit Furness en franchissant la porte sur les talons de Denison. Heureux et assoiffés, aussi.

– Mais qu'est-ce qui se passe, bordel ? demanda Mallory.
– Pas ici, répliqua Repton.

– Pas ici ? Tu plaisantes ? Ce foutu Framlingham de mes deux et l'autre tire-au-cul d'Elder se pointent comme une fleur sans même demander la permission, et tout de suite après tu pars avec eux dans le 4 × 4 de Framlingham. T'as fait une belle balade, Maurice ? T'as essayé la bagnole ? Et après, vous avez fait un pique-nique ? Mangé un morceau ? Il y avait un panier dans le coffre ?

– Pas ici, répéta Repton.

Le visage de Mallory était rouge brique, ses ongles plantés profondément dans ses paumes.

– Alors, je te conseille de me dire où, Maurice, et vite.

L'appel de Karen surprit Elder à son appartement, en fin d'après-midi.

– On a localisé Kennet près de la scène du meurtre, le lendemain de son retour d'Espagne. Peu avant l'heure dite, il buvait un verre dans un pub de Hornsey Rise. À mi-chemin entre chez lui et l'endroit où Maddy a été tuée. De là, il a pu se rendre à pied au foyer municipal en cinq minutes, dix maximum.

– Bien joué, fit Elder. C'est vraiment du bon boulot.

Puis il s'excusa pour répondre à l'interphone. Un colis qui l'attendait au rez-de-chaussée.

50

Le temps qu'il arrive en bas, le mystérieux porteur avait disparu, laissant une enveloppe matelassée, de la taille d'un livre cartonné, avec son nom en capitales inscrit au recto. Elder la secoua, la tâta, l'emporta chez lui. À l'intérieur de l'enveloppe, le contenu était entouré de plastique à bulles. Une cassette vidéo, avec un titre inscrit à la main : *Chantons sous la pluie*. Rien que ce titre, et une date.

Qui, se demanda Elder, m'envoie un film enregistré à la maison, et pourquoi ?

Plus très sûr de savoir depuis quand il n'avait rien mangé, Elder se dit qu'il allait faire les choses dans les règles : il commanda une pizza et du pain à l'ail, et quand ils furent livrés, il ouvrit une bouteille de Becks prise dans le frigo.

Une bouchée de pizza, et il glissa la cassette dans le magnétoscope, appuya sur *Lecture*, et s'installa en face de l'écran. Pour une copie, l'image n'était pas trop mauvaise. Plutôt correcte, en fait, jusqu'à la scène, peut-être au premier quart du film, où Debbie Reynolds, tout en rose, depuis son bonnet jusqu'à sa minijupe plissée, jaillit hors du gâteau d'anniversaire. Alors, brusquement, l'image se déforma, se figea, trembla, et passa en noir et blanc. Un intérieur, flou et mal éclairé. Une sorte de soirée mondaine. Des hommes en smoking, cravate noire ; d'autres qui ont tombé la veste, chemise blanche, bretelles. Des femmes en robe du soir au décolleté profond. Du champagne. Et, comme si elle attendait le bon moment pour entrer en scène, un visage qu'Elder connaissait. Il eut l'impression de voir une vieille gloire de l'écran dans un film tourné au temps de sa splendeur. Une cigarette dans une main, un verre dans l'autre, portant une robe pâle qui tombait jusqu'au sol, Lynette Drury traversa la pièce et, l'espace d'un instant, regarda bien droit vers l'objectif de la caméra, comme si de toutes les personnes présentes elle était la seule à savoir où elle se trouvait.

Elder pressa le bouton *Pause* et scruta l'écran à la recherche d'un autre visage connu, mais sans succès. Quand il fit repartir la cassette, l'image changea : c'était la même pièce, mais plus tard. Agenouillée devant la table basse, au milieu du salon, une jeune femme, nue à part le bracelet en forme de serpent qu'elle portait autour du bras, sniffait de la cocaïne à l'aide d'un billet de banque roulé sur lui-même pour former une paille, tandis qu'un homme, le pantalon aux genoux, la prenait par derrière.

Une explosion de points blancs en forme d'étoile, et ce qui devait être une autre caméra montra six hommes assis autour d'une autre table dans une autre pièce : une partie de poker. Et parmi eux des visages qu'Elder reconnut : Mallory, Slater, Grant, et, debout juste derrière Mallory, au niveau de son épaule, Maurice Repton. Plus jeunes, tous les quatre. D'une dizaine d'années, supposa Elder. Peut-être plus.

L'image s'estompa de nouveau et se reforma.

Une chambre, à peine éclairée. Elder augmenta la luminosité de l'écran à l'aide de la télécommande, mais cela ne changea pas grand-chose. Des silhouettes nues s'agitaient sur le lit, des bras, des jambes. Trois corps, entremêlés : deux femmes et un homme. L'une des femmes se détacha du groupe et se posta, debout, près du lit. Ce n'était pas une femme du tout. Une gamine, aux hanches étroites, presque pas de poitrine, de longs cheveux blonds. L'homme tendit le bras pour la ramener à lui, mais elle évita sa main en se détournant. Se hissant au-dessus du lit, il l'attrapa et la tira vers lui. Tandis qu'il enserrait de son bras le cou de la jeune fille, il lui tira les cheveux en arrière de sa main libre. En silence, tournant la tête vers l'homme, elle lui cria quelque chose ou poussa un cri.

Elder vit sa bouche s'ouvrir tout grand, mais il n'entendit rien.

S'approchant du téléviseur, il examina l'écran.

L'homme, qui immobilisait la jeune fille d'une clé de bras, accentuait la pression autour de sa gorge. À présent, la deuxième fille, qui ressemblait à l'autre, mais avec des cheveux plus courts et plus foncés, commençait à marteler de ses poings le dos et les épaules de l'homme pour lui faire lâcher prise, mais sans résultat.

Soudain, sans prévenir, l'homme relâcha la première fille et se retourna contre la seconde, la frappant de plein fouet au visage avec son avant-bras, avec une telle force que sa tête pivota et partit en arrière. Trébuchant contre le rebord du lit, elle tomba sur le plancher.

Elder crut entendre l'impact, le choc d'un os rigide contre un os fragile, et il retint son souffle.

L'homme, maintenant, saisissant la fille par les chevilles, la hissait sur le lit, les jambes écartées, et s'allongeait sur elle.

La blonde lui laboura le dos de ses ongles. Pivotant vers elle, l'homme lui expédia un coup de coude en plein visage, lui brisant le nez, d'où le sang jaillit. L'agrippant, il la força à s'allonger par terre et lui serra la gorge à deux mains, en pesant sur elle de toute sa masse.

Elder arrêta la cassette, la rembobina, et la regarda de nouveau, guettant le moment où tous les muscles du corps de la blonde se relâchent, Mallory l'étendant alors sur le plancher où elle gît, sans vie, dans une position impossible pour un corps qui n'est pas brisé.

Mallory.

Si Elder avait pu avoir le moindre doute auparavant, ce n'était plus le cas maintenant.

La brune était tout juste visible dans l'angle opposé de la chambre. La bouche entrouverte, muette, le regard fixe, un bras pressé contre sa poitrine. Et pendant une seconde, peut-être deux, une ombre se posa sur elle, suivie par la silhouette partielle d'un homme, habillé de la tête aux pieds, qui entrait dans la pièce, dans le cadre de la caméra. Et puis plus rien.

Fondu au blanc.

Au noir.

À rien.

Une mine d'or.

Elder se rendit dans la cuisine d'un pas mal assuré et se versa une dose de whiskey, le goulot de la bouteille cliquetant contre le verre.

Son appel à Framlingham trouva ce dernier à Hampstead, dans une petite maison mitoyenne du Vale of Health, à deux pas du parc lui-même. La femme qui fit entrer Elder approchait de la cinquantaine. Grande, elle portait une ample robe verte en velours milleraies. Ses cheveux bruns viraient au gris avec élégance. Imposante. C'était le terme qui venait à l'esprit quand on la voyait.

Elle ne fit aucun effort pour se présenter, et Framlingham ne s'en chargea pas non plus quand il apparut, le dos voûté, dans l'encadrement de la porte, des pantoufles aux pieds.

Les deux hommes s'installèrent dans le petit salon, devant l'écran qu'ils auraient presque pu toucher en tendant le bras, et dégustèrent un Macallan de douze ans d'âge en regardant la fille tomber, encore et encore, sur le plancher.

– C'est de ça que Mallory avait peur? Ce que Grant l'avait menacé de révéler?

– J'imagine que oui.

– Il doit y avoir autre chose.

– Tu crois?

– On ne peut pas se contenter d'une cassette, Frank. Il nous faut un lieu, des noms. S'il y a des cadavres enterrés quelque part, nous avons besoin de savoir où.

– Il y a une date, fit Elder, inscrite sur l'étiquette, à côté du titre. *Chantons sous la pluie*. 17 mai 1996. C'est peut-être la date à laquelle le film a été enregistré – on pourrait vérifier les grilles de programmation –, mais j'en doute. Quand on les examine de près, le titre et la date, je dirais qu'ils ont été inscrits à des moments différents.

– Donc, ce serait la date de la vidéo, de la soirée?

– Ça me paraît probable.

– Le braquage de Gatwick, celui qui a associé Grant à Slater, c'était quand?

– En 1995.

– Et le procès s'est soldé par un non-lieu?

– Un an plus tard.

Framlingham sourit.

– C'était une soirée pour fêter l'événement, alors?

– Ça se pourrait bien.

– Et une soirée en l'honneur de Mallory, aussi. Pour le remercier de son aide. On lui laisse gagner quelques parties de poker, on lui offre deux gamines sur un plateau.

Elder frémit intérieurement, en se remémorant la scène.

– Quand j'ai parlé à Lynette Drury, elle m'a dit que c'était ce que Mallory aimait, les gamines.

– Et c'était elle, Drury, à la soirée? Tu n'as aucun doute là-dessus?

– Aucun.

– On va devoir lui parler, alors.

– Tôt ou tard.

– L'endroit où les corps sont enterrés, tu crois que c'est elle qui le connaît?

– Si ils sont bien enterrés.

– Si...

Elder revoyait le visage de Lynette Drury, la douleur dans son regard. *Et peu importe le degré de saloperie que cette histoire a pu atteindre par la suite, c'est à ça que je me raccrochais.*

– Oui, dit Elder, je crois qu'elle le sait.

– Tu penses que c'est elle qui t'a envoyé la cassette ?

– C'est possible, oui.

– Elle ne l'avouera jamais.

– Bien sûr.

Framlingham rembobina la bande une fois de plus.

– Regarde, Frank, le type qui entre dans la chambre à la fin... Il y a des chances que ce soit Repton ?

– Tu crois qu'avant toute chose on devrait le cuisiner encore une fois ?

– Pourquoi pas ?

Framlingham se leva, un peu maladroitement. Ces chaises, cette pièce, elles n'étaient pas faites pour un homme aussi grand que lui.

– Je vais voir si je ne peux pas nous faire préparer du café. Je ne voudrais pas que tu t'endormes au volant.

51

Le bureau de Framlingham était dominé par une peinture à l'huile de son voilier, un dix-huit mètres de type Mistral, voiles blanches et finitions de couleur verte. À côté de cette toile, trois cadres contenaient des aquarelles de l'estuaire de Blackwater près de St Osyth Marsh que Framlingham avait peintes quand il était jeune.

Quant à Framlingham lui-même, il semblait très à l'aise derrière son bureau, une jambe nonchalamment croisée sur l'autre. Elder se tenait debout près de la fenêtre latérale, devant les stores baissés, les pieds écartés, les mains jointes derrière le dos, détendu. Les deux hommes regardaient Maurice Repton, et Repton n'avait pas l'air à l'aise du tout.

Le discret tic-tac de l'horloge posée sur l'étagère en face de la fenêtre était à peine audible, masqué par la respiration sifflante de Repton.

Le téléphone sonna sur le bureau de Framlingham. Comme ce dernier ne décrochait pas, il finit par se taire.

– Vous voulez ma peau, fit Repton.

– Maurice, c'est ridicule. Ce n'est qu'une petite conversation de plus, c'est tout.

– Une convocation, oui ! Ton bureau, onze heures précises.

– Tu ne t'attendais pas à ce que je t'offre le café ?

– Tu sais où tu peux te le mettre, ton café !

– Du thé, alors. Ce doit être possible d'obtenir du thé.

– T'cs un salc con, dit Repton.

Framlingham sourit lentement, comme s'il s'agissait d'un vrai compliment. Peut-être, venant de Repton, en était-ce un.

– Nous nous sommes dit, fit-il, que tu apprécierais un peu d'intimité. Plutôt que de reprendre nos discussions en public, devant tout le monde.

– Il n'y a pas matière à discussion.

Framlingham se pencha en avant, paresseusement.

– S'il y a un problème, ce n'est pas qu'on n'ait rien à se dire, mais plutôt que les sujets à aborder sont trop nombreux. Donc, par où commencer ? Encore que Frank et moi pensions qu'on pourrait partir de ce qu'on a vu sur la vidéo.

– Quelle vidéo, bon sang ?

Framlingham et Elder échangèrent un sourire.

– *Chantons sous la pluie*, répondit Framlingham. Un grand classique.

Tandis qu'il regardait le visage de Repton virer au gris cendre, Elder repensa à l'appel qu'il avait reçu de Maureen Prior en début de matinée. À Nottingham, Bland commençait à envisager d'accepter une sorte de marché, solution la plus avantageuse possible dans la fâcheuse position où il se trouvait. En fin de compte, se dit Elder, c'était ce qu'ils faisaient tous, Bland et les types dans son genre. À part ceux qui préféraient se tirer une balle dans la tête ou se passer un nœud coulant autour du cou ; ceux qui finissaient dans leur tombe sans rien avoir avoué.

Repton avait regardé la vidéo pratiquement sans bouger, sans un mot. À présent qu'il se retrouvait devant un écran vide, les mains nouées dans son giron, un nerf tressaillait de façon irrégulière au-dessus de son œil droit. Elder ouvrit les stores. La lumière s'infiltra de nouveau dans la pièce.

Framlingham rompit le silence.

– Il n'y a que deux solutions, Maurice.

Repton ne dit rien.

– Tu peux essayer de sauver la mise à ton copain Mallory, mais ça ne marchera pas. Aucune chance qu'il s'en tire. De plus, ça fait un bail que tu lui colles au train. Que tu lui torches le cul. C'est ta peau à toi qu'il serait temps de sauver. Si c'est encore possible.

Repton le regarda vivement, puis tourna la tête. Quelque chose le tracassait au sujet du pli de son pantalon. Il le rectifia soigneusement, entre le pouce et l'index.

– Il faut que j'y réfléchisse, dit-il.

– Bien sûr. (Framlingham se leva.) J'ai besoin d'aller pisser, de toute façon. Cinq minutes, d'accord ? Frank sera devant la porte. Et pas de coups de fil, Maurice, hein ? D'ailleurs, Frank, pourquoi ne soulages-tu pas Maurice de son portable, à tout hasard ?

Avec une tête de trois pieds de long, Repton tendit son téléphone à Elder.

– Tu n'es pas armé non plus, Maurice ? demanda Framlingham. Tu n'as pas de flingue sur toi ? Ce serait une faute professionnelle de ma part si je te laissais seul assez longtemps pour que tu te fasses sauter le caisson.

– Va te faire foutre, dit Repton.

– Frank..., dit Framlingham.

Soigneusement, Elder fit une palpation à Repton. Pas d'arme.

– Cinq minutes, répéta Framlingham en ouvrant la porte. Ne les gaspille pas.

Quand ils revinrent dans la pièce, Repton semblait ne pas avoir bougé.

– Il va me falloir des garanties, fit-il.

– Bien sûr, dit Framlingham en reprenant place derrière son bureau. Ça tombe sous le sens. Vu l'aide que tu nous apportes, dans une affaire comme celle-là... Sentence minimale, prison ouverte. Tu seras libéré dans dix-huit mois, à mon avis.

– Non, fit Repton. Pas de prison. Pas de prison du tout.

– Maurice, sois raisonnable. Tu sais très bien que je ne peux pas te promettre ça.

– Alors, il n'y a pas de marché qui tienne.

– Oh, Maurice, Maurice. Qu'est-ce que tu veux que je fasse ? Tu préfères que je confie le dossier à l'inspection des services ? Tiens... (Framlingham tendit la main vers le téléphone)... je peux les appeler tout de suite. Si tu te sens plus à l'aise pour discuter avec eux plutôt qu'avec moi.

– Écoute, fit Repton. Tout ce que tu veux savoir sur les magouilles de George depuis... Quand ? Bientôt vingt ans ? (Il se tapota deux fois la tempe avec l'index.) Tout est là-dedans. Les noms, les lieux, les sommes, tout. Et cette histoire, là, sur la cassette... (Il ricana. Ce n'était pas agréable à entendre.) Tu veux savoir où les cadavres sont enterrés ? (Il se tapota la tempe de nouveau.) Mais je veux des garanties. Premièrement, pas un seul jour de taule. Deuxièmement, une protection, avant le procès et après. Vingt-quatre heures sur vingt-quatre, sept jours sur sept. Et puis il me faut une nouvelle identité, une nouvelle adresse à l'autre bout du monde.

Framlingham reposa le téléphone, sans avoir composé de numéro.

– Maurice, je vais faire tout mon possible, tu le sais. Mais en toute bonne foi, je ne peux pas te promettre la lune.

– Alors, passe tes coups de téléphone, dit Repton. Assure le coup. Tu sais de quoi j'ai besoin. (Il se leva.) Et n'essaie pas de m'embobiner non plus en me refilant cette connerie de Plan de protection des témoins. Je ne veux pas passer le restant de mes jours à regarder par-dessus mon épaule, ni à me demander qui va ouvrir ma porte. Toi, tu peux régler le problème autrement. À condition que tu le règles toi-même. Sans le crier sur les toits.

Framlingham soupira.

– D'accord, Maurice. Je ferai tout ce que je pourrai.

– Demain, même heure, fit Repton. Et pas ici. Je t'appellerai. D'accord ?

– D'accord.

– Mon portable, dit Repton à Elder en tendant la main.

Elder lui rendit son téléphone.

– Comment peut-on être sûr, demanda Elder quand Repton eut quitté la pièce, qu'il n'est pas en train d'appeler Mallory en ce moment même ?

– On ne peut pas.

– Alors, il faut espérer que son instinct de conservation soit un poil plus fort que sa loyauté.

52

Cela faisait cinq ans que Nayim travaillait, par intermittence, avec Steve Kennet. Steve, Victor et lui, ils formaient comme une équipe. Dans le bâtiment, ils savaient faire à peu près tout, sauf les vrais boulots de spécialistes. Les installations électriques de base, la plomberie, pas de problème, mais quelque chose comme l'installation d'un chauffage par le plancher, ou n'importe quoi d'un peu pointu, ils passaient la main, ils faisaient appel à des experts. Les travaux de rénovation, par contre, refaire les planchers, changer les fenêtres, les escaliers, les ravalements, jointoyer les murs, changer les tuiles, il n'y avait pas grand-chose qu'ils ne sachent pas faire. Il avait refait un loft, peu de temps avant, à West Hampstead, à partir des plans d'un architecte. Pour une femme qui écrivait des bouquins. Il y avait eu des photos dans les journaux locaux. Elle lui avait signé un exemplaire de son dernier livre, c'était sympa. Il ne l'avait pas lu pour autant, notez bien.

Nayim était assis à côté de Karen Shields sur un banc de Waterlow Park. Les corbeaux faisaient du raffut dans les arbres, un petit garçon se faisait pousser sur la balançoire. Le bâtiment de l'ancien hôpital que Nayim et Victor rénovaient était clairement visible, un peu plus bas en descendant la côte.

Il faisait froid ; trop froid pour rester assis longtemps.

Quand Nayim sortit ses cigarettes et en offrit une à Karen, elle secoua la tête. Il était quoi, se demandait-elle, espagnol, peut-être ? Portugais ? Il avait une pointe d'accent, le teint olivâtre.

– Au mois de décembre, dit Karen, juste avant le nouvel an, l'un de mes inspecteurs est venu sur ce chantier où Steve Kennet et vous étiez en train de travailler dans Dartmouth Park Road.

Nayim hocha la tête.

– Vous avez dû passer un bon moment sur cette maison ?

– Trop longtemps. Le propriétaire, il devenait fou, mais c'était pas notre faute. Le temps, vous comprenez ? La pluie. La pluie sans arrêt.

Karen sourit.

– L'hiver. L'hiver en Angleterre, c'est comme ça. Il pleut.

Nayim sourit à son tour.

– Et vous faisiez quoi ? Vous répariez le toit, ce genre de chose ?

– Un nouveau toit, oui. On a changé des briques, on a refait les gouttières. Le bois autour des fenêtres, il était pourri.

– Alors, vous avez dû commencer quand ? Au mois de novembre ?

– Plus tôt que ça. En octobre, ça devait être.

– Ça n'a pas dû vous aider, que Steve Kennet prenne des vacances en plein milieu.

Nayim rentra les épaules.

– Steve, il a écourté ses vacances. Il est revenu travailler plus tôt.

– Et c'était quand ?

– En novembre. La dernière semaine.

Karen se maîtrisa pour ne pas aller trop vite.

– Quand il est revenu, il était comment ?

– Excusez-moi, je...

– Son humeur, je veux dire. Il était bavard, sympa, content d'être rentré ?

Nayim secoua la tête.

– Au début, il disait pas un mot. Mais, je lui ai dit : Hé, Steve, c'est bien que tu sois revenu, mais lui, il a grogné je sais pas quoi et il est monté sur le toit, direct, pour commencer à bosser.

– Vous n'auriez pas, par hasard, remarqué s'il avait quelque chose avec lui ? Quelque chose de pas habituel, je veux dire ?

Contre toute logique, Karen gardait un petit espoir.

Mais Nayim secouait la tête.

– Juste sa caisse à outils, comme toujours.

Se levant, Karen épousseta le fond de son pantalon.

– Si nous voulions jeter un coup d'œil là-haut, à l'endroit où il travaillait... Ça serait difficile, à votre avis ?

Nayim leva les yeux vers elle, mal à l'aise sans savoir pourquoi.

– Plutôt facile, je crois. Si on veut, on peut accéder aux combles depuis l'appartement du dernier étage. Si le propriétaire donne la permission.

Karen hocha la tête, sourit.

– Merci pour votre patience.

Alors qu'elle se détournait, une bestiole d'un marron grisâtre détala à travers les feuilles qui s'étaient amassées entre l'allée et le bassin : peut-être un écureuil sorti tôt de son hibernation. Ou plutôt, pensa Karen, un rat.

Le titulaire du bail était absent et il ne répondait pas aux appels laissés sur son portable. Karen gaspilla près d'une heure à se faire balader entre le propriétaire et le cabinet de gérance, dont la plus grande partie à s'entendre demander de choisir entre plusieurs services ou à patienter en écoutant les *Quatre Saisons* de Vivaldi. Finalement, excédée, elle raccrocha violemment le téléphone, sauta dans sa voiture, et parcourut la poignée de kilomètres qui la séparait des bureaux de la compagnie, à Edgware. Une fois sur place, avec son tailleur sombre, ses chaussures à talons compensés, sa haute taille – elle était plus grande que toutes les femmes présentes et que la plupart des hommes –, elle obtint qu'on lui accorde l'attention nécessaire. Les permissions requises, et les bonnes clés. Plus de temps perdu.

Quarante minutes plus tard, accompagnée de Ramsden, avec Furness et Denison en renfort, elle passait devant le réservoir de Dartmouth Park Hill, tournait à droite en profitant d'un trou dans la circulation venant en sens inverse, et cherchait une place pour se garer.

Le hall d'entrée et l'escalier avaient récemment bénéficié d'une moquette neuve ; la pléthore habituelle de courrier non sollicité et de prospectus publicitaires, en piles régulières, recouvrait une petite table juste à côté de la porte d'entrée. Au premier étage, un violoniste travaillait son instrument. Au deuxième, un lave-linge démarra son cycle d'essorage à leur passage. Une bicyclette, appartenant sans doute à l'occupant du dernier étage, était garée sur le palier près de sa porte.

Karen échangea un bref regard avec Ramsden avant de tourner la clé dans la serrure.

L'accès aux combles fut facile à trouver : c'était une trappe installée dans le plafond entre la cuisine et la salle de bains.

– Mike ? fit Karen en regardant Ramsden.

– Paul, dit Ramsden, tu montes.

Furness alla chercher une chaise et la tint solidement en place. Denison poussa la trappe, la fit glisser sur le côté, se hissa dans l'ouverture et disparut.

– C'est comment, là-haut ? lança Ramsden.

– Noir.

Furness lui tendit une lampe-torche.

– Tu sais ce que tu cherches ? demanda Karen.

– Je crois.

Quelques minutes plus tard, il l'avait trouvé, collé à une poutre par du ruban adhésif, juste dans l'angle formé par le toit et la poutre elle-même. Un ruban adhésif toilé, épais et noir et, devina Denison, du plastique ou du papier en dessous.

Il y avait les deux.

Il passa le paquet dans l'ouverture et Karen, munie de gants, arracha le ruban, défit le plastique, puis déplia plusieurs pages de la dernière édition du soir du *Standard*, datée du 26 novembre 2003.

C'était un couteau de boucher, avec une lame de vingt centimètres, au manche soigneusement riveté sur toute sa longueur. Manche noir, lame luisante ; la pointe n'était pas brisée, mais légèrement tordue, comme si elle avait heurté quelque chose de dur, un os par exemple.

– Portons ça au labo le plus vite possible, dit Karen. On peut être presque sûr qu'il aura effacé ses empreintes, mais il faut quand même vérifier. Et puis comparer l'arme aux photos des blessures sur le corps de Maddy Birch.

Ramsden eut un sourire féroce.

– Dans ce cas, je file... du rasoir.

53

Après avoir déployé la sécurité maximum que lui permettaient les ressources dont il disposait, Framlingham avait mis les techniciens au travail sur la bande vidéo. Améliorant d'abord autant que possible la luminosité et le contraste, ils avaient ensuite transféré sur disque les images de la séquence. C'est à partir de ce support qu'ils avaient fait des tirages numériques sur papier, dont Elder avait un jeu complet sur lui alors qu'il traversait Blackheath à pied. Il était six heures passées, et le ciel avait déjà pris cette teinte orangée et lumineuse des fins de journée ; il y avait quelques étoiles à peine visibles au-dessus de lui, mais fort peu comparé à ce qu'il voyait en Cornouailles. L'une d'elles, avait-il lu quelque part, n'était pas une étoile du tout, mais une sorte de station satellite.

Aujourd'hui, Anton portait un T-shirt blanc et non pas noir. Ce détail mis à part, il avait exactement la même allure que la première fois. La même lueur sardonique, un rien maniérée, dans le regard.

– Elle est dans ce que nous appelons ironiquement le salon du petit déjeuner. Elle regarde le billard. Personnellement, je ne supporte pas. Tous ces commentaires à voix basse, comme si on était à l'église... *Il a frôlé la bande au lieu d'empocher la bille.* Enfin...

Si Lynette regardait effectivement le billard, elle le faisait en gardant son œil valide fermé.

L'atmosphère de la pièce était nauséabonde et surchauffée.

– Ne la fatiguez pas, dit Anton.

Elder approcha une chaise et la plaça à angle droit par rapport au fauteuil roulant et à l'écran. Il resta assis en silence tandis que l'un des joueurs réalisait une série de quarante-sept.

– Je ne pensais pas vous revoir de sitôt, dit Lynette.

– Même après m'avoir envoyé la vidéo ?

– De quelle vidéo parlez-vous ?

– *Chantons sous la pluie.*

– Je n'ai jamais été très sensible au charme de Gene Kelly. Moi, j'étais plutôt fan de Fred Astaire. Je l'ai toujours trouvé plus aérien. Plus nonchalamment élégant.

– Il manquait quelque chose au générique, dit Elder. Sur mon exemplaire, en tout cas. Aucun détail sur les lieux du tournage. Concernant la scène de la soirée, en particulier.

Lynette regarda un joueur aux crâne dégarni, dont la ceinture de smoking avait du mal à contenir la panse, empocher la bille blanche après que celle-ci eut heurté la noire, et lever les yeux au ciel pour quémander l'indulgence divine.

– Manningtree, dit-elle sans quitter l'écran des yeux. Ben avait une villa, là-bas. Lui et quelques autres. Leur country-club, c'était le nom qu'ils aimaient lui donner. Ça n'existe plus maintenant.

– Ça n'existe plus ?

– Ils l'ont vendue à une fondation quelconque. Je ne sais pas comment elle s'appelle.

– C'était il y a combien de temps ?

– Ça remonte à trois ou quatre ans, sûrement. À peu près à l'époque où Ben a acheté sa maison à Kyrenia.

Elder sortit les photos de l'enveloppe et les étala sur les genoux de Lynette. Le rythme de sa respiration s'accéléra, puis se calma. Les clichés montraient, pour l'essentiel, le scénario qui s'était déroulé dans la chambre. Il n'était pas nécessaire d'avoir beaucoup d'imagination pour combler les manques.

– Je suppose, dit Elder, qu'il y avait une caméra cachée dans la chambre.

– Dans chaque chambre. À chaque fois qu'on donnait une soirée, Ben les faisait fonctionner en permanence. Certaines années, il faisait une cassette spéciale pour Noël, vous savez, un florilège. Il en envoyait des copies à ses amis.

– Mais pas cette année-là, fit Elder en montrant les photos.

– Non, pas cette année-là. (Puis :) Regarde un peu ce que tu fais, bon sang ! (L'adversaire du chauve venait de heurter la bille jaune en tentant d'empocher la verte.)

– Les deux gamines, dit Elder, vous savez ce qu'elles sont devenues ?

Elle prit son temps avant de répondre.

– Je sais qu'il y a eu un problème. Il a été résolu.

– Résolu ?

– Oui. Je ne sais pas comment. Je n'ai pas voulu le savoir.

Se penchant en avant, Elder tapota l'une des photos, qui montrait la blonde sur le plancher à côté du lit.

– Cette môme, elle est morte. La nuque brisée, à mon avis.

– Si vous le dites.

– Et celle-là ? (Il désignait la brune, recroquevillée, terrifiée, dans le coin opposé de la chambre.) Qu'est-ce qu'il lui est arrivé ?

L'œil valide de Lynette fit la navette entre la photo et le visage d'Elder, puis revint se poser sur l'écran à temps pour voir l'une des billes rouges tomber avec grâce dans la poche du haut, la blanche redescendant en biais pour couvrir la noire.

– Je vous l'ai dit, ils ont résolu le problème. À eux deux. Ben et George. Ils l'ont fait disparaître.

– À eux deux ?

– Oui, à eux deux ! Enfin, merde ! Est-ce qu'il faut que je répète tout ce que je dis, nom de Dieu ?

La colère qu'elle laissait s'exprimer déclencha une quinte de toux, qui lui fit venir de la salive aux lèvres.

Elder attendit que sa toux se fût calmée.

– Et comment, au juste, est-ce qu'ils ont effacé le problème ? Ils ont acheté le silence de la gamine ? Ou quoi ?

– J'essaie de regarder ça, dit Lynette. Et vous ne faites rien pour que je puisse me concentrer.

– Qui étaient-elles ? Ces deux gamines ? Comment s'appelaient-elles ?

Lynette se mit à tousser de nouveau.

– Appelez Anton pour moi, vous voulez bien ? J'ai besoin de boire un coup.

– C'est vous qui lui fournissiez des filles, à Mallory. Des filles jeunes. Vous devez savoir comment elles s'appelaient.

– J'ai besoin de boire un verre, merde !

Anton montra le bout de son nez à la porte.

– Dehors ! fit Elder.

– À boire !

Anton hésita, perplexe.

– Sortez ! dit Elder.

Il repartit.

– Vous nous avez aidés jusqu'à maintenant, dit Elder. Aidez-nous à découvrir qui elles étaient.

– Je n'ai rien fait du tout.

Elder lui toucha la main, et elle la lui retira, tournant la tête vers le mur. Ce n'est que peu à peu qu'il comprit qu'elle parlait, qu'elle répétait les mêmes syllabes encore et encore, à voix basse, à peine audible, les mêmes noms.

– Judy. Jill. Judy et Jill. Judy et Jill.

Il lui prit les bras, en douceur, sans brutalité, et il sentit la peau flotter sur les os.

– Judy et Jill, répéta-t-il. C'étaient leurs noms.

Elle le regarda en face.

– Elles étaient jumelles.

Longtemps après le départ d'Elder, longtemps après qu'une partie de billard se fut terminée et qu'une autre eut commencé, Lynette propulsa son fauteuil roulant hors de cette pièce pour passer dans une autre, la culpabilité et l'incertitude se livrant bataille dans son esprit. Elle croyait avoir encore quelque part le numéro de Mallory. Peut-être lui devait-elle bien ça, au moins.

54

Voyant la voiture de police s'approcher de lui depuis la direction opposée, Repton jeta un coup d'œil à son compteur, leva le pied de l'accélérateur, et appuya en douceur sur la pédale de frein. Se faire interpeller pour conduite en état d'ivresse, ce n'était vraiment pas ce dont il avait besoin en ce moment. Encore que, selon certains critères, il n'ait pas bu tant que ça.

Le rétroviseur lui confirma que la voiture de police poursuivait son chemin ; Repton sourit. Selon certains critères, et comment ! Bon Dieu ! Le nombre de fois où George et lui avaient pris une bonne biture ensemble ! Pratiquement ivres morts à cinq heures du matin, ils étaient quand même derrière leur bureau trois heures plus tard, prêts à bosser, à affronter une putain de journée de boulot. Pas comme ces branleurs débiles d'aujourd'hui ! Qui prétendaient se soûler la tronche ! Ils ne savaient même pas ce que c'était, de se soûler, ils ne savaient même pas boire correctement, bordel !

Merde ! Il était allé trop loin, non ?

Trop loin sur cette putain de route.

Surprenant son reflet dans le rétro alors qu'il s'apprêtait à faire demi-tour, il éclata de rire. Une métaphore, Maurice ? Une putain de métaphore. Pour qui tu te prends ? T'es allé trop loin, ça oui, aucun doute là-dessus.

Il se glissa entre une Ford Escort pourrie et une camionnette blanche, son pneu avant heurtant le trottoir et son pare-chocs arrière éraflant la peinture de la camionnette, mais il faudrait s'en contenter.

Deux heures vingt, déjà, putain !

Il avait une demi-bouteille de scotch dans la boîte à gants. Il dévissa le bouchon et en avala une rasade.

Le pare-brise lui renvoya son haleine ; on aurait dit qu'elle sortait du cul d'un chien.

C'est poétique, ça, Maurice, pensa-t-il en sortant de voiture. Sacrément poétique.

Sauna et Massage de Green Lanes, annonçait au-dessus d'une vitrine occultée par un rideau une enseigne lumineuse constituée d'ampoules. Sauf que près de la moitié des lettres manquaient, les ampoules étant absentes ou grillées. Il fallait être un habitué de la maison, ou l'un de ces tristes chieurs qui faisaient les mots croisés du *Times* en cinq minutes pour déchiffrer la raison sociale de l'établissement.

Cherchant la poignée à tâtons et ne la trouvant pas, il se demanda pour la ixième fois pour quelle raison, la maison ayant fait installer une nouvelle porte d'entrée environ un an plus tôt, ils l'avaient posée à l'envers, avec la poignée du mauvais côté.

Merde !

Quand, finalement, il eut poussé la porte, celle-ci se referma trop vite et il faillit percuter le mur d'en face. Le vestibule n'était pas plus grand que des chiottes pour nains.

Sur sa droite, un rideau de perles descendait du plafond presque jusqu'au sol, et il l'écarta des deux mains pour entrer dans la pièce voisine. Rosie, comme toujours, était assise sur un tabouret derrière son comptoir, cheveux blonds oxygénés bien noirs à la racine, un maquillage épais d'un centimètre ou plus appliqué au pistolet. Cent trente ans, que Dieu la bénisse, et aussi laide qu'au jour de sa naissance. Elle n'avait rien d'autre à faire, douze heures par jour, que de remplir ses grilles de mots fléchés, regarder sa télé grande comme un mouchoir de poche, boire du café instantané une tasse après l'autre, et fumer interminablement des cigarettes.

– Alors, Maurice, quoi de neuf ?

Combien de fois avait-il demandé à cette connasse de ne pas prononcer son nom !

Il y avait trois filles qui occupaient les chaises en face du comptoir, deux qu'il reconnaissait vaguement, une nouvelle. Aucune de ses préférées n'était en vue. Elles étaient occupées, peut-être. Chaque fille, les jambes nues, portait une blouse boutonnée sur le devant ; deux d'entre elles feuilletaient mollement un magazine, *OK*, *Hello !* ou ce genre de connerie, se donnant tout juste la peine de lever les yeux à son entrée.

La troisième, celle qu'il ne reconnaissait pas, était carrée contre le dossier de sa chaise, les jambes relevées, les deux boutons du bas de sa blouse défaits, une chaussure à talon haut sur le plancher, l'autre se balançant au bout de son pied. Ses ongles étaient vernis de deux couleurs différentes, rouge et bleue en alternance.

– C'est tout ce qu'il y a, Rosie ?

Sa propre voix lui parut légèrement pâteuse, mais tout le monde s'en foutait. Surtout ici.

– Veronica est au premier.

– Cette grosse truie ?

– Je te présente Edie, elle est nouvelle.

Edie, pensa Repton, qu'est-ce que c'est que ce nom à la con ? De toute façon, la plupart des filles ne se servaient pas de leur vrai prénom. Il avait toujours supposé que Rosie les tirait d'un chapeau.

– Elle sait ce qu'on attend d'elle, quand même ?

Tout en parlant, Repton fixa la fille, qui soutint son regard, sa bouche s'ouvrant en un sourire. Nouvelle, ça se voit, pensa-t-il, elle cherche à faire bonne impression.

– Edie vient de Slovénie, ajouta Rosie.

Bon sang, il ne manquait plus que ça, se dit Repton.

Il monta l'escalier derrière Edie, qui avait plutôt un beau cul. La dernière porte au bout du couloir était entrouverte. Ils entrèrent.

Repton ôta sa veste alors qu'Edie refermait la porte derrière eux. Lui prenant la veste des mains, elle la posa pliée sur le pied du lit.

– Pas comme ça. Pas comme ça ! Mets-la sur un cintre, bordel, espèce de connasse slovène. Sans vouloir te vexer.

La fille sortit un cintre en fil de fer de l'armoire branlante en agglo et y pendit la veste de Repton, lissant même les épaules du plat de la main – ce qu'il apprécia particulièrement – avant de l'accrocher à l'une des deux patères fixées derrière la porte.

Tout ça se présentait plutôt bien, pensa Repton en sortant un mouchoir de sa poche pour l'étaler sur l'oreiller – on ne sait jamais –, avant de s'allonger. Edie, debout près du lit, se pencha pour lui déboucler sa ceinture, la faire glisser dans les passants, et s'attaquer aux boutons de sa braguette. Les boutons, c'est ce qu'il exigeait toujours, pas ces saloperies de zips. Avec un zip, le désastre n'était jamais loin.

Il sentit qu'il commençait à durcir et il ferma les yeux.

Il se concentra sur le slip-slip-slap de l'huile de massage sur les mains d'Edie.

La première fois qu'il avait fait ça, il s'en souvint, qu'il s'était fait faire ça, il était tout jeune inspecteur adjoint, encore un peu bleu-bite, les collègues l'avaient poussé à y aller, se cotisant pour lui offrir les services d'une radasse de Swansea qui avait une bonne dose de sang nègre dans les veines et de la crasse sous les ongles. À la seconde même où elle posait la main sur lui, il avait déchargé, se balançant la purée en plein dans l'œil. Riant tout seul en se remémorant la scène, il jeta un coup d'œil à Edie qui, l'air grave, se concentrait, se dit-il en ricanant, sur l'affaire qu'elle avait en main.

– Viens plus près, dit Repton. Approche-toi. Encore.

Tendant le bras, en appui sur un coude, il défit les derniers boutons de la blouse d'Edie. Un peu de dentelle au-dessus des bonnets du soutif, les mamelons bien dressés. Une culotte blanche pas beaucoup plus grande qu'un timbre-poste ordinaire. Pas de piercing au nombril, Dieu merci.

Se sentant tout près de jouir, il s'allongea et ferma les yeux de nouveau.

Demain matin, à la première heure, il irait trouver Framlingham pour lui dire d'aller se faire enculer.

Sa respiration s'accélérant, il se cambra alors que la main de la fille augmentait la cadence. Plus fort. Plus vite.

Il n'entendit pas la porte s'ouvrir, puis se refermer.

– Maurice...

La voix était douce, presque une caresse.

Repton ouvrit les yeux à temps pour voir le visage de Mallory, la monstrueuse excroissance du silencieux au bout du pistolet.

– Refais-moi ça, Maurice, dit Mallory en pressant la détente.

La fille hurla. Sans changer de place, Mallory la gifla de sa main libre, la projetant, la bouche ensanglantée, contre le mur.

Soulevant son arme, Mallory fit feu une seconde fois.

Des fragments d'os et de tissus maculaient le mouchoir en lin de Maurice Repton et, en dessous, la taie d'oreiller bon marché en polyester où une centaine de têtes avaient laissé une auréole de crasse indélébile et qui, à présent, virait du rose au rouge.

55

Elder parlait avec Karen Shields, quelques minutes avant huit heures, alors que la journée n'avait pas encore vraiment commencé, quand Framlingham lui téléphona, d'une voix plus pressante que ce à quoi Elder était habitué.

– Il s'agit de Repton. Il s'est fait flinguer.

– C'est grave ?

– On ne peut plus grave.

Karen lut l'inquiétude sur le visage d'Elder.

– Ça s'est passé comment ? demanda Elder. Et où ?

– À Green Lanes. Aux premières heures de la matinée. Quelqu'un est entré dans un salon de massage et lui a tiré dessus. À deux reprises. Et si tu allais tout de suite sur place ? C'est à mi-chemin entre Manor House et Turnpike Lane.

– D'accord. J'y vais.

– Un coup dur ? demanda Karen.

Elder hocha la tête.

– Bonne chance avec Kennet. J'appelle dès que je peux.

La circulation se révéla cauchemardesque, comme tous les matins, surtout après qu'il eut pris ce qui semblait être, sur le papier, le trajet le plus direct, par Wood Green. Quand tout ceci sera terminé, se promit-il, jamais plus je ne maudirai les dix minutes d'attente nécessaires pour atteindre le centre de Truro le samedi matin.

Des voitures de police étaient garées près de la scène de crime, à moitié sur la chaussée, un ruban jaune interdisant l'accès au trottoir sur quarante mètres de chaque côté du bâtiment où le meurtre avait eu lieu.

Elder laissa sa voiture en stationnement interdit, avec un mot griffonné à la hâte sous l'essuie-glace. Framlingham se trouvait à l'intérieur. Il parlait à un inspecteur divisionnaire de la Criminelle et à un inspecteur principal du commissariat de Wood Green. Il poursuivit sa conversation quelques instants, présenta Elder, et le prit à part.

– Un cauchemar, Frank. Il ne pouvait rien arriver de pire.

– Qu'est-ce qu'on sait, pour l'instant ?

Framlingham l'emmena dehors. Des grappes de badauds fixaient la scène depuis le trottoir d'en face, des hommes en boubous colorés, d'autres coiffés selon la tradition hassidique, des femmes presque entièrement revêtues de noir, des pieds à la tête. À l'étalage des boutiques grecques et turques, le soleil d'hiver mettait en valeur le rouge, le vert et le violet de divers fruits et légumes.

Framlingham alluma une cigarette.

– On sait qu'on a tiré deux fois sur Repton. Il a été touché à la tête et à la poitrine. Par des balles de neuf millimètres. (Il expulsa un nuage de fumée dans l'atmosphère.) Il avait le pantalon baissé jusqu'aux chevilles, le pauvre type. Pas très glorieux, comme façon de tirer sa révérence.

– On a quelque chose sur le tireur ?

Framlingham hocha la tête.

– Il n'a pas cherché une seconde à se déguiser. La femme qui tient le salon nous a donné un assez bon signalement.

Elder lut l'expression sur le visage de Framlingham.

– Mallory, dit-il.

– Oui.

– Sans l'ombre d'un doute ?

Framlingham secoua la tête.

– La fille qui était avec Repton quand il a lâché la rampe – une immigrée en situation irrégulière, morte de trouille à l'idée qu'on la renvoie dans le trou perdu d'où elle vient –, elle jure qu'il l'a appelé Maurice. Avant de le flinguer. Maurice.

– Tu as lancé un avis de recherche ? Pour Mallory ?

– Oh, oui.

– Ça a donné quelque chose ?

– Pas encore. Pas une seule trace. Cela dit, personne ne semble l'avoir vu depuis hier soir vers neuf heures. Il devait préparer son départ, je suppose. Son passeport a disparu. Son signalement a été communiqué à tous les aéroports, toutes les compagnies de ferries, le terminal d'Eurostar, mais je ne me fais pas d'illusions. Il a eu une marge de deux bonnes heures, peut-être plus. À l'heure qu'il est, il doit défaire sa valise dans une chambre d'hôtel sur la Costa del Sol, avant d'aller déguster ses premiers tapas de la journée.

Ou à Chypre, pensa Elder. Ou à Chypre.

Dans la salle d'interrogatoire, Kennet paraissait encore plus fatigué, l'anxiété se lisait dans son regard, et à la façon dont ses mains restaient rarement immobiles.

– Ce couteau, dit Karen en soulevant le sac à mise sous scellés, on l'a trouvé dans les combles de l'immeuble de Dartmouth Road où vous avez travaillé.

Kennet lui rendit son regard et ne dit rien.

– Vous avez bien travaillé dans cet immeuble ?

– Vous savez bien que oui.

– À l'époque du meurtre de Maddy Birch ?

– Non.

– Réfléchissez un peu.

– Non, je vous l'ai dit. J'étais en vacances.

– Mais vous êtes retourné travailler sur ce chantier, n'est-ce pas ? Le jeudi matin. Le matin qui a suivi la nuit où Maddy a été tuée.

– Vous croyez ? Qui a dit ça ?

– L'homme avec qui vous travaillez.

– Il a pu se tromper.

– Je ne pense pas. Je crois que vous êtes allé travailler à huit heures pile ce matin-là. Vous avez à peine échangé deux mots avec vos collègues. Vous avez aussitôt escaladé l'échafaudage et vous êtes allé sous le toit, avec votre caisse à outils.

– Je ne vois pas pourquoi je l'aurais laissée derrière moi.

– Donc, vous êtes bien allé sur le chantier ce jour-là ?

– À un moment ou un autre de la journée, oui.

– Le jeudi 27 novembre.

– Je ne sais pas.

Karen se pencha un peu plus vers lui. Elle sentait la transpiration sourdre par tous les pores de Kennet.

– Voyons, Steve, vous vous êtes engueulé avec votre petite amie, vous revenez d'Espagne plus tôt que prévu, rien ne vous oblige à aller travailler, vous pourriez rester chez vous pour vous reposer un peu, regarder la télé, faire un tour au pari mutuel, risquer quelques livres sur la course de quinze heures trente, mais au lieu de tout ça, vous foncez au chantier, à la première heure.

– Il y avait un boulot à finir d'urgence, on était à la bourre. Ça s'appelle avoir le sens des responsabilités. Vous en avez peut-être entendu parler ?

– Pour vous, être responsable, c'est important, non ?

– J'aime à le croire.

– Prendre ses responsabilités.

– Oui.

– Alors, pourquoi ne pas assumer votre responsabilité pour ceci ?

Karen avait pris le couteau de nouveau et le tenait sous le nez de Kennet.

– Je vais vous dire une chose, fit Kennet. Vous me montrez une preuve qui vous permette d'affirmer que ce couteau est à moi, et j'en accepterai la responsabilité. Ça vous va ?

Sans quitter Kennet des yeux, Karen se laissa aller contre le dossier de sa chaise.

Peu avant seize heures, alors que la nuit n'allait pas tarder à tomber, Elder eut deux courtes conversations téléphoniques avec Katherine, toutes les deux interrompues, satisfaisantes ni l'une ni l'autre. À part le fait qu'elle allait bien. Rob Summers allait bien. Il était encore avec la police, à répondre à leurs questions, à mettre les choses au clair. Elle ne savait pas ce qui allait arriver à Bland et à son copain, mais elle espérait qu'ils iraient en prison pour longtemps.

– Je vais venir te voir, Katherine, dit Elder à la fin du second appel.

– Quand ?

– Je ne sais pas. Dès que je pourrai.

Combien de fois avait-il dit ça quand elle était enfant ? Pas tout de suite, Katherine. Pas maintenant, d'accord ? Mais bientôt.

Framlingham avait assisté à toute une série de réunions, dont un certain nombre auxquelles Elder avait été convié, alors que pour les autres on l'avait laissé se tourner les pouces. On avait signalé la présence – non confirmée – de Mallory sur le ferry Folkestone-Calais, à l'embarquement d'un vol pour Miami à Heathrow, au Starbucks de l'avenue de l'Opéra à Paris, où il achetait un Frappuccino.

– Rentre chez toi, Frank, finit par dire Framlingham. Rentre chez toi et repose-toi. Pour aujourd'hui, nous avons fait tout notre possible.

56

C'était un jour gris de fin janvier : une de ces journées qui ne promettent rien sinon que, tôt ou tard, elles se termineront. Réveillé depuis cinq heures du matin, Elder était resté au lit à réfléchir, tout en essayant de ne penser à rien. À six heures trente, il était déjà douché, habillé, il avait bu un jus d'orange et deux tasses de café, il était allé au bout de la rue acheter un journal et en avait rapporté trois. Il y lut des versions légèrement différentes de l'assassinat de Repton, qui tenaient plus de l'extrapolation que du compte rendu, les rares faits avérés étant amalgamés à divers fantasmes journalistiques allant de l'exécution commanditée par la pègre à une vengeance exercée par des barons turcs de la drogue. Un seul article mentionnait, en passant, que l'inspecteur Repton avait participé, trois mois plus tôt, à l'opération de police au cours de laquelle un criminel d'envergure, James William Grant, avait été abattu. Cela suffisait à laisser flotter dans l'atmosphère l'hypothèse d'un châtiment possible.

À la tête et au cœur, pensa Elder en enfilant son manteau.

À la tête et au cœur.

Il arriva au bureau de Framlingham bien avant huit heures, et Framlingham était déjà là, une thermos en acier brossé sur sa table. Elder le soupçonna d'avoir passé toute la nuit à travailler.

– Jette un coup d'œil à ce document, Frank, dit-il en lui tendant un fax.

Il découvrit l'image floue de deux gamines qui fixaient l'objectif : uniforme de leur école, chemisier blanc, cravate à rayures pas trop serrée autour du cou, sourire contraint.

– Jill et Judy Tremlett. Disparues de chez elles le 17 mai 1996. Vues pour la dernière fois dans une boîte de nuit de Colchester où une de leurs amies fêtait ses dix-huit ans. Certaines dépositions signalent qu'elles sont parties avec une femme plus âgée, qu'on n'a jamais identifiée. Selon d'autres, Judy s'est plainte d'avoir mal au cœur, et elle est sortie prendre l'air. Jill l'a suivie. Quand leur père est venu les chercher, juste avant minuit comme prévu, elles étaient introuvables.

» La procédure habituelle a été appliquée. Toutes les personnes présentes dans la boîte de nuit ont été interrogées. On a examiné l'itinéraire qu'elles auraient suivi pour rentrer toutes seules, soit à pied, soit en faisant du stop, et on a recherché les automobilistes qui étaient passés par là. Il semblerait que pendant un certain temps le père lui-même a été suspecté, mais ça n'a mené nulle part. Aucun effet personnel n'a été retrouvé, pas de chaussures, pas de vêtements, rien. Aucun signe, aucune trace. Elles avaient dix-sept ans.

Elder revoyait les images vidéo granuleuses, se remémorant les paroles de Lynette Drury. *Des garçons et des filles, tous choisis avec soin, bien payés. Et George, il était au beau milieu de tout ça, évidemment. Il s'en goinfrait. Des filles, surtout ; il aimait les filles, George. Par deux ou trois à la fois. Des filles jeunes.* Une femme plus âgée, avait dit Framlingham, qu'on n'avait jamais identifiée.

– Il y a d'autres photos, de meilleure qualité, dit Framlingham en désignant le fax d'un signe de tête. J'ai demandé qu'on me les fasse apporter par un agent motocycliste. Au cas où tu ne serais pas sûr.

Elder secoua la tête.

– C'est bien elles. J'en suis sûr.

Framlingham soupira.

– L'ancienne villa de Slater à Manningtree... J'ai parlé au secrétaire de la fondation. Il semblerait qu'ils utilisent les locaux principalement pour des stages. Médecine parallèle, thérapie holistique, ce genre de chose. (Il regarda sa montre.) Je devrais avoir un mandat de perquisition dans l'heure qui vient.

– Tu crois que c'est là qu'elles se trouvent ? demanda Elder.

– C'est un point de départ, Frank. C'est un point de départ.

Karen Shields avait parlé à son supérieur hiérarchique, insisté auprès de lui, tenté de lui forcer la main ; la technologie existait, mais tout le monde n'y avait pas accès de la même façon, toutes les affaires ne se voyaient pas accorder la même priorité, elles ne justifiaient pas toutes les mêmes dépenses.

– Elle faisait partie de la maison, répétait Karen. Ne l'oubliez pas : elle était des nôtres.

Vers le milieu de la matinée, ce dont elle avait besoin se trouvait sur l'ordinateur : une reconstitution en trois dimensions du corps de Maddy Birch, montrant l'étendue et la profondeur des blessures qu'elle avait subies aux deux bras et au torse. Aux commandes, Sheridan introduisit dans la machine, avec les dimensions exactes, la forme du couteau trouvé dans les combles. Un coup de zoom sur l'une des blessures, la plus profonde d'abord, puis il déplaça l'image du couteau latéralement, et vers le bas. La peau s'était un peu contractée autour du point de sortie, pas plus que ce à quoi on pouvait s'attendre, mais à part ça, la concordance était aussi parfaite qu'on pouvait l'espérer. Pénétration, extraction. Rien à dire.

Karen avala sa salive, et le bruit qu'elle produisit parut étrangement sonore.

Elle regarda Sheridan répéter le processus avec une deuxième blessure, plus bas sur le torse, du côté gauche. Cela concordait encore. Ce couteau, ou un autre identique en tout point, avait presque à coup sûr provoqué la mort de Maddy Birch. Presque. Karen voyait déjà l'avocat de la défense réfutant de telles conclusions devant le tribunal. *Les ordinateurs, c'est comme les statistiques. On peut les manipuler pour prouver ce qu'on veut.*

– Mike, lança-t-elle à travers la pièce, on a des nouvelles du labo ?

Ramsden secoua la tête.

– Rappelez-les, et passez-les moi.

Karen ne laissa pas l'ombre d'une chance à l'officier qu'elle eut en ligne.

– Mais qu'est-ce que ça veut dire ? demanda-t-elle, les traits crispés par la colère. Vous n'avez pas fini de traiter ma putain de demande ? Et ne me dites pas de surveiller mon putain de langage, et faites votre putain de boulot. Et vite !

Quand elle reposa le combiné, le bureau tout entier la gratifia d'une courte salve d'applaudissements.

Deux minutes plus tard, elle rappela.

– Écoutez, je vous demande de m'excuser pour tout à l'heure. Je n'avais aucun droit à vous parler de cette façon, et... Oui, oui, oui, ce serait génial. Parfait. Dès que vous pourrez, bien sûr. Oui. Non. Je comprends.

Ramsden l'interrogea du regard.

– Patience, dit Karen avec un sourire. Patience. Tout vient à point à qui sait attendre.

Là où Elder se trouvait à présent, le vent était plus vif, le ciel d'un gris-bleu pareil à la couleur de l'ardoise. Il songea à Magwitch, le bagnard évadé des *Grandes Espérances* de Dickens, aux marécages de l'Essex. Il se demanda si on avait donné ce roman à lire à Jill et Judy Tremlett à l'école. Quelles espérances avaient-elles eues, elles aussi ? Dix-sept ans. Le même âge que Katherine.

Deux pies sautèrent d'un arbre voisin et se poursuivirent sur la pelouse, sans entrain. Le bâtiment semblait avoir été ravalé depuis son rachat. La façade était peinte en bleu et or.

Framlingham faisait le tour du jardin à pied en compagnie de la présidente du conseil d'administration. Framlingham en costume de tweed verdâtre, madame la présidente en tailleur pâle et chemisier long, les cheveux tirés en arrière, hochant la tête tout en écoutant, glissant une question de temps à autre, puis hochant la tête de nouveau.

À la fin de leur troisième tour de jardin, la dame rentra dans le bâtiment et Framlingham fonça vers l'endroit où Elder l'attendait.

– On prend le café au salon, dit-il, dans dix minutes. Décaféiné, sans aucun doute. Elle cherche le rapport qu'elle avait demandé au géomètre avant la vente. Cela nous donnera peut-être une idée sur l'endroit où il vaudrait mieux chercher en premier.

Elder regarda la cime des arbres, et au-delà. *Ils ont résolu le problème. À eux deux. Ben et George. Ils l'ont fait disparaître.*

– Elles ne sont pas forcément ici, dit-il. Elles pourraient être n'importe où.

– Réfléchis un peu, Frank. Ce devait être au milieu de la nuit. La fête battait son plein, il y avait des gens partout. Deux gamines qu'ils avaient ramassées à peine quelques heures plus tôt, en leur promettant Dieu seul sait quoi. Je doute fort qu'ils aient eu envie d'aller bien loin avec les cadavres, au risque d'être découverts. (Framlingham enfonça ses mains dans ses poches.) Non, en fait, tu as raison, elles pourraient être n'importe où. Mais mon petit doigt me dit qu'elles sont ici, quelque part.

Avec un cri rauque et soudain, la deuxième pie s'envola vers l'arbre pour rejoindre la première.

Le service de la police scientifique rappela à treize heures vingt. Assise à son bureau, Karen mangeait une salade au poulet en buvant de l'eau minérale.

C'était le même officier que la première fois.

– Inspectrice divisionnaire Shields ?

Karen répondit d'un *oui* prudent.

– Je voudrais seulement, madame, vous entendre dire encore une fois que vous êtes désolée.

– Vous parlez sérieusement ?

– On ne peut plus sérieusement, madame.

Karen leva les yeux vers le plafond et croisa les doigts.

– Je suis désolée.

– Très bien, madame. Maintenant, vous avez droit à votre récompense.

À mesure que Karen écoutait son interlocuteur, lui posait des questions puis écoutait ses réponses, son sourire s'épanouissait de plus en plus.

Se levant de son siège, elle traversa le bureau et attendit d'être suffisamment près de Ramsden pour que sa voix soit aussi discrète qu'un chuchotement.

– Kennet. Amenez-le moi dans la salle d'interrogatoire. Le plus vite possible.

Après avoir fait démarrer le magnétophone, elle laissa Ramsden poser les premières questions, ergotant une fois de plus sur son alibi, comme s'ils n'avaient rien d'autre à se mettre sous la dent. Au bout de dix minutes, quand Kennet fut détendu, Karen exhiba les deux couteaux : celui trouvé près de l'immeuble de Vanessa, l'autre provenant des combles de Dartmouth Park.

– Qu'en pensez-vous, Steve ? demanda-t-elle presque avec désinvolture. Ils se ressemblent, non ?

– C'est des couteaux de cuisine, fit Kennet. Et alors ?

– Ils sont assez semblables, malgré tout, non ?

– Si vous le dites.

– Ils font partie d'un assortiment.

– Ouais ?

Comme si cela n'avait pas d'importance ; comme s'il s'en moquait.

Karen les tint plus près de lui, presque à portée de sa main.

– Regardez-les bien. Même genre de manche, mêmes rivets, même lame en acier au carbone. De bons couteaux, des outils de professionnel.

– Ils ont dû tomber du camion de Jamie Oliver, dit Kennet avec un sourire narquois.

– La personne qui les a achetés, poursuivit Karen sans se laisser démonter, c'est quelqu'un qui accorde de l'importance à ses ustensiles. Qui a du respect pour ses outils de travail. Ce n'est pas votre avis ? Quelqu'un qui connaît la valeur d'une bonne lame.

Kennet haussa les épaules et changea légèrement de position sur sa chaise.

– J'ai interrogé Jane à leur sujet, ajouta Karen.

– Qui ?

– Jane Forest. Vous vous rappelez ? Elle m'a dit qu'elle était là quand vous les avez rapportés à la maison. Et que vous en étiez très fier.

– Cette fille-là, on ne peut pas croire ce qu'elle dit. Pas un seul mot.

– Et pourquoi ?

– Parce qu'elle est dingue, non ? Les toubibs, les traitements, elle n'arrête pas. Dingue, je vous dis.

– Je me demande pourquoi elle est dans cet état-là, dit Karen en le regardant fixement.

Kennet soutint son regard, mais pas longtemps.

– Allons, Steve, ajouta Karen, faites-nous gagner du temps. Avouez-le, ils sont à vous.

– Prouvez-le.

Karen se carra contre son dossier et sourit.

– Ça, c'est la partie qui me plaît le plus. (Pendant un instant, sa langue toucha le bord de ses lèvres.) Ce couteau-ci, le plus petit, celui avec lequel vous avez agressé Vanessa Taylor, garde l'empreinte de votre pouce bien visible sur la lame, en plus du fait qu'il a été identifié par l'agent Taylor elle-même. Et celui-là, celui que vous avez tenté de dissimuler...

– Je n'ai jamais fait une chose p...

– L'échantillon sanguin trouvé sur la lame correspond exactement au profil de votre ADN.

– Il n'y avait pas de sang ! (Kennet se leva en titubant, repoussant sa chaise d'une ruade.) Il n'y en avait pas une seule putain de goutte !

– Pas beaucoup, reconnut Karen d'une voix calme. Une quantité microscopique, mais suffisante.

– C'est archi-faux, merde !

– Rasseyez-vous ! dit Ramsden, se dirigeant droit sur Kennet depuis le bureau.

Deux agents en tenue venaient de franchir la porte.

– Vous pourriez faire comprendre à votre client, dit aimablement Karen à l'avocat de Kennet, qu'il aurait tout intérêt à se calmer.

Kennet fit un pas vers elle, puis il s'arrêta net, les épaules tombantes.

– Vous allez être confié à l'officier en charge du bloc cellulaire, dit Karen, et inculpé du meurtre de Maddy Birch. Maintenant, emmenez-le.

Elle resta assise sans bouger pendant quinze bonnes minutes, seule, jusqu'à ce que la transpiration qui perlait sur sa peau se fût évaporée, et que l'odeur de l'adrénaline eût pratiquement disparu dans la pièce.

57

Ils avaient pris une table dans une petite salle latérale. C'était un peu la galère pour se faire servir, mais en compensation ils avaient droit à un peu d'intimité et ils n'étaient pas gênés aux entournures. Karen avait laissé sa carte de crédit à la caisse, avec un plafond de dépenses qui n'allait pas durer beaucoup plus longtemps, étant donné le rythme auquel Mike Ramsden descendait les doubles scotches et les verres de bière pour faire glisser. Sheridan s'était éloigné, il avait trouvé une machine à sous qui proposait des quiz, et il testait ses connaissances sur les questions concernant le sport des années 1960 à 1990. *Quel joueur de deuxième division, entrant sur le terrain comme remplaçant pendant les prolongations, a marqué trois buts en quart de finale de la Coupe d'Angleterre en l'année...* Furness était prêt à jurer qu'il avait vu Denison dire un *Je vous salue Marie* dans les toilettes, puis faire un signe de croix avant de s'enfoncer deux doigts dans la gorge et vomir, afin de pouvoir continuer à boire.

– Je vous dois une fière chandelle, Frank, dit Karen.

Elle portait un tailleur bleu lavande et un haut violet à manches courtes; la veste de son tailleur était restée sur le dossier de sa chaise, et son bras nu effleura celui d'Elder alors qu'ils attendaient, massés devant le bar, la prochaine tournée.

– Vous ne me devez rien du tout, répliqua Elder en haussant la voix à cause du vacarme ambiant.

– C'est vous qui avez insisté pour qu'on s'intéresse à Kennet de nouveau alors que dans mon esprit, je l'avais éliminé de la liste des suspects.

– Vous y seriez revenue tôt ou tard.

– Tard, je suppose.

Elder secoua la tête.

– Ne vous sous-estimez pas. Vous avez fait du bon travail. Vous et toute votre équipe.

Karen sourit.

– Vous avez toujours autant de mal que ça à accepter un compliment ?

Elder se surprit à lui rendre son sourirc.

– Probablement.

– Quoi qu'il en soit, je vous invite à dîner pour vous remercier. Et pas de discussion.

– D'accord. C'est pour quand ?

Karen jeta un coup d'œil à sa montre.

– Dans une heure environ.

– Vous ne plaisantez pas ?

– La table est réservée.

Elder se retourna pour regarder la salle.

– Les gens vont jaser.

Karen sourit de nouveau.

– Regardez-moi, Frank. Je suis une femme, je suis noire, je mesure plus d'un mètre quatre-vingts, je suis d'origine afro-caribéenne, et je me suis hissée jusqu'à un grade élevé dans la Brigade criminelle. Vous croyez que les gens ne jasent pas sur mon compte ?

Ils s'échappèrent peu après neuf heures. Le chauffeur de taxi, pour une fois, ne s'immisça pas dans leur conversation.

– Ce que vous avez dit tout à l'heure, commença Elder d'un ton un peu hésitant, sur le fait d'être noire...

– Et grande, Frank, n'oubliez pas ça.

– D'accord, et grande. Mais vous comprenez ce que je veux dire, le fait d'être une inspectrice divisionnaire noire.

– Oui, et alors ?

– Je me demandais seulement...

– ... si j'ai droit à des remarques racistes ?

Oui.

– En ma présence, jamais. Derrière mon dos, ça m'est égal. (Karen s'appuya contre le dossier et croisa les jambes.) La plupart du temps, quand une femme est nommée au-delà d'un certain grade, il y a toujours des types, vous savez, qui posent la question : Avec qui elle a couché pour en arriver là ? Avec moi, c'est plutôt : Qui est-ce que l'Association pour la promotion des Noirs tient par les couilles, cette fois-ci ?

– Et ça ne vous tape pas sur les nerfs ?

Elle l'épingla du regard.

– Que voulez-vous que je fasse ? Que je pique une crise ? Que je dise du mal des autres à mon tour ? Je vis dans ce pays depuis l'âge de quatre ans, Frank. Il y a des valeurs que vous avez à cœur de défendre ; pour le reste, vous laissez glisser et vous continuez votre vie à vous.

Karen s'esclaffa, puis elle ajouta :

– Il fut un temps, je n'aurais pas fait ça sans y réfléchir à deux fois.

– Fait quoi ?

– Inviter un Blanc à dîner.

– Je suis honoré, alors.

– Il y a de quoi.

– Où allons-nous, d'ailleurs ?

– C'est une surprise.

Elder sourit.

– Je viens de la cambrousse, n'oubliez pas. Moi, il ne me faut pas grand-chose de plus qu'un saut au McDo du coin pour me surprendre.

– Bon, fit Karen. Nous allons chez Moro, si le nom vous dit quelque chose.

– Il devrait ?

– C'est un restaurant espagnol. Pas le genre McDo. Et vous êtes censé vous montrer impressionné. Il faut réserver des semaines à l'avance pour avoir une table. Même un lundi.

– Comment avez-vous fait ? Vous les avez menacés d'arrêter le chef ?

– Quelque chose comme ça.

Le taxi les déposa à l'angle de Clerkenwell Road et Rosebery Avenue, et ils passèrent à pied devant une succession de boutiques fermées et de petits cafés jusqu'à ce qu'ils parviennent à un restaurant sur le trottoir de droite de la rue étroite. La façade n'avait rien de prometteur.

Karen hésita avant de pousser la porte.

– J'aurais dû vous le dire... Ce n'est pas exactement une table qui nous attend. Ce qu'ils m'ont proposé de mieux, c'est deux sièges au bar.

En fait, quand Karen donna son nom, elle apprit qu'il y avait eu une annulation, et on les conduisit à l'une des petites tables près de la baie vitrée donnant sur la rue.

– Du vin, Frank ? Rouge ou blanc ?

– Rouge, ce sera très bien.

Après quelques hésitations, Karen choisit dans la carte des vins un Bobal Tempranillo 2001.

Elder s'installa et regarda autour de lui. Le restaurant était bondé, très animé ; un brouhaha continuel de conversations qui se chevauchaient, émaillé de temps à autre par une voix plus forte, un éclat de rire. Vers le fond de la salle, une tablée d'une trentaine d'hommes en costumes sombres, qui donnaient l'impression d'être là depuis qu'ils avaient quitté leur travail, faisait plus de bruit que la plupart des autres. De part et d'autre de leur table, de fort jolis couples, l'homme et la femme se regardant dans les yeux, savouraient leur premier ou deuxième rendez-vous.

Elder ne savait pas trop à quoi s'attendre du côté du menu, son expérience de la cuisine espagnole ne dépassant guère la paella et le chorizo, mais la carte semblait n'offrir ni l'un ni l'autre. En guise d'entrée, Karen commanda des fèves et du jambon serrano, et Elder l'imita.

– Racontez-moi cette histoire de couteau confié au labo, dit-il.

– Vous savez vraiment vous y prendre, Frank, pour faire la cour à une femme.

– C'est ce que je suis censé faire ?

– Mon Dieu, non !

Un sourire plissa le coin de ses yeux.

– Alors, racontez-moi.

– Je n'arrêtais pas de pressurer ce pauvre bougre de la police scientifique. Dickenson ? Dickerson ? Finalement, il m'apprend qu'ils ont trouvé un échantillon de sang, microscopique, juste à la base de la lame, contre le manche. C'est son emplacement qui explique, je suppose, qu'il n'ait pas été effacé. Bref, quand il me dit ça, je pense aussitôt, génial, fantastique, c'est forcément le sang de Maddy Birch. On ajoute ça à la simulation par ordinateur, et on est certain qu'il s'agit de l'arme du crime.

– Tout va bien ? demanda le serveur en se penchant vers eux.

– Très bien, répondit Karen sans lever les yeux.

Le serveur s'éloigna.

– Alors, reprit-elle, de plus en plus excitée, je lui demande, pensant connaître la réponse, mais juste pour l'entendre de sa bouche, le sang, il concorde avec celui de Maddy Birch, n'est-ce pas ? Et il me dit non. J'ai failli l'engueuler au téléphone, je pétais vraiment les plombs, mais je l'avais déjà assez engueulé comme ça.

Elle but une gorgée de vin.

– Donc, dit Elder, vous lui avez demandé du sang de qui il s'agissait.

– Ce que j'ai dit, pour être exacte, c'est : Mais c'est le sang de qui, bordel de merde ?

– Et il a dit... ?

– Et il a dit : C'est celui de Steve Kennet. J'aurais pu l'embrasser. Je l'aurais sans doute fait s'il avait été là.

– C'était préférable qu'il ne le soit pas. Vous savez, les collègues de travail, les intrigues de commissariat...

Karen se recula sur sa chaise, comme pour voir Elder plus clairement.

– C'est ce que vous êtes, Frank ? Un collègue de travail ?

– Plus pour très longtemps.

– L'histoire avec Mallory et Repton ?

Elder hocha la tête.

– Vous en êtes où, au juste ?

Il lui fit un compte rendu pendant le plat principal, Karen ayant choisi un bar grillé accompagné de courgettes sautées, Elder l'agneau et sa purée épicée d'épinards et de pois chiches.

– À votre avis, demanda Karen en reposant son couteau et sa fourchette, quelles chances avez-vous de repérer Mallory et de le ramener ?

– Le repérer, les probabilités sont bonnes, il me semble. Mais s'il a rejoint son copain Slater en RTCN...

– En quoi ?

– République turque de Chypre du Nord. Il n'y a pas d'accord d'extradition.

– Asil Nadir [1]. Je me souviens.

– Exactement.

– Vous reprendrez du vin ?

– On a fini la bouteille ?

– Presque.

– Il vaut mieux pas.

– Vous aimeriez autre chose ? Un cognac ? Un whisky ?

---

1. Homme d'affaires turc, recherché pour fraude par la police britannique, qui s'était réfugié à Chypre en 1993.

– Plus tard, peut-être.

Karen, amusée, haussa un sourcil.

– Ne vendez pas la peau de l'ours, Frank.

Elder but un double expresso, en regardant Karen s'expliquer avec une généreuse coupe de glace au chocolat et à la cardamome. Malgré ses protestations, ce fut Karen qui régla la note. Le restaurant leur avait commandé un taxi.

– Vous allez devoir faire attention, Frank, dit Karen en se laissant aller contre le dossier de la banquette.

– À quoi ?

– À la réputation que vous êtes en train de vous faire.

– Je ne comprends pas ce que vous voulez dire.

– C'est la deuxième fois, maintenant, non? Que vous nous sauvez la mise sur une enquête qui n'avance plus. Il y a un an, et puis ceci.

– Ça s'explique surtout, dit Elder, par le fait que j'ai eu beaucoup de chance. Sans oublier celle de travailler avec des gens comme vous.

Karen rit.

– Sacré vieux charmeur !

Il était plus pratique, expliqua-t-elle, que le taxi le dépose en premier. Ils se retrouvèrent debout sur le trottoir, devant le petit immeuble où il habitait, plus pour longtemps, le chauffeur laissant son moteur tourner, et son compteur égrener les secondes.

La nuit était étonnamment douce, pour cette période de l'année. Karen était belle, pensa Elder, avec cette lumière qui se reflétait dans ses yeux.

– Dites-moi bonsoir, Frank.

– Bonsoir.

Elle l'embrassa sur la bouche.

Elder remua, se réveillant dans le noir, sans savoir s'il avait dormi quelques minutes ou plusieurs heures. Sans savoir ce qui l'avait tiré du sommeil, à part l'odeur, un mélange de menthe et d'ail qui flottait dans la chambre.

Son regard accommoda sur Mallory, debout juste derrière le pied du lit, un pistolet à la main.

– Parfois, on peut déléguer, dit Mallory, sous-traiter. Parfois il y a tellement de merde étalée partout qu'on ne peut pas faire autrement que la ramasser soi-même.

Ses paupières se plissèrent à peine quand il leva le bras.

– Tu aurais dû rester en Cornouailles, Frank. C'était beaucoup plus sûr.

Alors que son index se posait sur la détente, il entendit un bruit derrière lui et fit volte-face. En revenant de la salle de bains, Karen avait pris sur le plan de travail la bouilloire en acier chromé. L'agrippant fermement, elle s'en servit pour frapper de toutes ses forces Mallory en plein visage. L'arête du fond triple épaisseur lui atterrit en plein sur le nez, qui éclata comme un fruit trop mûr.

Elder sauta sur Mallory par derrière, s'efforçant de son mieux de lui arracher son arme.

Mallory se débattit, et il lâcha un juron quand Karen abattit de nouveau la bouilloire, faisait céder un os une seconde fois.

Elder projeta Mallory au sol et, lui enfonçant un pied au creux des reins, ramena l'un de ses bras, puis l'autre, fermement derrière son dos.

Le son qu'émit Mallory, le propulsant entre ses dents brisées, n'avait rien d'un mot intelligible.

– Une seconde, fit Karen en enfilant une culotte avant de sortir de son sac une paire de menottes. J'en ai toujours sur moi en cas d'urgence, expliqua-t-elle avec le sourire.

Elder était encore trop secoué pour sourire à son tour.

– Garde un œil sur lui, ajouta-t-elle. J'appelle du renfort.

Elder acquiesça et s'assit sur le bord du lit. Un instant de trop, une seconde plus tard, et il serait mort. *À la tête et au cœur.*

Tandis que sa respiration reprenait son rythme normal, il écouta la voix de Karen, dans l'autre pièce, claire et concise. Il savait déjà qu'il n'oublierait jamais le spectacle qu'elle lui avait offert en entrant dans la chambre, nue comme un ver et la bouilloire à la main, prête à assommer Mallory. Et sans aucun doute possible, à lui sauver la vie.

58

Katherine et Elder avaient décidé de se retrouver à l'Arboretum, près du centre-ville. Il pénétra dans le parc du côté de North Sherwood Street, attentif aux premiers signes du printemps. Il s'était écoulé pratiquement un mois depuis que Mallory avait tenté de le tuer ; trois depuis l'assassinat de Maddy Birch ; un peu plus de trois semaines depuis le jour où l'on avait déterré les dépouilles de Jill et Judy Tremlett, sous la maison de Manningtree. Des restes de cendre et d'os.

Il y avait des crocus, remarqua Elder, jaunes et blancs le long des parterres de fleurs, et dispersés çà et là sur les pelouses ; des perce-neige, aussi, quelques-uns, qui ressortaient encore, pâles dans la terre noire.

Rob Summers était assis avec Katherine sur un banc près de l'angle de la roseraie, et quand il vit Elder il se leva et s'éloigna, pour les laisser parler seuls.

Katherine avait laissé ses cheveux repousser, et ses joues avaient repris des couleurs, même si Elder pensa qu'un ou deux bons repas ne lui feraient pas de mal.

– Papa.

– Kate.

Quand Elder l'embrassa, il eut l'impression de poser les lèvres sur du papier journal.

– Tu es venu en voiture ?

Il secoua la tête.

– En train.

– Directement depuis la Cornouailles ?

– Je suis venu à Londres hier. Il y avait une ou deux choses que j'avais besoin de faire.

– Elle s'appelle comment ? demanda Katherine, souriant presque. Karen ?

– Depuis quand est-ce que tu t'intéresses tant à ma vie privée ?

– Depuis que tu en as une.

Ce fut au tour d'Elder de sourire. Deux mômes, qui auraient certainement dû se trouver à l'école, passèrent devant eux sur leurs planches à roulettes. Une gamine portant l'uniforme du lycée de filles voisin s'arrêta pour leur demander du feu ; Elder n'en avait pas, Katherine lui en donna.

– Tu continues de la voir, quand même ? insista Katherine.

Elder hésita. Il n'était même pas sûr de la réponse.

– Ce n'est pas si simple, finit-il par dire. Avec le genre de boulot qu'elle a, il ne lui reste pas beaucoup de temps pour autre chose.

– Comme toi autrefois, alors.

– Je suppose que oui.

Il voulut lui prendre la main, mais elle se déroba.

– Tu crois que ça suffit largement, non ? C'est ce que tu as toujours cru.

– Quoi ?

– Un petit câlin, je te serre dans mes bras, je t'embrasse sur la joue. Comme si ça pouvait tout arranger.

– Excuse-moi. J'essayais seulement...

– Ça ne marche pas, tu sais. Ça n'arrange pas tout.

– Tout ?

Katherine détourna les yeux.

– Toutes les fois où tu n'étais pas là.

Il y avait dans ses yeux des larmes que ni l'un ni l'autre ne voulaient voir.

– Tu es en train de me dire que c'est ma faute ?

– Quoi ?

– Je ne sais pas. Tout. Ça.

Elle le fixa, soutint son regard, puis tourna lentement la tête, plongeant la main dans sa poche pour prendre ses cigarettes.

– Kate...

– Quoi encore ?

– Rien.

La remontrance qu'il s'apprêtait à lui faire se figea sur ses lèvres.

– Tu veux qu'on marche un peu ? proposa-t-il un long moment plus tard.

– Pas particulièrement.

Ils restèrent assis. Summers apparut en contrebas, au bout de l'allée. Il se dirigeait vers le kiosque à musique, poursuivant son tour du parc.

– Rob et toi, vous êtes toujours... ?

– On va prendre nos distances pendant un moment. Juste pour souffler un peu, tu vois ? Rob a besoin d'un peu de temps pour résoudre ses problèmes, retrouver les bonnes vibrations. (Katherine sourit.) Il me sort des expressions de ce genre, de temps en temps. *Les bonnes vibrations.* Comme si on était encore dans les années soixante, et tout.

– Où en est-il ?

– Avec la police, tu veux dire ?

Elder hocha la tête.

– Il va être inculpé de possession de drogue. Et puis il aura un sursis avec mise à l'épreuve, probablement. C'est ce qu'on lui a dit. On va lui signifier un... comment ça s'appelle, déjà ?... une mesure de service communautaire et de réhabilitation. Une centaine d'heures de travaux d'intérêt général, et un programme de désintoxication sur deux ans.

– Il n'a rien contre ?

– Surtout, on ne lui laisse pas beaucoup le choix.

– Et toi ?

– Comment ça, et moi ?

– Qu'est-ce que tu vas faire ?

Katherine garda la fumée un instant dans ses poumons avant de la laisser lentement sortir entre ses lèvres. Elle allait arrêter la cigarette. Pour de bon. Peut-être pour le carême.

– J'ai recommencé à voir ma thérapeute.

– Vraiment ? Katherine, c'est génial. Je suis ravi. C'est une excellente nouvelle.

– D'accord, d'accord. Ne t'emballe pas.

Elder savait qu'il ne devrait pas aborder le sujet, mais il lui posa quand même la question.

– Et tu n'as peut-être pas encore pensé à reprendre tes études ? À retourner à la fac ?

– Une chose à la fois, Papa, tu veux bien ?

– Tu as raison. Excuse-moi.

Il y avait quelque chose, dans l'expression de Katherine, qui lui rappelait le temps où elle avait dix ou onze ans, encore petite fille, et il sentit sa respiration s'altérer, sa poitrine se contracter juste au-dessus de son cœur.

Katherine écrasa sa cigarette.

– En fait, je suis allée parler à quelqu'un à Clarendon College. Ils ont un programme de cours en accès libre pour les sciences appliquées qui n'a pas l'air mal. (Elle sauta sur ses pieds.) Allez, viens. Avant que tu t'attendrisses et que tu verses ta petite larme. On va rejoindre Rob.

– D'accord.

Summers était assis dans le kiosque à musique, adossé à la rambarde en fer forgé, et il écrivait dans un calepin.

– Mais regarde-le ! fit Katherine. Quel frimeur, quand il s'y met...

– Et si tu allais à Clarendon, dit Elder, pour reprendre tes études, tu habiterais où ?

Katherine fit la grimace.

– Maman me menace de refaire ma chambre.

– Peut-être même que l'été prochain tu auras envie de te remettre à la course à pied ?

Katherine lui lança un regard en biais.

– Pas avant que je sois capable de marcher, d'accord ?

Elder appela Resnick avant de reprendre le train pour Londres. Bland et Eaglin tentaient de se surpasser l'un l'autre, revendiquant les fautes commises et proposant des révélations pour obtenir un arrangement plus favorable.

Framlingham avait demandé à Elder d'assister à une réunion avec le procureur de la Couronne concernant les poursuites contre Mallory, dont la liste n'était pas close. Si les circonstances de la mort de Repton étaient sans ambiguïté, pour le ministère public du moins, celles entourant ce qui était arrivé aux jumelles Tremlett restaient obscures.

Les corps des deux jeunes filles avaient été découverts sous l'une des caves, recouverts de ciment à prise rapide. Ils présentaient des brûlures graves. Tout laissait à penser qu'on avait déposé les cadavres à cet endroit avant d'y mettre le feu, avec de l'essence, sans doute dans l'espoir de les détruire au point de les rendre méconnaissables. Mais si les flammes avaient noirci et ravagé certaines parties de leur épiderme, dans le même temps elles en avaient préservé d'autres. Plusieurs empreintes digitales étaient encore partiellement identifiables. De plus, une comparaison de leurs mâchoires avec leurs fiches dentaires avait assuré leur identification sans aucun doute possible.

Des hémorragies très localisées derrière les yeux de Judy Tremlett semblaient indiquer qu'elle était morte par strangulation. Une hémorragie sous-durale décelée dans le cerveau de sa sœur avait amené le médecin légiste à conclure qu'elle avait succombé à une fracture du crâne. Aucun des deux cadavres ne présentait de traces de monoxyde de carbone : elles étaient déjà mortes lorsque le feu avait pris. C'était une petite, toute petite consolation.

Mallory niait toujours être responsable des deux décès. Il affirmait tout ignorer des circonstances dans lesquelles ils étaient survenus.

Des officiers de l'inspection des services continuaient de l'interroger, au sujet d'un certain nombre d'enquêtes auxquelles il avait été mêlé, et des poursuites ultérieures qui, pour diverses raisons, avaient dû être abandonnées ; à propos, également, de plusieurs braquages qui étaient restés, jusqu'à ce jour, non élucidés. Et Mallory, bien sûr, prenait un malin plaisir à noyer le poisson, à communiquer un petit renseignement par-ci, à glisser un élément de désinformation par-là, tout en exploitant le système au maximum, pour retarder ce qui, selon toute probabilité, était inévitable.

Quand la réunion avec le procureur de la Couronne fut terminée, Framlingham insista pour offrir un verre à Elder, qui accepta de bon cœur. Elder regagnait la Cornouailles le soir même par train-couchettes. Quand il avait tenté de joindre Karen sur son portable, l'appel avait été redirigé vers son bureau, où elle n'avait laissé aucun message pour lui.

– Je ne te demande pas, expliqua Framlingham, de revenir avec armes et bagages, de commencer une seconde carrière. Tu as tiré un trait là-dessus, et je le comprends. Mais ce que je te suggère, c'est d'être souple. De nous consacrer quatre mois par an.

– Pas question.

– Allons, Frank. Les mois d'hiver. Tu ne vas pas me dire que tu as envie de les passer dans ton trou ?

– Tu crois ?

– Frank...

Elder sourit et secoua la tête.

– Écoute, je ne te promets rien, d'accord ? Rien de précis, rien d'irrévocable. On garde le contact. S'il y a une affaire dont tu penses qu'elle pourrait m'intéresser, dans laquelle je pourrais être utile, passe-moi un coup de fil. Je te dirai oui ou non.

Framlingham lui tendit la main.

– Je ne pouvais pas espérer mieux, je suppose.

Sur le trottoir, il plongea la main dans sa poche et en sortit une enveloppe qui portait le nom d'Elder.

– J'ai reçu un appel de cette Karen Shields ce matin. Elle a appris que je devais te voir aujourd'hui. Elle m'a fait porter ça par un agent motocycliste. Elle m'a demandé de faire le coursier.

Elder enfouit l'enveloppe dans sa veste.

– Bon voyage, Frank. Fais bien attention à toi.

Elder avait encore une bonne vingtaine de minutes à tuer avant de monter dans le train. Il commanda un expresso à la cafétéria Costa du quai numéro 1, s'installa à l'une des tables en terrasse, et sortit son enveloppe. Quand il l'ouvrit, un billet pour un spectacle en sortit et tomba sur la table. Dee Dee Bridgewater au Jazz Café. Un samedi de mars. Au dos, Karen avait écrit : *Il y a peu de chances que tu puisses venir, je m'en rends bien compte, mais si jamais tu es en ville ce soir-là...*

Elder but une gorgée de café, remit le billet dans l'enveloppe, et déchira le tout en deux, regrettant aussitôt son geste.

– Imbécile ! dit-il.

Une vieille dame qui passait devant lui avec une valise à roulettes tourna la tête et sourit.

Le billet était en deux morceaux, mais recollé avec du ruban adhésif, il serait sans doute valable. Il glissa les deux moitiés dans sa poche de poitrine, à tout hasard.

Il lui restait dix minutes d'attente avant le départ du train.

Remerciements

Je dois des remerciements tout particuliers à mon éditrice, Susan Sandon, qui a lu le manuscrit avec sa sagacité habituelle et m'a fait des suggestions sans lesquelles ce livre ne serait pas aussi achevé. Merci également à mon agent, Sarah Lutyens ; à Justine Taylor chez Random House (Royaume-Uni) pour avoir monté une garde plus qu'énergique ; à Mary Chamberlain pour sa préparation de copie minutieuse et pleine de compréhension ; à Mark Billingham pour m'avoir fourni des réponses cruciales à des moments cruciaux ; à Sherma Batson et Sarah Boiling pour avoir lu les premières versions du manuscrit ; et finalement, à tous les gens de Random House pour leur amitié et leur soutien.

Dans la même collection

Cesare Battisti, *Terres brûlées* (anthologie sous la direction de)
Cesare Battisti, *Avenida Revolución*
William Bayer, *Labyrinthe de miroirs*
William Bayer, *Tarot*
William Bayer, *Le Rêve des chevaux brisés*
William Bayer, *La Ville des couteaux*
William Bayer, *La Ville des couteaux*
Marc Behm, *À côté de la plaque*
Marc Behm, *Et ne cherche pas à savoir*
Marc Behm, *Crabe*
Marc Behm, *Tout un roman!*
James Carlos Blake, *Les Amis de Pancho Villa*
James Carlos Blake, *L'Homme aux pistolets*
James Carlos Blake, *Crépuscule sanglant*
James Carlos Blake, *Un monde de voleurs*
Lawrence Block, *Moisson noire 2002* (anthologie sous la direction de)
Edward Bunker, *Aucune bête aussi féroce*
Edward Bunker, *La Bête contre les murs*
Edward Bunker, *La Bête au ventre*
Edward Bunker, *Les Hommes de proie*
James Lee Burke, *Prisonniers du ciel*
James Lee Burke, *Black Cherry Blues*
James Lee Burke, *Une saison pour la peur*
James Lee Burke, *Une tache sur l'éternité*
James Lee Burke, *Dans la brume électrique avec les morts confédérés*
James Lee Burke, *Dixie City*
James Lee Burke, *La Pluie de néon*
James Lee Burke, *Le Brasier de l'ange*
James Lee Burke, *Cadillac Juke-Box*
James Lee Burke, *La Rose du Cimarron*
James Lee Burke, *Sunset Limited*
James Lee Burke, *Heartwood*
James Lee Burke, *Purple Cane Road*
James Lee Burke, *Jolie Blon's Bounce*
Daniel Chavarría, *Un thé en Amazonie*
Daniel Chavarría, *L'Œil de Cybèle*
Daniel Chavarría, *Le Rouge sur la plume du perroquet*
Daniel Chavarría, *La Sixième Île*
George C. Chesbro, *Bone*
George C. Chesbro, *Les Bêtes du Walhalla*
Michael Connelly, *Moisson noire 2004* (anthologie sous la direction de)
Christopher Cook, *Voleurs*
Robin Cook, *Cauchemar dans la rue*
Robin Cook, *J'étais Dora Suarez*
Robin Cook, *Le Mort à vif*

Robin Cook, *Quand se lève le brouillard rouge*
David Cray, *Avocat criminel*
Pascal Dessaint, *Mourir n'est peut-être pas la pire des choses*
Pascal Dessaint, *Loin des humains*
Tim Dorsey, *Florida Roadkill*
Tim Dorsey, *Hammerhead Ranch Motel*
Tim Dorsey, *Orange Crush*
Tim Dorsey, *Triggerfish Twist*
Wessel Ebersohn, *Le Cercle fermé*
James Ellroy, *Le Dahlia noir*
James Ellroy, *Clandestin*
James Ellroy, *Le Grand Nulle Part*
James Ellroy, *Un tueur sur la route*
James Ellroy, *L.A. Confidential*
James Ellroy, *White Jazz*
James Ellroy, *Dick Contino's Blues*
James Ellroy, *American Tabloid*
James Ellroy, *Crimes en série*
James Ellroy, *Moisson noire 2003* (anthologie sous la direction de)
James Ellroy, *Destination morgue*
Valerio Evangelisti, *Anthracite*
Davide Ferrario, *Black Magic*
Barry Gifford, *Sailor et Lula*
Barry Gifford, *Perdita Durango*
Barry Gifford, *Jour de chance pour Sailor*
Barry Gifford, *Rude journée pour l'Homme-Léopard*
Barry Gifford, *La Légende de Marble Lesson*
Barry Gifford, *Baby Cat Face*
James Grady, *Le Fleuve des ténèbres*
James Grady, *Tonnerre*
James Grady, *Comme une flamme blanche*
James Grady, *La Ville des ombres*
Patrick Hamilton, *Hangover Square*
John Harvey, *De chair et de sang*
John Harvey, *Demain ce seront des hommes* (anthologie établie par)
Vicki Hendricks, *Miami Purity*
Vicki Hendricks, *Sky Blues*
Tony Hillerman, *Le Voleur de temps*
Tony Hillerman, *Porteurs-de-peau*
Tony Hillerman, *Dieu-qui-parle*
Tony Hillerman, *Coyote attend*
Tony Hillerman, *Les Clowns sacrés*
Tony Hillerman, *Moon*
Tony Hillerman, *Un homme est tombé*
Tony Hillerman, *Le Premier Aigle*
Tony Hillerman, *Blaireau se cache*
Tony Hillerman, *Le vent qui gémit*
Tony Hillerman, *Le Cochon sinistre*
Tony Hillerman, *L'Homme Squelette*

Craig Holden, *Les Quatre Coins de la nuit*
Craig Holden, *Lady Jazz*
Rupert Holmes, *La Vérité du mensonge*
Philippe Huet, *L'Inconnue d'Antoine*
Thomas Kelly, *Le Ventre de New York*
Thomas Kelly, *Rackets*
Helen Knode, *Terminus Hollywood*
William Kotzwinkle, *Midnight Examiner*
William Kotzwinkle, *Le Jeu des Trente*
Terrill Lankford, *Shooters*
Michael Larsen, *Incertitude*
Michael Larsen, *Le Serpent de Sydney*
Dennis Lehane, *Un dernier verre avant la guerre*
Dennis Lehane, *Ténèbres, prenez-moi la main*
Dennis Lehane, *Sacré*
Dennis Lehane, *Mystic River*
Dennis Lehane, *Gone, Baby, Gone*
Dennis Lehane, *Shutter Island*
Dennis Lehane, *Prières pour la pluie*
Elmore Leonard, *Zig Zag Movie*
Elmore Leonard, *Maximum Bob*
Elmore Leonard, *Punch créole*
Elmore Leonard, *Pronto*
Elmore Leonard, *Beyrouth-Miami*
Elmore Leonard, *Loin des yeux*
Elmore Leonard, *Viva Cuba libre!*
Elmore Leonard, *Dieu reconnaîtra les siens*
Elmore Leonard, *Be cool!*
Elmore Leonard, *Tishomingo Blues*
Elmore Leonard, *Mr Paradise*
Bob Leuci, *Odessa Beach*
Bob Leuci, *L'Indic*
Jean-Patrick Manchette, *La Princesse du sang*
Dominique Manotti, *À nos chevaux!*
Dominique Manotti, *Kop*
Dominique Manotti, *Nos fantastiques années fric*
Dominique Manotti, *Lorraine Connection*
Tobie Nathan, *Saraka Bô*
Tobie Nathan, *Dieu-Dope*
Tobie Nathan, *Serial eater*
Jim Nisbet, *Prélude à un cri*
Jim Nisbet, *Le Codex de Syracuse*
Jack O'Connell, *B.P. 9*
Jack O'Connell, *La Mort sur les ondes*
Jack O'Connell, *Porno Palace*
Jack O'Connell, *Et le verbe s'est fait chair*
Jean-Hugues Oppel, *French Tabloïds*
Samuel Ornitz, *M. Gros-Bidon*
Hugues Pagan, *Tarif de groupe*

Hugues Pagan, *Dernière Station avant l'autoroute*
David Peace, *1974*
David Peace, *1977*
David Peace, *1980*
David Peace, *1983*
David Peace, *GB 84*
Andrea Pinketts, *La Madone assassine*
Andrea Pinketts, *L'Absence de l'absinthe*
Andrea Pinketts, *Turquoise fugace*
Michel Quint, *Le Bélier noir*
Rob Reuland, *Point mort*
John Ridley, *Ici commence l'enfer*
Édouard Rimbaud, *Les Pourvoyeurs*
John Shannon, *Le Rideau orange*
Pierre Siniac, *Ferdinaud Céline*
Jerry Stahl, *À poil en civil*
Lcs Standiford, *Johnny Deal*
Les Standiford, *Johnny Deal dans la tourmente*
Richard Stark, *Comeback*
Richard Stark, *Backflash*
Richard Stark, *Flashfire*
Richard Stark, *Firebreak*
Richard Stratton, *L'Idole des camés*
Paco Ignacio Taibo II, *À quatre mains*
Paco Ignacio Taibo II, *La Bicyclette de Léonard*
Paco Ignacio Taibo II, *Nous revenons comme des ombres*
Paco Ignacio Taibo, Sous-Commandant Marcos, *Des morts qui dérangent*
Ross Thomas, *Les Faisans des îles*
Ross Thomas, *La Quatrième Durango*
Ross Thomas, *Crépuscule chez Mac*
Ross Thomas, *Voodoo, Ltd*
Jack Trolley, *Ballet d'ombres à Balboa*
Andrew Vachss, *Le Mal dans le sang*
Jim Waltzer, *Keene en colère*
Jim Waltzer, *Keene en colère*
Y. S. Wayne, *Objectif Li Peng*
John Wessel, *Le Point limite*
John Wessel, *Pretty Ballerina*
Donald Westlake, *Aztèques dansants*
Donald Westlake, *Faites-moi confiance*
Donald Westlake, *Histoire d'os*
Donald Westlake, *361*
Donald Westlake, *Moi, mentir ?*
Donald Westlake, *Le Couperet*
Donald Westlake, *Smoke*
Donald Westlake, *Le Contrat*
Donald Westlake, *Au pire, qu'est-ce qu'on risque ?*
Donald Westlake, *Mauvaises Nouvelles*
Donald Westlake, *Moisson noire 2001* (anthologie sous la direction de)

Donald Westlake, *Dégâts des eaux*
Donald Westlake, *Motus et bouche cousue*
Donald Westlake, *Les Sentiers du désastre*
Donald Westlake, *Mort de trouille*
Donald Westlake, *Mort de trouille*
J. Van de Wetering, *Retour au Maine*
J. Van de Wetering, *L'Ange au regard vide*
J. Van de Wetering, *Le Perroquet perfide*
Charles Willeford, *Miami Blues*
Charles Willeford, *Une seconde chance pour les morts*
Charles Willeford, *Dérapages*
Charles Willeford, *Ainsi va la mort*
Charles Willeford, *L'Île flottante infestée de requins*
Daniel Woodrell, *Sous la lumière cruelle*
Daniel Woodrell, *Chevauchée avec le diable*

Achevé d'imprimer en mars 2007 dans les ateliers de
Normandie Roto Impression s.a.s. (61250 Lonrai)
N° d'impression : 070798 - Dépôt légal : octobre 2006

Imprimé en France